U0571113

饌
工厂®

钟宇 著

中国友谊出版公司

图书在版编目（ＣＩＰ）数据

百年惊魂．1 / 钟宇著． —— 北京 ：中国友谊出版公司，2022.5

ISBN 978-7-5057-5368-6

Ⅰ．①百… Ⅱ．①钟… Ⅲ．①长篇小说 - 中国 - 当代 Ⅳ．①I247.5

中国版本图书馆CIP数据核字(2021)第238932号

书名	百年惊魂·1
作者	钟宇
出版	中国友谊出版公司
发行	中国友谊出版公司
经销	新华书店
印刷	天津丰富彩艺印刷有限公司
规格	880×1230毫米　32开
	9.75印张　183千字
版次	2022年7月第1版
印次	2022年7月第1次印刷
书号	ISBN 978-7-5057-5368-6
定价	69.80元（全二册）
地址	北京市朝阳区西坝河南里17号楼
邮编	100028
电话	（010）64678009

版权所有，翻版必究

如发现印装质量问题，可联系调换

电话　（010）59799930-601

目录

引子

1 /

1983 年 12 月 26 日晨，苏门县召开公审大会。三十三名罪犯在这次大会上被宣判了死刑，立即执行。

那天苏门县所有的解放卡车都被调了过来，用于大会后的游街。三十三名死刑犯被捆得结结实实，背上插着高高的木牌，上面写着他们的罪名。另外还有六十七名违法犯罪分子也被押出了看守所，一并捆上示众。这六十七人也叫陪杀，意思是枪毙死刑犯时，他们得跪在旁边感受法律的震慑力。不同的是，死刑犯站卡车车头，陪杀的站两边或者坐在三轮上，一瞅就属于配角那种。据说，那天陪杀的人员里，就有后来的苏门大亨刘得强。多年后县里的老人提起那场公审大会，都不忘说上这么一句："别看这刘得强现在一副人五人六的模样，1983 年那次枪毙人时，他跪在被枪毙的朱红丽身旁。枪声一响，他尿了一地。"

执行死刑的地点在现在的苏门桥的位置。那时候还没有苏门桥，不过县城的规划里已经有在那个位置建桥的计划。也有人说当时其实已经出图纸了，之所以选择在那片河滩上枪毙人，就是为了让那片河滩上添点血光，之后的工程会顺风顺水。

半个苏门县的人都涌到了河边围观杀人，尽管没几个人真能挤到前排看到那三十三个死刑犯被执行死刑。站在后排的人也就听听声响，并交头接耳地数数，说："嘿，第十三声枪响了，又死了一个。"可到三十三下响完后并没有结束，又"噼里啪啦"响了七声。站在后排的就纳闷了，说："不是说三十三个人吗？难道从陪杀的人里面又拖了几个上去凑个整？"

站前排的就传话过来，说是有几个一枪没打死的，多打了一枪才死。

后排的人就啧啧摇头，说："唉，那一枪没打死的，一会儿家属领尸体时子弹费都要多交一份。"

马会计没去河滩，他蹲在河对岸的平龙山上远远地看着。朱红丽特大流氓团伙案一共抓了三十几个人，都是去朱红丽家跳过舞的。有只去过一次的，也有去过好多次的。据说判刑的轻重也是按照去过的次数来算的。朱红丽是市文化宫的一名寡妇，有台燕舞牌录音机。她在自家的灯泡上蒙了一层花花绿绿的玻璃纸，放邓丽君的歌。县城的年轻人喜欢去她家，在那玻璃纸捂住的灯光下手搭着肩跳舞。这跳舞也不是什么大事，关键是跳舞的人里有几个小伙儿，为了男女之间的琐事打了起来，给捅死了一个。

县公安局抓这群跳舞的人那天，马会计跟着厂里跑供销的去了省城。当然，家人也跟他说了，公安局的人没来咱家，你只去过一次，可能人家朱红丽供人头时，说不定把你给忘了。但做会计的一般都谨慎，马会计连夜进了平龙山，寻思着稳妥点总是好的，等这一波严打过了，自然不会有人再把这事提出来整治。谁知道在山上一待就待了一个多月，所幸他爷爷曾经是个猎户，教过他一些本领，够他在山上活泛。一直等到公审大会这天，他才算心宽了点。因为朱红丽被枪毙后，案子算做了个了结，他才敢下山回厂里去上班。

那一声声清脆的枪响，让站在平龙山上远眺的他心惊胆战。这心里有事吧，在树林间走起路来就没那么稳当，不小心脚一歪，滚下了山坡。"咣"的一声也不知道撞了啥，意识就模糊起来，只感觉身体没挨着地了，重重摔下，直到天黑才醒过来。

也多亏他在山上过日子的家当都是随身携带，到晚上醒来时，抱着肿了的右脚脚踝哼哼了几句，一探腰，发现手电不见了。马会计连忙左右摸了摸，手电就在附近，很快就摸到了。一按还亮，只是手电头上的玻璃片给摔没了。他抓了根树枝，咬着牙站了起来，用手电往左右照了照，发现自己滚落的地方挺隐秘，前方黑乎乎的似乎还有个山洞。马会计暗想不好，怕里面住着什么野物。

可还是没忍住好奇，又将手电朝里照了几下，隐隐约约瞅见这山洞不深，最里面似乎还有一团黑乎乎的东西立着。马会计抬起那根用来支撑身体的树枝，朝着山洞口的藤蔓拨动了几下。好家伙，里面居然杵着一个人形的泥疙瘩，手电的光束照过去，还有眼睛鼻子嘴，正对着洞外。

马会计后背一凉，冷汗直冒，也顾不得脚疼了，一扭头就往山下跑，连滚带爬下了山。到了山脚，看见苏门县的路灯才敢坐下，大口喘气。不知道怎么了，他想起了苏门县的一个传说，那传说中，有一些外地人来到苏门县这地方。在他们待在苏门县的时间里，苏门县总会有人莫名其妙地消失。当然，说这些故事的老人还会添油加醋加上很多细节，用来吓唬不听话的孩童。至于那些细节，马会计不太记得，隐隐约约中，好像老人们说那些外地人是来收魂的。而失踪了的人，都是被那些外地人把魂给收走了。

稍微冷静后，他又意识到或许是撞上什么古墓，里面杵着的像是兵马俑之类的物件。他便想到了自己在县文化局文物科工作的堂哥。如果自己这发现了文物的事，让堂哥给报上去，也算是做了一件大好事。再说，朱红丽也被枪毙了，自己总不可能永远待在山上。

于是，马会计一瘸一拐连夜去了堂哥家，第二天堂哥叫了几个文化局的青年，跟着马会计上了山。在那山洞里还真发现了一个泥塑的人形雕像。大伙小心翼翼地将泥雕给抬了出来，发现是一孩童高矮、做工粗糙的泥菩萨罢了，并没有文物该有的肃穆模样。尽管如此，大家还是围着研究了很久，最后有人发现这泥雕最下方有几个歪歪扭扭的字，依稀能分辨出来，写的是：北冥无鱼。

几人便想看看泥雕底部是不是还刻着其他字，七手八脚将泥雕放倒。谁知道在放倒的过程中大伙没注意，居然"啪嗒"一声把这泥雕给摔开了。这一摔，几个人立马就傻眼了，那泥雕摔碎后露出来的东西，让他们的胆都要裂开了。紧接着，他们扭头就跑，一溜烟跑下山，直接进了苏门县公安局。

当天下午，苏门县公安局就出动了七八个人，跟着文化局的这几个人以及马会计上了山。那摔出的，是一具男童长度的完整骸骨。不过跟随着刑警上山的法医也说了，这骸骨的主人最起码死了有几十年了，甚至可能有一百年。

站在旁边的马会计就没忍住，对法医问了一句："会不会这就是传说中那被收魂人收了魂后的失魂人啊？"

法医冲马会计瞪眼："你这是典型的封建迷信，我们唯物主义者，没有人会相信这些。"

马会计吐了吐舌头："那倒也是。再说，你也说了，这是百年前的骸骨了。就算迷信，也是百年前的迷信事件在作怪。"

法医没理他，继续拨弄着那骸骨。突然间，他抬头对着局里的刑警说道："咦，不对，这……这死者还不是个孩童，而是……"

也就是同一天晚上，紫江机械厂供销科的南先进，在这苏门县的汽车站外为了难。紫江机械厂接了苏门县红旗化工厂一个订单，活儿给办好了，尾款却一直没结。打电话到红旗厂，厂里的人说负责结账的马会计没回来，要等他回来了才行。可这一等，就是一个多月。于是，厂长派供销科的南先进过来要账。南先进是个瘸子，有残疾人证，坐长途车不用花钱买票。但凡收不到的账，就派他过去。那时候的人也都讲规矩，没人赖账，总是有些什么原因耽误了。再看到来要账的还是个残疾人，不会为难他。

马会计还是没回来，但红旗厂的同志也通情达理，没怎么为难他，搬了条长凳让他坐，又拿着介绍信去找领导特事特办。临到下班时，把尾款支了出来，用信封包着给了南先进。南先进拿了钱，忙往车站赶，想搭最晚的一班车回去。可瘸子走不快，一脚高一脚低走到车站就傻眼了，最晚一班车早在 15 分钟前就开走了。

南先进不娇贵，平日里在汽车站找地方对付一宿，也无所谓。可今天不一样，身上有一千七百块钱，搁在当时是一笔巨款。

他犹豫再三，最终还是拿着介绍信进了汽车站对面的迎宾招待所。可一看那价格表，南先进又舍不得。他扭头看看这天，湿冷湿冷的，住店的人兴许很少，所以他便要了个三人间的一个床位，并暗中念叨不要有人再来住店就好。这样，他就能只用一个床位的价钱，在一间三人房里安安稳稳地住上一宿。

也得偿所愿，一直到快十点，都没人来开门。南先进摸了摸贴身衬衣口袋里的钱，关上灯准备睡觉。可这时，门外传来服务员和人说话的声音，脚步声也渐行渐近。接着，房门被人打开，灯被拉着，一个高大的男人身影出现在门口。

南先进有点恼，但不好作声。他双手抱胸，扭动身子面朝里，装作已经睡着。那进来的高大汉子也是个细心人，和服务员道了谢，便关灯，蹑手蹑脚脱鞋上了床。

越是这样，南先进越是害怕起来。之前看过一则新闻，说有违法犯罪分子选择在旅社里行凶，用锤子砸同房间人的后脑勺，再将财物劫走。想到这里，南先进觉得自己背对着对方反而有安全隐患，便连忙转过身来。双手还是没动，环抱胸前。

对面床上那男人并没有躺下，而是靠着墙壁在抽烟，火星在黑暗中一亮一亮的。南先进是个烟包，看见有人抽烟，烟瘾便上来了，坐起，也点上了一支烟。

"同志，你来苏门这鬼地方探亲还是办事啊？"南先进搭讪道。

那男子扭过头来，黑乎乎也看不清他的脸："过来看杀人的。"

"杀人？"南先进一愣，紧接着想到苏门这鬼地方，今天早上公审大会枪毙过人，这才明白了对方说这话是什么意思。他嘿嘿笑道："我是过来走亲戚的，他家里住不下，才来住店。"南先进这么说，是想让对方认为自己在苏门县有地方待，但凡有啥财物，自然是放在亲戚家。

末了，他又补了一句："我叫南先进，南方的南，先进的先进。你呢？"他这是想套近乎。

那男子叼着的烟又亮了一下："我叫吴北冥，口天吴，北冥有鱼的北冥。"

2 /

1872 年 4 月的一天，住在广东南海的詹兴洪吃过晚饭，拿着新刻的印章出了门。詹家祖上是做茶叶买卖的，到詹兴洪这一辈破落了。所幸詹兴洪除了买卖茶叶外，还能替人写书信、刻印章，补贴家用。

他穿过街道，快步走到了好友谭伯邨家。谭伯邨往来香港澳门做些买卖，是南海的一明白人。这天正巧他回到南海，詹兴洪给他送上约定的新章，顺便还想说个事。

跨进门，瞅见谭伯邨正在院里洗辫子。广东的 4 月雨水多，加上天又热，人容易脏。谭伯邨那辫子一解开，酸臭味便飘散开来，是有些时日没清洗了。见詹兴洪进来，谭伯邨招呼泡茶，要詹兴洪坐院里，他一边洗辫子一边和客人说话。

把印章放下，又寒暄了几句，詹兴洪便说到正事上，告诉谭伯邨道："送我儿子去那美利坚国的事，我想来还是算了，不太合适。"

谭伯邨便纳闷道："之前不是说好的吗？你家儿子聪明伶俐，现在你又没钱送他上学堂。恰巧朝廷弄出这么个送幼童往美利坚国游学的好事，为啥不去呢？"

詹兴洪低下头。对方说的他这个儿子，这年十岁，之前上过私塾，确实聪慧过人。之前谭伯邨在外面行走，带回个消息，说是曾国藩大人要搞一个送幼童去美利坚国学习的计划。可操办时，曾国藩大人就离开了人世，由李鸿章接管了此事。李鸿章是个能人，他觉得可行的事，自然不会错，这点詹兴洪也认可，之前也答应了送自己那十岁儿子去。可这临到跟前了，詹兴洪为什么又变卦了呢？

詹兴洪低头半晌，最终咬了咬牙，说出了自己的顾虑。原来，有好事多嘴的人听说詹家要送儿子去西洋，便跑来詹家，一本正经地给詹兴洪说道。他们说别看那美利坚人装得斯文，可骨子里始终是蛮夷。之前广州有人家孩子被美利坚人带去西洋，活生生剥了人皮，再用那西洋诡异医术，贴上了一层狗皮，铁笼关着，四处展览赚钱。

这些话尽管荒谬，却叫詹兴洪与妻子陈氏听得心惊胆战。

谭伯邨便恼火了，将洗好的头发摊开晾着，冲詹兴洪瞪眼道："你我都是读过圣贤书的人，怎么信这些呢？"

詹兴洪依旧低着头，嘴里嘀咕道："这一去就是十几年啊，街坊闲聊也都说，这么小的孩童，魂儿都没聚拢。这一去，和将魂给了西洋人有什么区别？"

谭伯邨也顾不得头发披散着了，拍桌子站起，指着詹兴洪："你……你……可惜我谭伯邨膝下并无符合条件的男娃，这么多年来，看你家那儿郎甚是喜爱，才会想促成这事。要不……要不……"他咬了咬牙，"詹兄，如不嫌弃，我那女儿谭菊珍就许给你家儿子。如若这趟游学，你儿出人头地，我谭家也跟着享享清福。反之，我家女儿进你家门，随你使唤。"

谭伯邨话说到这份儿上，詹兴洪也就没再吱声。谭家大户，詹家破落。与大户结亲家，本就是沾光的事。

于是，那年 8 月 11 日，由李鸿章亲自操办的第一批留美幼童三十人，从上海出发，去往美国。其中，就有广东南海詹兴洪的儿子，也就是谭伯邨的女婿。十岁的他穿着官府统一制办的缎袍，拖着长辫，睁着大大的眼睛，望向看不到边际的大海。

他，就是日后的中国铁路第一人——詹天佑。

也是在这一天，远在甘肃的一户吴姓人家，做出了一个重大的决定。兄长吴敦，不想自己的儿子吴云房和自己一样，烂死在破烂小村。所以，他决定领着自己的弟弟——身体有残疾的吴狗，以及儿子吴云房，去往北京。

吴云房便问爹："去北京有什么好呢？"

吴敦想了想，隐约记得早些年听私塾先生念过几句四字词儿，其中有"北冥有鱼"这么一句。于是，吴敦就告诉儿子："那北京和北冥兴许不远，北冥有鱼。所以我们到了北京，就能吃到北冥的鱼。这鱼啊，不像地里的庄稼，不用摘种，天生天养，饿了就去逮着吃就可以了。"

吴云房那年十岁，很高兴，说："那岂不是在北冥的人，从来都不会挨饿。"

吴敦点头："兴许是。"

他那弟弟吴狗也笑了："那以后，我们就天天有鱼吃了。"

第一章

北冥有鱼

1

吴狗在村里没人和他说话，大家都嫌他是个矮人。

和他一样没人搭理的，是村口住着的陆瞎子。陆瞎子六十岁了，无亲无故。早些年出去要饭，十几年没音讯。那些年世道乱，闹土匪。村里人都寻思着瞎子怕是死在外面了。未曾想到的是，这瞎子到老了，自己摸了回来，还学了门手艺，会拉二胡。村里人没事就叫他拉一曲，不用给钱，管顿饭就可以了。陆瞎子自己也知道都是破落户，给啥都吃，也不说饱不饱，吃完咧嘴笑。

陆瞎子是吴狗在这世上唯一的朋友。

临出发去北京的这天，吴狗起了个早，到村口那只有三面墙的破房子里叫醒了陆瞎子。陆瞎子有些日子没吃东西了，没啥力气，倚在三面墙中正对着村外的墙，和吴狗应付着说话。吴狗也想像他一样靠着墙坐，舒服。瞎子不愿意，说靠的人多了，墙会倒。

吴狗说:"这趟出门,我们一家三口兴许就不回来了。"

陆瞎子"嗯"了一声:"带吃食没?"

吴狗说:"带了。不过我哥说了,这不够吃几天,还是得一路要饭过去。"

陆瞎子问:"什么吃食?"

吴狗说:"菜饼。菜是上月去那月亮沟挖的,面是高粱面。"

陆瞎子说:"我三天没吃东西了,想尝尝。"

吴狗说:"都在我哥那里。"

陆瞎子又"嗯"了一声,寻思着吃不到菜饼,闭上眼睛不想和吴狗说话。

吴狗以为瞎子乐意听自己唠嗑:"这趟我们要去北京城,那是皇帝老儿住的地方。早些年……嗯,那时候你还没回来,村里来过一个洋人传教士,叫罗……罗伯什么来着。"

"应该是叫萝卜吧?"陆瞎子觉得自己还是有必要说上几句,瞅着吴狗没见过世面,闹心。就这出息,还要去北京城,岂不是个笑话。于是,他没好气地说道:"这洋人啊,取名字不讲究。我在外面要饭那十几年,可是见过不少洋人,名字都奇怪。有个洋人婆娘,居然叫肉丝。嘿嘿,你说好笑不好笑。"

"那兴许是叫萝卜吧。"吴狗也笑了,又继续道,"我哥吴敦,可是读过几天孔孟的。这洋人萝卜来咱村,就只和我哥说了几天话。他告诉我哥,说我们甘肃这地儿,就像他们美利坚国的西部,不适合人住。

我哥后来寻思着也是，这儿没事就闹饥荒，确实不咋样。所以啊，他就想趁着自己还年轻，我也能帮上点忙，咱一起啊，出了甘肃这鬼地方，到北京城去。"

陆瞎子心里暗道：你们家这邪乎的血脉，或许只能换个地方去祸害人了。但瞎子嘴上不这么说，他说："你们去北京城能干什么呢？"

"我哥说了，那萝卜说在他们美利坚国，有个什么契约奴的玩意儿。就是签个名字按个印，给人做几年奴。时间一到，洋人就会给咱一笔钱，还帮咱在北京安顿下来。"吴狗一本正经地说道。

"那叫什么鬼的契约奴，就是去给人做长工啊。"陆瞎子听得越发没劲，双手环抱转过身去，不太愿意面对着吴狗。

吴狗虽是个残疾，但也不傻，见瞎子这阵仗，自然明白瞎子是不想和自己聊了。可是又不甘心，总觉得这一分别，自己和陆瞎子可能就再也见不着了，心里很惆怅。于是，他便想换个话题，骗瞎子继续和自己说说话。

"瞎子，你的二胡呢？"

瞎子说："卖了。"

"你怎么舍得卖掉你的宝贝二胡呢？"

瞎子有点恼："人都要饿死了，还拿着那二胡干吗呢？"

吴狗又问："那之后村里有人叫你吃饭，你没有二胡怎么办呢？"

"没二胡我可以唱花儿啊。"瞎子说的花儿，是甘、青、宁地区的一种汉语民歌，因为歌里把女人比作花朵而得名。

正说到这儿，远处走过来一高一矮两个人影，是吴狗的兄长吴敦和侄儿吴云房。吴敦肩上架着条扁担，两捆行李晃来晃去。陆瞎子也听到声响，抬头冲那边吆喝："是吴敦吗？"

吴敦说："是我啊，陆叔，我们要走了。"

"去北京啊？"瞎子问。

吴敦说："是啊，吴狗都和你说了？"

瞎子说："是。"

吴敦并没有停下来和陆瞎子说话，只是遇上了客套几句罢了。吴狗去接吴云房手上的包裹。吴云房这年十岁，个子很矮，没吃过几顿饱饭的缘故，和吴狗这矮人个子差不多。

吴狗也看出瞎子没力气说话了，便没和他告别，跟着家人往村外走。陆瞎子听着他们脚步声渐远，寻思着又一家人走了，村里的人越来越少，便心生悲愤。又寻思着吴狗这两年和自己说了不少话，从此以后可能再也遇不上了。他清了清嗓子，仰起脖子唱了起来：

> 上去高山望平川，
> 平川里有一朵牡丹，
> 看起时容易摘起难，
> 搞不到手里是枉然。

正唱到这里，就听到急促的脚步声冲自己来了，一听就知道是吴狗这小子。接着,一块薄薄软软的物件塞到了瞎子手里。瞎子一摸就知道是吃食,忙抬手往嘴里塞,果然是菜饼。只不过这菜饼里菜多面少,隐隐有点高粱面的气味罢了。

吴狗说话的声音有点哽咽:"瞎子,我总不能让你白唱。"

瞎子也哭了,边哭边吃着饼:"白唱也无所谓了,反正我怕是过不了这个冬天了。"

吴狗说:"熬吧,或许明年是个好年头呢?"

瞎子点头:"得,你们也得好好的,熬到北京城去。"他抬手抹了一把脸,寻思着没必要把气氛搞得这么悲伤,便开了句玩笑:"你们仨啊,不要我这老家伙还没死,你们仨就先死了。"

"怎么会?"吴狗笑了,扭头去看不远处在等自己的兄长和侄儿,"我们要去北京吃鱼的,怎么会那么容易死呢?"

陆瞎子熬过了那个冬天,他饿死在了第二年立春后的第三天。而他在这天说给吴狗的玩笑话,想不到竟然成了真。这吴家三名男丁去北京城的故事,终结在三个月后的冬天。

阿哥的白牡丹呀,

摘不到想找的花儿枉然。

阿哥心上的人儿呀,

还是没能成为他的婆娘……

陆瞎子的花儿，在这村口的空中回荡。

2 /

陆瞎子之所以觉得吴家人邪乎，也不是没事由。

吴家是糊泥巴的手艺人。据说邻乡城隍庙里供着的菩萨，也是吴家人给糊的，还描了鼻子眼睛嘴，跟真人似的。这些年闹天灾，也闹人祸，十户人家有九户揭不开锅，别说糊菩萨了，墙要倒了都懒得糊。

而之所以说他家邪乎，倒不是因为这手艺，而是他家没女眷。也不能说是没女眷，而是但凡有了女眷，都躲不过难产死。吴敦他娘耳背，大嗓门，生吴敦时，叫得整个村都能听见。生出了吴敦后，接生婆说还没完，吴敦他娘一口气就没缓上来。村里人一听没声了，以为是叫累了，其实是死了。也就是说，接生婆把吴狗拉扯出来那会儿，他娘已经没气了。孩子他爹接过一看，这第二个娃娃模样有点不对，长了几年后发现是个矮人。所以吴敦他爹到死的时候，也还说划不来啊划不来，婆娘一条命换来个残疾。

吴狗是矮子，吴敦却长得高高大大，上好的模样。附近的人都知道他家底细，不敢把闺女嫁给吴家。邻村有户不怕死的，把闺女嫁给了吴敦，隔年就怀上了，到生娃那晚，大家都很紧张，寻思着不会又那么邪吧？

结果，生下吴云房这孩子后，接生婆说话了："还没完。"

这话刚说出口，婆娘竟然也断了气，肚子里另外那个娃刚好卡住，扯不出来，活活给闷死了。

所以后来下葬时，竖的牌上写着两个人的名字，一个是婆娘的，一个是吴家未成活的另外一个孩子。

村里人便说，吴云房这孩子长大后，怕是找不到媳妇了。

吴敦也一直是这么以为的，觉得自己祖上怕是造过什么孽。早几年有个传教士叫罗伯特的，来到他们村传教，住他家。吴敦就和这传教士说了这门子家事。罗伯特懂科学，捏着几根稀疏的胡子笑了笑，告诉吴敦这双生子有遗传，女人死只是缺乏医疗条件。毕竟一般的女人，第一胎生一个都要了命，别说生俩了。

吴敦半信半疑，这话也没给其他人说，反正说了人家也觉得是吴敦编瞎话。眼瞅着吴云房一天天长大，这生活了30年的破地方，也越来越活不下去了，便寻思着走出去得了。别人家离开村子叫作逃荒，等过了荒年还会回来。吴敦却没想回来，他想去北京城找罗伯特，签字画押做契约奴，辛苦几年看看能不能在北京城里安顿下来。往后，也就没人会知道自家克女眷，吴家后人从此也是北京人了。

吴狗是个矮人，打小被人欺负，都是吴敦替他出头，所以哥说什么他就认什么。私底下吴狗也不是没小九九，他听陆瞎子说外面还有和自己一样的矮人，有男有女。吴狗想，这女矮人兴许也和自己一样，在等着配对。

当然，也只是想想罢了。吴狗这辈子就算成不了家也没啥，有吴云房这娃娃在，吴家有后。吴狗还听人说过，这双生子啊其实本是一个人，在娘肚子里被劈开的罢了。所以，兄长的娃娃，就是自己的娃。能让自己的娃以后当个北京人，那是很好的事。

三人离开村子是 8 月，夏天。都没出过远门，对远近没啥概念，寻思着到北京城应该是腊月。这一路上走走停停，看到的都是和自己一样面黄肌瘦的百姓，自然是没要到饭。所幸有点力气，打点短工换吃食，到腊月，竟然走到了山西境内。

这年有个德国人叫李希霍芬（Richthofen, Ferdinand von, 1833–1905）的，到山西考察，跑回上海后就发表了一篇叫《中国旅行报告书》的文章，说山西煤铁资源丰富，堪称世界第一。这文章一出来，各国的洋人就都来了劲，蜂拥而至。洋人们嘴上说是来考察旅行，实际上都想来捞点好处。1897 年，更有一个叫罗沙第的意大利人和山西商务局签订了《请办晋省矿物借款合同》五条，之后又补了个《请办晋省矿务章程》二十条。至此，山西将矿务交给了洋人公司。之后为了争矿权，又成立了一个保晋公司，总部设在太原海子边。

就在这太原城旁，有个小地方叫苏门县。苏门县街面上有个闲人，叫作南彪。这南彪长得人高马大，仪表堂堂，却是金玉其表，败絮其中，整天游手好闲，不务正业。他喜欢给人说自己是前朝名将蓝玉的后人，祖上被鞋拔子脸皇帝朱重八迫害，才改了南姓。南彪有一位姐姐长得好看，嫁给了苏门县衙门里的文书。于是，南彪讨了个替人受杖的活儿。但凡有人被县令大人判挨板子，南彪就主动找到犯人家属，收点钱财，替犯人去挨板子。

这年也是南彪流年不利，和他姐夫要好的执杖刑的差爷回乡，新接替的不知轻重，把南彪打得呼天喊地，卧床半个月。但凡是个祸害，都好动，南彪也一样，臀上两片肥肉还没好全，就一瘸一拐上街溜达，去寻那在街市上摆摊算命的好友朱半仙，想问问这半月苏门县有些什么大事小情，芝麻绿豆之类的。

朱半仙家里以前殷实，但经不起他败。败光了就摆了这算命的摊，挂了两行字，上面写着"上能断刮风下雨世事无常，下能看产妇肚里是男是女"。摆摊的桌上放着块白布，上面写着自己的名号——半仙朱之逸。那几年西洋琐事传到我天朝，洋文书信居然是从左往右写。苏门县的小孩听说了，逢上街就围着朱半仙这块白布，把朱半仙的名字倒过来喊"一只猪"，他也不恼。每日里，有买卖就瞎扯，没买卖就半眯着眼睛装入定，显得很有仙气的模样，其实就是坐那里睡觉。

南彪这日来找朱半仙时，朱半仙正和俩金发碧眼的高大男子说话。南彪远远瞅见就乐了，急忙往前，想听听朱半仙这薄嘴唇，和毛子说些什么话。一激动，步子迈大了，扯了屁股上的痛楚，没忍住吆喝了出来。

朱半仙探过头来，看到南彪，招手要南彪过去。南彪撅着腚上前，朱半仙使了个眼色，给那俩洋人介绍："这是我兄弟南彪，祖上是豪杰。两位这事，有我和我兄弟帮手，自然顺利。"

南彪忙将双手环抱至胸前，也顾不得后腔伤口疼痛，装一副伟岸模样，睁大绿豆眼，将两个大鼻孔对着俩洋人，如那西洋战舰上的火炮，然后学戏台上说话："久仰久仰。"

那俩洋人一脸懵，不明白南彪这有点混乱的礼数，结结巴巴应了个"好"字，摸兜，拿了两百文钱给朱半仙。然后，又翻了翻白眼，挤出"定金"两字。

朱半仙收了钱，问了洋人住的客栈，便送人走了。南彪问询这究竟是桩什么买卖，对方出手如此阔绰。朱半仙却变了脸色，做神秘状，生意也不做了，要南彪帮忙把桌子抬到一边的店里寄存，收拾东西，拉着南彪往旁边一茶馆而去。走出几步，又想起了什么，折返回来，在自己那桌里摸了把剪刀放身上。

俩人叫了壶茶，一盘花生豆。南彪有伤不能坐，只能站那儿吃花生豆喝茶。朱半仙压低嗓门，说："这西洋毛子就是坏。"

南彪不明白，也不吃花生豆也不喝茶了，撅着腚问："怎么个坏法？"

朱半仙左右看看，身边没人，便小声道："有没有听说过收辫子的？"

南彪大吃一惊："那不就是传说中收人魂魄的勾当吗？"

朱半仙点头，说："我也是这样认为的，可俩毛子中国话说得烂，吞吞吐吐说了半天，好像是和什么科学有关。"

南彪说："科学我懂，四轮马车不用骡马，灌水就能动的那种。"

朱半仙又说："科学不科学也不关我们的事，反正俩毛子就是要收两根长辫，出价八百……"他眼珠一转，"出了六百文的价钱，要我明晚前送两根长辫。"

南彪没啥心肺，听说有钱挣，也不管那收魂的嫌疑了，大喜道："好家伙，我挨顿板子也才落个三五十文，这洋人一出手，两根长辫，就给六百文钱，好买卖！好买卖！"

朱半仙忙说："这六百文也不能全部给你，刨掉收辫子的钱，剩下的三七分，你三我七。"

南彪应允，俩人继续喝茶吃花生豆，可一合计，去哪里找这两条长辫呢？大清朝人人都得留辫，虽然现在没那么讲究了，不像早些年那样摘辫子就摘人头，可身体毛发受之父母，不能随便动的，更别说给人了。

俩人正商议着这事，茶馆外就来了一高两矮仨乞丐，端着个破碗要饭。其中有个乞丐是个矮人，脸大脖子粗，比另一个小孩还要矮。南彪和朱半仙瞅着稀罕，就多看了几眼。这三人衣衫褴褛，脸面倒收拾得算干净，兴许以前体面过。三条辫子也都整齐，应该是这两天刚拆开编过。南彪和朱半仙一对视，心里就有了计谋，扔了两块铜板到桌上，跟着这三个乞丐往外走去。

这三个乞丐正是吴家两大一小，出甘肃，走到了苏门县。今日正要出苏门继续往北京走，没要到饭讨了两碗水喝，就径直出了县城门。

兴许吴家人命里有这劫数，躲不过。这朱家出了朱半仙这么个人物，为孽。也许是机缘巧合，一世英雄一般的人物，在当初为什么会蹚这么一波浑水。

也许是冥冥中的命中注定。

第二章

刑警李文浩

1 /

又要说回到百年后，苏门县公审大会的那天晚上。

这南先进贴身衣服里放着钱，自然不能安心睡下。起床点上烟，和对面铺位叫吴北冥的人说话。这吴北冥也不拒绝，但话不多，跟着南先进有一句没一句地搭话，又不放开被褥，始终只是靠墙坐着，不像要睡下的样子。

南先进始终笑容满面，做殷勤状。心里其实万马奔腾，越发担忧起来，害怕对方早在红旗机械厂就盯上了自己，尾随而来。可招待所的钱也给了，现在走不划算，便只能硬撑着，看这吴北冥过一会儿会不会睡下。

所幸他是个跑供销的，会聊天。这会儿继续和吴北冥说话："这位兄弟，今天早上有看那河滩上枪毙人没？"

吴北冥说："没看到，就听了声响。"

"听说还枪毙了一个女的，长得很好看。"

吴北冥没吱声。

南先进又说："现在这人啊，长得好看身边围绕的男人就多，也不能全怪男人，这女人是个祸害。"见吴北冥还不说话，他接着说，"听说她还是个寡妇，这寡妇门前是非多，老话总不会错，对吧？"

吴北冥才吱声："也是她命好，得了个痛快。"

"被人用枪打死还痛快？"南先进反驳。

吴北冥又摸出一支烟，也不给和他聊天的南先进一根，自顾自点上："比起被人生生打断手脚，再活活烧死。吃个枪子儿，肯定是要痛快很多的啊。"

南先进就迷糊了："为什么这么说？难不成她不被枪毙，就会被人烧死不成？"

吴北冥便又不说话了，继续抽烟。

南先进讨了个没趣，寻思换个话题："对了，你这名字里怎么有个冥字啊？莫不是命里阳气重，要用个阴气重的字来压着。"

吴北冥呵呵笑出了声："你的名字也好不到哪里去，南先进，很难被评上先进吧？"

南先进也笑了，说："是啊，是啊，厂里的人都这么说。嘿嘿，其实我祖上并不姓南，而是姓蓝，和那明朝的将领蓝玉一脉。后来为了躲避祸事才改为南方的南。"

吴北冥一听，收了笑说："你祖上也是这苏门县的人吗？"

南先进说："应该是我三四辈祖爷爷那一代吧，在这苏门县里待过。我祖爷爷在万恶旧社会的衙门里当过差，据说还破过一个很大的案子，抓获过一个使邪门妖术的收魂人，一举成名，后来便带着家人，迁到了省城。"

"抓过一个使妖术的收魂人？"吴北冥又追问，"你祖爷爷叫啥？"

一听这吴北冥语气变了，南先进便有点紧张。可转念一想，自己祖爷爷都是百年前活泛的主，搁现在怎么可能和谁有关系呢？便又挤出笑说："那都是旧社会封建时的差事，放早些年查出身，也都没把我祖爷爷的事翻出来说道。再说，到我爷爷那辈就都是给人打些零工，又赤又贫。"

"哦。"吴北冥点头，"你祖爷爷叫啥？"

南先进又犹豫了一下，最终还是照实回答道："好像叫南彪。"

吴北冥放声大笑，说："也不枉跑这一趟。"说完竟然从床铺上跳了下来，手里不知道从哪儿摸出一把明晃晃的匕首。南先进被吓蒙了，暗道真是怕什么来什么，张嘴就要喊救命。可那吴北冥个子大，俩人距离又近。南先进还没张嘴，对方那大手就掩住了他的嘴，匕首架到了南先进的脖子上。

南先进想说句"好汉饶命"的话，可嘴巴被捂住了，眼泪鼻涕不争气，争先恐后地流了下来。面前这吴北冥的容貌也终于清晰起来，是个满脸横肉的汉子，梳着那年月流行的二八分头，一般人是左二右八，南先进的也是。可这吴北冥的相反，是左八右二，头发还挺长，多的那边头发垂下，遮住了半个额头。也是距离近的缘故，没开灯，南先进也看清了细节，对方那左边额头处，有一块红色的疤痕，像是胎记，又像是烧伤。看来他之所以梳个左八右二的分头，就是为了遮住这块疤痕。

"不许喊。"吴北冥命令道。

南先进忙点头。吴北冥却并没松开捂住南先进嘴巴的手，沉声道："要怪就怪你祖宗，说过后代要瘸着腿走路。"说完这话，便将匕首伸向南先进左腿膝盖内侧，也不含糊，直接一刀拉过。

整个过程，也就几十秒而已，膝盖后是经脉，被割伤后疼起来寻常人又怎么受得了？南先进"嗯嗯"了两声，一扭头，晕死过去。

再醒来，房里已经没有人了。南先进忍着痛，一摸胸口贴身衬衣口袋，钱竟然还在，便忙张嘴大叫起来，喊救命。他嗓门大，很快就唤来了不少人。大伙见南先进的模样，又听他简单一说，都慌了手脚，差人去附近的车站派出所喊公安，还帮忙止血，抬下楼，要送医院。

公安却先到了，因为那报案的人说得夸张，俨然是一起抢劫杀人的大案。车站派出所的臧所长亲自带队，就过条马路的距离，还出动了所里那辆边三轮摩托车。臧所长脸生得黑，外号叫臧锅底，是说他的脸黑得跟铁锅的锅底一样。那年代公安的制服是白色的，衬得脸更黑。他那辆摩托车的挎斗里，早上还捆了陪杀时尿了一裤裆的刘得强，垫子上沾着刘得强的尿，骚得很。晚上就又塞进了被人在大腿上绑了止血带的南先进，往县人民医院驶去。半路上，臧所长觉得这是个大案，所谓高调做事，低调做人。他平日里是个不喜欢废话的汉子，此刻却拧开了警笛，一路响得惊天动地，半个县城的人都被吵醒，纷纷探头，问邻里是不是哪儿着火了，消防车搞这么大动静。那先前探头的就回过头说："是警车，怕是又有不怕死的聚起来跳舞。"

南先进被送到医院后，医院里值班的大夫和护士也都很紧张。当时街上打架的祸事也不少，但遇到公安开着警车送过来的，还是罕见，自然是大事。医生护士最开始暗想：这么个瘸子，也跟人学着斗殴，怕是脑仁太小的缘故。后来一听说，居然是个受害者，被歹徒给刺伤的，便都崇拜了起来，脑补了很多南先进这么一个瘸子和几个尖嘴猴腮的歹徒搏斗的场景，赶紧给推出了担架，把南先进送进了手术室缝针。

臧所长是个念旧的人，在车站派出所待了十几年，没挪过地儿，因为他家就住派出所后面胜利街的缘故。之前外号鬼见愁的钟所长得了糖尿病，脚烂得走路都费劲后，他就升任了所长。也因为不想挪窝，所以臧所长不贪功，这案子第一时间又报到了县公安局。白天整个公检法系统的人为了公审大会忙活了一天，大半夜又接了这么个恶性案件，歹徒明显有顶风作案的嫌疑。况且，这案子还被臧所长定义为情节特别严重，影响特别恶劣。实际上，影响之所以恶劣，都是因为他半夜开着边三轮拉警笛的缘故。局里连夜通知了刑警队，带队过去的是副大队长李文浩。李文浩个头矮壮，心思却细腻，局里定义为刑侦方面的技术型人才。但凡被定义，也算是给了李文浩一种心理暗示，所以每个月公安部的《中国刑侦》、《刑侦技术》等杂志发过来，李文浩都是第一个拿去看。后来看多了，自己也写，还给杂志投稿，写了篇两千多字的《不要小看盗窃单车案——论单车盗窃惯犯是如何养成的》文章，很是给苏门县公安局争光长脸。

接了这警事，李文浩领着俩刑警就去了县人民医院，见到了臧所长，问："当事人呢？"

臧所长说："你听……"

李文浩就迷糊了，单手放耳边做顺风耳造型，朝臧所长所指的方向去听。

臧所长说："那手术室里哭喊得惊天动地的，就是被刺的当事人。"

李文浩点头，坐在臧所长旁边，一起等瘸子喊完被推出来后，再去讯问。坐了一会儿，俩人又去医院外面抽烟，没叫其他同事，毕竟有些话，是不能随便让下属知道的。可案情细节还没采集到，俩人抽烟说悄悄话，也没个话题，最后又扯到公审大会的事情上，闲聊了一会儿罢了。

一直等到半夜三点，南先进才被推出手术室。李文浩和臧所长要进去问讯，护士不同意，说："要给时间让病人休息。"

李文浩就恼火了，在病房外发火："你们明不明白刑事侦查讲究的就是一个快、准、狠，多拖一分钟，就是给犯罪分子多一分钟逃脱的时间。"

那护士翻个白眼："麻药的劲儿都没过，病人还迷糊着，你们也问不出什么的。"

李文浩更加气恼，想要发作，被臧所长扯了下衣角。臧所长小声道："听说陶副县长的小姨子就在人民医院做护士。"

李文浩愣了下，然后瞪了护士一眼，摇头道："红颜祸水，红颜祸水啊。"

于是，两人又在走廊上等了一个多小时，医生过来查房后，才点头让他们进去，找南先进做笔录。

李文浩先做了些常规问话，诸如姓甚名谁，为啥来苏门县。南先进都照实说了，还捂着自己被切断了经脉的左腿埋怨，说这条本就残疾的腿多灾多难，打一出生就短一截，现在又挨了一刀，实际上脚底板上还有个鸡眼没好透。

臧所长和李文浩自然不是来听他说这些的，连忙打断了他，要南先进将整个事情的经过说一下。南先进是个跑供销的，走过南闯过北，语言表达能力还行，说得绘声绘色，还懂设置悬念，最后推出高潮，把臧所长和李文浩听得一愣一愣的。然后，又要南先进描绘那凶手的模样，南先进就说了对方个子高大，满脸横肉，还说对方梳了个左八右二的二八分头，更没漏掉额头上有疤的重点。

听到这里，李文浩就走到病房窗户前，双手放在身后，摆出一个沉思的造型，站了有一两分钟。那窗户有缝，吹进来的风让他觉得有些冷，便猛地转过身来，说："凶手是个左撇子。"

臧所长和南先进都愣住了，看着李文浩。李文浩继续道："你们想想，我们寻常人梳这个二八分头都是左边二，右边八。这是为什么呢？"他在这里停顿了一下，想要臧所长和当事人思考一下，算是个留白。

"嘿嘿！"见臧所长和瘸子一脸迷惑，他笑了笑："是因为我们都习惯用右手，所以梳这个左二右八的分头顺手的缘故。"

臧所长就说："李队，好像不是啊。你看，这南同志受伤的是左腿。歹徒当时和他面对面，如果是个左撇子的话，那割膝盖的这一刀，岂不是还要费劲伸进小南同志的裤裆，反手绕过去动手才行。"

李文浩一想也对，便没吱声，再次转身对着窗外，继续做思考状。

这时，病房门被人推开了，是李文浩安排去招待所里问讯的另一名刑警回来了，身后还跟着一个穿蓝色棉袄的小伙子。刑警冲李文浩一指，说："喏，这就是我们领导。"然后又冲李文浩说，"这是招待所前一晚值班的服务员小钟，给那歹徒办过入住手续。挺热心的，非得跟过来，说要给刑警队的领导详细汇报。"

那穿蓝棉袄的小钟连忙往前跨出一步，站得笔直，脸上堆着笑，说："我姓钟，我的名字来自主席的名句——钟山风雨起苍黄。"说后面这诗词时，他还摇头晃脑，用了拖腔。

李文浩点了点头道："哦，你叫钟黄。"

躺病床上的南先进这一会儿伤口兴许是不疼了，坐床上"哧哧"地笑，说："哪有人名字叫黄的，应该是叫钟山风吧？"

那小伙很尴尬，说："我叫钟宇。本来用风雨的雨，显得娘，才改成了宇宙的宇。你们叫我小钟就是了。"

前面说了，臧所长不喜欢说废话，便打断了服务员的自我介绍，沉声道："你有什么重大案情需要跟我们说的。"

小钟冲臧所长笑，说："我见过你，你是我们对面那家喜相逢饭店的厨子，就是车站派出所隔壁那一家。"

臧所长就要发作，被李文浩按住了。李文浩说："这是你们招待所隔壁的车站派出所臧所长。"

小钟脸就红了，说："我就说怎么看着你眼熟呢。"

这人说话磨叽，很不对众人胃口，啰里啰唆像个作家。臧所长便没好气道："你有什么要说的，赶紧，我们忙着呢。"

小钟忙从身后拿出个小本子，递了过来，说："那大个子凶手叫吴南海，是北京人。他昨晚来登记住店时，说没带介绍信。我这个人吧，虽然只是个招待所服务员，但一直以来都追求先进……"

臧所长瞟了一眼身后躺病床上名字里带着"先进"的受害人，打断他道："说重点。"

小钟点头："他说没介绍信，我自然不让他住店，毕竟大晚上的，慎重点比较好。然后他就在裤兜里摸了一会儿，又说找到介绍信了，好像还嘀咕了一句'也没做啥，给你登记了也无所谓'。"说到这里，他用手指指着小本子，给臧所长和李文浩看。那瘸子腿上有伤，可毕竟是当事人，关心这事。便在病床上伸长脖子，也要凑过来看，被李文浩白了一眼才缩了回去。

只见那本子上歪歪扭扭地画着几个鸡脚一般的一行字："北京无线电七厂二车间车间主任吴南海。"

李文浩笑了："想不到还是个流窜犯，从北京流窜到我们苏门县来犯事。嘿嘿，这案子岂不是就破了，赶紧给北京打电话，让他们抓人。"

臧所长摇头道："应该没这么简单。再说，这案发才几个小时，汽车站也没开门。歹徒要回北京，没这么快。"

坐在病床上的南先进着急了，"不是叫吴南海，他说他叫吴北冥，北冥有鱼的北冥。"

李文浩冲南先进瞪眼道："有哪个犯罪分子会将自己的真名直接告诉你们这些受害群众的呢？"

南先进一想也是，便没再作声。

于是，李文浩等人和当事人确认笔录，安排签名按手印后，便要回县公安局，留了一个车站派出所的民警在医院坐着。李文浩他们没车，让服务员小钟自己走路回去，自己和臧所长还有队里两名刑警一共四个人，挤上那辆边三轮，驶出了医院。李文浩坐在边三轮的挎斗里，表情很严肃，心里琢磨着案情。臧所长想着白天那挎斗里坐过尿裤子的刘得强，晚上又坐过流了血的南先进，心里就憋着笑，把他们仨送回县公安局，然后自个儿先回了派出所。

李文浩直接去了电话室，让守电话的王大爷用钥匙打开电话盒子，说有重要事情。王大爷本来在打盹，这会儿正迷迷糊糊呢，就去找钥匙。李文浩利用这段时间翻电话室里那本厚厚的电话本，找到了北京公安的电话号码。

打过去，北京那边问了详细情况后，又给了李文浩另外一个电话，说是无线电七厂所在的厂区派出所的电话，要李文浩打过去请他们那边协查。

可李文浩打过去，没人接电话。他就捏着拳头挥舞了一下，小声骂了句："都是些不干事的。"要再打一次，王大爷就不乐意了，说长途电话非常贵，就算是张局自己打，每次都算着分秒的。

李文浩就说："这不是没接通吗？"

王大爷摇头，说："响两声就开始算钱。"

李文浩想说"那我每次就只让电话响一声"，可这话没说出口，因为一抬头看到电话室墙上挂的钟，才五点半，确实太早了一点。

于是他便上了楼，在刑警队那一层坐着抽了根烟，琢磨了一会儿这案子，觉得要分两步安排。一步是抽调干警去汽车站候着，看那叫吴南海的会不会出现。另一步就是候到天亮，要北京那边派出所的同志赶紧布控，如若这凶犯回家，就第一时间控制住。

这会儿打不通电话，只能缓缓。李文浩走出办公室，到隔壁刑警队宿舍那边，叫醒了之前跟自己出警的那两位同志，安排他们赶在汽车站开门前过去，找车站派出所的臧所长，一起蹲守抓捕吴南海。又一寻思，那个叫小钟的招待所服务员是见过吴南海的，看着像个积极求上进的群众，便叮嘱了一下，要俩同志去叫上这个小钟。

安排妥当已经六点出头了，李文浩一宿没睡，想要眯上一会儿，到八点再去打电话。可心里有事，睡不着，一抬头，发现张局办公室里居然也亮着灯，便拿着烟，往楼上走，去给张局汇报下这起案件的情况。

李文浩急着去汇报，并不是表功。因为张局也是刑侦出身，喜欢钻研刑侦技术。老头全名叫张勤政，勤劳干政务的意思。问题是他最早是在邮电局保卫科工作，后来调到公安局做侦查员，升职后还是分管刑侦。这半辈子下来压根就没干过政务，而是警务，所以有时候大伙调侃说张局应该叫张勤警才对。李文浩上楼去，算是俩同事聊案情罢了。张局听了李文浩对案件的描述，也对李文浩针对案件做出的两个安排给予了肯定。他从办公桌下面的抽屉最里拿出了一包带过滤嘴的香烟打开，给了李文浩一根并点上。

聊了一会儿，俩人又一起去县局外吃了一碗凉粉当早餐，时间就快八点了，两人去往电话室。张局站旁边，看李文浩打电话，第一个电话还是没人接，张局看看表，八点整，寻思着北京那边应该也上班了才对，便要李文浩再打。李文浩这次学乖了，响一声就挂掉，免得算钱。来回打了有三次，都是响一声就挂掉，到第四次话筒那边很快接了，劈头盖脸就是骂人的声，说："王八犊子，好玩吗？一大早打三四次电话来，一接通就挂掉，拿我们派出所寻开心吗？"

李文浩一大早就被人骂，有点郁闷。可又一想，看来对方确实是八点准时上班，只是自己挂得太快了的缘故，便连忙解释，说自己是苏门县公安局刑警队副大队长李文浩，有个案子需要协助调查。

对方听李文浩话语客气，便没再嚷嚷，听李文浩说完车站割大腿案，又详细问了那吴南海是哪三个字。李文浩听见电话那边有"沙沙沙"写字的声音，暗想北京的同志应该是在记录，便连忙补充说这吴南海是个左八右二的分头，额头上有块红疤。最后，北京的同志留了苏门县公安局的电话，说现在就去无线电七厂走访下，晚点回电话。

李文浩让张局先上楼，自己坐在电话室里，等对方回电话。这时，王大爷的老伴给他送早餐来了，王大爷腾出自己值晚班打盹用的睡椅给李文浩，让他补个觉，边等电话。李文浩躺下去，这次竟然很快睡着了，还做了个梦，梦见自己领着几个同志拿着电影里打小日本的那种驳壳枪，和一群尖嘴猴腮的歹徒"噼里啪啦"枪战。打得正激烈，身后就传来铃响，一扭头，是那个之前话多的招待所服务员小钟，骑着个自行车在那里冲自己嚷嚷："让让，我赶着去上班。"梦里的李文浩很恼火，说："这都什么时候了，歹徒穷凶极恶，你还要骑过去上班，不知道换条路吗？"

正梦到这儿，就被人晃醒了，是王大爷冲自己说话："北京来电话了，找你。"

李文浩一下跳了起来，暗想梦里那车铃声应该是刚才的电话铃声。他忙去接电话，帮忙协查的北京同志用京片子说："查了，确实有吴南海这么个人，额头上也有块疤。不过那人昨晚加班。他是车间主任，整宿都没离开工作岗位，车间里的同事都看到了的。"

李文浩就说："怎么可能呢？他明明在我们苏门县割了一个瘸子的

大腿，人证物证都在。"

北京的同志就说："也有可能是别人捡了他出差时用的介绍信，然后冒充他去你们那地方住招待所吧？"

李文浩就急了："额头上的疤也对得上啊？"

北京的同志说："确实有块疤，而且也是个二八分的分头，不过不是左八右二，而是左二右八。"

李文浩暗想：这北京的同志也是不开窍，歹徒为了躲避制裁，把左八右二的分头梳成左二右八难道很难吗？但这话他不好说出口，毕竟对方同志一大早就帮忙协查，也是好同志。便说："要不还是我带人过去认一下吧，请你们通知一下那无线电厂，把人给我控制一天，我们现在出发，晚上应该能到。"

北京的同志说："那好吧，我现在就给无线电七厂保卫科的说一下。"至此，这通电话按理说就要挂了，可那北京的同志似乎又想起了什么，补了句，"这吴南海我倒是有点印象，他们家二十几年前，好像出过一件大案。"

李文浩听了，没往心里去，毕竟二十几年前李文浩自己还吃鼻涕，和这恶性案件没半毛钱关系。至于这一切事的起因更是要追溯到吴姓一家百年前所经历的惨剧，那百年前更是压根没有他这么个人存在。

所以，他径直挂了线，然后出电话室，又往张局办公室跑去。

第三章

一桩买卖的达成

1 /

那百年前的前清，苏门县城外，从甘肃逃难出来，想要去北京城尝尝北冥海中的鱼味的吴家三口人，尚不知大祸将至，交织百年的恩怨正缓缓拉开帷幕。

尾随在他们身后的南彪和朱半仙，选城外人少时分，快步上前，将三人喊住。这南彪模样凶恶，朱半仙又眼神飘忽，横竖都不像好人。矮人吴狗连忙拦到了十岁娃娃吴云房身前，吴敦一拱手，说："两位好汉，我们只是路过的逃荒乞丐，望高抬贵手。"

南彪便恼了："我俩找你们说话，难道还被你们误会成劫道的蟊贼不成？"

朱半仙忙将南彪往旁边推，也和吴敦一样拱手："看来三位是误会了，我们兄弟二人，见你们仁外来人模样忠厚，流落到此，怕是有为难之处。所以上前来搭讪，想要给个赚钱的活计，看你们有没有兴趣。"

吴敦堆出笑："我们是从甘肃逃荒，往北京去寻故人的普通百姓，没什么本事，但手脚都还勤快干净。如若两位有需要帮手的活，尽管吩咐，我们求之不得。"

朱半仙左右看看，确定这附近没人，然后压低声音，对吴敦道："不瞒两位，我与我兄弟有一患了怪病的老母，卧床多年。我们寻访全国各地名医，散尽了万贯家财，也都无济于事，甚是苦恼……"说到这儿，朱半仙瞅见一旁的南彪依旧撅着肥臀，一副劫道宵小的模样，便偷偷使了个眼色。南彪虽然是个浑人，但也不是没有玲珑心思，立马理会，抬手用袖子在脸上擦了擦，转过身，做难过状。

朱半仙便开始继续瞎扯："前些日子，我们寻到神医，给了我们一个药方。那方子比较古怪，但谁让咱是孝子呢？再难的药，我们也都给找到了，唯独有一个药引子比较难入手。"

吴敦与吴狗都是乡下人，对世道险恶没有个分寸，听朱半仙这么一说，又见南彪似乎在抽泣，便当了真。吴敦问："那是什么药引啊？"

朱半仙是个老骗子，手段高，这一会儿连忙摆手："不好说，不好说。"他用的这是三十六计中的欲擒故纵。

吴敦说："你倒是说说，怕我们这打西北过来的，听说过。"

朱半仙便叹气："唉，需要的是青壮男丁的头发做引。"

吴狗纳闷了："这还不容易，满大街都是，剪点自己的也可以啊。"

朱半仙摇头："需是走南闯北染过风尘的男丁头发。"

吴敦说："这兄弟的意思，莫不是想要我们给你一缕头发吧？"

朱半仙点头："不过，不是只要一缕，而是需要两条长辫。"

吴狗瞪大眼："用两条长辫的头发拿去做药引，那你老娘这饭量……哦，不，这药量也不小啊！"

朱半仙眼珠一转："是两个月的量，只不过要一次性熬好，分两个月喝。所以，所以我兄弟二人，就找上了你们……"

吴敦说："你的意思是想要我们的长辫？"

"正是。"朱半仙见吴敦至此面带难色，又连忙补上一句，"我们兄弟二人，愿意给你们五十文钱作为酬劳。"

站一旁的南彪心里就觉得这朱半仙做人做得有点过分了，六百文的买卖，坑人太狠，似乎也不太像话。于是南彪扭过头来，自作主张补了一句："是一条辫子五十文。"

其实朱半仙本意也是要花出一百文钱的，可但凡做买卖，总不能一次性把底都给出了。于是他白了南彪一眼，说："是！"

吴狗便笑了，对他哥哥说："那再好不过了，我们现在就给他们剪下辫子呗，反正这年头出门要饭的和尚也多，我们就说我们是哪个塌了的庙里逃出来的就是。"

吴敦却摇头。他皱眉，再次上下打量南彪与朱半仙两人，心生疑惑。末了，他对朱半仙说："两位能不能容我和我兄弟商量一下。"

这意思就是要他俩回避，兄弟要说说小话。这朱半仙和南彪自然不好拒绝，便往后退了，站不远处等候。

就在这时，从远处走来一个挑着担子的杂货郎，担子一晃一晃地，正要往苏门县里去。他那担子上还伸出个细竹竿，上面插着十几串冰糖葫芦。这入冬不久，正是冰糖葫芦最为爽口的时节，朱半仙瞅着眼馋，便招呼那杂货郎过来，要买上一串。南彪咧嘴笑，开口说也要一串。朱半仙说："今日里我已经请你喝了茶，还吃了花生豆，如若要吃这糖葫芦，需得你自己给钱。"

南彪说："那就从我一会儿要分的钱里扣。"

朱半仙不答应，说："那还不能算，还没赚到手。"

南彪便不乐意了，可身上没钱，只能看着朱半仙买了一串糖葫芦。这朱半仙拿着糖葫芦，伸出舌头要舔。站一旁的南彪使坏，指着天上的一行大雁大吼了一声："快看。"

朱半仙吓了一跳，手上那糖葫芦没抓稳，掉到了地上。再一看南彪，一副幸灾乐祸的神情，很是得意。可这朱半仙也不好发火，毕竟自己一细胳膊细腿，以后在这街面上各种扯皮事儿，还要靠南彪撑腰。于是，便弯腰捡起糖葫芦，只见那透明的糖汁上，沾满了尘土。他左右看看，附近没有清水，没法冲洗。

这串糖葫芦自然是没法吃了。朱半仙一探头，看到不远处那两个乞丐还在商议，剩下那孩子正盯着自己这边，怕是看上了自己手上这串糖葫芦。这朱半仙鬼点子多，眼珠一转，对南彪说："你以为我是自己嘴馋才买下的这吃食吗？"

南彪不明白："难道你还是要拿着这冰糖葫芦塞屁眼不成？"他这话一说出口，自己觉得说得甚好，自顾自大笑起来。

朱半仙白了他一眼："所以说，你小子就是成不了大事。今儿个让你见识下我的能耐。"说完这话，就举着这串沾了土的糖葫芦，往吴家三人走去。

吴敦和吴狗见他俩又来了，正要说话，却见朱半仙将那一串冰糖葫芦递到了吴云房这娃娃手里。朱半仙说："两位大兄弟也莫怪罪，刚买了这吃食想给你家孩童，没拿稳掉到地上沾了土。"

吴敦和吴狗两个黄土地里长大的糙汉子，几时见过外人有如此好心大方的，一下就愣住了。吴云房接过这冰糖葫芦，却不知所措，十岁的年轮里，别说冰糖葫芦了，他连枣都不曾见过，更别说尝过。

朱半仙摸着吴云房的头，说："吃吧，吃吧。"

吴云房却不敢吃，他咽下一口唾沫，扭头看他爹和叔。这三人从甘肃出来几个月，个个面黄肌瘦。近几日来，只啃了些野果树皮，肠胃里空荡。见吴云房这可怜巴巴的眼神，吴敦心里便难受，对娃儿点头："赶忙谢谢这位爷，吃吧吃吧。"

吴云房得了他爹的允许，忙冲朱半仙鞠躬，却也没开口说谢，着急吃手里的吃食。那第一口下去，咬下半颗枣，甜蜜滋味瞬间充满口腔，又有酸味刺激，美得这娃娃眉眼都弯了，更是舍不得将沾在上面的沙土吐掉，一起咽下。到吃第二口时，见叔叔吴狗紧盯着自己手上的吃食，正在吞唾沫。这矮人天生残疾，但对侄儿吴云房甚好。云房这娃知好歹，连忙抬手，要吴狗也吃一颗。

吴狗忙扭头，假装干咳了一声，将嘴里的唾沫吐出去，说："这红色玩意儿，我早就吃过，而且吃了很多，早就腻了，不喜欢吃。"说完便去看他哥哥吴敦，不再看娃娃手里的吃食。

这朱半仙没送糖葫芦过来之前，吴敦正和吴狗商议辫子事宜。吴狗目光短浅，自然觉得拿了这一百文钱甚好，但吴敦却不答应。吴敦觉得三人是要去往北京城的，那北京城是帝王之都，没了长辫，怕是城门也进不去。再者，这身体毛发受之父母，对方两人拿着辫子究竟是去做药引，还是有些什么其他的邪门用处，也无从知晓。正说到这儿，朱半仙过来献殷勤，自己娃儿饥饿，面对吃食又怎么忍心让娃儿不吃呢？又见朱半仙站一旁笑而不语，吴敦也没了主张。朱半仙见他这模样，暗想这辫子应该即将到手，便直接从随身包里拿出了那把剪刀，朝吴敦递来，小声道："两位兄弟，这人在世上，皆有为难时候。能互相帮衬，自会有福报来到。"

那南彪见朱半仙巧嘴滑舌，显得自己没啥用，便再次自作主张补上一句："大不了我们再给你加二十文钱就是。"

站一旁的吴狗听着越发着急，又见身后吴云房将第三颗枣已经咬下，吃得津津有味，便暗想：已经收了对方的好处，总不能让对方给的这串吃食打了水漂。

吴狗很少悖逆兄长的主意，此刻却一时头脑发热，抢前一步接过了朱半仙手里的剪刀。他也不顾吴敦意下如何，连忙将自己的长辫一把剪下，嘴里说道："实在不行，我们给你一条长辫，也不要你加的这钱，就只要之前说好的价格，收你们五十文钱得了。"

吴敦没拦住矮人的举动，气得直跺脚，说："吴狗你这家伙，没了长辫，怎么进那北京城？"

吴狗手里拿着辫子，头上剩下的头发披散开来，模样滑稽。他咧嘴笑道："哥，我们想要的是吴云房这孩子，以及他的后代能在北京城里活着，每日里饿了就有鱼吃，不用和老家那些饿死的人同样命运罢了。就算是……就算是我吴狗进不了北京城也无妨，有你和云房这孩子进了，我就心满意足了。再说呢，这头发又不是不长了，留长扎辫也就一年半载的光景。大不了我在城外等着，留了辫子再进城去找你们。"

站一旁的南彪听得迷糊，没忍住插话道："这去北京城每日里吃鱼，又是哪一个唱本里说过的？爷爷我怎么没听说过。"

吴敦忙赔笑，说："我听教书先生说北冥有鱼，寻思着这北冥距离北京城不远，所以给他们说了去了北京城，就可以捕鱼吃，不用挨饿。"

朱半仙一翻白眼，拉长声吟道："北冥有鱼，其名为鲲，鲲之大……鲲之大……"他本也没读过几天书，知晓的语句大多只是个首尾，可又忍不住卖弄，所以时不时献出丑来。

站一旁的吴狗却是听明白了，追问道："鲲到底有多大？"

朱半仙捋了捋稀稀拉拉的胡须，想不起后面的说辞，便开始胡扯："鲲之大，一锅炖不下。"

吴狗笑了，将剪刀与自己的辫子往朱半仙手里一递，说："那也得看看用多大的锅吧。"

朱半仙却只接过剪刀，将吴狗递来的辫子往回推。他老奸巨猾，对方已经剪下一条辫子了，另一条自然只是时间问题了，断不可因小失大。只见他摆手道："我拿了你一根辫子，也没啥用处。药引需要两根长辫，少了分量药效出不了，还是救不了我那可怜的爹爹。"

站一旁的吴云房正吃下最后一颗枣，大人说话，他听得半懂，却还是没忍住插嘴问道："这位伯伯刚才说家里是母亲生病，怎又换成了爹爹生病呢？"

朱半仙面不改色心不跳："唉，实不相瞒，之所以要用两根长辫，皆因我爹爹也患病的缘故。只是我爹爹是族里男丁，不便让人知晓患病之事。"

吴敦听着，心里更是生疑。这朱半仙靠算命为生，打扮本就像个方士。吴敦心里担忧，害怕对方拿辫子是要做啥不可告人的邪门用场。可一看身旁的吴狗自作主张，摘下了长辫。又一寻思，一百多文钱数目不小，够三人路上对付一些时日的。

也是吴家三人躲不过这场劫数。世间人，天生本为善，奈何生活所迫，才会生起为非作歹的恶意。于是，这吴敦一咬牙，对朱半仙说道："要不这样，你借我剪刀，等候我们一晚，我们在这附近乡村里，给你偷条辫子回来。加上我家兄弟这条，正好够数。"

朱半仙没料到这看上去敦厚的乡下人，居然有如此念头，大吃一惊。但转念一想，只要不用自己下手，管他去哪里摘人辫子。便点头，说："也好也好，不过需得是见过风尘的，最好是男丁长辫。"

其实，如若吴敦有心，至此应该能听出朱半仙满嘴假话。现在更是模棱两可，说最好要男丁长辫，言下之意只要是辫子，妇孺的也无所谓。

可到哪里去夺人长辫呢？众人犯难。南彪便出了个主意，说是附近有个驿站，挨着南彪一远房亲戚家所在的沟子村。那驿站里，经常有人过夜。当然，也不是随便什么人都能进驿站，但驿站的屋檐伸出得长，靠墙凑合一宿的过路人也时不时有，正是吴敦兄弟摘人辫子的好去处。

吴敦咬了咬牙，和吴狗又合计了几句，决定就去南彪说的这驿站。朱半仙不同意，说万一没人留宿呢？那岂不是今日里凑不够两根辫子？

吴敦说："如若没有，那我就剪下自己的给你就是了。"

朱半仙这才点头，唤南彪带路，去那驿站。

2 /

这沟子村，位于苏门县城郊外，有一条小河穿过，河对岸有一平龙山。沟子村人就说，自家这一亩三分地，有天神护佑。这平龙山，正是恶龙想要为害一方，丧命之处。这说法源自哪朝哪代，也没个凭证。《苏门县志》里也不曾说起过。到那百年后严打，枪毙一干犯罪分子的位置，也在这已被划入苏门县城里的小河河滩上。至于之后又修

051

建的大桥，也位于此处。

那驿站在这沟子村外。因为挨着官道，所以驿站附近还有一座山神庙，给路过的商旅、进京赶考的读书人供香火。也是因为那些年世道不好，天灾人祸不断，山神庙的老道没了收入，领着徒弟出门要饭，有好几年没回了。南彪是沟子村人，熟门熟路，一行五人到了这山神庙歇息，等候日落。其间他又找朱半仙讨了些钱，去沟子村里买回一些吃食，供大伙对付了一顿。这朱半仙疑心重，埋怨南彪落了钱。南彪便很生气，将那落下的钱偷偷塞到了鞋里，摊开手要朱半仙搜身。朱半仙碍着吴敦一家三口在旁，不好发作，只得作罢。

临到傍晚，山神庙外下了场大雨。众人站门口看这大雨都颇为欣喜，寻思着定有过路人为了避雨，会寻到那驿站过夜。

到天黑，雨也停了，南彪出去转了一圈，回来紧皱眉头，说兴许就是这场雨，误了赶路人的行程，那驿站里外都没有人烟。众人沮丧，吴敦便要吴狗每过一时辰，往驿站外溜达一圈，看看有没有人。

到临近子时，也没有收获。吴敦暗想：已答允了人的事，总要做到。便想等到天亮，摘下自己的辫子，给朱半仙与南彪两人，换那一百多文钱。就在这时，山神庙外居然传来奇怪莫名的声响，又有人行走的脚步声，又有"啪啪啪"不间断的重物落地声，以及偶尔响起的铃铛声。朱半仙等人今晚所要谋划的勾当本就不甚体面，在这山神庙里，没敢生火。听到声响距此处越发近了，心里虚，便都往山神庙后门跑去，可又舍不得走，靠在门外墙边向里张望。

只听那脚步声、铃铛声与那重物落地声越发近了，到了庙门口，细微的人声也传到了众人耳里。南彪和吴狗在最前面，两人便偷偷探头出去，见有一身穿黄色长袍道士打扮的人，手持桃木剑，摇着铃铛率先进了庙。他身材瘦小，留着长须，眉目却生得猥琐，与打扮并不搭配，反倒显得邪气。

猥琐道人进了庙门，四处打量，却也并不仔细，又扭头冲身后说话了："没人，不用装了，进来吧。"

庙外那重物落地声便停顿下来，又有一穿着青色长袍、头戴大斗笠的高大男子迈步进庙。只见男子的青色长袍上挂满了纸钱和黄表，那斗笠也压得低，遮住了颜面。进了庙门，这青袍男子便开始骂娘："下回有这差事，你不要再唤我了。帮你扛着这死人走几百里倒还吃得消，临到目的地装神弄鬼这一出，却不是寻常人能受得了的。"

那猥琐道人便吃吃地笑，说："赶尸这活儿，也就是一个场面好看，让东家的亲戚们看着心里舒坦点。你莫非以为他们都笨到相信死人会自己蹦跳吗？求个心安，让游子自行返乡的形式罢了。"

显然，这两人正是行走江湖的赶尸人。所谓赶尸，就是驱使在外地毙命的死者尸体自行走回家乡，再倒地入土，求的是没有客死他乡的意思。前面这道人打扮者叫张三，这名是化名，真名是不给外人知晓的。他在安徽接下这单活，是一青壮男丁病故，同行的人要张三赶尸体回苏门县沟子村。张三便用药水将尸体浸泡了两日，雇了名叫王二麻子的劳力，将尸体一路扛了过来。这张三所说也是事实，请人赶尸的东家，不会真的愚蠢到以为尸体能够自己蹦跳几百里回来，但都是为了一个说头，也算是没有客死他乡，自行回家下葬。

按照行规，张三和王二麻子到了沟子村附近，须得寻一僻静地方候着，差人去往尸体家里通知，约定好一个日子。然后死者家人便会在那天清晨，携一干亲友在村口等候。到那时，张三着赶尸人服装，哼唱着经文，举桃木剑摇晃铃铛。身后驮着尸体的王二麻子套着肥大青袍，蹦蹦跳跳向前，好似死者自行归来，由亲友们接着一起回家。到家后，任由赶尸人单独待一会儿，放下尸体，才算完事。也因为一干人等都重视这一仪式，所以张三和王二麻子在今晚抵达村外落脚之前，服饰和道具也都要装备妥当，免得外人瞅着难看，破了那话术。

这王二麻子进了庙里，嘴里骂娘，但活儿还是不敢怠慢。他身上那尸体是头朝下与他背靠背扛着的，尸体的双膝搭在王二麻子肩头，双手环抱王二麻子的腰，头在最下，挂在王二麻子裤裆位置，这样就不会显出一死一活两个大脑袋挤在一起。王二麻子跳得辛苦，却不敢将尸体放下，想坐下休息，只好把尸体的头往后挪动点，自己坐下就不用夹着这头颅。而那头颅上的辫子是前一晚两人给新扎的，为了给死者一个体面，扎得严实也好看。此刻王二麻子这么一坐下，那头颅就从长袍下伸出了半截，露出了盘在头顶的辫子。

躲在庙外的南彪和吴狗看见了，心里怦怦乱跳，扭头比画，要吴敦和朱半仙也都探过头来。朱半仙这人奸诈，见状便附在吴敦耳边，说："我两兄弟去外面官道候着，就是上午喊住你们的地方。你们见机而动，拿着辫子来找我。"

吴敦点头应允。可这朱半仙又不放心，一手牵住了吴云房这娃娃，对吴云房做噤声手势，又在吴敦耳边说："孩子跟我吧，反正一会儿要见面。"

吴敦这可就不能答应了，可那会儿也是迷了心窍，瞅那辫子如狼见了肉。他皱了皱眉，将吴狗朝朱半仙推，压低声音道："你带娃娃跟着他俩，天亮以前，我拿着辫子来找你们。"说完又朝朱半仙伸手要那剪刀。朱半仙忙将剪刀递给他。

吴狗想要留下，可见兄长神情紧张，也知道这会儿不是婆婆妈妈的时候，便牵上了娃娃的手，要跟朱半仙和南彪走。临要抬脚，心里却有了一种不祥的预感，总觉得会有事，再一回头，只见吴云房那娃娃手里竟然还拿着那根穿枣的竹签，递给他爹，也学着大人压低声音："爹，这上面还有点甜味，你舔舔。"

吴敦心里一酸，接过竹签放入怀里，说："爹回头再舔。"

至此，吴敦与矮人吴狗、娃娃吴云房分开，再见或已是来世。而那一刻吴敦怀里揣着的物件，有一条吴狗的长辫，一把磨得锋利的剪刀以及那根吴云房递上的竹签。竹签上，又有残留的糖葫芦的红色，像极了鲜血。这在之后那场惨绝人寰的悲剧中，竟成了坐实他是个收魂人的证据。

第四章

出苏门记

1 /

苏门县里关于收魂人的传说，倒是流传了有上百年。奶奶辈总是拿这故事吓唬牙牙学语的孩童，说是那打外地来的坏人，带着邪门的物件，具备收魂的本事，专瞄不听话的娃娃下手，令人魂飞魄散，成为行尸走肉。

所以，不单李文浩打小听过这故事，就算是年长李文浩二十多岁的现任苏门县公安局副局长的张局，也是听过的。但那是封建迷信，但凡读过几天书的人，都知道那是扯淡。

这个早上，张局听了李文浩对于车站割大腿案的汇报后，很支持李文浩去一趟北京的决定，还给批了两个人出差的条，要李文浩带名同事一起。可李文浩想了想，说自己想叫上招待所那个叫小钟的小伙过去，他见过歹徒，也是个热心群众。张局觉得行，又要李文浩重新写条子，这次写三个人。李文浩说局里也没啥钱，就自己和那小钟两个人去吧，多去一个人又要多一个人的车票。

张局笑着点头，心里认可李文浩，觉得他做事有分寸，懂得顾及前后。所以说，那年月里的人们，做事就是做事，没什么花花肠子。李文浩是个副队长，虽然心思缜密，实际上也很单纯，脑子里一根筋，想的就是破案抓人。这一点，现在的人还真是没法比。

李文浩下楼，骑着自行车回了趟家，给媳妇说了声。媳妇要给他拿套换洗的内衣裤，李文浩说就一两个晚上，兴许明天就回也说不定。尽管如此，媳妇还是塞了双干净袜子到李文浩的包里，因为李文浩是个汗脚，还臭。李文浩把自行车放在了家里，出门时故意对着家里喊了一声："得，那我去北京出差了。"他这是喊给邻居张富贵一家听的，张富贵是个个体户，经常去北京进货。张家媳妇没事就给李文浩媳妇说北京的事，好像张家媳妇自己也经常去似的。

吆喝完又没忍住，探头瞟了一眼张富贵家的窗户，发现里面空荡荡的，才想起张富贵一家去了太原走亲戚，这一嗓子算白喊了，自己就笑了。于是，朝着苏门县汽车站走去。

到了汽车站，远远就看见招待所那个叫小钟的服务员，跟个牌坊似的，蠢在汽车站门口东张西望。李文浩就有点生气，暗骂自己派来蹲守的同事，也不是干大事的人。让这认人的群众站如此显眼的位置，歹徒瞅见了岂不是扭头就走。

小钟眼尖，此刻的他换了件军大衣套着，站在 12 月的寒风中吸着鼻涕，还挺高兴，咧着嘴就迎了上来，说："李副队长，我们在守株待兔呢。"

李文浩不喜欢人家叫自己副队长，但又不好纠正，点了点头，说："你也不要守了，跟我去趟北京。"

小钟就兴奋了，说："是去抓坏人吗？"

李文浩点头。

小钟一下就激动起来，脸也红了，说："没问题，你等我十分钟，我去对面招待所和我们领导说一声。"说完这话，他也不顾自己的任务是蹲在车站前守株待兔了，一溜烟往对面招待所跑去。

李文浩左右看，找到了自己那两刑警队的同志，以及车站派出所的臧所长，三个人蹲在路边一个早餐摊上吃豆腐脑。天冷，三个人都缩着脖子，也不用勺，端着碗直接喝。

李文浩走上前，本来想就这小钟站车站门口的事说他们几句，可看着他们仨冷成那熊样，便不忍心骂人，径直说了要去北京认吴南海的事。

臧所长也想去北京，就连忙站了起来，说："这案子是在我们车站派出所的辖区发生的，自然也是我们车站派出所的事。歹徒这叫……叫虎口脱险……不对，是叫虎口拔牙，我们车站派出所不能袖手旁观。这样吧，我跟你一起去趟北京。"

旁边支豆腐脑摊的大妈就说："应该叫太岁头上动土才对。"

臧所长点头，却没和大妈搭话。李文浩就摇头，说："那不行，局里就开了两个人的出差条子，我领着见过吴南海的那个小钟去，好办事。"

臧所长说:"我又不用占你的名额。难不成你还觉得我一个派出所所长,没有批准个人去北京出差的权力?"

实际上,他权力确实有,只不过没法报销出差费用罢了。所以臧所长顿了顿,又说:"要不这样吧,我们仨也不用等班车过去了,直接骑我们所里的挎子过去得了。就三百公里,我一拧油门,三四个小时就到了。"

他们说的挎子,就是所里那辆边三轮。李文浩不会开边三轮,一直想学,可刚参加工作那几年,小角色没机会挨车。到升了副队长可以挨车了,又赶着严打,没空。所以一听臧所长的建议,便假装犹豫了一下,然后连忙答应。臧所长便激动起来,脑子里出现自己穿着警服骑着边三轮,缓缓行驶在清晨的天安门前的画面,脚步也飞快,往车站对面的所里跑,去骑车出来。

招待所服务员小钟比臧所长晚回来。臧所长那辆边三轮的挎斗里,放了个油壶,装了一桶油。臧所长说这是怕路上油不够。李文浩对他越发有了好感,觉得这是个细心人,办事有后手,值得信任。又见那小钟穿着军大衣,也威风凛凛的样子,心里便汹涌起来,一挥手,说:"走,出发!我们去北京抓歹徒。"

三人就上了边三轮。臧所长开车,小钟坐在臧所长后面。直到小钟上车,李文浩才注意到,他这件军大衣看上去威风,其实只是正面威风,背面居然有个很大的补丁,而且还是贴了块颜色很不搭的黄布,黑线走的针给缝上去的，像是背了个乌龟壳似的。

李文浩也没再深究小钟衣服上的补丁，往边三轮的挎斗里坐。那油壶大，放斗里的话，李文浩的腿就伸不进去，只能抱着，这天气冷，抱在胸前还可以挡风。于是，李文浩抱着油壶，小钟后背露着那乌龟壳一般的补丁，三人对留在车站蹲守的另外两名侦查员同志挥了挥手。

只见臧所长从兜里拿出一副防风沙的茶色蛤蟆镜戴上，一拧油门，边三轮"突突突"喷出一串黑烟，三人就往苏门县外开去。

留下的那俩同志望着他们的背影，见那小钟的军大衣被风吹得飘荡了起来，像是征战沙场的猛将的披风。俩人啧啧称赞："这才是干大事的模样。"

小钟倒不是为了威风才不扣军大衣的扣子。他坐在臧所长后面，军大衣长，扣上扣子的话双腿就不能跨着坐，只能侧身坐。

只有女人才侧身坐。

出苏门县是上午十点半，按照臧所长的计划，大伙应该在下午两点前到北京。李文浩就说我们到了北京再吃中饭。小钟的军大衣不能扣上，坐臧所长身后就贴得紧紧的，心里想着吸收点臧所长身体的热气。吸收了一会儿后，他就抬着头看天，说这天灰蒙蒙的，不会下雪吧。

有种人就是赤口，说什么来什么。多年后小钟为了当作家看了很多书，发现有个墨菲定律，也是这么个意思，怕什么来什么。那天他这赤口随便一提，没过多久雪倒是没下，却下起雨来。开始是小雨，零零散散的无所谓。可下了一会儿后就变大了。臧所长不喜欢说废话，握着油门使劲拧，想要尽快抵达目的地。可出苏门有很长一截是山路，淋着雨走，始终不安全。这时，臧所长瞅见旁边有个小砖屋，外面竖着电线杆，延伸出去的电线四通八达，应该是电力局的同志出来检测累了，休息用的。于是，臧所长就提议在这里休息一会儿，等雨停了再走。

李文浩对臧所长这人很是认可，稳，靠谱，便点了头。三人将边三轮停到小砖屋外面，见那小砖屋也没门，便都跺着脚钻了进去。可实际上屋里和屋外一样冷，因为这小砖屋没有门，窗户的位置就是一正方形的破洞。这位置地势高，站窗前可以看得很远。三人并排站着，远眺祖国的大好河山，心里都很激动。小钟说要朗诵一首诗词，李文浩本来是想说行的，可瞅臧所长一脸嫌弃，便摇头骂小钟："我们是出来抓歹徒的，不是出来游山玩水的。"

小钟刚熊熊燃烧起来的激情被泼了瓢凉水，立马乐极生悲走了极端，沮丧起来。他将军大衣的扣子扣上，双手环抱胸前，手插到胳肢窝里，像个盲流。他朝着这小砖屋里看了看，发现墙角有一堆小石子和碎砖，下面似乎还盖着树叶，便心生好奇，跑过去掀开看里面是啥，结果一掀开是一坨干了的屎。李文浩和臧所长就都皱眉了，嫌弃这小钟是个事儿妈。

小钟自己也不好意思，便想说些什么，和两位公安同志套套近乎。他在脑子里搜索了一气，冷不丁冒出一句："这歹徒在我们这里伤了人后，又出现在几百公里外的北京城里，莫非有着什么邪术不成？"

李文浩和臧所长都是无神论者，坚定的唯物主义者，此刻听了这话，便都闷哼了一声。可那小钟还不甘心，又补了句："我们苏门县可是一直都流传着收魂人的传说。每过几十年，就会有外地人来我们这地方，收走一个人的魂魄，拿去做坏事用。"

李文浩和臧所长自然也都听说过，但谁会把这乡下老太婆喜欢说道的事当真呢？可那会儿也没啥好聊的，李文浩就干咳了一声，对臧所长道："昨天下午，我和文物局几个同志上了一趟平龙山，在那山上发现了一具死了应该有一百年的人的尸体。那人身材挺奇怪，骨骼粗大，个子却只有七八岁的小孩子一般高。当时文物局的同志也像小钟同志一样开始瞎扯，说会不会这就是以前被收魂人收了魂的人的肉身，在这山里朽了。"

臧所长摸出烟盒来，朝李文浩和小钟递。小钟不抽烟，可也接了一根点上，装样子。臧所长就说："百年前的事，谁知道呢？"

说到这里，李文浩就"咦"了一声，问臧所长："那被割了一刀的瘸子说歹徒叫啥子来着？"

臧所长挠了挠头："好像叫吴北冥。"

"巧了，昨天我们在那平龙山上发现的干尸外面裹着的泥雕上，也有北冥两个字，好像写着的是……北冥无鱼。"

小钟就笑了，说："应该是北冥有鱼才对，这是《庄子》里的名句。"

见没人和他搭话，小钟便也不往后讲了。而李文浩却转过头来，问小钟："你刚才说的那收魂人的故事，有没有完整点的版本。"

小钟摇头："我也只是听我姥姥说的，她又是听她妈妈说的，乱七八糟，凑不出个所以然。只不过……只不过好像说起过有一个收魂人，叫什么张夫子来着。"

"大概是什么年月的事呢？"李文浩又问。

"这个倒清楚，是 1884 年。嗯，就是 1884 年，因为我姥姥说这张夫子来收魂时，是她妈妈出生的那一年。"小钟很肯定地回答道。

李文浩点了点头，又去远眺窗户外那弥漫着雨丝的山川大地，心里暗想：1884 年，今年是 1983 年，还正好是一百年。法医说那干尸死了应该有一百年，嘿嘿，还真的挺巧。

第五章

形意门张夫子

1 /

1884 年，神州大地发生了很多事。

这年的 7 月，驻守在福州马尾的扬武舰军官黄季良给他的父亲写了一封家书。在这封家书里，他对未能侍奉父母，感到负罪实深。"犹记父亲与男之信，嘱以移孝作忠，能为忠臣即为孝子等语。男既受朝廷豢养之恩，自当勉尽致身之义。"和这封家书一起寄回的，还有一张黄季良的自画像，那画像上，稚气未脱的青年身穿大清官服，双目炯炯，注视着远方。

一个月后，中法马尾海战爆发，仅仅半个时辰，福建水师就全军覆没，黄季良服役的扬威舰被击中右船舷沉没。画像中那远眺的少年，再也没能回到父亲的身边。

马尾镇上的昭忠祠里有块石牌，上面记载着马尾海战中牺牲的 772 名烈士。其中，就包括黄季良以及另外三名曾经和他一起留美游学的幼童。他们在 1872 年被李鸿章大人送去美国学习，1881 年又被清廷召回，理由是害怕幼童们没有学好洋人的技术，反倒受了洋人思想的蛊惑，成为满脑子叛逆思想的危险人物。

独轮车在码头接回这些回国的学童，他们身上的洋服和分头，成了沿途百姓围观取笑的由头。被送入一家废弃的书院关押四天后，他们才第一次出门，三人一组，由清军押着，前往道台衙门给道台大人磕头。

在那条去往衙门的路上，两旁站满了围观奚落的人，他们就是学童们一度发誓要拯救的亲爱的同胞。之后，其中的黄季良与詹天佑等人一起被安排在船政后学堂第八届学习驾驶。至马尾海战阵亡那年，黄季良年仅二十五岁，任见习武官，七品军功。

从愚昧无知，到共和，又逢外族入侵，再到新中国成立，峥嵘与蹉跎之后，最终改革开放。百年里，神州大地发生了很多很多事，令人捶胸，令人激昂，却不见，又有诸多可悲可怜的小人物的故事，也陨灭其间。

而张夫子走进苏门县沟子村的那一年，正是中法马尾海战爆发的 1884 年。

张夫子是形意门的人，师承河北深县郭云深老先生。他的武馆开在北京城，也算是北京城里武术界有名号的主儿。最初和他一起从河北去往北京开武馆的徒弟有十三个，号称河北十三杰。张夫子在北京就不收徒弟了，免得让跟着自己的十三个徒弟降了辈分。可第七个徒弟身子骨弱，在北京得肺病死了，十三杰就缺了一个。于是，张夫子破格收了一个叫陆海峰的乞丐为徒。这陆海峰父母双亡，被武馆收留，他手脚麻利，做事也勤快，师兄弟也都很喜欢他。

凡是年轻小伙，总有弱点，尤其是青壮年，阳气旺盛。有一次这陆海峰和几个外面的人喝酒，喝醉后将武馆对面开绸店的妇人给奸污了。酒醒之后，陆海峰自觉对不起师门，用利刃将右手拇指割下，还附了一份书信，上面错别字十几个，差人送给张夫子，里面写了些徒儿不孝之类的屁话，跑了。

如此丢人之事，张夫子又怎么可能看着这血淋淋的拇指就了事呢？他领着另外十二个徒弟去往对面绸店，让徒弟们跪了一排，自己亲自给那妇人道歉。那妇人是个寡妇，那天半夜拉肚子，马桶装不下，寻思着出门倒掉，才遇到了醉酒的陆海峰，也算是命里有此一劫。此刻这寡妇见一群高大的汉子在自己绸店前跪成一排，之前看的戏里那些侠义事一一涌现，便也不想追究，学张夫子作揖，说了句："小女子分内之事。"说完又觉得不对，改口不学戏文了，说："算了算了，都是几个熟人。"只要张夫子赔了那摔坏的马桶了事。

至此，张夫子心里就有了个结，总觉得自己一世英雄，到老了遇人不淑，出了陆海峰这么个逆徒。最可恨的是这小子丢了脸，自个儿还跑了，没能让张夫子亲自清理门户，始终是个遗憾。到这一年，就有人说在山西苏门县沟子村里，见过一个只有九指的入赘姑爷，也是姓陆，会武术。张夫子便找到这人详细问，那身高长相，都是逆徒陆海峰的模样。于是，张夫子便将武馆交给徒弟们管着，离开北京往山西去，要亲自抓回陆海峰，给祖师爷磕头谢罪。

一路辛苦不提，到这沟子村时已是傍晚。张夫子是练家子，五官灵敏，进村就闻到空气中似乎飘着一股子淡淡的肉香，许是哪家在炖肉。张夫子咽了口唾沫，边从兜里掏出干粮充饥，边往村里走，要寻人打听。这村口有一屋子，外面堆着一堆黑炭，旁边还围着一圈人，正在骂骂咧咧。张夫子便上前，发现有个乞丐模样的人蜷缩着身体，双手捂头，被围着的人拳打脚踢。那打人者中为首的是一个黑黑的汉子，嘴里在骂："见过冬日里偷炭取暖的，没见过热天也出来偷炭的。"

张夫子是江湖中人，遇到这种事自然要上前问询几句。那为首的黑汉子听他说着一口京腔，又气宇轩昂，便也努力装得斯文体面，说："这鳖孙……啊呸，这蟊贼在我村里要饭大半年了，乡亲们心肠好，他才能够苟活。没想到他个鳖孙不识好歹，居然还来偷炭，也不知道这大热天的，他拿着炭去做甚？"

那被打的乞丐将捂脸的手放开，偷偷看张夫子。只见这乞丐年岁应该不到二十，也算长得端正。张夫子阅人无数，断人先是留意人的眼神。而此子目光清澈坚毅，并不像做贼的宵小一般游离。那些年世道动乱，卿本佳人无奈做贼的也很多，都有各自的难处，外人不曾知晓罢了。至此，张夫子便说："得饶人处且饶人，这蟊贼也并没有把炭偷走，打了几下也差不多了。"

众人寻思着也是，再说也到了饭点，各自家的婆娘都做了饭，再不回去婆娘会骂人，便也都学着张夫子般说些斯文体面点的狠话："姑且饶你这次，下次再犯，我们就要撒尿到你脸上，让你知道我们的厉害。"

等众人散了，这乞丐便爬起来，冲张夫子跪下磕了个头。他也不说话，磕头后便连忙爬起，扭头朝着村外奔跑而去。张夫子寻思这乞丐懂得礼数，应该也有过慈母严父管教。混到这种地步，必有万般苦衷吧。

张夫子想到这里便也作罢，转身上了旁边一土包，将这村里地形看了个大概，最后选择最大那户人家走去。之前见过陆海峰的那人也说了，陆海峰入赘的是村里的乡绅，张夫子往最大屋子走去，一般不会错。

很快，张夫子就到了这户人家门外，只见那门外挂了两个灯笼，上面写着"朱"字，主人应该姓朱。不过灯笼没点亮，院里也黑乎乎的，人声倒是有。

张夫子上前敲门，说自己是来自北京城的形意门张夫子，有要事想要烦请乡人帮忙。那门便开了，是一个麻脸的婆娘。在她身后，一大桌摆在院子中间，十几口人围着桌子在吃饭。坐在最中间的自然是这一家之主，是个瘦子，精瘦那种，手里捧着个玉米棒子在啃。他的头发应该是刚洗过，没扎辫，披散着，嘴角沾了块玉米皮。见张夫子站门口作揖说话，开口一副京腔，这吃玉米的瘦子便连忙站了起来，手里拿着玉米迎上来，也对张夫子行礼，说："你是南大人派来的官差吧？"

张夫子一愣，摇头。可这披头散发的瘦子却一手搭着他的肩，往屋外走去，嘴里还对着身后满屋子人嚷了一句："我先问问南大人的安排。"

到外面，这瘦子便又开口："你真不是南彪那王八蛋派来的？"

张夫子一头雾水，说："你说的这南彪是谁啊？"

瘦子便说："那你不是也先得给我装是。"

张夫子半生光明磊落，断不会跟着这瘦子胡来，便要拒绝。可那瘦子又说："你一个外地人来我们沟子村，肯定是有事要办对吧？我们朱家是大户，能帮上你忙。而你今晚呢，就得先帮我应个急，事后我自然会让你这趟要办的事儿顺利。"

张夫子暗想：那我就先听听你葫芦里卖的什么药。他也不点头，可也不摇头，看着瘦子。瘦子欢喜，拿起玉米又吃了一口，说："前几日我们朱家丢了个娃娃，而村里恶霸王霸天家，也有个上门入赘的姑爷不见了。这姑爷入赘过来两年多，平日里看着也还是个好人，现在看来，很可能就是他拐着我家娃娃跑了。嘿嘿，我们这地方十年前有收魂的坏人来过，我们寻思着这拐走我家娃娃跑了的汉子，兴许就是十年前那收魂人的同伙。所以，我将这事托人告诉我在苏门县衙门里当差的兄弟南彪，要他派官差下来断案。而今晚，王霸天家就要来人，和我家对峙这事。南彪这王八蛋不仁义，指望他派来的官差没到。你啊，就帮下兄弟的忙，今晚冒充下他派来的官差，坐那儿不动，点头就可以了，也好让我在这朱家老小面前，威望立现。"

张夫子忙问："那不见了的上门姑爷是不是个九指？"

瘦子点头说："是。"

张夫子又问："是不是姓陆？"

瘦子说："正是，叫陆海峰。"

张夫子暗想：这是踏破铁鞋无觅处，得来全不费工夫，便将计就计，许了瘦子的恳求。瘦子又问了张夫子姓名，却似乎只记了他的姓，唤了他一声张大人。接着又要张夫子叫自己朱乡绅就是了，说不要喊全名，显得有场面。

张夫子就跟着瘦子进屋，由着瘦子在一家人面前介绍自己，是那南彪大人派来的差人，今晚来断这王霸天家倒插门姑爷拐走朱家娃娃的事。瘦子亲自搬了条椅子让张夫子在院子中间坐着，还递了根玉米给他啃。张夫子也不客套了，抱着玉米吃，他本就是练家子出身，坐那儿就显有气场，朱家一干人等不敢正视，桌边本来乱跑的三个娃娃也乖了不少，埋头吃饭。本追着喂饭的妇人就低声说："这差人天天坐这儿的话，我们也省了些事。"

张夫子啃完玉米，家里的妇人们便收拾了一下。这朱乡绅又搬来两把椅子，摆在张夫子左右，最后从屋里扶出一个老者，说是他爹，可张夫子看着却又不像。他爹坐到了张夫子左边，朱乡绅自己坐张夫子右边，正对着门。张夫子瞅着朱乡绅嘴角那一片玉米皮还在，但也懒得提醒，对着门坐稳，候着那恶霸王霸天到来。

这时，只见那老者一拍手掌，唤了一声："掌灯。"

家里人这才点了几盏灯出来。张夫子至此明白，这朱乡绅并不是一家之主，家里说话算话的是这老者。而朱乡绅之所以要自己冒充官差，就是要在这老者面前长脸。

2

坐了有半炷香的工夫，天色也暗了。那敞开的大门外，一手持灯笼的人后，又跟着四人由远而近，自是那唤作王霸天的人领着家里人来到。只见率先进门的人，竟然是张夫子之前在村口遇到、打那偷炭蟊贼的黑汉子，他身后跟着的人却都不黑，皆生得白白胖胖。张夫子便想这恶霸王霸天的名号，放在黑汉子身上也像。可一寻思黑汉子年岁也就三十左右，不该是一家大户之主。

这黑汉子也看到了张夫子，指着张夫子说："咦，你怎么在这儿？"

朱乡绅就站起低喝道："休得无礼，这是县衙里当差的南彪大人派来的官差，帮我家讨公道来的。"

那黑汉子愣了下，转身对身后一位满脸油的白胖子说："他是个差人，我之前就撞上了，错不了。"

那白胖子便对张夫子行礼，说："在下沟子村王富贵。"

张夫子就小声问："这王富贵就是你说的王霸天？"

朱乡绅点头，声音还是很大，明显想要用气势压倒对方再做后续，大声道："你们王家为害乡里也不是一天两天了，知不知道乡亲们都背地里喊你什么？喊你王霸天！"

那黑汉子就怒了，回了句："那还不是你这两天生造出来的说辞？"

见这阵势，像极了乡人吵架。张夫子就皱眉，沉声道："说事，说事，别扯开了。"

那油脸胖子王富贵就说："这事得从三年前说起……"

朱乡绅又大声道："别卖弄你读的那几天私塾了，直接说你家姑爷拐走我家娃娃的事。才三天，从三天前说起就够了。"

王富贵摇头，说："这上门女婿陆海峰是三年前入赘我家，自然得从三年前说起。"

张夫子心生厌烦，便说："我问你们答得了。"

众人点头。张夫子是个武人，瞅着文绉绉的始终不喜欢，便望向那黑汉子，问他："这陆海峰是哪日离开本地的？"

黑汉子没想到这官差竟然主动和自己说话，诚惶诚恐站直道："陆海峰这鳖孙是四日前跑了的。"

张夫子又问朱乡绅："你家娃娃是哪天不见的？"

朱乡绅说："就大前天上午出门玩耍，便不曾回来。"说到这里，院子角落里一妇人就"哇哇"哭了，边哭边喊："可怜我那四岁的娃娃朱大常啊，为娘牵挂得很啊！"

坐在张夫子身旁的老者便冲那妇人瞪眼，也不说话。那妇人连忙住了嘴，坐那里抽泣。

张夫子又问黑汉子："陆海峰临走前可有什么可疑之处？"

黑汉子说："陆海峰这鳖孙收过一封北京城寄来的书信，看了信后，那晚就一直没说话，到天亮，家里人起来就不见他了。"

张夫子愣了下，又问："可知那书信里说了什么？"

黑汉子就挠头，扭头去看另外四个白胖子，其中一个年轻的白胖子就说："我那晚好奇，倒是偷偷瞄了他那信，就几个字，写的是'师父已去找你'。"

张夫子心里一惊，又暗想自己这逆徒陆海峰在门下年月里，与那十二个师兄关系都甚好，如同亲兄弟。有哪个师兄担心他被自己找到重罚，也是有着他们小辈相互间的情义。想到这里，他便暗中叹气，没再作声。

那王富贵见张夫子似乎在思考，便上前作揖："这位官差大人，我那女婿陆海峰为人处世还算正直，在我这村里三年，也从未有过劣迹，是个好人。他说过自己父母不在，唯一的牵挂也就一个师父，至于为什么离开师父，却从未说过。每逢初一十五，陆海峰都会对着北京城方向磕头，嘴里念念有词，还暗自流泪。如此这般一个有情有义的汉子，离开才三四日，自然是有着事由，怎可能作奸犯科呢？"

王富贵这话，正戳中了张夫子的软肋。张夫子没有子嗣，视这十几个徒儿如同己出，尤其是这8岁就被他捡回来的陆海峰。无奈对错即对错，是非亦便是是非，乃侠义之人万不可逾越之线。张夫子这年也已六十有三，一生严谨。可到老了他也会时不时自问，用自己谨守的苛刻要求徒儿，是否偏执。于是，这会儿听人说起陆海峰的事，心生悲凉，眼眶里便有了湿润。

那朱乡绅见张夫子这模样，以为他被王家人说动，暗想：你一个被我拉来装模作样的外地人，还真把自己当回事不成？便连忙用手肘戳张夫子："大人，这一面之词，听听就可以了。要论过往，我朱某人更是为十年前这沟子村里收魂人奇案出过功劳的人物。同是上门女婿，我自然要比他王家的陆海峰要强上百倍。"

黑汉子就张嘴骂道："全村的人都知道你这只猪好吃懒做，朱老爷子当年是瞎了眼，才把你这装神弄鬼的家伙带进家门做了姑爷。朱老爷子，您是本村受人敬仰的老者，是非曲直心里都通亮。这几日你家上门女婿朱之逸颠倒黑白，莫非你心里也跟着他犯了糊涂不成？"

原来，要张夫子冒充官差的瘦子，正是十年前在苏门县里摆摊骗钱的朱半仙朱之逸。这十年弹指一挥间，他已在这沟子村做了倒插门女婿。

黑汉子话还没说完，就被王富贵沉声打断。他冲黑汉子瞪眼："不许对朱老爷子无礼。"说完又冲那一直不作声的老者作揖，道："还请老爷子三思。"

朱半仙暴跳起来："得，反倒是你们王家恶人先告状了，难不成还变成我们家那丢了的四岁娃娃拐走了你家倒插门的姑爷陆海峰不成？"

这时，坐在院子中央的张夫子一下站起，他左右看看，瞅见一旁有个小石桌，便大步上前，暗中运气，然后低喝一声，向那小石桌劈掌。或许是心里有火，影响了力度，那小石桌纹丝不动，破了张夫子此刻要立下的威武之势。张夫子仰天长叹，感怀少年不再，然后冲院里众人作揖："在下也不是苏门县来的什么差人，而是陆海峰在北京城里的师父——形意门张夫子，此次过来，是要寻我那逆徒，因他当年犯下江湖中人忌讳之事，理应我亲手责罚。陆海峰是我从小养大，虽有短板，但也光明磊落。至于各位所指的是他拐走孩童之事，绝不可能，我可用我半世名声担保。"说完这话，他便转身要往门外走。

那朱之逸就怪笑道："你的半世名声，在我们这苏门县又顶个屁用啊？"

"住嘴。"一直没说话的朱家长者终于说话了。他扭头问朱之逸道，"这村里各处可搜寻彻底？"

朱之逸老老实实回道："就差去那平龙山了。"

老者说："那就去找。"说完这话也不搭理其他人，站起转身，往屋里去了。到人影不见，才传来声响："我与你王家那死去的老爷子是发小，儿时还学人结拜过，算是兄弟。所以你们王家男丁，也都帮忙找找吧。"

王富贵在院里应道："自然要帮的。"

说这话时，张夫子已经走出了朱家大门，往村外行去。他心里悲伤，却不能将喜怒形于色，只能继续挺胸昂首大步向前。他也不知道要去往哪里歇息一晚，心里对这逆徒陆海峰有爱有恨，万般滋味。

走到村口，却听见身后有人追赶的脚步声，扭头看，是那王家的下人黑汉子，跑得气喘吁吁。到了跟前，这黑汉子"啪"的一声跪倒在地，说："张夫子大叔，我臧铁棍打小就好舞刀弄枪，对侠义之人万分敬仰。您老刚才对那石桌拍出一掌，让我们大跌眼镜，接着您拂袖而去，都没当回事。没想到您居然用的是内力，刚才，那石桌竟然倒了，才知道您老的厉害。所以，我臧铁棍追过来，想要拜您老为师，学习武艺，望您答应。"

张夫子听他这么一说，那石桌最终还是倒了，心里就好受了一点。又见这叫作臧铁棍的汉子磕头，便勉强笑了笑，问道："你学了武艺，想要做什么用处？"

臧铁棍说："自然是报效国家，行侠仗义。"

张夫子听着受用，微笑不语。谁知道那臧铁棍又说："待我学成之后，得了荣华富贵，也不会少了张夫子大叔您的一份。"

张夫子心里便生了鄙视，要臧铁棍站起说话。臧铁棍也听话，站起后要蹲马步给张夫子看看，见识下他下盘的厉害。张夫子说："我在这山西还有事情要办，等我办完事情，再来收你便是。"

这是搪塞之话，臧铁棍自然没听明白，兴奋得直搓手，说自己还自行揣摩过撩阴腿的踢法，要演练给张夫子看。张夫子说："也晚了，我要找地方休息，我们之后再比画。"

这臧铁棍也信了，又自顾自皱眉，说："张夫子大叔，按理说我得接你去家里过夜才行。可我家婆娘彪悍。要不，你去这村外西南，那一里有一个山神庙可将就一晚。我明天一大早就去那山神庙寻你。"

张夫子点头，臧铁棍又作揖告别，兴高采烈回家去了。

张夫子抬头望天，辨了下方向，便迈步往那西南方走去。可步子越是往前，那下午进村时候闻到的肉汤香味就越是浓烈，到最后，他更是循着这肉汤味，找到了一处黑乎乎的断墙瓦砾堆，那断墙瓦砾看上去像毁于一场大火，应该有些时日了。又见有块石牌，上面写着"苏门驿站"字样，暗想：这应该是多年前一处驿站。臧铁棍说的山神庙应该不是这里。一扭头，发现不远处树林里有一处房屋，再一吸气，发现肉汤香味来自那边才对，便迈步过去，才看到了一间破旧的山神庙。庙里有火光，有人在里面待着。

张夫子便在庙门口喊话："路过的人，想进来歇息一宿。"

里面的人应了声："知道了。"

张夫子进庙，看到的却是下午在村口遇到的挨打的偷炭乞丐。这乞丐此刻正脱了衣裤，揉肋骨处的一块瘀青，揉得疼痛，龇牙咧嘴。

乞丐也抬头看见了张夫子，神色便紧张起来。他身旁有一口巨大铁锅，上面锈迹斑斑，也不知道从哪里捡来的，架在一堆火上。锅里沸腾，冒出的热气正是那肉香。见张夫子望向铁锅，乞丐越发慌张起来。张夫子起疑，连忙上前去看那铁锅里炖着的是什么东西，那乞丐站起要拦，被张夫子推开。

他朝那锅里一看，只见里面什么都没有，熬汤的底料应该都炖烂成了碎渣粉末。又见那铁锅下的柴火处，有人穿的衣裳碎片。张夫子便颇为震惊，一扭头，一把抓住乞丐的手臂，使上了气力，沉声道："你这锅里炖的是什么？"

乞丐连忙往下跪，失声道："我……我不是故意的，真不是故意的。是那孩童自己掉进去的，真不是我故意的。"

张夫子大吃一惊，拽着乞丐就要往外走，要将他送给村里的人。这时，那乞丐便痛哭流涕，说："您是好人，您总要听人把话说完。如若把我交给这村里的人，自然不会听我解释，会要我性命的。"

张夫子便说："那你就给我好好说说，这是怎么一回事。"

这乞丐便跪下，说："小的姓吴名云房，是跟随家人从甘肃逃荒出来的，家人在这沟子村被这村人害了。我和我叔叔躲进对面的平龙山待了有九年，早几月我那叔叔也死了，我便下山在这沟子村外苟活，过得窝囊，实际上是想为我那在这沟子村冤死的父亲报仇。奈何打不过人，也没有杀人的胆，便在这山神庙里住着，等候时机。"

"那这又是怎么回事？"张夫子指着铁锅冷冷地说道。

男子正是九年前跟随父亲吴敦、叔叔吴狗走出甘肃，要往北京城里去天天吃鱼的娃娃吴云房，这年已有十九岁。此刻他不敢正眼看张夫子，道："三天前，我在那平龙山一处断崖下，捡到一只自己摔死的野猪，便拖回了庙里，洗剥干净，烧水要把野猪煮了来吃。"说到这里，他瞟了张夫子一眼，"我没有刀具，只有这锅，无法将野猪分开，只能多放点水，煮烂了再吃。平日里，沟子村的人因旁边驿站当年被雷电劈中烧毁，所以害怕这里，不敢来。我自然也没有多想，又去那林子里捡树枝，去了有一个多时辰。回来时，就发现这铁锅边地上有一对孩童玩耍的高跷，却没见到有孩童。我再来看这锅里，除了那野猪，竟然还有已被烫死的那娃娃。"

吴云房说到这里，便摇了摇头，对张夫子跪下，道："我想要为父报仇，手刃仇人。也想过要灭他全家，告慰我那惨死的父亲与十年哀戚的叔叔。但我爹爹在世时也曾教导，男儿要顶天立地，光明磊落。到今时今日，这朱家娃娃因我而死，不知道又算哪门子事了。"

这孩子说这一切时，张夫子始终紧盯着他的双眼，留意着他的神色。张夫子半生阅人无数，自认为看人精准。此刻听完他的描述，便又问："你所说的父辈在这沟子村的往事，能不能给我详细说说呢？"

吴云房咬了咬嘴唇，双眼湿润，流下眼泪来。他依旧跪着，说起了当年的事情。兴许是当年那一切太过深刻，细节也都记得，故说得细致，甚至连他家有那生双生子且克死女眷的事情也都说了。末了，他掩面而泣，竟大声呼号起来，道："可怜我那父亲吴敦，还是没能领着我与叔叔走进北京城。他在那堆火中惨叫哀号，最终被那烈火烧得爆裂开来的画面，始终在我脑海中不断出现。每每想到那一切，便有万千恨意，要将那朱姓贼人一家挫骨扬灰，方能泄恨。"说到这里，他眦眦裂开，望向身旁那铁锅的眼神，如同变了个人似的。

张夫子默不作声，听完了吴云房的这一干描述。他沉思片刻，最后对吴云房说道："你那叫吴敦的父亲，所做一切，是为了什么？"

吴云房愣了下，回道："是为了我与我的子孙能够在北京城里安下家来，后辈不用和他们一般，在那穷乡僻壤中受苦。"

张夫子点头，正色站起，对吴云房沉声道："跪好跪直。"

吴云房不明白这张夫子要干甚，但见他神色肃穆，便连忙挺直腰背，望向张夫子。

张夫子又道："我是形意门张夫子，在北京城里收徒授艺。今日里遇上你，也算是你我的缘分。见你身经磨难，心有仇恨，却有着清澈心灵，有意收你为徒，领你去北京城里，了却你父亲生前的牵挂。不知你意下如何？"

吴云房瞪眼张嘴，一下没了主张。张夫子也不追问，候着他斟酌。过了半晌，吴云房摇头："老先生好意，在下心领了。可云房家仇未报，又怎能苟且，跟随老先生去往那北京城呢？"说到这里，他抹去眼泪，对张夫子磕头，每一下都磕得"砰砰"直响。

张夫子见状，对这娃娃更是喜爱。此刻看来，他有情有义，坚毅执着。至于这铁锅里的祸事，在张夫子看来也是老天意愿，要帮他了却十年前的恩怨。且又想，自己这次是来寻找逆徒陆海峰，可陆海峰没找到，却遇到这吴云房，也算是天意吧。便扶起跪在地上的吴云房，给他小声说了一番话语。这次说道，又全是围绕着吴云房报仇之事，说得吴云房终于云开雾散，并答应了跟随张夫子去往北京城。

于是，在这破庙里，张夫子行了收徒礼仪。他为这吴姓娃娃所规划的报仇步骤，在那百年后的苏门县里，又真实演绎了一场。一切，也是冥冥中的天意。

张夫子要吴云房脱下身上的乞丐衣裳，稍作梳洗，换上一套张夫子带来的干净衣裤，领他连夜离开了沟子村，要往北京城里去。临走前，张夫子又想这沟子村一干村民，在十年前那场惨案中皆是帮凶，便要吴云房舀起铁锅里的汤汁，倒入了沟子村口的井里，也算是给他们惩戒，尽管村民都不可能知晓。

到第二日早上，那黑汉子臧铁棍寻到山神庙，却发现庙里没人，连那乞丐也不见了。地上却有一套前日里那乞丐穿过的衣裤，人却不见，如同肉身凭空消失，只留下这身脏衣服一般。又见旁边有一口铁锅，锅里也不知道熬过什么，已经干了，满是油腻。

臧铁棍便开始胡思乱想，莫名惶恐起来，跑回沟子村，说了这庙里见到的邪门景象。村民愚笨迷信，又想起多年前，捉那拿着剪刀与沾血竹签的收魂人的事情来，便又讨论了一气，最终得出一个结论：那不见了的陆海峰收走了朱家娃娃的魂，他的师父又来到这地界，收走了可怜的小乞丐的魂魄。而他们的肉身，兴许已经被收魂人炼成丹药带走，灰飞烟灭了。至于这沟子村里的黑汉子臧铁棍的后代里，于百年之后有了一个派出所所长之事，此处也就不絮叨言表。只能说，这凡尘俗世看着大，实际上也就这么回事。来来去去，也就是这么些人罢了。

第六章　吴南海

1 /

百年后的一场雨，让苏门县公安局刑警队副大队长李文浩、车站派出所臧所长以及招待所的服务员小钟，在电力局同志休息的小砖屋里待了一个多小时。三人闲聊瞎扯，始终没有个主题。说了会儿歹徒的事，又说了会儿收魂人的传说，接着又扯到前日在那平龙山上发现的百年前的干尸，最后不知道怎么又说到了被枪毙的朱红丽。

窗外的雨渐渐小了点，李文浩说干大事的人不应该怕这么点小毛毛雨。这话说得很对，臧所长和小钟也都听得澎湃起来，三人便出了小砖屋，上了边三轮。小钟又解开了衣扣，贴着臧所长的后背吸收热气。李文浩抱着那油壶，心里暗想：有这油壶抱着也好，还能挡风。臧所长将蛤蟆镜的镜片擦了擦，架到黑脸上，然后一拧油门，边三轮喷出一股子黑烟，小钟那贴着乌龟壳般补丁的军大衣又飘扬起来，如同骑兵高举的战旗，三人往北京城驶去。

一路颠簸，李文浩被上下窜动的油壶砸得裤裆里玩意儿生疼，也只能咬牙忍着，没有吱声。臧所长的黑脸上架着茶色蛤蟆镜，也不说话，认真驾驶着。李文浩暗想：如若自己以后能升职做到公安局局长，一定得重用臧所长，他是个脚踏实地干活的好公安。这般想着，车就出了山路，没那么颠簸了。远远看到一个三岔路口，左边是去省城太原，右边往北京。这时，马路边一个穿着雨衣蹬着女式自行车的人朝着三人挨过来。那人近了后，单手握着车把，另一只手搭到了小钟的肩膀上。

这是在借力。那年代骑自行车的遇到机动车都喜欢靠上去，抓着烧油的铁家伙搭一截顺风车，自己便省点力气。开机动车的也都不会拒绝，随着他们省力。毕竟发动机只是烧油，给人行个方便也没啥。

那骑自行车的便说话了："老司机吧？"

三人都没回头。臧所长应了一声："是。"

骑自行车的又说："老司机，带带我，我要去省城。"

李文浩就扭头，只见那骑自行车的人穿着雨衣，雨衣的帽子遮住了脸，看不清模样。那二八分头倒是不短，被雨淋过，贴在半张脸上。个子也不小，偏偏骑着个女式自行车，车把上还缠着纱线，瞅着挺别扭。李文浩就说："我们是要去北京的，最多把你捎到前面分岔路口。"

也是这一转身，李文浩棉衣里面的警服衣领就露了出来，被那骑自行车的看见了。那人便松了手，说："那就不跟你们了。"说完便踩着车往马路边驶去。

又往前行驶了几分钟，三人便到了分岔路口，右拐往北京去。李文浩无意间扭过头，去看身后骑自行车的雨衣男子。可刚分手几分钟，本应在身后卖力踩车的男子却不见了。李文浩寻思着：或许他站路边等下一趟车去了，运气好的话，可以借力直接去省城。

到了大路，平坦，雨也停了，臧所长就开得更快了。小钟没扣衣扣，冷，便贴臧所长更紧了，吸热气。李文浩不冷，抱着油壶挡风，油壶下压着他那玩意儿，壶里的油来回晃，竟然晃得那玩意儿有了反应。李文浩就有点尴尬，寻思着换点事情想一想，免得真有了反应难看，便开始寻思这案子里是否还有什么古怪，可线索也就那么一点点，扩散思考也有局限性，想着想着不知道怎的想到刚才那穿雨衣要搭顺风车的男人身上。猛然间，他大喊一声："不好！"便要臧所长掉头。

臧所长不明就里，但听李文浩喊得威武，连忙掉头。那会儿车开得又快，掉头要往左急转兜回去。臧所长和小钟都是坐在左边，右边轻。这么猛地掉头，那边三轮竟然就像锅里被颠得飞起的荷包蛋，径直翻了起来。所幸这小钟胆小，在那一刹那急着逃命，也不吸臧所长身上的热气了，松手跳下了车。李文浩在关键时刻也没掉链子，如果他像小钟一样跳车，右边完全没了重量，自然是要翻车的。只见他那矮壮身材紧抱油壶稳如泰山，加上左边小钟跳车，两边重量得到了平衡。于是，那本已离地的右边车轮，又落到了地上，这一幕也是惊险万分。

边三轮在马路边停下，李文浩忙去看跳车的小钟。只见小钟竟然毫发无损地站在路边，见李文浩看自己，他连忙笑。李文浩暗想没事就好，又去看臧所长，他却不太对劲。只见臧所长龇牙咧嘴，短短几秒里，额头上竟全是汗珠。李文浩便问他怎么回事，臧所长说："崴脚了。"便都去看他说的崴了的脚。原来，掉头瞬间，真正稳如泰山的还是臧所长。在那紧要关头，他伸出左脚撑地，边三轮才没翻车。可他的左脚却不幸崴伤了。

李文浩和小钟忙扶他坐到车斗里，脱他鞋袜，要检查他崴伤的脚踝。李文浩蹲在地上，端着臧所长的脚，帮他解开解放牌胶鞋的鞋带，慢慢脱下鞋。也是隔得近，臧所长那脚臭味在胶鞋被脱下的一瞬间，如同突如其来的猛兽般，径直扑向李文浩的颜面，占领了他的鼻腔。所幸鼻腔瞬间针对这臭味做出了反应，分泌了大量鼻涕，才得以阻止脚臭味攻入中枢神经，把他熏癫。

站在旁边本面带关切的小钟连忙捂着鼻子往后退去，压根没有一点点无产阶级兄弟同舟共济的姿态，像个贪生怕死的叛徒。李文浩白了他一眼，端着臧所长的臭脚，又慢慢扯下了一截袜子，再将他的棉裤往上挪了点。只见那脚踝处青紫了一片，隐隐肿起。李文浩往手心里吐了口唾沫，在臧所长的臭脚上用力搓揉。臧所长被揉得舒爽，且又疼痛，便忍不住叫出声来。站在一旁的小钟也自觉失态，便凑近过来，却不知道该做什么。愣了一会儿，他跑到路边上风头，掀着自己的军大衣，朝着臧所长的臭脚扇风，算是为李文浩给同志疗伤打造个好环境，将脚臭味扇走一点。

揉了一气，臧所长才想起事来，问李文浩："刚才你是抽哪门子风啊？整得好像特别紧急似的。"

李文浩捧着臧所长的臭脚，说："刚才我们遇到的那个踩自行车的家伙不太对劲。"

臧所长锁眉："说说。"

李文浩便放下了臧所长的臭脚，站了起来，毕竟分析案情也得有分析案情的模样："你们都没瞅见他的正脸，就我看到了。那货是个二八开的分头，左八右二。"

臧所长摇头："这不能说明什么，难不成你看到了他额头上有疤？"

李文浩说："没，下着雨，他穿着雨衣，头发也是湿的，搭在额头上遮住了。"

小钟就插嘴了："那你又怎么判断他有问题的呢？"

李文浩微微笑了笑，开始说道："三个方面。首先，他待着的位置，是出苏门县的必经之路。昨晚他行凶逃离现场是半夜，自然是要赶紧离开苏门，半夜没班车，他一定是靠双腿挪动……"

小钟又插嘴："他有自行车。"

李文浩看了小钟一眼，这次却没瞪眼，因为他说到这儿，本就预料到听的人会提出这个疑问，便解答道："那家伙个子高，那辆自行车座椅调得低，这点我当时就留意到了。所以，我推断，他的自行车是半路上偷的或者抢的。"

臧所长和小钟都觉得李文浩这一番分析有点牵强，但又找不出反驳的论据，便都点头，听他继续说。李文浩被人打断，就忘了把他要说的第一方面后面那两句"时间上应该差不多，他夜里总要休息几个小时又赶着雨耽误到了现在"的话，直接说第二方面去了。

"这第二点吧，就是他心虚。"李文浩一本正经道，"臧所长和我的警服外面都裹着棉衣，所以他并不知道我们的身份，不知死活地跟了上来搭讪。然后，我扭头和他说话，他应该是瞅见了我里面警服的徽章，于是连忙掉头，径直躲起来了。这也是我在之后扭头去看他，没了他踪影的原因。"

说完这些，李文浩朝着来时的方向一挥手："所以，事不宜迟，我们现在掉头回去，应该还有机会逮到这家伙，让小钟给认一下，弄不好就是昨晚那家伙。"

"可……可北京那一位呢？"小钟又问。他害怕真是的话，那这趟去北京的行程就黄了。

李文浩挠了挠头："不耽误，如果不是他，我们一个来回也就半小时，不耽误。"

臧所长是个认理的人，遇到自己琢磨不明白的理，就只分辨是不是理，是理就点头，不能显得自己想不明白事。他又是个不喜欢多说话的人，这李文浩给自己揉臭脚的举动，让他感动，这会儿便挣扎着要站起来，再去开车。可李文浩说："你脚不行了，让我来吧。"

臧所长说："开这玩意儿不用左脚的，搁那儿就可以了。"

李文浩不答应，说："你得好好养会儿，这趟出差，还指着你派大用处呢。"实际上，李文浩就是想找个理由上手开下这边三轮。

又怕臧所长不答应，便从自己包里拿出了那双媳妇给他准备的干净袜子出来，要臧所长换上："你这袜子也破了，又臭，换上这双吧。"

臧所长是个耿直的人，心头一热，革命友谊本就不能扭捏，便伸手接过袜子，坐那挎斗里换上，臭烘烘的那双又舍不得扔掉，便掀开了坐着的垫子，把袜子塞了进去，然后小钟又将那油壶给他抱上。李文浩便搓了搓手，跨上边三轮握上车把。他心里将局里同志教过他的口诀重新背了一次，怕在臧所长面前露馅儿。然后踩启动杆，踩了五六下，踩不着，便心虚，想要琢磨什么词来显示自己平时会踩。

坐在挎斗里的臧所长倒说话了："每辆车轻重都不一样，我踩你们局里那辆新车也踩不着。"说完便将手按在李文浩脚上，指导他如何用力。

"轰隆"一声，边三轮启动了，李文浩放了点油，却又紧捏着刹车不敢松，总觉得好像还有哪个步骤不对。想了半天，扭头要了臧所长的蛤蟆镜戴上。

那边三轮喷出一股黑烟，朝前驶去。

兴许是李文浩有天赋吧，这一路开得还不错，四平八稳，很快就回到了之前遇到可疑的单车汉子的三岔路口。李文浩将车停到路边，心里喜悦，却依旧不露声色，下车左右看。臧所长也要下车，李文浩将他按住："你坐车上休息吧，我侦察一圈。"

小钟也连忙下了车，他前面没有人坐着让他吸热气，急忙扣军大衣扣子。他话多，啥时候都要说上几句刷存在感，此刻便说："如果我是那个歹徒的话，又瞅见了公安同志，那现在应该已经溜出了十万八千里。"

李文浩瞪他，但没搭理他，钻进了马路边的树林里。他个子矮壮，在小树林里跑得快，十几分钟就将那片小树林巡查了个大概，鬼影都没寻到一个，便折返回来，也不废话，跨上边三轮，说："跑了。"

小钟便忙解开衣扣上车，坐李文浩身后贴着他脊背道："我早就说了吧，肯定跑了。"

做公安的最烦听这种事后诸葛亮的怪话，不喜欢随便说道人的臧所长也忍不住了，在挎斗里扭过头来骂小钟："就你啥都知道。"

小钟忙平赔着笑，不说话了，安心吸热气。

至此三人去往北京路途便一马平川了，半路上灌了一次油，到下午五点左右，抵达了北京城。李文浩心细，包里带着地图，三人研究了一会儿，找到了去往那厂区派出所的最快路线。小钟又激动起来，直搓手，脑子里诗词多，忍不住说："但使龙城飞将在，不教胡马度阴山。"说出来后自己又后悔了，因为这诗句和现在自己跟着干的大事压根都不搭，便补了一句："我们仨就是那骑骏马的飞将。"

李文浩和臧所长没搭理他，心里都想：就算是飞将，也只是俩飞将，你一招待所服务员，算哪门子飞将？

抵达厂区派出所时，已经六点了，路边有个卖菜夹馍的。李文浩下车买了几个馍，要那摆摊的开了个收据。摆摊的大姐不识字，是个文盲，只会写自己名字。李文浩便要小钟留下教大姐写字，自己和臧所长三口两口将馍吃了，再往派出所赶去，不想让北京的同志看到自己吃相狼狈。

来到派出所，李文浩等人拿出介绍信说明了身份，从里面走出个五十多岁的老同志，冲着两人迎了上来，并握住了个子高大皮肤黝黑的臧所长的手，说："你就是李文浩队长吧？"

臧所长指着身边矮壮的这位，说："他才是。"

那老同志有点不好意思，握着臧所长的手晃了几下再松开，又去握李文浩的手："李队长你们辛苦了。"

李文浩说："不辛苦不辛苦。"

老同志便自我介绍，是厂区派出所的所长，姓邓名志伟，志向很伟大的意思。又要人叫自己老邓就是了，不用叫所长。臧所长便不好意思起来，也自我介绍，并要人唤自己大臧就是。可大臧这两字拗口，说着跟打仗似的，老邓便还是叫他臧所长，并领着两人去里屋，说准备了点馍和榨菜，想着你们路上应该没吃饭。这时，小钟就进来了，跑到几个人身旁，也没眼色，没心没肺地笑，说："那摆摊卖馍的大姐居然也叫朱红丽，跟昨天早上苏门县被枪毙的朱红丽同名同姓。"

李文浩和臧所长就尴尬起来，因为小钟这话露了他们的小心眼。人家北京的同志准备着馍馍和榨菜招待山西来的同志，可咱山西的同志自个儿躲在外面先吃了再来，显得很是小家子气。李文浩便只好说：

"太饿了，开个挎子过来的，七八个小时就喝了点水，刚才在外面看见有吃的就一人啃了两个。"

老邓倒是没在意，又问了小钟是干吗的。李文浩便说："这是见过歹徒的招待所服务员。"小钟觉得服务员这个头衔显得自己有点弱，又连忙补了句："热心群众，还是文学爱好者。"

老邓笑了，招呼他们进屋吃馍，说现在就给无线电厂打电话，咱过去很快。说完便到另一个房间打电话去了。李文浩坐下，啃馍，发现旁边的桌子上放着一本《刑侦技术》杂志，居然正是自己发表过文章的那本，心里就得意，边啃馍边翻到自己那一篇《不要小看盗窃单车案——论单车盗窃惯犯是如何养成的》，假装在看，俨然是一个深藏不露的高人。结果发现那篇文章上被人用红笔画了几个叉叉，旁边还有批注，就五个大字：纯空话主义。

李文浩便愤愤起来，但不好发作，馍也不想吃了，放下去吃榨菜。这时老邓就过来了，说："厂保卫科的同志说人还在，等着我们呢！要不……你们要不要休息一会儿？"

臧所长便直接站了起来，说："办案要紧，认了人再休息也不迟。"

老邓点头，对臧所长竖了个大拇指，又看到李文浩手里拿着那本杂志，翻开处是《不要小看盗窃单车案——论单车盗窃惯犯是如何养成的》，便冲他笑了笑："这篇写得很不错，不过应该是年轻刑警写的，很有想法。"

李文浩也笑了笑，没吱声。老邓便领着三人往院里去，瞅着那辆满是泥泞的边三轮说："干刑侦确实辛苦，你们真不容易啊。"

李文浩和臧所长笑而不语。老邓又指旁边的一辆破旧的吉普车说："来，带你们尝尝北京城里那六处退伍下来的功勋车的滋味。"

李文浩咂舌："是刑侦六处？"

老邓点头，他旁边的一个同志就拿着钥匙去开车，老邓坐副驾驶位，李文浩、臧所长和小钟上了后排坐着。小钟又激动起来，说："宽敞，确实宽敞。"

一行五人，往无线电厂驶去。

2 /

到无线电厂已经七点了，厂房里面的机械还在"轰隆轰隆"响动，工厂里的同志应该都在加班，好一派热火朝天的景象。门口守大门的大爷认识这辆车，隔老远就扯着嗓门吆喝："老邓又来找周科长踢毽子了吧？"

他说的周科长是厂保卫科的周亮，五十不到，踢毽子是把好手。老邓也喜欢踢毽子，两个人踢起毽子来各种花样，蹦来蹦去跟跳舞似的，远近驰名。时不时还有中年妇女围观，看得眉开眼笑，老邓和周亮就踢得更欢了。所以传达室的大爷一看到老邓来了，就以为是来踢毽子的。老邓坐车里，当着山西同志的面，被传达室大爷这么吆喝一声，便觉得有点丢人，连忙对传达室里喊："公干！是公干！"

说完又回头对后排三个人解释道："踢毽子也锻炼身体。"

李文浩和臧所长应付式地一笑，那小钟没眼色，张嘴就说："我们那县城里，都是中年妇女才踢毽子。"老邓装作没听见，没搭理他。谁知道这小钟又补了句："我妈也喜欢踢毽子。"

老邓点了下头，指着不远处一间小平房岔开话题："那就是厂里的保卫科，人已经叫过来了，等你们认呢。"

车便开到了小平房前，停好，众人下车。小平房里钻出来个白白胖胖的秃顶男，大冷天的没头发也不戴帽子。不过，他那头顶倒是没有亮光，说明这人不怎么出油，由此看来，秃头和脂溢性脱发没有干系。这秃子看到了老邓，兴高采烈的样子，说："来了！"

老邓说："来了。"又见秃子手里居然还拿着个毽子，便连忙补了一句："办正事要紧。"

秃子就是保卫科的周亮，也不是个没眼色的人，自然明白老邓的用意，忙将毽子偷偷扔到了地上，迎上来："这几位就是山西过来的公安同志吧？"

小钟接话快："是，是！"

臧所长纠正："我俩是。"又指着小钟，"他是热心群众。"

热心群众小钟又连忙补了一句："文学爱好者。"

周科长便和臧所长、李文浩握了手，末了也和文学爱好者小钟应付式地握了手，再指了指里屋："吴南海是六车间的车间主任，这几天加班，太辛苦了，在里面眯着了。"

小钟又多话了："不是应该五花大绑在椅子上等我们过来审问才对吗？"

周科长笑了，说："有一点倒是必须给你们说清楚，吴南海同志昨晚整宿都在厂里，整个车间里那么多人都看着他，要分身去往山西是不可能的。"说到这儿，他又看了李文浩和臧所长一眼，"这也是之前老邓说你们山西同志要过来认人，我觉得没必要的原因。"

李文浩便点头，道："我们也不会冤枉任何一个好人，同时……"他学着局里张局的口吻，捏了个拳头往下挥了一下，"同时也不会放过任何一个坏人。"说完便往保卫科里走。

臧所长觉得李文浩这话说得很好，站旁边点头，脚还是疼，尽量忍着没有一瘸一拐，跟着李文浩大步往里走。

周亮便快步上前，带他们进保卫科的里屋，那屋的角落里有个钢丝床，上面侧躺着一个人，面朝墙。周科长就喊他起来："吴南海，山西的公安同志过来了。"

那吴南海连忙翻身起来，揉了揉眼睛，说："还是困。"又看到面前李文浩和臧所长都黑着脸，便站了起来，手脚也不知道该怎么放了："我……我就是吴南海。"

也没人差小钟上前，他自己凑了过去，站到吴南海面前："咦，奇了怪。"

李文浩问他："什么奇了怪？"

小钟说："模样就是这个模样，可昨晚那歹徒块头大，还满脸横肉。现在这个瘦，脸上也没那么多肉。"

李文浩又对这吴南海说："你把头发掀开，看看你额头上的疤。"

吴南海一脸懵，抬手将自己那左二右八的分头掀开，额头右边还真有块红色印记，像是胎记。小钟这趟过来就是认人的，也认真，一本正经凑上前，像个医生一般按了按吴南海额头上的印记，然后说："印记也像，不过位置不对。"

"会不会你记错了左右？"臧所长道。

小钟说："怎么可能，我在招待所工作，细心得很。再说了，那被割了一刀的瘸子也记着是左边，总不可能我们俩都记错吧。"

那吴南海便问话了："你们说的那人是在苏门县杀了人吗？"

李文浩摇头："没，是伤人案。"

吴南海又问："伤的人叫啥名字？"

李文浩回答："叫南先进，一个瘸子。"

吴南海便点了点头，说："我还以为是杀了人呢，搞得这么大阵仗。"然后又冲周科长说："应该可以了吧？我还要赶去车间呢。"

周科长做不了主，看老邓。老邓也做不了主，看李文浩和臧所长。李文浩和臧所长又去看小钟。小钟总算有了存在感，很高兴，表情还是很严肃，挠了挠后脑勺，说："应该不是他。"

臧所长便有点冒火："是？还是不是？不要搞个什么应该不是。"

小钟被臧所长一吼，装出来的严肃就像被针扎了的气球，一下瓦解，连忙赔着笑："不是。"

臧所长又问："确定不是？"

小钟又开始模棱两可了："不是他，只是有点像。"

站旁边的周科长说："怎么可能是？他整宿在厂里待着，除非有法术，能分身。"

小钟便说："还别说，我奶奶说那种收魂人就是会分身。"

小钟这话让山西来的李文浩和臧所长很没面子。李文浩便收住了自己的威严，对那吴南海说："吴同志先回车间吧。"顿了顿又问，"你这两天不会离开北京城吧？"

吴南海说："车间里一摊子事，我走不开的。"

老邓出声了："那吴同志这两天别出远门就是。"说完便挥手，要吴南海走。

这吴南海往外走，临到门口嘴里嘀咕了一句："苏门县距这里五百公里，有飞毛腿也来不及啊。"

看到吴南海走了，众人站在保卫科里大眼瞪小眼。周科长手里不知道什么时候又多了个毽子，问老邓："要不，我们还锻炼一下？"

老邓摇头，问山西的同志："你们就在厂区招待所住一宿吧？"

李文浩和臧所长挺失落的，都带了手铐过来的，目前看来派不上用场。李文浩就问那厂区招待所贵不贵，周科长说了价钱。那小钟就又多话了，说："比我们苏门的贵多了。"

李文浩也觉得贵，可又一寻思三人是骑边三轮过来的，省了班车钱，今晚奢侈一下住个北京城里贵点的招待所也没什么关系，便答应了去厂区招待所。

老邓将三人送到了厂区招待所，还说明天早上过来接他回所里详细讨论案情。三人进到招待所，拿介绍信开房。李文浩又嫌三人房贵，要了个双人间，说天气冷，挤着睡暖和点。

他的本意是把双人间的两个床拼起来，三人跟睡炕似的。谁知道那房间里的床都是卡在墙壁上的，挪不动。李文浩和臧所长一合计，人家小钟是群众，跟着来北京一趟只是因为热心，不比他俩是职责所在，总不能让他挤。便安排小钟一个人睡个床，他俩挤一挤。

一天下来也都辛苦，抹了把脸就上床睡了。臧所长和李文浩一人睡一头，李文浩心大，挨着床就打呼噜了，脚伸在臧所长脑袋这一头。要知道这李文浩也是个汗脚，味道有点冲。臧所长穿的是李文浩媳妇准备好的干净袜子，不像李文浩是穿了两天的脏袜子，味道上自然斗不过，便很郁闷，只能背对着李文浩的脚睡。又一想，白天李文浩没有嫌弃自己脚臭，为自己揉捏脚踝，是个能经受考验的无产阶级好战友，自己断不可在这一会儿发飙，唤他起来去脱袜子洗脚。这么一想，便觉得也是命，人家闻了你的脚，现在换你闻人家的脚，看来这冥冥中都有定数，断不会由着谁，只落好，不付出。也不会由着谁，只拿脚给人闻，自己不闻别人的脚。

这么一想，就豁达了不少，也忘了事。但凡对着一边躺久了，就想翻身。可一翻身，黑暗中又看到了那双汗脚，熏得想吐，只能爬起来，站窗户边开了条缝，吸一口冷气。

也是这一口冷气进了气管，臧所长猛然想起个事来，然后走去叫李文浩，说："李队，醒醒，有情况。"

李文浩那一会儿正在做梦，梦里在打仗，他举着个炸药包站在桥洞里，正在组织语言，寻思着喊上一两句什么。正琢磨着，便发现桥洞还漏水，水滴到了李文浩脸上。一睁眼，发现臧所长的唾沫星子喷到了自己脸上，便问："什么情况？"

臧所长说："这个吴南海不对劲。"

那本来好好睡着打呼噜的小钟就说话了，也不知道他什么时候醒来的："我刚才就觉得他不对劲，只是想不出哪里不对劲。"

李文浩和臧所长就一起去瞪他，可是没开灯，小钟看不清他俩的表情，以为自己的话让两位公安同志恍然大悟了，便有点得意，坐起来说："肯定有问题，只是我们还没发现。"

这次臧所长真的火了，朝着小钟就骂开了："哪里都少不了你，你不说话会死吗？"

小钟便慌了，不知所措。他愣了一会儿，最后选择躺下，维持之前睡觉的姿势，还闭上了眼睛。

臧所长便对李文浩说："要不要出去抽根烟？"

李文浩这会儿也烦小钟，便点头。两人起来开灯，穿衣服出了门，那门外挨着个小阳台，屁点大，但站两人还是没问题。这北京的 12 月也足够冷，脸皮上像是有人拿刀刃在来回刮一样。两人点上烟，火星在北京城的夜晚闪烁，所见是这大中华的首都夜景，两人又心生豪迈。

臧所长便开玩笑道："如果小钟这会儿站这儿，怕是又要读两句诗。"

李文浩便也笑了，问臧所长："你说的情况是什么个情况啊？"

臧所长便说："你知道太原距离北京城有多少公里吗？"

李文浩说："苏门到北京五百多公里，太原过去应该要短点，四百多公里吧？"

臧所长点头，又问："那山下有个焦作，距离我们苏门有多少公里你知道吗？"他说的山下是挨着山西的河南，河南人管山西叫山上，山西人管河南叫山下，说的山是太行山。

李文浩就摇脑袋："那我怎么知道呢？我又不是编校地图的。"

臧所长便正色道："没错，都不是编地图的，又怎么可能对两个地方之间的距离了如指掌呢？尤其是我们苏门县这么个小地方，寻常的北京人可能连苏门县在哪个方位都整不明白，对不对？"

李文浩不知道臧所长要表达什么，叼着烟点头继续听着。

臧所长又说："所以，这吴南海是铁定有问题。他出保卫科门的时候嘀咕了一句苏门到北京五百多公里，除非有飞毛腿。嘿嘿，你想想，他怎么会知道苏门到北京五百公里呢？"

李文浩一拍大腿："对，他怎么会知道苏门县到北京五百多公里，除非他早就知道苏门这个地方，而且还很可能去过。"

臧所长重重点头："没错。"

就在这时，那房间里探出个头来，是小钟，原来这家伙没躺下，开了条门缝在听他们说话。此刻的他也挺激动的，说："除了这点，还有个事，是我一直在琢磨的，刚才突然琢磨出来了。"

臧所长和李文浩又冲他瞪眼，可走廊没灯，他俩站在阳台，月光在他俩身后，小钟看他俩背光，自然看不到他俩瞪眼。见臧所长和李文浩对着他，以为是在听他说话，便从门里走出来，身上没披那军大衣，毛线衫也没穿，就穿个皱巴巴的衬衣，一本正经地说："瘸子说那歹徒叫吴北冥，北冥有鱼的北冥。我读过那段文章，是《庄子》里的。这北冥的意思就是北方的海，后面的句子我记得不是很清楚，但应该是有南冥这么一个词的，翻成现在的话，这南冥就是南边的海，也就是南海。你们想想，吴北冥，吴南海，工整吧？像不像两个亲兄弟的名字？"

这次李文浩和臧所长不生气了，都兴奋了起来。李文浩冲他竖起了大拇指，说："好小子，还真有你的。"

臧所长也乐了，拿出烟来，朝小钟递。小钟很得意，忘了自己就穿了个单衬衣，出门往阳台走伸手接过烟。一抬头看那夜色中的北京城，不由得心生豪迈，张口就说："但使龙城飞将在，不教胡马……"说到这儿，他意识到这首诗下午进北京城时念过了，再说也不应景，便改口道："春眠不觉晓，花落知多少……"实际上这诗也不对，这会儿是冬天，距离立春还有两个月。要到春天才有花，冬天只有风。这不，正念到这儿，身后那房间的门就"咯噔"一声被风刮得合上了。

臧所长和李文浩便问最后走出来的小钟："你拿钥匙了吗？"

小钟手里抓着烟，他本不抽烟，抓烟的样子就像戏班里被调教出来的毛猴，说："没啊，你们没看见我连军大衣都没穿吗？"

"那完蛋了。"李文浩说，"刚开房时服务员说管备用钥匙的人今晚有点事，要一点半才回来，所以叮嘱我们出门要带着钥匙。现在好了，你小子最后一个出来，也不拿着钥匙。"

小钟就慌了："啥？要一点半才回来，现在才……"他抓起李文浩的胳膊看他的手表，"现在才十一点，还要两个多小时。"说到这儿，他要哭了："我没穿外套，冷……"

出来抓犯罪分子，是李文浩和臧所长的职责所在。这个小钟，只是凭着一股热心肠帮公安破案，臧所长和李文浩断不会让一热心群众在这北京的冬夜里活活冻死。于是，臧所长脱了自己的棉衣给小钟套上，三人下楼，到服务员值班的房间里，说明了情况。服务员一听就乐了，问他们仨大半夜跑走廊上说话，是不是在耍什么幺蛾子。小钟披着臧所长的棉衣，感觉自己有公安干警的英姿附体，便冲那服务员说："我们一天跨越了半个中国，来北京干大事抓歹徒的。"

那服务员便吃吃笑，说："三个大老爷们，连一片钥匙都管不住，还跨越半个中国来干大事，我怕你们再去跨越一会儿，人都要走丢啦！"

北京人打小说的就是普通话，伶牙俐齿。李文浩等三人是山西人，翘着舌头说普通话自然说不过这招待所服务员。再说，他们是来干大事的，没必要和人一般见识。小钟见臧所长和李文浩都不吱声，便压低声音安慰他俩："一招待所服务员，井底之蛙而已，懒得和他斗嘴。"这话说得奇怪，好像他自己不是招待所服务员似的。小钟可能也察觉到了话里有着不对，便又笑道："我们仨，就像是一个文官两个武将，桃园三结义的阵容，自然是干大事的。"

这话就让臧所长和李文浩听着不爽了。因为各种演义小说里，文官是指挥人的，武将都是大喝一声"我来也"的莽夫，可也都不想和小钟掰扯这些，各自暗想：就你这德行……

服务员这会儿正闲着没事，竖着耳朵偷听他们仨说话。可小钟声音压得低，他听不见，便懒得听了，将手伸到下面，下面有个小煤炉，舒服得很。

坐外面长椅上的仨人，就没这么舒服了。长椅挨着门，那门又有缝，冷风直往里钻。文官小钟裹着臧所长的棉衣，蜷缩着闭目养神。李文浩将自己身上的棉衣脱下来给臧所长穿会儿，过一会儿又换回来穿。快到两点，那管备用钥匙的人才回来。三人拿了钥匙火急火燎上楼，钻进被子里。也是因为受了寒的原因，臧所长鼻塞了，鼻塞就闻不见味儿，要用嘴巴呼吸，便不在意李文浩的汗脚了，很快睡着。

老邓是位五十好几的老头，加上又有长期踢毽子锻炼身体的好习惯，睡眠就少，第二天早上六点出头就跑来敲门。臧所长去开的门。老邓进门就咧着嘴笑，问他们仨睡得好不好。

三人自然不能将仨大老爷们大半夜被关在门外待了半宿的事说出来，都说："睡得好，早早躺下，一觉睡到现在。"

老邓便要他们梳洗一下，领他们下楼去吃早餐。吃的是豆汁，仨人都吃不惯。老邓问味道怎么样，小钟嘴贱，说客套话："还不错。"

老邓很高兴，又要摆早餐摊的给他们仨一人来一碗。那卖豆汁的大姐也高兴，盛了满满三大碗。臧所长、李文浩和小钟三人硬着头皮喝完，豆汁又烫，喝得一头汗，把昨晚的寒气逼出来些，也算舒服了点。老邓又问："要不要再来一碗？"

李文浩怕小钟这傻缺插话，忙说："够了够了，饱了。"

便掏出烟来，都点上。李文浩和臧所长对视了一眼，然后李文浩清了清嗓子，就要给老邓说昨晚琢磨出来的那两个疑点。可还没开口，身后就传来自行车车铃的声音，还有人喊："你们起得还挺早啊。"

一扭头，是无线电厂的周科长来了。这次他戴了帽子，遮好了他的秃瓢。停好车，他拉了条板凳在四人身旁坐下，吆喝了一声："老样子，豆汁加饼。"

那摆摊的应了："好嘞。"

周亮便回过头来，说："昨晚我回去，总在想你们这案子的蹊跷。结果想啊想，突然觉得吴南海这名字有点熟，好像以前在哪儿见过。"

老邓就说："你们厂的职工，你自然是记得名的啊。不过之前山西同志还没过来之前，我也给他们说了，这吴南海家里出过事，不过我有点不太记得发生过啥案子了。"

周亮摇头："我们是大厂，一两千人，我怎么会都记得。"说完又看老邓，"你说的应该是柳红巷杀人案吧？"

老邓皱眉，似乎在回想。半晌，他问："是不是死了个姓孟的老太婆的那个案子？"

周亮点头："对，就是那案子……"

第七章

孟婆熬的汤

1 /

中国最著名的"照片泄密案"是由《中国画报》1964年刊出的封面照片引起的。照片里，大庆油田的铁人王进喜头戴狗皮帽，身穿厚棉袄，握着钻机手柄眺望着远方。在他身后，是漫天大雪与高大的石油井架。

这张照片被日本情报专家视若珍宝，日本人据此解开了中国当时并未对外公开的最大的石油基地——大庆油田的秘密。首先，他们根据王进喜的穿着打扮，推断出了大庆油田位于北纬46度至48度，也就是齐齐哈尔与哈尔滨之间的位置。接着，他们又通过照片中王进喜握手柄的姿势，预估出了油井的直径。从照片背景中井架的密度，推断出了油田的大致储量和产量。

日本情报机构之所以会对这么一张普通的照片大费周章，必须跟当时的时代背景联系起来。新中国成立后，西方国家对中国实行封锁，国内石油缺口达 60%。于是，新中国于 1959 年开始，将松辽盆地作为重要油气资源区进行大规模的勘探开发，也就有了之后的大庆油田。五年后，到 1964 年，中国国内石油基本实现了自给自足。

而柳红巷杀人案，就发生在大庆油田刚被发现，同时又被高度保密的那一年。

1959 年，周亮才二十三岁，在厂区派出所上班。那时候的他还有满头又黑又密的头发，人又白净，高瘦挺拔，潇洒得很，断想不到经年累月后会成为一个白胖的秃瓢模样，要靠踢毽子才能被妇女们多看几眼。他在所里跟着的师父姓邓，叫邓步高。邓步高以前打过日本，打过反动派，是个暴脾气，口头禅是"甩手就是一枪，毙了你个鳖孙"。这话他只对三个人不说，一个是他儿子邓志伟，也就是之后厂区派出所的所长老邓。另一个是周亮，因为周亮是他在所里带的徒弟。至于第三个人，就是周亮他爹大周。大周是开公交车的，那年代开公交车的都是威风角色，尽管当时石油紧张，公交车上还要放煤气包。

"公交车背着煤气包在长安街上跑"，这话不是调侃话，在那年代可是真事。所以每天早上，周亮都要叫着邓志伟去帮他爹大周扛煤气包，放车上。然后大周开着公交车送周亮和邓志伟去厂区派出所上班。每每到了派出所门口，邓步高都会双手叉腰站在门口等，看到车了，便很兴奋，跑上前去指挥大周在那窄窄的马路上掉头。

"还有……还有……还有……够了！够了！嗯嗯！正好！方向盘打死！"在门口指挥大家伙掉头，是邓步高每天最风光的时刻，尽管他压根就不会开公交。

那天，他又在指挥公交车掉头，正喊得兴起，那马路一头就跑出个人来，大呼小叫道："不好啦！出大事了！"

这喊叫声扰乱了邓步高指挥公交的大事，让他很不满，便瞪那人："啥事？这么大声，就不怕吵着附近居民睡觉吗？"实际上，他自己每天跟个闹钟似的指挥公交车掉头的叫喊声，比这人的叫喊声大多了。

那人气喘吁吁地跑到跟前，对邓步高说："死人了，有人被杀死了。"

命案，还真是大事。邓步高就急了，连忙问："哪里？凶手逮住了吗？"这话是废话，凶手逮住了人家就不会一个人跑过来。

来人便说："孟婆死了，就柳红巷给人接生的孟婆死了。"

邓步高便不指挥大周掉头了，对儿子邓志伟和周亮一挥手："跟我走。"说完便带头往那柳红巷方向跑。邓志伟和周亮也不是省油的灯，快步跟上。那大周的公交车也追了上来，大周探出来头："别跑了，上车，我送你们过去。"

三人上了车，那报案的人不肯上车，说还要去上班，不顺路，实际上是怕上车还要买票。这大周把公交车开得风驰电掣，去了柳红巷。他也赶着上班，所以没停留，放下他们仨就走了。

邓步高走出几步，想起这路比派出所门口的路都窄，更是需要帮忙指挥掉头。想到这儿，便转身，发现大周已经掉好头，他就看见个车屁股。

死者姓孟，是一位孤寡老太太，有个儿子跟着蒋光头跑去了台湾，所以，孟老太太属于厂区派出所辖区重点留意的对象。孟老太太快七十了，尽管手脚麻利，牙却掉光了。邓步高觉得敌特除非瞎了眼，否则绝不会吸收没牙的孟老太太加入团伙的。当然，也不能因为她没牙就放松警惕，所以时不时过来晃晃还是日常工作之一。

老太太倒是个豁达人，老公死了儿子跑了，一个人靠给人接生过日子。街坊邻居都喊她孟婆，有啥事也都关照着她。这天早上，邻居院里的杏熟了，选了点熟透的要拿给孟婆尝尝。杏不像其他水果，熟透了后不用牙咬，舌头一压就烂了。孟婆没牙，吃杏合适。可这邻居过来站门口喊，没人应，要知道老太太耳不背，平日里也都起得挺早的。

邻居便觉得蹊跷，多喊了几声。北京人好管闲事，听到这喊孟婆的声音，隔壁的也都爬起来探头问："咋了？"

又一起喊，再去敲门，结果发现门是虚掩着的，推开门发现孟婆死在屋里，身子在床上，头垂在床边，致命伤在脖子上，血流了一地。邻居们就骚动了，多亏街口有个王大爷，叫王龄童，喜欢看京剧，好猴戏，新中国成立后自己给自己改的名。王大爷是位老红军，爬过雪山，蹚过草地，见过大场面。他现场便指挥张三守门、李四报案、王二麻子去巷子口把风，遇到可疑人物就大叫之类的，安排得也算万无一失。到邓步高领着俩后辈公安赶过来时，那王大爷挺胸昂首迎上来，腰里居然还别着把驳壳枪。邓步高就说："王大爷，您怎么还私藏枪支啊？前些天不是通知了都要上缴的吗？"

王大爷冷笑道："美帝和苏修打过来的时候，我随时都要上前线的，枪怎么能随便缴呢？"

邓步高又说："我们这是在北京城，美帝过来要海边登陆，苏修过来也是先到东北，不会紧急到需要您老上前线的。"

王大爷就恼火了，骂邓步高："你懂个屁，伞兵你知道吗？一人举把伞从天上跳下来，一来就一个师，黑压压的跟下冰雹似的。到时候没了枪难道要我用竹竿去捅啊？"

邓步高便不和他争论了，怕老头子火了动手打人，扭头朝孟婆家里跑。王大爷是懂大是大非的人，也不生气，快步跟上。几人进屋，发现现场控制得还好。周亮和邓志伟那些天正在看一本叫《一双绣花鞋》的闲书，是说抓敌特的。所以两人到了现场，第一时间趴地上去看床底，没发现有古怪的绣花鞋。现场气氛却还是很紧张，每个人都不敢随便说话，盯着彼此。也怪不得众人，只是那年代，警惕性都高，瞅着谁都觉得是敌特。

邓步高要王大爷帮找了间清净屋子，便开始问讯，逮着邻居们一个个单独谈话，了解昨晚的情况。问了一气，都说半夜没听见什么奇怪声响，也没见到可疑人物。有个大姐也是多心，说可疑人物也算有，昨天傍晚有个侏儒在这柳红巷路过。邓步高便问侏儒如何个可疑法。大姐便一头雾水，说一个侏儒没事来我们柳红巷就有问题。

站旁边的王大爷就发火了，骂那大姐："人家侏儒就不是人了，就不能出门遛弯了，你这是狗眼看人低。"

大姐不敢和王大爷争论，毕竟王大爷那会儿腰上别着驳壳枪，她只能小声嘀咕道："一年难得见个侏儒，偏偏出命案前就见到了，有这么巧吗？"

问讯到此也就差不多了，收获的信息是孟婆昨天出去给人接生，下午就回来了，再没出门。

邓步高又问是去哪街哪户接生。邻居们只知道个大概，说是井岸里那边。邓步高要小邓和小周俩人去井岸里走访排查，看能不能找到生娃那户人家，问出一些新的线索。

俩年轻公安自然很激动，去往井岸里走路要大半个小时，他俩十分钟就跑过去了，把井岸里的地形简单勘察了一下，兵分两路开始一家一户走访。实际上，这兵分两路也就是你走马路这边我走马路那边而已。

那时候没啥楼房，都是小院。老北京人又好事，方圆几公里发生的事随便找个人一问，一切尽在掌握。所以，他俩很快就问到了这井岸里前一天下午生了娃娃的，总共有两家，一家姓钱，一家姓吴。俩人先去了钱家。钱家住四合院，院里一共住了三户人，不用出门上班的老幼妇孺都坐在院里唠嗑，见来了俩年轻公安，都激动起来，以为一上午的无聊有的打发了。周亮和邓志伟一打听，那钱家生娃的大姐都快四十了，是第五胎，自个儿躲屋里生的，叫都没叫一声，是个狠角色。然后大姐自己给自己收拾好，抱着孩子就出来了，给邻居说生这个娃跟拉了泡屎似的。

院里的人说完就要去喊这狠角色出来给俩年轻公安见识见识，谈一下这生孩子为啥跟拉泡屎一样。周亮忙摆手，说："不用了，我们还要排查另一家。"说完便和邓志伟红着脸出了这四合院，去下一家，也就是姓吴那家。

那姓吴的人家住在平房，一长排，住七八户。两人到了那平房外，发现路边居然搭了个灵堂，灵堂里哭哭啼啼坐着不少人。

周亮和邓志伟便想绕开灵堂直接去找姓吴的人家，可路过时冷不丁听到周围人聊天，说："这么年轻，昨天还挺着大肚子出门倒痰盂呢，现在就没了，真让人瞅着难过。"

周亮是个实心眼，自然没在意。邓志伟连忙去搭话，板着脸问："这……这死的是一孕妇吗？"

站灵堂外闲聊的人就白了他一眼，说："怎么了，你们公安还管人家生孩子？"

邓志伟便连忙赔着笑："大姐，咱办案呢，是公差。"

那大姐见他赔着笑，语气便缓和了，也不厉害了，说："一苦命姑娘，才二十四岁，给他们吴家生了个男娃。娃娃是生下来了，大人却没保住。"又顿了顿，说，"那接生婆也是，吴家人说了要保大的，结果还是只保住了小的。"

邓志伟问："是吴家的？就是昨天下午生了孩子的那个吴家？"

大姐点头："啊，怎么了？不准生？"

一旁的周亮也算明白过来了，问："接生婆是姓孟吗？"

大姐说："我怎么知道呢？我住得离这里远，早上走一个多小时路来看热闹的，哪知道这么多？有啥你进去问啊。"说完往那灵堂里一指，哭哭啼啼的那几个人应该就是吴家人，其中还有个块头不小的七八岁小孩站在中间，背对着邓志伟和周亮。

两人就往里走，那块头不小的七八岁小孩好像听见他们进来，回头了。也是这么一回头，居然是一张成人的脸，也就是一侏儒。邓志伟和周亮早上跟着问讯过柳红巷的邻居们，记得有人说见过侏儒这么一出，便下意识盯上了侏儒。那侏儒自己也是藏不住事，看到邓志伟和周亮身上的警服，再加上又盯自己看，脸色就变了，拔腿就往灵堂外跑。

侏儒的个头应该就一米三不到，邓志伟和周亮都是一米八的大长腿，又怎么可能任由着短腿的给跑了。只听在前的周亮大喝一声，跳起一飞腿，把已经跑出灵堂的侏儒踹倒了。后上来的邓志伟也跟着叫唤道："着！"他自己也不知道是要什么"着"，帮手将地上的侏儒给控制住了。

那侏儒还在拼命挣扎，之前灵堂里那几个哭哭啼啼的人也赶紧过来了，为首的是一个二十多岁的小伙，眼睛又红又肿，冲邓志伟和周亮说："两位公安同志，你们这是干吗呢？"

做刑侦的，都有一惊一乍的手段，两人虽是新兵，但也会瞪眼皱眉，冲地上的侏儒说："这小子自己心里有数。"

这一套如果搁现在可能不管用，犯罪分子都精得跟猴似的。但在那时，还是有效的，地上那侏儒也不挣扎了，努力昂起头，说："不关他们事，就是我干的。"

那眼睛红肿的小伙就问："你干了啥事啊？"

侏儒吼："我杀了人，我把那接生的老太婆给杀了。"

"啊！"那几个之前哭哭啼啼的人都张大了嘴，其中一个老妇还"哇"一声哭了，说，"你这矮子，怕是疯了吧！"

案子就算破了，脉络挺容易梳理。这孟婆昨天下午过来帮吴家人接生，吴家媳妇难产，家里人说保大不保小。可孟婆没那技术，最后保了小的没了大的，吴家媳妇大出血死了。一家人哭天喊地，孟婆却站旁边讨要接生的钱，当时就吵了几句，钱还是给了，老太太才走。这些都是吴家人说的。到傍晚侏儒就一个人出去了，他是那得了儿子的吴家小伙的弟弟，死的是他嫂子。老人说侏儒心眼小，或许就是因为孟婆没保住吴家媳妇，侏儒怀恨在心才下的毒手。一个人偷偷溜到孟婆家，犯下这命案。

当然，这些都是后来回所里，邓步高分析出来的，因为那侏儒招供后，就一直不吭声了，只低着头。从灵堂到派出所再到关进派出所的小黑屋，他始终面无表情，跟个泥雕似的。侏儒不说话也不是个事，邓步高他们不能做笔录，无法把人移交出去。正发愁呢，派出所的陶所长就回来了，听他们汇报了这案子，笑着说："这种情况见多了，关个一宿明天就好办了。"

就关呗，中午也没给他送吃的，他也不吱声。到晚上七点多给侏

121

儒送了两个馍过去，侏儒也没拒绝，抓着就啃。陶所长就要周亮和邓志伟去所里的小房间里休息，今晚都别走，在所里熬夜看守杀人犯。

陶所长叫陶焱，五行里缺火才取的这名。他比邓步高小几岁，侦察兵出身，打过朝鲜战争，还得过奖章，现在是所长，而打过小日本和蒋光头的邓步高只是侦查员。俩人晚上坐派出所门口抽烟，又聊到打仗的事，都挺激动的。这时，外面就有个人大步朝他俩走来。那年代没路灯，晚上看不清人，走近了发现那人腰上居然还别着把枪。陶所长也不是省油的灯，一下翻到凳子后面，对邓步高喊："小心，有情况。"

邓步高却乐了，说："这有毛子个情况，来人是王大爷。"

来人正是王大爷，腰上还别着那把驳壳枪。他见这陶所长的怂样，气就不打一处来，骂道："你小子之前不是说自己也当过兵吗？逃兵吧？"

陶所长看清来人的模样，便和早上邓步高瞅见王大爷腰上的枪时的反应一样，冲王大爷说道："爷，您这枪！"

王大爷没好气道："这不是枪，是炮。"

邓步高便笑了，说："陶所长是当过兵的，上过朝鲜战场。"

王大爷就冷笑，还白了陶所长一眼："新中国都成立了，你这种兵跟着跑出去打了几枪，没见过啥世面，难怪这么怂。"

陶所长就郁闷了。他们这关系，搁现在就叫作鄙视链。王大爷是老红军，爬雪山过草地的狠角色，鄙视除了老红军以外的所有兵，搁在他眼里谁都只是新兵蛋子。而邓步高打过日本打过蒋光头，便属于这鄙视链的中间位置，算是跟着王大爷这种老红军屁股后头打过江山的。至于陶所长，新中国的兵，鄙视链最底端的，就算打过美帝带队的多国联军也没用。

见王大爷和邓步高那模样，陶所长心里还是不服气的，暗想：我爷爷还参加过义和团举着大刀打过八国联军呢，有啥神气的？

这话他不可能说出口，怕王大爷打人。再说自己刚才躲到凳子后面也是事实，尽管是战场上养成的自然反应。于是，陶所长赔着笑，对王大爷说："屋里押着杀人犯，今晚我们都加班守着，瞅见你的枪，以为是来了个劫狱的。"

见陶所长客套，王大爷也不瞪眼了，毕竟在他眼里这都是些新兵蛋子而已。他中午就打听到了杀孟婆的凶手被捕的事，这会儿过来，是有新发现来着。于是，他拉了条椅子坐下，对陶所长和邓步高说："现场有个没洗干净的汤碗，你们没留意吧？"

陶所长压根就没去现场，没法接话。邓步高挠了挠后脑勺，说："好像是有。"

王大爷又说："那煤炉上还热着一瓦罐汤，你们也没留意吧？"

陶所长和邓步高还是继续摇头。

王大爷就严肃起来："那你们知道瓦罐里熬着的是什么汤吗？"

两听众还是摇头。

王大爷就激动起来，右手举起像是要挥舞，但还没挥起来，那手就在空中拐了个弯，将腰上那驳壳枪拔了出来，然后举起枪来挥舞了

123

几下，说道："那姓孟的老太婆居然在熬紫河车吃。"

这紫河车，就是胎衣，人的胎盘，一味中药。孟婆是接生婆，落了个胎衣也是正常。可民间忌讳这，虽然都知道紫河车的功效，有这味药，但始终用得隐秘。到此刻王大爷举着枪如此愤怒地说出来，陶所长和邓步高心里也都一惊。邓步高便说："之前我还在想，这侏儒太偏激，难产死人也不能真怪接生老太婆。照现在看来，是侏儒跑过去想扯皮，瞅见了孟婆偷偷摸摸熬紫河车汤，才动了真怒下了毒手。"

陶所长也勉强听出了个大概，摇着头道："这老太太也太不像话了，人家大肚婆都死了，她还捡了紫河车回来，确实让死者亲人瞅着生气。"

王大爷便把枪放下，重新插到腰间，骂道："所以说老而不死非妖即怪，算是死有余辜。"这话说得有毛病，他自己一大把年纪了，合着把自己也给骂了。

就在这时，那派出所里传来"砰"的一声响，是什么东西撞墙的声音。这门口坐着的三人就纳闷，可紧接着又听见一声响，正是那关侏儒的小房间里墙壁被撞击的声音。三人忙站起往派出所里跑，刚进去就听见第三声响，这次比之前的响动还要大。

两个本来在休息的后辈公安也出来了，五个人一对眼，王大爷杀伐果断，说："快开门，敌人可能要撞墙逃跑。"

这话不合逻辑，侏儒也不是剑仙飞侠，红砖墙没那么容易撞开。但赶紧开门看看倒是当务之急。陶所长连忙把那门打开，只见……

只见……

那侏儒已经死在屋里，大脑袋爆开，脑浆黏在墙上，洒在地上，是自己撞墙死的。有颗眼珠还爆裂了出来，掉在地上，正对着众人，眼白和瞳孔分明，像是还有知觉，特别瘆人。

五人中有三个都是上过战场的，见过死人，就周亮和邓志伟俩小年轻，脸皮吓得发白。也就是在那一刻，又是"砰"的一声响，众人中站着的王大爷突然倒地了……

大家一瞅，是王大爷腰上别着的驳壳枪炸了膛。

所幸是把老爷枪，王大爷那天也穿着棉裤，住了一星期院又生龙活虎满大街晃了。不过也好，陶所长和邓步高借这事收了大爷的枪，否则不知道之后要被王大爷拿着去干多少大事。

至于柳红巷杀人案，也至此结了案。侏儒因为孟婆没救活产妇生恨，尾随到了柳红巷，又见孟婆还拿着死者的胎衣熬汤，一时冲动杀人。被抓后，该犯罪分子万分懊悔，选择了自杀，至此结案。

之所以二十几年后成了秃瓢的无线电厂保卫科科长周亮，要对已经子承父业成为厂区派出所所长的老邓说起这事，是因为他想起了吴南海这名字，似乎就在那柳红巷杀人案里出现过，毕竟那是他俩当时第一次独立完成的命案结案报告，里面的诸多细节都记得特别清楚。

他想起来了——那案子里被孟婆接生所产下的男婴，也就是一生下来就克死了亲娘的祸害孩子，吴家人给取的名字正是吴南海。

第八章

正儿八经的刑侦技术

1 /

这件老案子是由周亮说给众人听的，老邓负责补充细节。两人都是和违法犯罪分子斗争在第一线的老侦查员，条理都很清晰，也不磨叽，听得小钟张着嘴跟着一惊一乍。李文浩却没吱声，点了根烟站了起来，拿烟的手搁在肚腩位置，另外一只手别在身后，模仿着伟人思考的模样。当然，他个子矮壮，模仿起来也没有那种气质，努力追求形式上的样式罢了。

大家也看出他要说话，便都抬头看他。李文浩很享受这种仰视，故意让这种气氛再渲染得好一点才开口。可他忘记了那小钟话多，几分钟没说话就会断气那种。

小钟抢先道："嘿，我们仨昨晚也琢磨出了两个问题：第一，那叫吴南海的人是怎么知道苏门县距离北京城有五百多公里的，说明他早就知道苏门，还可能去过。至于第二点……"他顿了顿，可马上想到李文浩或者臧所长可能会抢先说出来，便赶紧道，"第二点是在我们苏门县行凶的那家伙自称吴北冥，北冥和南海是两个对应的词，这点是我想出来的。嗯，独立想出来的。"他在最后加重了语气，撇开李文浩和臧所长混了个头功。

老邓和周科长听明白了，对小钟竖了大拇指。臧所长没吱声，在那里琢磨事。李文浩就有点郁闷，又不好发作，暗想：这样一来，还真成了他小钟是个文官，自己和臧所长是俩武将的人设。

当然，他们始终也是干大事的人，不会真在这种邀功的事上，和一个招待所服务员一般见识。等到小钟说完，李文浩就问老邓："这吴南海有兄弟吧？"

老邓便有点尴尬，因为他昨天只顾着配合山西来的同志，自己倒没在这案子上做点功课。再加上喜欢踢毽子这事被山西的同志们知道了，很容易让人觉得自己不务正业，只顾着踢毽子。于是，他一下站起来，说："我们几个来这么一场分析后，脉络一下就清晰了。走！现在就赶紧去所里……不，直接去这吴南海家里，把他家的这人物关系好好梳理一下。"说完他便跑去结账，显得自己是个麻利干练的侦查员，而不是个只知道踢毽子的老男人。

周科长把自行车寄存在厂区招待所，跟着众人一起上了老邓那辆吉普车。李文浩有小心思，抢先坐到了副驾驶位置，方便偷看老邓怎么开吉普车。他之前学会开边三轮就是靠这样留心偷学来的，这次是升级罢了。瞄了一气，觉得也还简单，就是不知道老邓双脚是怎么踩油门和刹车那两个板。于是，李文浩便有意无意探头往那下面瞅，想要一窥究竟。老邓开始没觉得有什么不对劲，李文浩探头多了，老邓也警觉起来，寻思着这山西来的刑警老是盯着自己裤裆看干吗，便以为是自己裤子上的扣没系好，露出了里面的棉裤。可低头一看，那扣子扣得紧紧的。再一抬头，发现副驾驶上坐着的矮壮汉子又在偷偷瞄自己裤裆。

老邓很是费解。

几人先去了趟派出所，查了下吴南海的住址，居然就在柳红巷，也就是二十几年前那接生的孟婆住过的街。老邓一踩油门，载着众人往柳红巷去了。

车还没到柳红巷就被堵上了，是一支送殡的队伍，哭哭啼啼磨磨蹭蹭拦住了路。老邓就将车停了，说就几步路我们走过去吧。大家一起从那送殡的队伍中穿过，要去柳红巷。又见那送殡的人哭得凄惨，周科长就随口问了句："这是死了什么人？"

一个鼻涕都到了嘴唇边上的大姐就回答了，说是一忠厚的长者，姓王，是位老革命。周科长就愣了一下，喊老邓，说："不会是王大爷没了吧？"

他们说的王大爷，就是二十几年前帮忙破孟婆案的王龄童大爷，到现在已经八十好几了，前几天都还瞅着他风风火火满大街转。这么一想，老邓和周科长便都心生惆怅，觉得这人一辈子，也就一电光火石，瞬息即逝。当年还英姿飒爽的俩小伙，现在也都变了小老头。而当年威风凛凛的老革命，最终也败给了时间。

　　俩人边这般想着，边往柳红巷走。可还没走到巷口，就听见头顶有人在喊："来干吗的？"

　　一抬头，巷口那树上坐着个人，满头白发还留着白胡子，风儿吹着白胡子飘啊飘，跟个活神仙似的，正是老邓和周亮以为死了的王大爷。俩人便高兴起来，抬头唤他："王大爷，您还没死啊。"

　　按理说一般人听了这话是要生气的，可王大爷岁数大了，耳背。再加上大清早又爬上了树，体力消耗大，冲下面的人说："拉了屎了，还吃了五个馍喝了碗水。"

　　老邓便笑了，知道王大爷这是又没听清楚人说话，便将嗓门放更大了，说："我们是来找吴南海的。"

　　也不知道王大爷又听成了啥，坐树上吹胡子瞪眼："什么，大清早跑这要胡来？我可不会答应。"

　　走在最后的小钟不清楚情况，抬头喊："谁说要胡来了，我们来查案。"

　　老邓和周亮说话时都带着笑，王大爷也认识他俩，不会往坏里去理解。到小钟这么个山西口音的小毛孩子喊话，又没赔着笑，话里还带了个"查"字，就让王大爷冒火了："啥！要来找碴儿？"

　　小钟急了："查案！"

　　王大爷抬手就从树上摘了颗不知道啥名的果子，半个拳头大，瞄准小钟就砸了过去。小钟连忙避开，张嘴就要开骂，可话还没说出口，又一颗更大的果子"啪"的一声砸到了他眼睛上。小钟"哎哟"一声，捂着眼睛就蹲到了地上。

树上的王大爷抚着白胡子哈哈大笑，从树上跳了下来，稳稳落地，又抓起了树下放着的一把扫把，兴高采烈地跑了。

"一位老红军，现在老了，耳也背了，人变老小孩了。"老邓来扶小钟，给王大爷开脱。小钟也只能自认倒霉，从地上站起，松开捂着眼睛的手，那左眼被果子砸成了黑眼圈，跟个独眼龙似的。

臧所长便笑了，说："文官上前线，本就容易受伤。"

大伙便都笑了，一起走进柳红巷，按照门牌找到了那吴南海家。"啪啪啪"敲了几下门后，开门的是一个三十岁左右的妇女，眉特浓，跟戏台上的猛张飞似的，但凡眉毛浓的人瞅人眼神就显得凶，问他们："找谁呢？"

周亮上前，说："找吴南海，我是他们厂里保卫科的，另外这几位是派出所的同志。"

"没回。"妇女说，"你们厂里不是加班吗？"

周亮点头："可是他昨天晚上出厂回家了啊。"

那妇女就瞪眼了，加上有猛张飞大浓眉的缘故，模样显得更凶："这王八蛋，昨晚没回啊，跑哪儿鬼混去了？"

这妇女嗓门大，引得四合院里隔壁好管闲事的探出个头来，也是一大姐："怎么了，吴南海在外面乱搞了？"接着又看到了老邓等人，棉衣里面都套着警服，便吐舌头，"乱搞还搞得公安上门了。"

妇女就火了，冲邻居骂："你男人才乱搞呢。"

那邻居就笑了，说："昨晚吴南海是回来了，门上有个电报，他拿着就进屋了。后来什么时候走的，咱就不知道了。"

浓眉的妇女就说："我昨天晚班，这家伙回来了也没等我就出去了，他……他……"

李文浩便插话问道："知道是哪里发来的电报吗？"

妇女说："我咋知道呢？"

那邻居又探头过来了："是太原发来的。"

妇女问她："你咋知道的？"

邻居说："插在门上，我无意中看到的。"说完这话，邻居将窗户关上了，可能也觉得自己太多事了。

妇女便着急了，说："你们几个都是警察吧？我家那口子不会是有啥事瞒着我吧？"

老邓摇头，说："目前也不知道。"又顿了顿，问妇女，"你家当家的有兄弟吗？"

妇女摇头，说："没，自打他爸死了后，他就跟个孤儿似的。我嫁过来几年了，没见过他有个啥亲戚。"

李文浩是有心人，眼角余光往屋里瞟："你们结婚几年了，也没要孩子？"

妇女说："是吴南海不肯要，说有什么苦衷，是为了我好。唉，我也闹过说不要孩子，人家在背后指指点点说啥你就不在意吗？可他就

134

是不肯。这事……这事一个巴掌拍不响，我拿他有什么办法？"

挂着一边黑眼圈的小钟就问了："啥事一个巴掌拍不响啊？你说明白点。"

众人都去瞪他，小钟连忙住了嘴。

之后又聊了几句有的没的，也没个重点。只知道了吴南海是独子，祖上不是北京人，外地过来的。他妈生他时候难产死了，他爹早几年也走了。不过吴南海这人老实厚道，也是这浓眉女人为什么愿意嫁给他的原因。

没有什么收获，五人便往柳红巷外走。李文浩提出那封电报应该有些问题，很可能是吴南海连夜跑了的原因。可这一个大老爷们，就一晚上没回家，也不能说明他就是畏罪潜逃。再说吴南海事发那晚在厂里加班，这是好几十人都可以做人证的。

说着说着，走到了巷口。小钟说："你们派出所的人没权力去邮电局查一下那电报上的内容吗？"

在当时那个年代，不同城市的群众之间要联络个事，主要还是依靠书信，遇到紧急情况才会发电报。需要发电报时，就是说明情况比较紧急，毕竟电报是邮电局按照字数来算钱的。另外还有一点也需要科普一下，现在没有邮电局这么个单位，是因为分家了，分成了邮政和电信，搁在以前是一家的。

小钟这话倒是提醒了几位侦查员。电报不像信，信有信封，看不见里面的字。而电报就一张纸，上面几个字而已，比如"母病故速回"

之类的简短语句。也就是说，如果那送电报的邮递员有心瞟上一眼，就应该记得电报上的话。

大家便决定去一趟邮电局。小钟见自己的话让大家茅塞顿开，越发得意，步子就迈得大，走在最前面。到了巷口，只听一声"着"，从那树上又飞来一颗果子，正中小钟那没有变黑眼圈的右眼。小钟被偷袭后疼得又捂着眼睛蹲了下去，大伙一抬头，见王大爷不知道什么时候又爬到了树上，咧着嘴在笑，还骂道："叫你小子来找碴儿。"

小钟刚要开骂，老邓忙制止了。他也不屑向王大爷喊话，反正喊了对方也听不清楚，便只能护在小钟身前，免得大爷再扔下什么物件，并对小钟道："老顽童，老顽童，别和他一般见识。"

小钟只能冲树上的大爷翻白眼，两个眼睛都被砸成了黑眼圈，像戴了个蛤蟆镜。王大爷很得意，在树上抚自己的胡须，头扭到一边，跟个没事人似的哼起了小曲。

到车边，老邓以为李文浩又要上副驾驶，可这次李文浩却直接钻进了后排，让周科长坐了副驾驶。老邓便想，之前可能是自己多心。一发动汽车，发现坐在后排正中间的李文浩又在探头。原来，这李文浩之前坐副驾驶看不到老邓怎么踩油门和刹车，所以坐到后排中间位上，换个角度继续偷学开车。

老邓便很郁闷，想着这山西来的同志，今天为啥就跟自己的裤裆杠上了。

去邮电局路过厂区招待所，周科长就先下了，毕竟他的本职工作是保卫工厂，抓犯罪分子是公安的事。余下四人，就直接去了邮电局。老邓在这片区待了几十年，人们都认识他。进了邮电局，他把来意一说，邮电局的同志便把昨天去柳红巷送电报的邮递员叫了过来。那邮递员姓刘，是个大高个大长腿，他的自行车坐凳要调很高，别人上去踩不到脚踏那种。老邓便问他对昨天送到柳红巷姓吴那户人家的电报有印象没，记不记得上面写了些啥。

这大刘其实是有偷看人电报的毛病的，反正电报上就那么几个字，投递出去顺便瞄一眼写了些啥，是个习惯。可他的职责就是送电报，让人知道自己喜欢看人电报，始终有些不妥。于是他便连忙摇头，说："没有留意，再说我看人家电报干吗呢？"

李文浩看出他神色有点不对，扭头要邮电局的其他同志回避一下。当其他同志走开了，李文浩说："现在没外人了，你有啥可以交代的就赶紧交代。"

臧所长开口给纠正了一下："不是交代，是配合我们办案。"

那大刘就点头，说："有点印象，好像是写着'人死一了百了'。"实际上他对这电报印象挺深刻的，毕竟一般的电报都是什么"父死速归"、"已生男孩"之类的话，很少见这种匪夷所思的电报。

"人死一了百了？"李文浩便将这话重复了一遍，"不对啊，那南先进并没有死啊，只是腿上被割了一刀。"

臧所长说："也别关联到一起想，或许就不是同一回事。"

大刘又说："这电报是按字算钱的，很少看到人用'了'字，浪费钱。所以啊，就觉得这电报古怪，'了'字用了俩。"

小钟便赶紧解释："他这个'一了百了'是个成语，你不能理解成两个'了'字。"

正说到这儿，那邮电局外面就冲进来一个人，是之前回了厂里的周科长。这会儿他又没戴帽子了，顶着秃瓢，秃瓢上还冒着热气，说明赶过来赶得急，出了汗。

他一进门就瞅见站在里面的老邓等人，径直冲到众人面前，说："厂里有人看到吴南海了，那小子去了南苑，据说是给他那埋在十八尺乡死了的老爹上坟去了。"

"上坟？这大冷天跑去上坟？"李文浩就纳闷了，"他昨晚收到一封电报，上面写着'人死一了百了'，紧接着就跑去给死去的家人上坟，难不成是要把这句话汇报给死去的长辈吗？"

"别耽误了，我们现在就过去看看。"老邓一挥手，几人便又往院里停的车走去。李文浩又抢着坐到了后排中间位置，不过这次他没有冲老邓裤裆里看，而是皱着眉头开始使劲琢磨。

到车开出邮电局大院上了公路，李文浩可能也琢磨得差不多了，便自言自语一般说道："这吴南海与歹徒吴北冥模样像，名字也像两兄弟。吴北冥在苏门县作案，然后连夜逃窜去了太原是很有可能的。他到太原也应该是下午，去邮电局给吴南海发电报，汇报人已死。而吴南海早就知道苏门县，或许也知道这个吴北冥就是去了山西。电报里说的人已死，应该就是给吴南海报信。吴南海收到电报后很激动，连夜跑去他家人的坟山，要给死去的家人汇报这个事……"

他故意自言自语一般分析着，实际上车里就这么大点，谁听不清呢？臧所长坐在他身后，也表情严肃地点着头，还在那里自顾自联想起了那个骑自行车去太原的神秘人。小钟话痨，这时便说道："李队，可我们苏门县除了这几天枪毙了些人外，就没死人啊，那南先进只是给人割了一刀。如果歹徒真要杀他，就不会只是割大腿了。"

李文浩"嗯"了一声，实际上他说到这儿，就料到有人会这么问，也想好了怎么答。他清了清嗓子道："三种可能吧。第一种是——发电报的吴北冥给吴南海说了谎，在苏门县没杀人故意说杀了人，吹了个牛，骗了吴南海。"

他顿了顿，看车里的人都在聚精会神听自己说话，便将语气压得更加低沉，显得铿锵有力："第二种可能，是……这小子手里不止我们目前知道的这一起恶性案件，还沾着其他案子的血污，只是我们目前并不知情罢了。"

臧所长点了点头，说："是很有可能，南先进所描绘的这歹徒，是一言不合就动刀的狠角色，而且杀伐果断，拿刀伤人，眉头都不皱一下。说他手里还有其他案子，我绝对相信。"

臧所长说完这话便住了嘴，其他人也没吱声了，等李文浩说第三点。可李文浩却好像哑巴了，坐着不动，眼睛又朝着老邓的裤裆瞄了过去。

等了快一分钟吧，周科长就问："不是还有第三种可能吗？"

李文浩说："没了啊，就两种可能。"

周科长说："你之前说的是三种。"

"有吗？"李文浩不看老邓裤裆了，反问道。

老邓便说话了："确实有第三种可能，那就是给吴南海发电报的人，压根就不是你们要抓的吴北冥。"这话一说出来，等于扇了山西来的三个同志一个大嘴巴子，可这话也是大实话。老邓继续道："这里去南苑的那片坟山就大半个小时，一会儿逮到了吴南海，你们好好审一下就是了，没必要瞎猜。"

周科长也开口了："对啊，昨天晚上我也没把你们山西来的几个同志的这事当回事，寻思着人始终在厂里，怎么可能飞到你们苏门县去伤人。到现在看来，这案子里或许还套着案子，有了点意思。所以呢，一会儿你们逮着人，我就借故走开，你们硬的软的一起上，好好审一下，我不掺和了就是。"

李文浩点了点头，又想了想，开口问道："我们要去的坟山隔厂区这么远，他们吴家的老家应该在厂区那边才对，老人死了埋那么远干吗呢？"

老邓点着头："嘿，你还别说，刚才吴南海的媳妇说吴南海没亲戚，弄不好他的亲戚还真就住在南苑也说不定呢？"

"南苑……"小钟嘀咕道，"你们说的这南苑，是不是1937年北京城沦陷时，那中日军队干了一仗的那个南苑啊？"

"就是那儿。"周科长答道，"当时守军就是赫赫有名的二十九军，挥舞着大刀和小日本肉搏的那群汉子。"

"给说说呗。"小钟扬起那张挂着两熊猫眼的脸，来劲了。

周科长是老北京人，对这二十九军的故事自然知晓得多。这去往南苑有大半个小时，给山西来的同志唠唠二十九军的事，正好也打发下时间。于是，周科长便清了清嗓子，说开了。

"我们说的这二十九军，是西北军来着。他们用大刀片子杀敌，在当时可是闻名全国的。西北军三大套——劈刀、打拳、上单杠，都是实打实练出来的。只不过呢，始终是旧军队，愚兵政策和打骂制度很严重，什么照半身照啊、吃锅贴啊、按两头打中间啊，对付新兵蛋子的方法多了去啦。"

"这半身照什么的都是些啥啊？"小钟便好奇地问道。

"照半身照就是罚跪；吃锅贴就是打脖子；按两头打中间就是扁担竹片打屁股。嘿嘿，你小子是不是想尝尝？"周科长打趣道。

小钟吐了吐舌头，不吱声了。

周科长便继续道："二十九军抗日救国，可他们西北军又不属于中央嫡系，蒋光头坏得很，不支持他们，军饷都不能按时发，军长宋哲元过得很窝囊。也是因为穷，所以西式装备配不起，才有了大刀队。为了提高官兵使用大刀的技艺，二十九军专门邀请了北平城里的一些老武师担任武术教官，其中就包括太祖拳李尧臣老先生、张氏形意武馆的吴云房老先生。这群老武师根据大刀的特点，结合了中国传统的六合刀法，创了一套无极刀法，传授给全体官兵，大大增强了将士们的白刃战本领。"

老邓插嘴道："我爷爷就给我说过，当时小日本过来了，北平城市民没事就跑到南苑，看那二十九军的大刀队举着大刀片子练，吼得杀声震天。百姓们就说，有二十九军在，别说是小日本来，就算是天王老子带队来打北平城，都会被这些大刀给削回去。当时鼓舞了全国人民的抗日歌曲《大刀进行曲》，就是依照二十九军创作的。"说完这话，他自顾自地摇了摇头，"可惜啊，可惜啊。"

"后来呢？怎么个可惜法？"小钟有点猴急。

"后来，后来能咋样呢？北平沦陷啊……南苑，在北京城的正南。如果说宛平城是北平南大门的锁，那卢沟桥就是开锁的钥匙。当时日军华北驻军司令官香月清司将主力第二十师团加一个步兵联队，都用来攻打南苑。小日本还有炮，对着南苑守军一顿轰，飞机也派了过来，二十九军损失惨重，通信系统完全被摧毁……最可怜的是各个大学里参军的学生兵，伤亡更是一比十，十个学生兵换一个日本兵的命……"说到这儿，周科长似乎也不想再往下讲了，叹了口气，住了嘴。

车厢里这么一支好好的探案组合，这一刻肃穆了起来。车窗外，是老北京用几百年的时间刻画出来的无数印记，每一道里面都烙印着故事，拼成图片入人视线，又一帧一帧地往后飞驰。有人在此厢幸福与快乐过，有人在此厢悲伤与抽泣过，还有呢？那咆哮与呐喊，也贯穿了这个民族一个荣辱起伏的百年。大时代与小人物的故事，又总是重复着悲歌。纵有欢颜，于屈辱的年代里，不过瞬间。相比较而言，改革开放伊始的 1983 年，社会的稳定又是多么可贵。之后几十年的经济腾飞，更是离不开这车厢里一干人等对大时代稳定安宁的小小奉献。

所以说，这世间，满满的，都是有故事的人呢！

众人抵达十八尺乡已经是 11 点左右了，周科长所说的坟山，位于十八尺乡的一片小山丘。那地方树不少，站远处看，瞅不出是个坟山，因为坟都被树拦住了。要沿着弯曲的小路往里走，两边拱起的小土包越来越多了，才发现这里竟然是满山的坟头。所幸，这里长眠着的人离开这个世界的时间都并不久远，所以大部分坟前都还有人凭吊过的痕迹。小钟就比较怂，小肚鸡肠地走在一干人的最中间，被王大爷用果子砸出的一双熊猫眼左右转，嘴上说不害怕，心里其实还是有点慌。

所以说我们生活在现在这个年代，出行办事对便捷的交通和通信设备的依赖性太强。有时便会想，在之前没有这些现代化工具时，找个人会有多难。实际上，在那个年代，谁也没有把谁弄丢，该找得到的，也都找得到。正如李文浩一干人进了这坟山后，一通瞎转，便发现了有片树丛中冒着青烟，像有人在给逝者送物件。

五个人里有四个是干刑侦的，不用多话，互相对了下眼色，比画一两个手势就明白了如何包抄截停，做好了分工。小钟虽然话痨，但也不傻，见其他人不吭声，盯着冒烟的树丛，便也学他们弯着腰。众人呈扇形蹑手蹑脚往那边走。

李文浩在前面，最早看到目标人物，穿着个军色的棉衣，跪在几个坟堆前低着头烧纸钱。因为人在背后，李文浩也不能确定这目标人物就是吴南海，便停步，由着周科长他们几个从另外几个角度包抄上前。周科长站着的位置可以看见目标人物的侧脸，他锁着眉头观察了几秒，然后对着众人做了可以冲的手势，意思是——没错了，就是吴南海。

众人正要扑过去逮他个正着，步子刚撒开，小钟那小母鸡一般的嗓子就出声了。

"缴枪不杀！"他这又是从电影里学来的词。

跪着的人被吓了一跳，扭过头来，正是梳着左二右八边分头的吴南海。别看李文浩个子矮壮腿也不长，在这种节骨眼上可迅猛非常。他第一个冲上前去，将吴南海给按倒了，还从后腰上摘下从山西就带过来的手铐，动作麻利地将吴南海铐了个大宝剑。

吴南海就大喊大叫起来："怎么了？怎么了？"又看到周科长在，说，"昨天不是问完了吗？"

周科长没搭理他，故意扭头往旁边看了看，丢下一句："现在是你们派出所同志的事了。"

尾随在最后的小钟可能感觉自己很多余，便上前用脚去踩地上的火，嘴上也没闲着，嘀咕着："你小子就不怕把这坟山给点着吗？"

这话有点跑题，吴南海居然还接了小钟的话，一本正经答道："跑来这儿祭奠的人都这么点啊。"

小钟骂他："没公德。"

李文浩又怎么能由着小钟这么胡说八道呢？他将宝剑铐用力拧了

一下，吴南海"哇哇"叫了起来。所谓的宝剑铐，就是把人的一只手抬起到身前从肩膀别到背后，另一只手拎到身后由下往上提，最后两个手腕在后背位置给铐到一起。除了那种特别瘦的，正常人被铐了这宝剑铐，都会疼得满头大汗。

吴南海额头上就布满了小汗珠，脸上却还装作很无辜的样子，带着哭腔说："几位公安同志，你们这到底是要干吗呢？"

老邓也没吱声，他往后退了两步，站到了周科长旁边。两人这是要由着李文浩和臧所长用点手段进行审讯的节奏。李文浩和臧所长也都是老侦查员，黑脸白脸那一套不用事先分工准备，一个眼神就可以搞定。于是，李文浩便闷哼道："干吗？你小子家里这点破事，我们已经全都知道了，否则，也不会这么大老远跑到坟山里来逮你。你啊，就等着把牢底坐穿吧。"

他这是当的黑脸，负责震慑，让对手心理防线瓦解。

站旁边本来就生得黑乎乎的臧所长，反倒当起了白脸。此刻的他，叹了口气，语重心长地说："小吴同志，事情呢，我们都已经查清楚了。你的问题不大，但……"他加重了语气，"如果你要扛，那问题也不小。说吧，说说这吴北冥到底是个什么情况？"

实际上，我们对于犯罪分子的反侦查能力，都有一种误解，觉得有二两脑仁的，就能跟电视剧电影里一样，和刑侦人员斗上几个回合。实际上现实中并不是这样的，首先，刑侦人员的气势就叫人惶恐，再加上模棱两可的审讯话术，配以本就具备语言技巧的提问方式。二进宫三进宫的惯犯能够油嘴滑舌扯上一会儿，普通群众又怎么具备反侦查意识呢？所以，这吴南海一个无线电厂职工，又怎可能架得住他们的震慑呢？

又或者，在他的心思里，本没有想要将这一切永久隐瞒的想法。

他居然笑了，疼得满头大汗居然还咧嘴笑了，像电影里那种老奸巨猾的大坏蛋。接着，他就这么笑着摇了摇头，看了看身旁的那几个坟堆。

"也都无所谓吧，反正这也是蹉跎了百年的事了，北冥半辈子颠沛流离，到现在总算走到了终点。从今开始，没人会知晓有他这么个人存在过，也不会有人记得他。所以……"吴南海望向三个坟堆里最里面那个，叹了口气，"所以，有些憋在我肚子里却又始终烂不掉的事，虽然都是碎片并不完整，但总算可以说说了。"

小钟在臧所长身后小声嘀咕了一句："原来也有比我还要啰唆的人啊。"

也不知道吴南海有没有听到小钟的这句埋怨。他迈步了，迈步的同时，李文浩和臧所长也第一时间欠身，却又见吴南海只是慢悠悠走出了两步，到那最里面的坟堆前。他目光停留在其中一个坟堆的墓碑上。墓碑用的石头只是薄薄且不高的一块罢了，说明死者的后人也拮据。众人便去看那墓碑上的文字，有点斑驳。因为年代久远，当年雕刻时的石匠并不是很上心的缘故吧，只能隐隐约约窥探到"二十九"以及"吴"这么几个字。

"听我爷爷说，这里以前并不是乱坟岗。那年小日本打过来，南苑死了不少人，战场上留了不少尸体。日军就召集附近的农民，收拾没人收的军人残肢，埋到了这片小山丘里。很多人没有坟，战死在沙场，名和姓都没有留下来，静静地躺在这片地下，继续守护着这座北京城。而我祖爷爷，有幸落了个全尸，被我爷爷寻到了。爷爷寻思着祖爷爷最后的夙愿便是守北京，那么，也便和这些战死在南苑的二十九军将士待在一起吧。所以，祖爷爷便埋在了这里。"

没人打断吴南海的话语，毕竟他所说的，是几十年前那群生龙活虎的汉子保家卫国的故事，是肃穆的，是庄严的，也是可歌可泣的。而此刻他这般娓娓道来，周遭似乎弥漫了一片肃杀之气，那些挥舞着大刀的战士们吼叫的声音，被微风缓缓送来……

吴南海继续道："我祖爷爷是个武师。他跟随着当时武术界的一群汉子走进二十九军军营当教头时，已经七十四岁了。而北平沦陷那一天，他刚满七十五岁。他给我爷爷说他来这北京城的过往，是个传奇一般的故事。为了让他能够来到北京城，他至亲的人都死得很惨。所以，在他眼里的北京城，便是宛如图腾一般的所在。他要守护这座城，守护生活在这座城里的他的亲人。而他想要的果，就是他的后人能够在这座城里幸福与安宁地生活下去。"

"嗯，他还说，在他小时候，他爹告诉他，北京城旁边有一个叫北冥的地方。他爹说北冥有鱼，到了北京城，就不会挨饿了。因为那北冥海里的鱼儿，不用摘种，饿了，大家捕来吃就是了。"吴南海幽幽地说着……

　　"他还说，也只有到了北京城，才知道北冥并不存在。而那片有鱼的海，更只是祖爷爷他爹的一个想象而已。"吴南海摇了摇头，"也就是说，北冥……"

　　"北冥没有鱼……"

第九章

北平沦陷前夜

1 /

1937 年 7 月 27 日，日军对南苑发起总攻的前一夜。

吴空跪在军帐里，正前方的长桌上，摆放了十二个灵牌，都是已经死去的师伯与师祖的。神拳无敌张夫子的灵牌摆在最中间。

吴空的父亲吴老爷子须发皆白，身子却还结实硬朗，不像另外两位尚健在的师伯一般，需要坐在椅上。吴老爷子喜欢站着，七十多岁的人了，锁眉的模样依旧不怒而威，江湖人给他的名号是"龙吟长空"。在他身后，是陆海峰老爷子，人称"虎啸星河"。他和吴老爷子便是张氏形意门一脉最为有名的两位，名号加在一起，是为"虎啸龙吟"。

陆海峰老爷子也和吴老爷子一样没有坐，不是他自己不想坐下，而是四十几年前，他回到张夫子武馆后，就没有了当着众人坐下的权利。

张夫子一共有十三个徒弟，都是顶天立地的汉子。陆海峰本来是第十三个，后来，陆海峰老爷子犯了错。那时候他也年轻，怕张夫子责罚，选择了离开师门。也就在他离开师门的第三年，张夫子从山西捡回了一个男孩，顶替了十三杰的最后一个位置。这个男孩，便是此刻站在吴空面前的吴老爷子，也就是吴空的父亲吴云房。几年后，在江湖中漂泊了多年的陆海峰再次回到北京城时，张夫子也没有之前那般执念了，他没有处罚陆海峰。但也没有答应陆海峰再入师门，如若陆海峰要留下，那就只是张夫子门下的一个奴仆罢了。

"你是奴仆，在以往的师兄弟面前，就不能坐着，只能站着。"

陆海峰流着泪答应了，也深知辜负了张夫子多年的教诲，当年离开师门选择浪迹天涯时留下了一根手指，这次回到师门，他又选择了自断一臂，以表他的悔意。之后的几十年里，他在武馆里任劳任怨，也确实做到了有着师兄弟在旁的场合里始终站立的师训。到张夫子临死前，答应了让陆海峰的名字能够再次写到自己的徒儿末尾位置。陆海峰热泪盈眶，几十年的赎罪，只因年少时的一次犯错。而他最为在意的有着他名字的张夫子一脉形意门师承谱，在之后那个动荡的年代里，也没有留存下来。也就是说，陆海峰老爷子拘泥半生的一个名分，最终依旧没有后人知晓。

这年，已是 1937 年。之前几十年中国时局混乱，始终只是社会动荡。到这一年，外族入侵，打到了百年国都之外。作为武馆当家人的吴老爷子，在征得健在的另外两位师兄应允后，将武馆关闭，率众加入了二十九军。以前，大家是在武馆里教老百姓强身健体的武术。现在，大家从军，在军营里教将士们卫国杀敌的本领。

可终究都只是凡人，不可能真的无私到为了家国而放下儿女情长。所以，跟随着吴老爷子来到军营的十六名武师的家眷，都还在城里待着。家眷里有青壮男子，自愿加入守军的，也并不阻拦。但吴老爷子有话，有兄弟者最起码留下一个在城里，独子更是不许从军。

而实际上，这十六名武师里，有独子的也只有吴老爷子自己。他四十多岁时才生下的儿子，就是此刻军帐里跪着的吴空。

吴空本来没有跟着加入二十九军。可这天白天，陆海峰老爷子背着那口大刀片子，在二十九军的新兵营地里转悠时，看到一个鬼鬼祟祟的男子，有点眼熟。那男子远远看到了独臂的陆海峰老爷子，扭头就走。老爷子生疑追上，逮住了这瞒着父亲从了军的吴空。于是，这晚便将违背师命与父命的吴空，拧着跪到军帐里。张夫子门下一干长辈，在世的与不在世的都到齐了，要好好责罚吴空。

最先说话的是吴老爷子，但他并不是对着跪在身前的吴空，而是对身旁坐着的两位师兄以及另外十几位跟随自己来到二十九军的武师们作揖："自走出武馆，我等从戎，本不必再和当年武馆里一般，分长幼序，皆成为共同抗日救国的军人。所以，我吴云房作为张氏一脉武师中的当家人，所说的话语，各位并不需要像当日一般遵从。此时此刻这军帐内外，有我等的子孙在，和你我等人一起保家卫国。南苑外，敌寇跃跃欲试，大战已是迫在眉睫。到明晚此时此刻，后晚此时此刻，我等是生是死，也并无定论。故，今我儿违背师命来从军一事，不以

153

师门规矩定论。"

跪在地上的吴空便说话了："爹，如果不以师门规矩来定论的话，那我岂不是就能和师伯师兄弟们一样，留在军营中了吗？"他这话说得铿锵有力，是要铁了心违背他父亲的意愿，与手足们浴血沙场。

吴老爷子沉默了几秒，接着重重点头："是。"

吴空又说："那如果是的话，此刻为什么又要让我跪在师祖师伯灵牌前进行责罚呢？"

吴老爷子再次沉默。他身后的陆海峰老爷子便往前走出一步。他只有一臂，那空着的袖管打了个结，就算这样，那袖管也还是会时不时地晃悠。可这模样，在陆海峰老爷子身上显现出来却没有丝毫滑稽，反倒更是威严。而他身后背着的那一把大刀片子，更令他虽身残但依旧挺拔的身姿，宛如战神。

陆海峰老爷子只有单手，无法像吴老爷子一样做抱拳手势。于是，他冲众人点头，然后开口道："吴云房师弟今晚召集大家来这军帐中议事，初衷我想大家应该也都明白。我陆海峰曾是师门耻辱，所以就师门事，不便发言说话。可刚才吴云房师弟也说了，至此国家安危之时，大是大非之际，无须用小家规矩。那我就说几句直话，或者糙理，由大家定夺。"

他转身望向地上跪着的小辈吴空："空儿，你可有兄弟姐妹？"

吴空摇头："娘亲生我时难产死了，本应有一个双生子兄弟，也没能来到世间，随我娘亲去了。"

陆海峰老爷子又道："那你父亲在你娘亲离世后，有没有续弦？"

吴空又摇头："我父从未有过续弦之意。"

"嗯！"陆海峰老爷子又扭头回来，望向军帐内众人，"云房师弟膝下就吴空这一独子，这是大家都心知肚明的。此刻吴空想要和我等一样救国救民，行侠义本分，是我辈武师应该作为的。但……但吴空在北京城里的妻子身怀六甲，即将生产，这也是大家都知晓的。各位都有家小，此时此刻的吴空，是应该随你我一般征战沙场，还是回到北京城里那家中去尽孝？我相信，各位都有建议。而我想要说的是……云房师弟只有一子，如果他的儿子战死，那他吴家一脉能否延续，儿媳会否带着他那即将诞生的娃娃改嫁随了他人姓？于这动荡年代里，都未有定数了。所以，我恳请各位，行叔伯兄弟之权，答允云房师弟将吴空撵出军营。而云房师弟拘泥于人情，各位的儿郎从军，他的儿郎就独自苟且的裁定，也并不是他的私心所为。况且，两位师兄……"陆海峰老爷子说到这里，对端坐在灵牌两侧的另外两位老者点头道，"两位师兄也都知道他们吴家还有大仇未报，只不过有师命，给他家定了那报仇的前提。如果吴空这娃娃也战死沙场，那，谁给他吴云房枉死的父亲与叔叔报仇呢？"

说到此处，跪下的那吴空兀自低头。吴云房老爷子也长叹一声，不再说话。

围坐在军帐里的其他人等，交头接耳了几句。其实，众人也都有家小，又有谁愿意自己的儿郎陪同自己征战沙场呢？可无奈国家存亡

155

之际，侠义中人岂能袖手旁观？他人可以为国捐躯，自己就苟且偷生的行径，确实是武师们所不齿的。

商议了几句后，那两位健在的师兄中的一位就站了起来。他身后的另一位武师忙上前搀扶，毕竟老者已八十有四。

老者清了清嗓子，沉声道："云房师弟半生为师门鞠躬尽瘁，吴空侄儿也任劳任怨。值此动荡年代，我等就算战死，也不过是行师父张夫子当日教诲之侠义，不应苟且。但……"他话锋一转，"百善孝为先，吴空侄儿，也希望你明白这一点。你家长辈爷爷与叔爷爷，为了让晚辈过上安定生活，舍弃的是性命，受过的是常人都不可能受的残酷遭遇。如若你随我等一起战死沙场，那谁去告慰你那死去的先人，谁去为你那死去先人的冤屈雪耻呢？"

老者挣脱了身旁扶着他的小辈，往前走出几步，伸手去抬地上跪着的吴空。吴空站起，身材高大，比已经老态龙钟的师伯高出一头。老者冲吴空微微笑道："好侄儿，你是我们张氏形意拳一脉的好儿郎。师伯们知道，你的师兄弟们也都知道，你的父亲更是知道。但……娃儿啊，你还有重要的事情要做，这事，虽然比不上国家存亡的大义重要，但你吴家没人，你不去延续，换谁去延续呢？"

老者转身，指帐内其他人给吴空看："你看，救国救民，有你师兄弟们都在呢，纵使我们不够，这军营中还有大把人在。纵使这南苑的大把人不够，我巍巍神州，又还有千千万万华夏好儿郎都在。难不成我千年大国，会抵不过一帮矮子倭寇不成？"

"回去吧。"老者看回吴空，"不丢脸，你们父子是铁骨铮铮的汉子，我们都知道。只是，你没有兄弟，你们吴家需要留下血脉，去做那番快意恩仇的事。"

吴空泪流满面。他看了父亲吴老爷子一眼，又看那站在吴老爷子身旁的陆海峰老爷子，再去看军帐里站着的其他人。他一个个看着，唯恐遗漏。到看真切了，吴空一抬手，对军帐里众人作揖。

"如若战后，我等兄弟能重聚，再把酒言欢。如若……"吴空话语哽咽，"如若再聚，需在来世，那来世里，我吴空愿与各位继续做好兄弟。"

他重重鞠首，再抬头时，径直转身，往军帐外大步走去。他的身前，是那千百年里巍巍耸立的北京城。而他身后，是那一群为了国家民族甘愿抛头颅的热血汉子。

次日，1937 年 7 月 28 日晨 6 点，日军对南苑的总攻开始。川岛文三郎第二十师团两万余人，在飞机、坦克、大炮的配合下，从团河方向进攻南苑兵营。

7 月 29 日，北平沦陷。

二十九军副军长佟麟阁，战死殉国。

一三二师师长赵登禹，战死殉国。

和他们一起战死的，还有五千名中华儿郎。在这五千名中华儿郎里，也包括一位人称"龙吟九天"的武师吴云房老爷子，还包括一位人称"虎啸神州"的武师陆海峰老爷子，以及和他们一起走出武馆加入军队的师门兄弟。

张氏形意门一脉参战者，无一幸免。

战后，吴空找到了吴云房老爷子的尸骨。老爷子身上有十几个窟窿，应该是被日军配备的刺刀洞穿，失血过多而死。在他尸体的不远处，还有一具被炸弹炸成两截的老者尸体，那上半截的肉身上，挂着个空荡荡的衣袖。而他那把威武的大刀，依旧背在这半截的尸体上。也就是说，陆海峰老爷子并没有机会抽出他的大刀，便被炮弹炸成了两截。

吴空将两位老爷子的尸体葬到了一起，紧紧挨着。冥冥中，本没有吴云房走入张夫子师门这一安排。他失去亲人流落苏门之际，机缘巧合，遇到出门寻访逆徒陆海峰的张夫子，再被张夫子收入门下，续了本该是陆海峰所做的成就。之后半生，吴云房老爷子光明磊落，行侠仗义，成就了一代侠义之名。到战死南苑，也算是他一生的另一种圆满。

只不过，没有人知晓若干年前，背着行李的吴敦与吴狗兄弟，牵着尚年幼的吴云房走出甘肃时的一幕幕；那瞎子送他三人时所唱的花儿，也没有人能再次听到。

阿哥的白牡丹呀，

摘不到想找的花儿枉然。

阿哥心上的人儿呀，

还是没能成为他的婆娘……

第十章

芝麻牌香烟

1 /

故事再次回到 1983 年，回到那日里的苏门县。

苏门县公安局有个很厉害的侦查员，是个女的，叫熊敬燕。为什么说她厉害呢？因为她鼻子灵敏，闻到的东西还能够储存到自己脑子里，隔了很多年再闻到这股子味儿，也能够说出上一次在哪里闻到过，是个啥子味道。按理说，有这能耐的侦查员，省厅早就应该要过去才是，可这熊大姐犯过错误，生二胎被内部警告过。挨了这处分，熊大姐便有点破罐子破摔，省厅要她，她说不去，留在苏门方便带孩子。

这也是个不求上进的典范，省里便没再坚持，毕竟公安队伍里卧虎藏龙，也不是说就你熊大姐是个人物。尤其在那个年代，干刑侦的哪个没有几板斧啊？李文浩和臧所长一行三人去北京，只瞟了一眼全国地图，开着边三轮直接就过去了，这都是脑子活泛，思路清晰，个顶个的能耐人儿。

这车站伤人案案发后，局里也没闲着，要熊敬燕到现场走一走，看能不能捕捉到什么痕迹。熊大姐领着另外一名侦查员先去了趟案发招待所，然后又去了医院，医院里的南先进正闲得慌，瞅着又来了公安同志，便很激动，把凌晨给李文浩他们说的那一段重新说了一遍。因为是第二次说，所以他自我感觉比第一次说得更精彩。可熊大姐压根就没表现出很过瘾的表情，阴着脸不吱声。末了，熊大姐冷不丁问了句："你是抽的芝麻牌香烟吗？"

她说的这芝麻牌香烟，才一毛二一包，没过滤嘴，外包装也很粗糙，那里面塞着的烟卷就更不用说了。南先进虽然是个瘸子，可也是个追求体面的人，就连忙摆手，说："我怎么会抽那么便宜的烟呢？好歹我也是个工厂职工。"

说到这里他连忙从旁边放着的外裤裤兜里掏出自己的烟来，是好汉牌香烟，虽然没有过滤嘴，但也要两毛钱一包。

熊大姐扭头，对身后的同志说："记上，歹徒抽的烟是芝麻牌香烟。"

坐在病床上的南先进就瞪大了眼："吓！你是怎么知道的？"

熊大姐站了起来，终于露出了笑容，指了指自己的鼻子，对南先进说："上午我还去了一趟招待所，在你们那房间里闻到的。"

两人就出了医院，出医院的时间是上午八点差五分，基本上就是李文浩和臧所长、小钟离开苏门县的时间。10分钟后，也就是八点过五分，位于苏门县县郊的一片坟山里，就传来一声巨大的爆炸声。附近的老百姓跑过去一看，那本就空荡荡的一片埋人的地，被炸出了一个大窟窿。估摸着有七八个坟被轰开了，墓碑都被炸碎了，黑乎乎的泥土溅得到处都是，还混着脏兮兮的白骨。有一片泥巴上还挂着一团死人的毛发，冬天的冷风一吹过，这多年前就入了土的毛发重见天日，很不着调地飘扬开来，看得人毛骨悚然。

　　跑过去看热闹的群众就开始议论了："这不是埋那老朱家死人的地儿吗？他们老朱家人丁凋落，剩下最后一个女娃娃，前一天还被拉去挨了枪子。这挨枪子的尸体还没埋过来，坟山就遭了雷劈吗？还是咋样？恐怕啊，他们祖上是做了什么伤天害理的事。"

　　他们说的这挨枪子的女娃娃，正是前一天被枪毙的女犯人朱红丽。被爆炸声引来的这些群众也没啥文化，瞎聊了一会儿，就给这爆炸定了性，是遭雷劈，毕竟那天早上天气阴沉沉的，像要下大雨似的，所以也就没人想着报案。可谁知道，有个看热闹的大姐当时赶着挤到前头一饱眼福，把自行车随便一放，就靠在了路边的电线杆上。那一年严打，违法犯罪分子被抓得差不多了，老百姓夜不闭户，别说刑事案件了，连治安案件都很少，这大姐也是掉以轻心。当她把这热闹看明白了，走出人堆时，发现自己停在电线杆旁边的自行车不见了，顿时声泪俱下，哭号了起来。

　　随后，便有人跑去报了案，那报案的人也是在一起看热闹的，看完热闹赶着上班，工作的百货商店就在公安局对面，所以把这事直接报到了县公安局。公安局看大门的王大爷很气愤，说这都什么年代了，我们县局大院还管你们丢自行车的事？尤其还是辆女式自行车。

大爷之所以嫌弃，因为女式自行车便宜。

接了报案，自然就要处理。正赶上熊大姐和另外那位同志排查完割大腿案回局里，便被直接派了过去看看。熊大姐和那位同志踩着自行车赶到现场，还没到跟前，熊大姐的脸色就变了，要那同志立马折返回公安局，说是大案，要派多几个人过来。

那小同志便一脸懵，他是新人，被叮嘱过少问多看多做事，便不敢多问，骑着车就往回赶，心里想着莫非牵扯出一桩盗窃自行车团伙大案？想到这里，他也激动起来，觉得自己刚工作就碰上如此大案，也算是冥冥中安排的历练，蹬车的双腿踩得更来劲了。

那丢了自行车的妇女瞅着穿了警服的人到了，便不再哭号，从地上爬起来，跑到熊大姐跟前。也是之前哭号的时候吼得迷糊了，净喊了些"我咋这么命苦呢？就看个热闹而已"之类的有点像戏文的话，所以冲熊大姐说的第一句话便是："青天大老爷，你们可得给我做主啊。"

熊大姐就有点懵，要这妇女先在旁边待着，说自己先到现场看看。那位妇女也意识到自己话说得奇怪，便乖乖站在熊大姐的自行车旁。她瞅着这到底是公安局的同志，女人也敢踩 28 式单车，是个厉害角色。

熊大姐没往妇女丢车的那电线杆走，而是朝着被炸开的那片坟堆走去。她紧皱着眉头，嘴似乎在微微翕动，实际上是牙齿和牙齿在小心翼翼咀嚼。那被炸开的坟堆处，有着淡淡的白色烟雾，透着黄。熊大姐鼻子闻到的气味正在给她传递着一个可怕的信息，加上她嘴里明显能感觉到发涩的味道……

也只有老刑警才掌握的一些关于爆炸案的侦破要领——发苦的是黄色炸药，带涩味的是硝铵炸药。当然，也不局限于味道，还有烟雾也有讲究。TNT炸药的烟雾是黑色的，氯酸钾炸药是紫色的，硝铵炸药是黄白色的。所以，这一刻熊大姐便断定，这并不是一起普通的雷劈事件，而是……

发涩的气味；黄白色的烟雾；由里往外的爆破痕迹……种种迹象表明——这是一起用硝铵炸药进行定向爆破的刑事案件。至于爆炸所指向的目标，还需要进一步侦破。

县公安局刑警队的同志很快就赶了过来，也都是一帮老刑警，一到现场立马紧张了起来。丢自行车的妇女受宠若惊，寻思着自己丢个自行车，公安局出动了这么多人，反倒有点不好意思起来，对县局的同志们说："也不用这么大阵仗，你们赔个车给我也成，女式的就够了，旧的都行。"

县局的同志没人接她话，动作迅速，在爆炸现场忙活开来。熊大姐的眉头却越皱越紧，她的鼻头不时抽动着，总觉得有什么不对劲。她往这四周走了几步，然后在那妇女丢自行车的电线杆旁边弯下腰。

她捡起了一个烟头。

这是一个芝麻牌香烟的烟头，而苏门县基本上没有卖这种香烟的，

165

甚至应该说整个山西，都很少有人抽这种产地在外省的劣质香烟。

也就是在这同时，跟随着办案同志一起来到现场的张勤政局长，也皱起了眉头。听说被炸开的这些坟堆，都是朱姓人家的先人，他扭头冲刑警队的两名老刑警说道："怎么又是和这朱家有关的呢？而且，为什么也是硝铵炸药？"

当天下午，"12·27"爆炸案专案组成立。尽管现场没有人伤和财产损失，但只要是爆炸案，都是重大刑事案件，容不得丝毫马虎。那丢了自行车的妇女也跟着心潮澎湃起来，她以为县局如此重视，是因为她的自行车不见了的缘故，便心怀感激。到第二天，她又没啥事，便一大早跑来坐到县局门口的传达室里。所以说，这一切的一切，也都是机缘巧合，到下午专案组和北京的李文浩他们通电话时，这位妇女居然还在。也是她，为侦破该起案件，提供了一个非常有利的线索。

2 /

花开两朵，各表一枝。这苏门县公安局里"12·27"爆炸案专案组，在案发第二天上午召开紧急案情分析会的时间段里，远在北京的李文浩和臧所长一行人，刚听完吴南海对于他家祖上吴老爷子战死南苑的故事的描述。可一直到他住口，也没有半个字提到众人所关注的吴北冥的事，李文浩就有点恼，说："你这是交代问题呢，还是转移我们的侦查视线？"说这话时，他还是板着脸，一副凶神恶煞的样子，很好地震慑着嫌疑人。

吴南海看了他一眼，说："我就是在给你们说我家的这事啊。"

"谁想听你家里爷爷啊祖爷爷的事呢？"李文浩沉声道，"赶紧交代，昨天有人给你发了一封很奇怪的电报，这个给你发电报的人，是不是就是那个叫吴北冥的家伙？"

吴南海又笑了，额头上绿豆大的汗滴还在，说明他在硬撑。笑了几秒后，他说："是有吴北冥这么个人存在，只不过，我和他从来没有见过面。"说到这里，他顿了顿，"也不是没见过面，只不过见面的时候我还不记事。"

他这话说得让人摸不着头脑。可站在旁边听的老邓却皱起了眉头，多年前那柳红巷接生的孟婆被杀案再一次被他从记忆深处给拎了上来，再结合孟婆被杀之前接生出来的娃娃，正是现在面前站着的这个叫吴南海的男人，他此刻所说的话……

莫非，多年前侏儒杀死孟婆的真正原因，并不是之前大家认定的那么简单。此刻的吴南海说见那吴北冥的时候自己还不记事，莫非，他俩见面时，还是两个小婴儿不成？

老邓突然间想起前几天儿子翻的一本《海外怪事大全》书来，里面说到了"连体婴儿"这么一个词语。说一对双胞胎，头是连在一起的，然后医生们费了几个小时，给他们将头分开。那文章最后，医生说多亏这对双胞胎的骨头都是分开的，只是皮连着，所以手术后，两人都不会有什么影响，只是落了块疤。而此刻面前的这个叫吴南海的男人，额头的右边位置有着一块红色的胎记，山西来的同志说在他们苏门县伤人的歹徒吴北冥额头的左边也有块胎记。会不会多年前，这吴南海生出来的那一晚，也是这种连体婴儿的怪孩子？然后……然后那知情人孟婆，才被吴家的侏儒追过去杀死灭口呢？

只不过，也就生了对双胞胎而已，就算有皮连着，分开就得了，也犯不着杀人灭口啊？

老邓想到这儿，又连忙将自己这念头掐断。毕竟一个大老爷们，办案中想这么些天马行空的事，有点唯心主义。再一扭头，发现旁边站着的周科长也紧皱着眉头，似乎也在琢磨什么。老邓记起自己家里那本《海外怪事大全》，恰巧是周科长的闺女借给自己家那臭小子看的，那周科长可能也看过这篇关于连体婴儿的文章。再说了，周科长当年在所里的时候，和自己一起办过这柳红巷的案子，难不成他现在和自己想到一块儿去了？

果然，周科长扭头看老邓。两人打小就是好友，一起工作一起成长，到老了又一起踢毽子，属于心有灵犀连接的那种，否则毽子也不会配合得那么好。两人一个眼神，相当于别人说了半小时话。于是，周科长迈前一步，对吴南海说道："小吴，厂里一直对你挺看好的，你也是个任劳任怨的好职工。人家山西的同志过来查你，我们厂保卫科可是表明了立场，肯定了你不会分身去那几百里外犯事的。所以，如若你隐瞒什么情况不交代，那我们厂里也不好做。又或者，你是……"周科长加重了语气，"你是有个兄弟唤作吴北冥的，偷拿了你以前出差

168

用的介绍信跑出去犯了事。这样，也希望你给大家说清楚。和你没关系的事，你能说清楚，始终是好。"

老邓也跨前一步，语重心长道："很多事情，并不是说我们没有分析判断的能力。当年你家的……应该是你叔叔吧？你叔叔杀过人，然后畏罪自杀的案子，经办的人其实就是我和周科长。所以，那一晚到底发生了什么，我们顺藤摸瓜查下去，真相也迟早会大白天下的。"他这话说得有点藏山露水，个中究竟让吴南海自己琢磨。

吴南海始终也只是名普通群众，这一刻又背着宝剑铐。疼得满头大汗后，似乎也琢磨明白了什么，冲李文浩说："这位干部，你可以给我松开手铐吗？"

李文浩扮的是黑脸，自然不会应允，没好气地说了一句："你一违法犯罪分子还敢说条件？"

小钟站在李文浩身后，脸上挂俩熊猫眼，已经有一会儿没说话了。这一刻总算逮着机会了，随着李文浩，骂吴南海："你这是痴心妄想。"

众人便都瞪他。

吴南海又说："我没违法，怎么是犯罪分子呢？充其量只是收了人一个电报罢了。你们给我松开手铐，我就告诉你们吴北冥是谁总可以了吧？"

臧所长上前给吴南海松了手铐。不过也只是松了这宝剑铐，不用受罪，双手还是铐到身后，没有饶他的意思。

这吴南海便松了口气，话语也没之前那么激昂了。他长吸了一口

169

气，然后缓缓说道："其实，吴北冥这个人存在还是不存在，有时候我自己也犯迷糊。到你们昨天找过来，我才确定这世界上真有这么个人。以往，也只是我爹给我提过而已。他说，我有个双胞胎哥哥，是要为我们家的一段过往做一个了断的。他还说，几代人了，都是做哥哥的辜负了弟弟。到我这一代，哥哥不能辜负弟弟，要给做弟弟的一个好的人生，所以，他不要我问太多，只要等着我那叫吴北冥的哥哥给我信儿就可以了。我爹说，直到有一天，我哥来信说人死了。我便将这口信带回到这片坟堆处，告诉他们这一干长辈，一切就算是了结了。"

说完这些，他似乎松了口气，苦笑道："没错，生我时，我家人是有意瞒下了我们家生下一对双胞胎的事。我额头上这块疤，就是和我那双胞胎哥哥连在一起留下的印记。我家人恳求接生婆帮忙保密，那接生婆贪得无厌，要一笔钱。当晚去送钱的我那矮子叔叔，到接生婆家里不知道又发现了什么，抑或因为什么原因起了争执，最后失手将对方给杀了，他自己也在派出所里撞墙死去。从此，除了我家人以外，再也没有人知道我哥哥吴北冥的存在。而他打从出生起，就只有一个使命。他的人生，只有完成那个使命才具有意义。至于那个使命是什么，我就真不知道了。"

他耸了耸肩："我爹说，我只要过好自己这一辈子，做个普通人就可以了。所以……所以几位公安同志，如若这些也是违法的话，那我就真不知道该如何是好了。"

众人愣了。看这吴南海说话的模样似乎也不像在说假话。再说了，假若他说的是实情，那个叫作吴北冥的哥哥，也没必要牵连上自己的弟弟。咱司法人员是有抓人的权力不假，但也要讲究个明辨是非对错，不可能明摆着一个没有离开北京城的普通百姓，非得去给几百里外的持刀割大腿凶案背锅。

李文浩的语气也好了些，又冲吴南海问道："你说啥都不知道，那你又是怎么知道苏门县距离北京城有多远的呢？"

吴南海答："我爹说我们家的那段过往事，就是在500公里外的苏门县发生的。所以，我自然是知道苏门的。对了，至于我那介绍信为什么被吴北冥拿着，那也是我爹做的。"

"嗬！好小子，我算看明白了，你没有你现在装得这么老实。你爹死了，你啥事往他身上一推就可以了，死无对证是不是？"李文浩又开始凶了。

"爱信不信，反正我没有做违法犯罪的事情，随便你们怎么查。"吴南海摆出一副死猪不怕开水烫的模样来。

至此，叫作吴北冥的歹徒终于浮出了水面。但这吴南海所说的话虚虚实实，目前并不能分辨出来。所以，众人一合计，决定先将人带回厂区派出所。往停车处走的路上，老邓扯了扯李文浩的衣角，李文浩会意，随他退后两步说话。老邓说："李队，始终只是个割伤群众大腿的案子，闹这么大似乎也不是很好吧？"

李文浩听着一愣，这话算是点醒了他。但紧接着，他又正色对老邓说道："一言不合就动刀的歹徒，现在已经很少了。我们始终还是怀疑这吴北冥不止这么点事。你想想，他给北京发来的电报说人死了。那是谁死了？又是怎么死的？这往下再摸排摸排，弄不好，大案啊。"

老邓还要反驳两句，李文浩也看出了老邓的顾虑，抢在他开口前又说："要不这样，这吴南海呢，先放在你们所里关 24 小时。如若这 24 小时内没查出啥，就放人。至于程序上真有啥需要担当的，你就说是我们山西来的公安办的案，你们厂区派出所只是协查，有啥都是我们山西来人的事。"

老邓本也没这么个意思，可李文浩把话说成这样了，老邓便不好再说什么。众人上车，周科长还是坐在副驾驶位置，臧所长和李文浩、小钟、吴南海挤到后排。也是因为四个北方人个子都高大，所以在后排只能一前一后交叉着坐。老邓一扭头，发现李文浩又坐在中间位置，靠前挤着，大半个身子都探到了老邓和周科长中间，一双眼睛又开始冲自己裤裆那里瞟。

老邓甚是费解。

开回到厂区派出所已经是下午两点了。路上大伙都没和吴南海说话，到所里就直接把他关进了小黑屋，扔了两个馍就没管他了。这也是策略，不理睬他，他自己会乱想很多，最终自己崩溃掉。

众人也啃了几口冷馍，李文浩就说要借用一下你们的电话，打个长途电话回苏门县公安局。这厂区派出所小，没有守传达的，电话盒子的钥匙归所长老邓管着。老邓把电话盒子打开，本想叮嘱一句"长话短说"，可一想之前接这李文浩电话时，见识过小地方人的小气劲，便觉得自己不能丢了首都公安的格调，最后微笑着对李文浩说："随便打，敞开打，想打多久就打多久。"

李文浩便把电话打了过去，那边接电话的是传达室王大爷，他在电话响第一声时就接听了，说："喂！谁？"

李文浩听出了是他，当着北京公安同志的面，就故意用普通话，显得自己挺有范儿，说："是老王吧？"

电话那边就骂开了，用的是苏门县方言："你才是老王八。"

李文浩很郁闷，前天打电话给北京的老邓，被老邓骂了小王八，现在从北京城打电话回苏门县，又被苏门县的人骂了老王八。可两次也都是自己不注意，貌似也怨不得人，便连忙改口，用苏门方言："是老王吗？我是李文浩。"

王大爷说："李队你没事说什么普通话呢？"

李文浩说："我在北京出差，抓那逃犯。这两天不是说普通话说顺口了吗？"

王大爷"嗯"了一声，又问："你找我干啥？"

李文浩暗想：我大老远打电话过来，会找你一守传达的？便说："你喊张局来听下电话，说在北京办案的李文浩有情况要向他汇报。"他这每句话里都带上"北京"两个字，语气还总在这两个字上加重，用来强调。

王大爷说："行，那就挂了吧。我去喊他，你过个几分钟再打过来。"

李文浩说："没事，北京这边的同志说随便打，人家不计较这点钱的。"

王大爷便应了，放下话筒出去喊张局。站在李文浩身后的老邓就有点郁闷，心疼长途电话费，但之前自己也说了要他敞开打，总不能现在就变卦。于是一咬牙，抓了个凉馍，往旁边办公室里去转，眼不见心不烦。

之前也说了，那丢自行车的妇女一直守在县公安局的传达室里，等一干刑警破案找回她的自行车。此刻王大爷出去了，剩她一个人在传达室里坐着，话筒就摆在她眼前。妇女没见过啥世面，听说话筒那边还有人候着，便左右看了看，见没人注意自己，伸手拿起了话筒，想要听听这电话里到底是个什么声音。

也没听见人声，就听见"啪啦啪啦"像有人在吃东西。实际上话筒这一头，确实是李文浩在嚼凉馍，还就着凉白开，一大口喝进去，"咕噜"响了一声。

妇女以为是喊她，连忙应道："在呢！"

李文浩就愣了，问："你谁啊？"

妇女忙说："我叫刘莲，大家都喊我刘姐。"

李文浩又问："你找谁？我们这是公安在通话。"他听说电话会有串线的情况，以为这是串线了。

妇女忙解释："我知道是公安的电话，我是在这传达室里等结果，听到电话里你喊我才吱声的。"

李文浩越发迷糊了，寻思着自己刚才也没喊她啊，便也不喝凉白开也不啃凉馍了："你谁啊？不是我们县局的人吧？"

妇女着急分辩，话便多了："我是报案的，我丢了辆自行车，女式的，车把上缠了白色的纱线，那纱线是我老公一双烂了的手套上拆下来的。"

妇女这没边没际的一句说辞，却一下让李文浩想起了什么，女式自行车，车把上缠了白色纱线……昨天在苏门县外遇到的那个鬼鬼祟祟要搭便车的家伙，不正是骑了这么一辆自行车，车把上缠着白色纱线吗？于是，他要这位妇女详细说说什么情况。

妇女便将自己大早上不睡觉，骑着自行车去看热闹，然后丢了自行车的事给说了。刚一说完，李文浩又问了那自行车丢的时间和地点，心里掐算了一下。如若偷她这辆自行车的贼骑车往苏门外走，和自己一行人抵达那个路口的时间，大致上差不多。他们仨虽然骑的是边三轮摩托车，可在那山路上耽误了一会儿不是？

最后，李文浩又问了几句那辆自行车的外形细节，觉得和自己在路口遇到的那辆越发相似了。尽管如此，他也不会对这报案的妇女太过武断地说出自己的推断，只是在心里有了分寸而已。这时，王大爷领着张局就来了，跟着张局一起下来的还有熊大姐，两人都黑着脸，脸色不太好看，因为中午开这个"12·27"爆炸案的会议上，他们把各自掌握的信息一汇总，发现了个大问题。其实这问题应该在前一天车站持刀割大腿案刚案发时，就应该能被发现的。可李文浩他们收集的笔录上，没写歹徒对南先进说出"吴北冥"这个名字，当时以为是假名，所以卷宗上写的是他用来登记开房的"吴南海"这个名。

可上午开会时，张局说用这硝铵炸药进行爆炸的案子，在我们县不是第一起，五年前就有过一起，是个用炸药炸鱼的。鱼没炸到，炸死了一个游野泳的。歹徒也抓住了，判了七年，送去劳改队了。而且那件爆炸案里，被误伤最后没抢救过来的人，和今儿个被炸开祖坟的朱家居然还有一层关系。

"那死者叫啥？王什么生来着？"张局对着当时办这案子的同事问道。

那同事回答："叫王润生。"

张局点头："对，就叫王润生，是昨天早上被枪毙的那女人朱红丽的丈夫。今儿个被炸开的这片坟，据说埋的就是她们朱家祖上的那些老人。"他顿了顿，"一想想，这朱红丽如果不是死了丈夫，或许也不会迷上跳舞，不会出后来那么多破事。"张局这么分析道。

"两起案子会不会有什么关联呢？"有人就问了。

张局说："或许有，那个炸鱼的叫什么来着？就是炸死王润生的那案子里的那个炸鱼的犯罪分子叫什么来着？"

经办那案子的人又想了想："好像是叫吴北冥，挺稀罕的一个名字，练过武，这名字据说还有什么典故。"

"吴北冥？"熊大姐发声了，她早上去过医院，听南先进说书一般说过前一晚的事。此刻熊大姐便瞪大了眼睛，"是不是'北冥有鱼'的'北冥'那两个字？"她其实也不知道这"北冥有鱼"是啥意思，可南先进

176

说的时候一惊一乍，所以才记得这么句话。

经办那案子的人点头："对，就是北冥有鱼的北冥，吴北冥。"

熊大姐一拍大腿，"就是他，就是这家伙错不了了。昨晚在招待所持刀伤人的应该也是他，我在这两件案子的现场，找到了我们山西没人抽的芝麻牌香烟的烟头。看来，这家伙又来了我们苏门县，不单是炸开了人的坟山，还割了群众的大腿。"

"芝麻牌香烟？"张局想了想，"太原有个地方卖这种香烟，不过据我所知，那地方也只有这种劣质烟卖——杂山劳改农场……嘿，这么一说，还都吻合上了，我们苏门县这边超过五年刑期的，都是送杂山劳改农场。五年前炸鱼误伤炸死了人的犯罪分子吴北冥，现在应该就在杂山劳改农场服刑才对，而这杂山劳改农场卖的香烟，就是这芝麻牌香烟。"

有了这个突破口，专案组人员一下激动起来，要派人打电话去杂山劳改农场询问情况。也就在这时，王大爷上楼了，走到会议室门口。他平日里内敛，是个慢半拍的老头，可只要上了刑警这一层的办公区域，总是忍不住心生澎湃。又见到一干刑警们皱着眉，一副干大事的模样，老心脏也跳得快了，一推门，火急火燎的神情，还故意喘气，显得好像很紧急似的，说："李队打电话过来，说有重要事情要张局你接电话。"末了，他觉得这话说得还不够事大，又连忙补了一句，"他是在北京打长途电话过来的。"

张局便连忙往楼下走，熊大姐因为是跟今天这爆炸案的，昨晚的割大腿案也有介入，所以她也起身，跟着一起下来了。两人一溜小跑，往这传达室来了，远远地就瞅见一中年妇女正双手握着话筒，对着话筒里说话，便迷糊起来。王大爷怕怪他失职，连忙解释："昨天那报案的，待这儿等她的自行车呢。"

熊大姐也说："是她。"

三人进了传达室，王大爷就冲妇女嚷嚷："你接电话干吗？"

妇女说："是他喊的我。"又见办自己自行车失窃案的熊大姐也下来了，就吃了一惊，以为自己这自行车被偷的小事，已经惊动了北京，连忙将听筒朝熊大姐递过来，熊大姐又让给了张局。张局抓着话筒就问："是小李吗？"

话筒那头的小李正琢磨着丢自行车大姐反映的情况，再说了，跑来北京一趟，虽然排查出了吴北冥这个人的存在，但实际上并没有对案件起到实质性突破。到现在结合太原发来的电报以及这丢自行车妇女的反映，他便有了进一步的分析结果，便第一时间对张局说："犯罪分子叫吴北冥，是北京这个吴南海的哥哥，现在人很可能潜逃去了太原。"

张局听了，心里对李文浩办事的能力更加肯定了，便给李文浩说了今天早上发生的这起爆炸案，和五年前发生的那起爆炸案应该可以并案，犯罪分子是同一人，就是吴北冥。旁边站着的熊大姐又叮嘱了一句，让张局把芝麻牌香烟就在杂山劳改农场有卖，而吴北冥服刑就在杂山劳改农场的事也都说了。

李文浩听说了，便兴奋起来，对张局说："这案子收拾开来一看，大案子啊。"说到这儿，他看见老邓从旁边的办公室里出来了，进了他们待的房间。于是，李文浩忙改口用普通话继续道："一起小小的持刀伤人案，牵扯出连环爆炸案，现在看来，犯罪分子很可能是越狱出来犯事的，跨太原、苏门、北京三地的大案，再任由他发展下去，都会要捅到公安部去了。"他这么说，就是因为老邓之前小瞧他们这案子。当然，他这段话里还漏了那妇女缠着纱线的女式自行车失窃案没说，实在是因为这自行车失窃案相比较起来，事太小了。

老邓一听，也被吓了一跳。他本来打算过来再拿个馍啃的，现在馍也不拿了，瞪大眼看着李文浩。李文浩便对张局说："你们也不用跟杂山劳改农场那边联系，我在北京打电话方便，他们这儿打电话不要钱。所以，我直接和他们那边联系，看下这吴北冥是怎么出了劳改队的。要不……"他咬了咬牙，"要不我直接去一趟太原吧，吴北冥人在太原，这一点基本上可以肯定下来，他还在太原给他北京的弟弟发过电报呢！"

张局想了想，问："你人手不够吧，不是就带了个招待所的服务员过去吗？"

李文浩说："车站派出所的臧所长也在呢。"

"哪个臧所长？"张局问。

臧所长正站在李文浩身边听电话里说的话，这会连忙给李文浩说："臧雪帆，张局见过我的。"

179

李文浩说："就是车站派出所的臧雪帆所长。"

张局说："哦，我知道他，就是黑得跟个煤球一样的那个臧锅底。"

黑得跟个煤球一样的臧所长站旁边，脸贴着话筒，忙不迭地点头："就是我，就是我，臧锅底。"

张局又说："你们又去北京，又去太原的，会不会太辛苦了啊？"

李文浩说："没事，你们等我们的好消息吧！"说完，他就不废话了，直接把电话挂了，显得自己和臧所长一样是那种做事不拖泥带水的人。

小钟站旁边，可是看得真切，也听得真切，心里羡慕不已，觉得自己有幸参与这一路的坎坷跌宕，也是一种历练。他挺了挺胸，咽下嘴里的馍，说："好，这就是……将在外，君命有所不受。"

李文浩觉得小钟总算说了一句妥当话，冲他点了下头。可一看这家伙脸上挂着那俩黑眼圈，又一本正经补上一句："人生自古谁无死……"

一旁的老邓是见识过这小钟的能耐的，连忙打断了他，说："那你们真要往太原去？"

李文浩重重点头："就是。"

说完，他又翻桌上的电话本，找那杂山劳改农场的电话。他之前提审犯人去过那边，和杂山劳改农场一个姓马的管教干部挺熟，这一会儿就打过去找马干部。他给马干部说了是怎么回事，马干部便去查了下，最后回了电话过来，说确实有这么个叫作吴北冥的犯人，表现

180

一直都不错，所以临着年底了，批了他提交的请假条。请了五天假，明天早上八点前必须归队报到。

放下电话，李文浩和臧所长商量了几句，决定事不宜迟，直接去太原，看能不能逮着这赶回去服刑的吴北冥。小钟站旁边说："人家会不会回劳改队啊？"

这话问得李文浩和臧所长愣了一下，老邓便说话了："就算不回，人也应该在太原，总比你们待在这北京城里有用吧。"他这么说，其实有小心眼，想要李文浩他们赶紧走。毕竟三个大老爷们，饭量都不小，自己所里就这么点费用，始终也拮据。可这话一说出来，老邓又后悔，觉得同是无产阶级革命战士，人家大半个中国不辞辛劳地跑，自己这样小家子气像啥呢？便又补了一句："你们放心去办案吧，这吴南海，我给你们看好，也别说什么 24 小时了，我没有你们回复，先不放他就是。"

他这样做，搁现在肯定是行不通的。现在传唤也就 24 小时以内，是不是送看守所，24 小时以内必须有结果。那时候虽然也有规定，最长不能超过 48 小时，可那时候松，关在派出所里三五天的也不少。当然，司法制度是不断进步的。像吴南海这种人，被李文浩等人开口闭口就是犯人长犯人短的称呼，搁现在也不允许了。现在一定得法院判了以后，才叫犯人，否则，只能叫犯罪嫌疑人。也就是说，搁现在，吴南海也就一犯罪嫌疑人而已。而正在服刑中的吴北冥，才叫犯人。

临到走了，老邓还是做了一件体面事。他帮臧所长的边三轮灌满了油，还另外给提了两桶油，怕山西的同志去太原路上没油。众人在派出所大院里告别，李文浩抢先上了驾驶位坐着，臧所长犹豫了一下坐到了李文浩身后。那两桶油占地方，搁在车斗里，人不好坐。小钟就傻眼了，想要学之前他们那样，抱着油壶到胸前。可两个四方形状的塑料油壶，不好抱。最后，他想了想，只能把两个油壶都放垮斗里，一个放搁脚那位置，另一个放座椅上，然后自己坐在座椅上的那油壶上面。

李文浩找臧所长要了那蛤蟆镜戴上，转身冲派出所院里的老邓、周科长等人挥手，用普通话大声说道："有机会来我们苏门玩，我请你们喝大酒。"

老邓和周科长等人也客套道："有机会再来北京，我们也请你们喝大酒。"

李文浩一拧油门，装了三个人和两桶油的边三轮，喷出一股子浑浊且浓烈的黑烟，朝着派出所大院外飞驰而去。

第十一章

抓捕吴北冥

1 /

是得说说这边三轮了。

他们骑着的这辆边三轮，是长江 750，延续的是宝马 R71 的外形。这宝马 R71 在第二次世界大战中，可是耀眼的明星。纳粹德军装备了数以万计的宝马 R71，作为军用摩托车。苏联人仿制了这款摩托车——M72 型三轮摩托车，大量投入到军队中使用。

战后，M72 的技术被转让给了苏联的盟友，作为当时苏联最好的战友，中国也获得了这项技术。1957 年 12 月，中国在此技术基础上，成功研制出了军用长江 750 型三轮摩托车。这款摩托车有粗犷的线条、横置弹簧坐垫、平直的把手，配以水滴型油箱、对置双缸。那独特的发动机排气声浪，使其直到现在也还在世界范围内拥有一大批忠实爱好者。况且，现在也只有中国仍在生产这种摩托车界的活化石，在欧美市场上被粉丝们称为"Black Star"，日本市场售价更是达一百万日元以上。

就算是搁在当时，骑一辆长江 750 边三轮摩托车，也是一件很拉风的事。臧所长来北京的初心，本就有骑着边三轮上一次长安街的构想。那构想里，皮肤黝黑的自己穿着白色的警服，目光坚定，腰杆笔直，驾驶着摩托车在晨曦铺了一路的长安街上缓缓驶过，背景是天安门、人民英雄纪念碑等建筑。这时，构想中的臧所长会摘下蛤蟆眼镜，抬头望望风中飘扬的五星红旗，再敬礼，跟《中国刑警》杂志上的封面人物似的。

其实，也不单是臧所长有这个借出差去趟天安门广场的小心思，李文浩也有。他以前来过北京，也去过天安门广场。但那时候年岁不大，刚入世，一毛糙的矮壮小伙脑袋瓜里面装了些啥，自己也说不清楚，对那次北京之行唯一的记忆居然是吃过一碗炸酱面，还有点咸。所以这次来北京，他也想过是不是能够再去天安门看看。可是，和臧所长一样，只是有这想法而已，办正事要紧。所以，他和臧所长都把这个想法憋在肚子里，如姑娘思春的小心思，掩藏得很深。

小钟就无所谓了，他是一普通群众而已，坐在摩托车上出了派出所大院，眼瞅着要开回山西，心里就跟有东西在挠痒般。加上他又没啥心肺，说话不分场合，便脱口而出："难得来一次北京，我们也去一趟天安门看看吧？"

李文浩心动了，却不吭声，一本正经地开着车。臧所长看了下手表，说："时间上倒是不紧，那吴北冥不是明天八点前归队吗？现在才

186

下午四点多，我们提前到了太原，也只是待在他们劳改队等着，总不可能在太原街面上满大街瞎转不是。"

李文浩"嗯"了一声，还是没说话。干大事的人，都不会急着表态。

小钟见李文浩不吱声，便以为他是不答应，心情就低落了，小声道："这是我第一次来北京，下次也不知道啥时候才能来呢。"

李文浩将车停到了路边，转过身来，对臧所长正色道："我们这趟出来是公干，不应该开小差的。不过，我看这小钟虽然嘴贱话多，可作为一个群众，也算为我们办案出了不少力。既然他想要去看看天安门，那我们就遂了他这个愿吧，也算是给他的一个小小奖励。"

臧所长笑了："就是。"

三人都高兴起来，又翻出了地图。臧所长边看边指挥，朝着长安街开去。那时候路没现在好，但车少，北京城也没现在这么大，所以开过去也就大半个小时而已。

待眼前的路面宽敞起来，就看到了长安街的路牌。李文浩便说有点热，将车停了，把外套给脱了，露出了里面的白色警服。臧所长也跟着说热，和李文浩一样脱了棉衣。两人对视了一眼，都笑了，认认真真把警服上的褶子拉扯开来，还扣好了风纪扣。又把大盖帽戴正。坐在斗里的小钟纳闷，寻思着自己被这北京冬日里的冷风吹得拔凉拔凉的，俩警察怎么还会热呢？尽管如此，他还是挂着笑，看他俩一本正经的模样，觉得挺威风的，便也想要站起来，把自己的军大衣扣好。那斗里有两个油桶，小钟站起来费劲。还没等他站起，李文浩和臧所长那两件棉衣外套就都往小钟身上放了过来，要小钟给抱着。

小钟便只能应允。

又见臧所长突然想起了什么，伸手到摩托车下面的储物格子里摸出了两双白色手套。李文浩也乐了，接过手套，两人套上了这白色的纱线手套，再次互相看了一眼，觉得彼此都一副挺威风的模样。

俩人上车，朝着天安门广场开去。

这冬日傍晚的长安街，天寒地冻。李文浩和臧所长却不觉得，心里有着一团火在熊熊燃烧，热血澎湃。又见那高高耸立的国旗越发近了，雄伟的天安门广场好像从照片里跳了出来，作为人民警察的骄傲之情更是越发浓烈。到广场中央，李文浩突然把车停了。他身后的臧所长好像知道李文浩会停车一般，和李文浩同时抬腿，两人动作一致，一起下了车。李文浩沉声道："立正。"

两人站成了一排，腰杆笔直，面对着广场中央的五星红旗。

李文浩说："敬礼！"

两人齐刷刷地抬起了手，对着国旗敬礼。

坐在斗里的小钟有点不知所措，可身上又抱着两件大棉衣，本也坐得不舒坦。再加上还要照顾两个油桶，自然没法站起。尽管如此，他也努力欠身，挺直腰杆，行注目礼。

"礼毕！"李文浩又沉声道。

两位来自山西的公安同志放下了手。他们对视了一眼，心中的激动难以言表。最终，李文浩笑了，又扭头看了看车斗里的小钟。

"走！我们杀回山西，去太原逮吴北冥。"他再次挥了挥手，就像前一日在苏门县汽车站前一样。

小钟愣了："就走？"

他不自觉地将说话声放小了，只有自己能听到，嘀咕道："你们俩公安来趟天安门，就只是为了敬个礼？"

没人接话。

三人再次上车，朝着北京城外开去。

2 /

打北京城到太原府，又是五百公里路程。之前臧所长夸海口，说苏门到北京也就三四个小时的大话，实际上执行起来又怎么会如此轻巧呢？仨人从长安路折返时已经快七点了，进山西抵太原境是半夜一点，李文浩就有点撑不住了，换臧所长开车小钟坐后排，他挤到油桶上闭眼休息。

劳改农场一般都偏僻，过去的路不是特别好走，磕磕碰碰抵达杂山时，已是半夜两点半。农场门口的武警检查了他们的证件，和李文浩熟的那个马干部上早班不在，但留了话让同事给接待下。那同事直接领着他们仨往农场招待所走。

李文浩看了下表，便问这位带路的管教干部："你们这招待所现在开房是算到明天退，还是今天中午就得退啊？"

那干部说："现在这个点开房，自然是到中午就算一天了。"

李文浩就有点犹豫，舍不得钱，哪怕有报销也还是舍不得。他身边的臧所长也看出了李文浩的为难，便对那管教干部说："我们早上八点提了人可能就要走，你随便找个长凳子让我们靠一下就可以了。"

那管教干部就笑了："你们两位同志也不用顾忌这么多，我们这农场招待所主要是给过来探监的犯人亲属住的。这里天寒地冻的，也没几个人过来，所以房间都空着。马哥之前给招待所那边说了，开个房给你们休息一下，不办手续也就不用算钱。如果你们明天要在这儿过夜，再重新办手续就是了。"

李文浩和臧所长便都咧嘴笑，说："我们也不是舍不得钱的意思，只是觉得没必要浪费罢了。"

招待所里的同志开了个三人间给他们，屋里暖气很足。李文浩和臧所长进了屋后便赶紧往床上躺，寻思着能睡几个小时算几个小时。其实，刑警的工作比人们想象中要辛苦很多，每个派出所和公安局里都会有一两间宿舍，里面摆了上下铺床。遇到警务繁忙的时候，那房间里就二十四小时睡了人，像吃流水席一般，你进来眯一会儿，然后又换他进来眯一会儿。从警之前，或许都是糙糙的汉子，觉得干警察也就一份工作。但那警服给套上，誓言一读完，使命感就油然而生。也就是这份使命感，无法卸载，从此，就是刑警们的一生峥嵘。

小钟却没觉得多累，毕竟他全程都裹着军大衣窝在车斗里，颠簸的那几个小时有没有睡着自己也不知道，反正此刻没啥睡意。他眼瞅着这房间里暖气足，便算计着卫生间里那淋浴的热水应该也挺热的，就脱了衣服，进去洗了个热水澡，舒服得不行。洗完澡出来，发现李文浩和臧所长都睡着了，鼾声此起彼伏，还不在一个节奏上，是你方唱罢我登场，跟两人在对山歌似的。小钟便笑了，坐在自己的床上，琢磨这两天的经历，跟小说似的挺有嚼劲。想了一会儿，更加没有睡意了，便开始想其他乱七八糟的。他本就年轻，好奇心重，又起身走到窗边，将窗帘扯开一条缝，去看外面劳改农场里到底是什么模样，毕竟寻常人一辈子也不会走进这劳改队里来。

可远处黑乎乎的，啥也看不见，因为正对着的是他们进来时经过的那个大门，并不在劳改队里面。唯一亮着的，也就是这大门处，昏暗的路灯下站得笔直的武警岗哨。

然后，他就看见了吴北冥……

小钟最初一眼，只是瞅出这人有点面熟，高大魁梧的个头，二八开的分头，从远处的暗影中幽灵一般出现，缓步走到大门处的武警身边，掏出了一张什么东西给武警看。那武警似乎也认识他，两人好像还说了几句话。接着，武警就让他……就居然让他进了铁门。

小钟的心跳加速了起来，甚至揉了揉眼睛，唯恐自己看走了眼。你一个负案在逃的犯罪分子，居然还大摇大摆走回劳改队，还敢和武警战士说话聊天？这……这真是胆大包天啊！小钟扭了下头，想要叫醒房间里睡着的李文浩和臧所长，可一看到他俩那横七竖八的睡姿，又听那震耳欲聋的呼噜声，便有点不忍心。毕竟距离这么远，万一是自己看走了眼呢?

再回过头来,只见那像极了吴北冥的男子进了铁门后,居然停步了。他左右看了看,然后走到围墙边上,靠着围墙坐到了地上。这天寒地冻的,这家伙似乎不怎么怕冷,坐地上了还掏出香烟来,用火柴点上。也就是火柴燃着的瞬间,小钟聚精会神,把那双挂着黑眼圈的熊猫眼瞪得贼大,想要看清楚对方的容貌。可对方点烟的时候害怕风把火吹灭,故意低下了头。

小钟还是不能确定。

黑暗中,那人手里夹着的火星亮了。接着,那火星耀眼了几秒,是他深吸了一口。他坐着的位置其实就在入口大铁门的旁边,可是背着光。站岗的另外一个武警战士似乎也知道他坐在那边地上,还探头看了他一眼,却并没说什么。这让小钟更加无法确定自己的判断了。因为……因为一个劳改人员岂敢如此嚣张?

那人将嘴里的烟雾朝着空中吐了出去,抬头望向了天空。小钟无法窥探到他的表情,可揣测着对方是宁静且慵懒的,很是放松。

这一揣测,让小钟胆儿肥了不少。他又一次扭头看了看床上躺着的俩公安同志,寻思着自己跟着他们这趟公干,也没帮上什么实质性的忙,还有点添乱,便开始胡思乱想了,想要逞能。犹豫了一下,他一咬牙,蹑手蹑脚过去,穿上了衣裤,套上自己那件背上有个大补丁的军大衣,然后拉开了门。

他是这样计划的——直接下楼去瞅瞅对方的模样,如若确定是吴北冥，那么立马扯开嗓子吼叫就是了，反正门口那几个武警战士隔得近。反之，就当下楼遛个弯罢了。

当年的劳改农场，并没有现在这么先进，更不可能有啥高科技的东西。外围是高耸的围墙，武警在外围驻守着。这围墙距离监区实际上还有一段距离。像这种接待亲属的招待所，便位于围墙和监区的中间。所以，小钟下楼后，和招待所守门的人说走走看看，对方也没说什么话，毕竟之前看着小钟是和公安同志以及管教干部一起过来的，以为也是司法系统内部的人。

跨出门，小钟又有点犯怵了，寻思着对方可是一言不合就掏刀的穷凶极恶之徒，始终是危险人物。万一对方一眼认出自己是前天晚上给他开房的招待所服务员怎么办呢？于是，他又连忙把军大衣的领子竖起来，遮住了自己的半张脸，还缩起了脖子，最后才横下心来，朝那围墙位置走去。

那铁门位置有光，小钟迎着光走过去时，站岗的武警能看到他的脸。有个武警战士就掏出手电朝他照了一下，另外一个战士应该对握手电的战士说了句什么，他们就没管小钟了，继续站得笔直。所幸那墙边蹲着的人并没有扭头，还在那里自顾自地望着天空。接着，小钟见他抬起手来，将手里的烟屁股对着天空弹了出去，那火星在空中呈弧形飞舞着，最终湮灭。

小钟的手心开始出汗了，选择将双手环抱，缩着脖子大步朝那人走去。

193

近了……近了……小钟的心跳也越发快了。

那人也看到了小钟，扭过头来。然后，他居然说话了："哪个中队的？也是干外勤的吗？怎么这么早就出来了？"

小钟不知道怎么回答，嘴里随意嘟囔了一句："睡不着。"他说得很含糊，也不管对方能不能听清楚，目的就是要走得更近一点，以看清楚对方的脸。

可坐在地上的人似乎并不在意小钟说的话，自顾自别过头去。他应该也感觉冷吧，抬手将衣领竖了起来，和小钟一样缩了缩脖子，大半张脸都遮到了衣领下面。

要辨别他是不是吴北冥的难度变大了。小钟索性把心一横，直接挨着他坐下了。他努力装得放松随意的样子，对那人说道："有烟吗？"

那人手里正抓着烟盒，对小钟递了过来："外面买的烟，比杂山卖的芝麻烟香多了。"

小钟接过烟，可又没火。对方又递了火柴过来，小钟心虚，不敢点火，怕对方看清楚自己的模样，便连忙将烟插到耳边，说："既然是外面买来的好烟，那留着晚点再抽。"

他暗自深呼吸一口，脑海中都是书里面那些干大事的人，在紧急关头不紧不慢的桥段，甚至还回荡起那几句"脸红什么……容光焕发……怎么又黄了……防冷涂的蜡"，杨子荣面对座山雕的台词。

他开口了："你怎么有外面的烟抽啊？"

那人回答："表现好，减了刑，你没见我都可以留长点的头发了吗？嗨！过个大半年就要出去了，所以批了我的请假条，出去晃了几天，一会儿再去办手续归队。"

小钟心生喜悦，觉得自己套出了对方的话，距离确定对方身份又近了点。因为之前也听李文浩和臧所长说话，说这吴北冥是在劳改队请了假出去的，而且也是今早归队。目前这家伙的情况，比较吻合。

他又问："出去晃几天？去了哪里呢？"问完这话自己便觉得不妥，套话套得有点明显，便连忙补了一句，"应该回家好好地睡了几天媳妇吧？"然后就开始故意咯咯笑。

那人也笑了，头也不缩了，又一次扬起，去望天空。这山西的冬日凌晨，天空黑麻麻的，一丝光也没有。天不好，不见月亮，更不要说星子了。但这似乎也都抑制不住那人的心情，话语中带着欣喜一般。

他说："没媳妇呢！这次刑满释放出去后，也应该可以试试找个媳妇了。"

小钟便偷偷瞄他的侧脸，可还是不能确定。再说呢，此刻对方如此放松的姿态，也让小钟没有之前那般紧张了，反而想再听听他说话，小心思在自谋自划着如何与对方斗智斗勇，套出更多的信息来。

小钟便故作惊讶："你年岁也不小了，怎么没媳妇呢？"这话其实挺幼稚。杂山劳改农场这种大型劳改队，送进来的起码都是四五年以上的犯人。面前这人也就二十多岁，在劳改队里待了几年，入狱前年岁自然不大，没有媳妇也是正常。

但那人依旧没有生疑，说："以前被一些事耽误，没有了结。到现在，总算都完了，总算都……"他顿了顿，"总算可以做回一个普通汉子了。"

这话听得小钟迷迷糊糊的，那斗智斗勇的计划，也需要自己本身智商在线才行。小钟智商究竟高不高也不好说，始终只是个二十左右的小伙罢了，世事掰扯开来，又有哪一件不是万分复杂呢？他这年岁，还不具备将复杂事儿简单化，最终看个真切的能耐。而也就在小钟榨脑汁的时刻，那人居然抬手了，将头发往脑后抹了一下。

这一瞬间，小钟忙紧盯向那人的额头。

一道暗红色的疤痕，赫然就在他的额头左边位置上。

小钟一把抱住了那人，嘴里大声呼喊起来："来人啊！抓……"他想要喊出的"抓坏人啊"后面几个字没能喊出口，因为那人在这一瞬间也动了。

他的右手抓向了小钟的喉头位置，那五指如同五条钢钉，一下就扣紧了小钟的喉管。小钟甚至感觉到自己的喉管被这五条钢钉给捏住，硬生生往外扯出了几分一般。

他们坐的位置距离铁门近，当时又是深夜，四周鸦雀无声，这小钟喊出的几个字自然被铁门处的武警听到了，三四个人挎着枪就朝这边跑了过来，几道手电的光也第一时间照到了小钟和挟持小钟的那人身上。同时，打从招待所方向，也有急促的脚步声传来，伴随着人喊叫的声音："不许伤害群众。"

跑过来的人自然就是李文浩和臧所长。那臧所长前一晚有点着凉，进房间睡下前，喝了一大茶缸热水，想着驱寒气。然后自然会起来夜尿。刚一起来，发现小钟不见了，便着急。又看到那窗帘拉开了，忙站窗边往外看，正好看到小钟穿着军大衣朝着围墙边蹲着的一黑影走去，军大衣后背的大黄补丁跟个王八壳似的格外显眼。

臧所长便连忙叫醒李文浩，李文浩迷迷糊糊也看了窗外一眼，两人都没怎么醒，自然也想不明白这小钟大半夜溜出去干吗，但始终是自己从苏门县带过来的配合办案的群众，这地方又是专整坏人的场所，便怕他遭遇危险。

于是，两人三下两下套好衣裤，火急火燎地下楼。也是刚出招待所没走几步，就听见了小钟的呼救声。他俩的瞌睡一下醒了个透彻，扯开双腿便朝这边飞奔过来。

李文浩和臧所长以及那几个武警战士，一下就围住了靠墙的小钟以及挟持小钟的人。那人一看就是个练家子，扣小钟的手指上青筋鼓起，另一只手也没闲着，掐着小钟大腿根部的位置。在这儿，不客气地说下，我们传统武术虽然有不少花拳绣腿，但用到真正搏击上，也不是没啥绝技的。只不过呢，那些招数不大能上台面。

就拿此刻这人所用的鹰爪这一招式来说吧……大家臆想中的鹰爪功，起始式是单脚抬起，双手伸开呈现雄鹰展翅势，老鹰抓小鸡般犀利的模样，实际上都是摆设。练鹰爪的武师真实的起始式，是一手护自己脖子位置，一手搁在裤裆位置。这一姿势，在此门武师看来，便是进可攻，退可守。进呢，就是抠人喉管掏人裤裆。退呢，就是小家子气想法了，因为自家主攻的对手两个要害是在喉管和裤裆，所以便小肚鸡肠地防守着自己的喉管和裤裆，免得被对方给掏了。当然，每一门武术，也都离不开扎实的基本功和勤奋的练习。传统武术里练爪的，指力也就与常人不同……这么说吧，如若真要下狠手，一把扯出人的喉管来，真不具太大的难度。

只不过此时此刻，那人似乎并没打算将小钟的喉管一把扯出来。同样，他的另一只手也只是在小钟大腿位置，并没有捏小钟的裤裆。见人围上来，有个武警战士还拉响了枪栓，他便紧张了，下意识将身子往小钟身体后面缩，表情错愕，目光闪烁。待定下神来，他连忙喊话道：“是他先动手的……我……我也不知道他想干啥。”说完这话，他将小钟往前一推，自己双手连忙举起，往地上蹲了下去。

小钟被掐得一张大脸通红，在手电筒的照射下，两只熊猫眼居然没那么明显，张嘴却还有点说不出话来：“他……他是……”

李文浩和臧所长是多狠的角色啊！此刻自然不需要小钟说清楚，已经猜到了对方是谁。李文浩瞪大虎眼，喝道：“吴北冥。”

地上那人一抬头，下意识地答道：“到！”

臧所长跨步上前，揪住武警战士按住的那人头发，看清了他左边额头上红色的疤。

“好家伙，就算你能飞，到了天上，咱也给你拍到地上。”臧所长沉声骂道。

第十二章

火焰中的爆裂声

1 /

百年前的沟子村山神庙外，被叔叔吴狗牵着手的吴云房总有点慌张。他努力扭头，去看趴在山神庙门口的爹爹吴敦。

爹爹衣衫褴褛，辫子倒还绑得精致。以前爹爹也曾对吴云房说过，这人啊，讲究个精气神，颜面和发丝须得收拾整齐。爹爹还说：贫穷和潦倒，只会磨蚀你的肉体。穿得体面与吃得讲究，终究是虚。人赤条条来，最终也是赤条条走，一辈子若干个日子里再如何富贵，也不可能一口吃下个乾坤，那会撑死。躺下将手脚放肆伸展开来，困觉始终也就屁大点地儿。给孙悟空一个筋斗十万八千里的能耐，还不是在如来手掌心里尿尿吗？所以呢，都是身外物罢了……

多年后，那半世荣辱过亦不惊不扰的吴云房知道，这些话都不过是穷苦的父亲慰藉孩童的说辞。老佛爷一个寿宴，能吃下诸多人家一生所得；大总统打个喷嚏，万骨枯朽。所以说，本就没见过太多世面的爹爹当日的话语，其实荒唐。那又如何呢？不可能因此就否定爹爹于这人世走过一遭，也不可能因此就反驳他为自己所做的一切。

这晚的夜色里，10岁的他无法左右人生，只能加快脚步，跟随着叔叔往前。而他叔叔，又快步跟着身前那脚步匆匆的朱半仙与南彪。一行四人，逃跑一般远离了沟子村，只留下吴云房的爹爹。爹爹吴敦手握剪刀，怀里又揣着沾了红色糖浆的竹签以及吴狗的长辫。他屏住呼吸，紧盯着那赶尸人大袍子下露出来的粗大辫子……

人与人之间，诸多巧妙，彼此关系来去远近，谓之缘分。给你投胎在哪间，认哪个为父，认哪个为母，不由你左右……遇上命好的，带你穿金戴银，衣食无忧，享尽荣华富贵。遇到命苦的，其实也没必要埋怨。你去猪圈里瞅瞅，还有投生在畜生道的，吃两年猪食，被人洗剥放血分尸吃肉，也是一世，没得挑选。只是呢？这分离，却又每每猝不及防，也不经意。未来时日里的缠绵岁月，你妄以为就是永久。可是，在下一个瞬间或许就戛然而止，或生离，或死别，由不得蝼蚁们自行做主的。

吴云房和叔叔、朱半仙、南彪四人，在那苏门县城外一处凉亭里一直等到清晨，也没见得吴敦返来。朱半仙便有不悦，用脚去踹那地上睡得跟死猪一般的南彪的屁股。南彪屁股上有伤，被踹得一下就醒来，张嘴便冲朱半仙骂道："你这家伙找打不成！"

朱半仙指着天边亮光，说："都什么时辰了，姓吴的家伙还没回来，会不会拿着我们那几十文钱定金跑了？"

南彪说："他的儿子弟弟都在，不会跑吧？"

朱半仙便恼了，也不在意吴狗和吴云房就在身边，大声道："就这么两人不人鬼不鬼的家伙，怕是他自己都嫌着累赘，借机甩下跑了。"

吴狗听着就不乐意了，正要说话，没料到吴云房却抢前一步，对着朱半仙说："不许你这样说我爹，我爹不会丢下我们不管的。"

朱半仙冷笑道："你这才多少阅历的人生，怎晓得人心的险恶？爷爷我见过的光着的屁股也比你瞅过的脸多，哪有你反驳的份儿呢？"

南彪没心没肺，听朱半仙这话，觉得好笑，便咧开嘴乐，也学他骂娃娃吴云房："就是，爷爷我喝过的酒都比你洗过的洗脚水多，哪有你说话的份儿。"

这话又是犯浑。朱半仙说的意思是玩过的娘们儿多，南彪听来以为是朱半仙说自己在澡堂子里见过的光屁股多，抖小机灵便也往那个方向去抖，将自己喝过的酒与人洗脚水去比。他不知这娃娃吴云房是甘肃人，他们那儿地方旱，一年到头洗不了一次脚。真要算上多少拿来比较，或许还真分不出上下来。

吴狗虽是矮人，但也不会由着人说自家娃娃。他忙跨前一步，站娃娃身前，抬头说："我那兄长绝不是你们说的那种人，他兴许是遇上什么坎坷，再等些时候，肯定会来的。"

朱半仙闷哼了一声，不再搭理吴家大小。前日里的干粮还剩些，他便掏出，和南彪分着吃，也不给吴狗与娃娃。

南彪啃了两口干馍，见那娃娃吴云房在看自己手里的馍。娃娃发现自己看他，又连忙别过脸去，装得傲慢。南彪觉得好笑，又寻思着对方终是个娃娃，便将手里的馍掰下一小块递给吴云房，嘴上说："来，给爷乐一个。"

他是好心，只是嘴贫，不消遣人就不得劲那种。谁知那娃娃扭过头来，居然瞪眼，还伸手打掉了南彪递过去的馍："不屑吃。"

南彪便火了，抬腿去踢他。可那腿还没踢到，就被人一把抱住，是那矮人扑了过来，抱着南彪的腿往后用力一拽。侏儒都矮壮，下盘较常人要稳，一抱一拽，竟把人高马大的南彪给掀翻在地。

这下好了，南彪瞪起大小眼，嘴里骂了句脏话，爬起来就要干架。矮人吴狗也不示弱，握着拳头抬着头像一只不知死活的大公鸡。站旁边的朱半仙自认为是干大事的人，在这时刻自然不会由着南彪斗狠，便连忙拦在了两人中间，扯着嗓子说："干吗呢？难不成事还没办完，就先要窝里斗吗？"

他这"窝里斗"三个字，一下敲到了南彪心窝窝上。南彪是一街面上的闲人，打小就听说书人说着各种演义，最恨的就是那些不去抵御塞外胡贼，小心思就内斗的奸臣。一听这话，他便消了气，觉得自己也得是干大事的人设，怎可和一小孩与一矮人一般见识。

至此，这架也就没打起来。南彪捡起地上的小块馍，一口吃下，嘴里骂咧咧道："不识抬举的东西。"

吴狗将手搭在吴云房肩膀上，往亭子角落走，也不再说话，望向沟子村方向。

又过了一个时辰，天已大亮，还亮得有点发白。吴云房朝着爹爹该来的方向看久了，也厌烦，便抬头望天。见苍穹那一片白茫茫中，隐隐约约有白色碎末往下掉落一般。再仔细一看，是下雪了，先是零碎，继而变大，鹅毛大的雪花随着风缓缓降临这人间世。

不消一炷香的工夫，这眼界里所见便都弥漫了浅浅一层白色。吴云房没再看天了，转去看地，又看爹爹要来的方向的路。吴云房想，爹爹一会儿走过来时，那一双大脚，在雪面上踏着，一步一步，会踩出对称的印记。爹爹说，北京城在北面，过一会儿爹爹办好事回来后，就会领着自己继续往北面走。爹爹的脚印烙在前面，指向着北，就是给自己的指引。自己的小脚印烙在后面，跟着指引，去到北京，看到北冥，然后，就能吃到北冥水里的鱼了。

吴云房想想都开心……

就是这时，他看到了他的爹爹吴敦。

只不过，爹爹不是一个人走来的，身后还有一大群人。

爹爹也不是自由自在朝着自己飞奔而来，而是被捆得严严实实。

爹爹更不是之前自己与他分别时候的模样了，他满头鲜血，一瘸一拐被人押着往前走。

吴家叔侄没经过事，当时就傻眼了。加上那撵着吴敦的众人都在骂骂咧咧，凶神恶煞，更令他俩慌张。朱半仙鸡贼，小声对凉亭里的人说："别轻举妄动，我先过去看看。"

朱半仙是一算命先生，半俗半道的打扮，加上又是苏门口音，自然不会被那攥着吴敦的众人反感。一打听，原来是这吴敦快天亮时逮了个机会偷剪了赶尸人背着的尸体上的辫子。赶尸人并不知情，继续往沟子村里去。放下死人后才发现死人的辫子不见了。在那年间，对毛发都看得重，受之父母，再加上又是一苦命客死他乡的人的辫子，更让村民们着急。张三和王二麻子想了一下，昨晚进山神庙时辫子还在，难不成是被山神显灵摘走了。他俩挨了村民的揍后，便说再去山神庙看看。一干愤怒的村民就押着他俩往山神庙而去，却在庙外听见人哀号喊救命的声音。循着声音往树林里找去，就发现踩中捕兽铁夹的吴敦。

这捕兽夹是村里一个姓马的哑巴猎户为捉那时不时进村的野猪而设的，在树林深处。这山神庙与驿站旁就是官道，活人不可能有大路不走钻进树林，所以根本就没想到会夹住人。可怜这吴敦偷了人辫子后心虚，不敢走大路，寻思着钻进树林里走一截，就踩了夹子。夹子是夹畜生的，畜生会发狂，力气大，所以夹子下足了铁料，绷得特别紧，直接把吴敦腿骨给夹了个粉碎，晕死了过去。再醒来，便只能呼号求救。冥冥中，一切都有定数，注定了这日里死，也注定了这日里的磨难，都躲不过。所以，他的呼号没引来救他的好人，却招来了寻那丢失辫子的村民。村民从捕兽夹上放下他，便寻思这人为啥有官道不走，偏要进树林？正疑心着，吴敦怀里那根竹签便掉了出来，上面糖浆的红色令村民们以为是沾着的人血。有胆大的便探他怀里，最终翻出了剪刀和两条辫子。一条是吴狗前日里剪下的，另一条自然就是之前偷偷从赶尸人背着的死人头上剪下的。

那张三和王二麻子本就挨了拳脚，一肚子火，见这阵仗更是愤怒，却还是得装神弄鬼，说出他们那赶尸人的一套逻辑。张三眼珠一转，便说："兴许这就是收人魂魄的妖人，来这苏门县修他的邪术，捡客死他乡的苦命人的魂魄。"

村民们沸腾了，对吴敦拳脚相向。可怜这吴敦，本就腿骨粉碎，又被狠揍一顿。他那甘肃口音的话，也说不明白事由。就算能够说明白，剪死人辫子一事始终是事实，说不清楚的。于是，村民们决定押着这收魂的妖人，往苏门县城而去，找县太爷处置。而这帮村民中，为首的是沟子村中姓朱的乡绅，和朱半仙正是同姓。

朱半仙听说了这缘由，吓得后背出了一身冷汗。但这人奸猾，脑子也转得快，又怎么可能由着这一群人进苏门县城门，寸那公堂上一切掰扯开来，自己断脱不了干系。于是，他眼珠一转，又见那满头是血，腿上模糊一片的吴敦正不知所措望向自己，便来了计谋。只见他扭头望天，嘴里装模作样地念叨了几句什么，末了故意去看那赶尸的张三和王二麻子。凡是混江湖坑蒙拐骗的，伎俩大致相同，朱半仙决定就他俩下手，行灭口之事。

"请问这两位道友，这漫天大雪，是在你们逮住这妖人之前下的，还是逮住这妖人之后？"朱半仙开口问道。

王二麻子就一个雇来帮人背死尸的，自然冒充不了哪门子道友，又挨了揍，心里憋屈，嘀咕了一句："关我们啥事？"

张三却是老江湖，此刻身上还披着黄色袍子，见朱半仙如此这般，还对自己使眼色，自然会意，连忙说："是在逮住妖人后才下的雪。"

朱半仙点了点头，又掐着指头来回走了几步，最终朝那帮村民鞠首，说："乱世里我等道士下山，为的始终是苍生福祉。以我看来，这苏门县，你们是去不得的。"

"为啥？"那为首的朱乡绅便疑惑，但始终又是一群地里的汉子，习惯盲从，也迷信，便锁眉，听朱半仙释疑瞎扯。

朱半仙便又故意不说话了，缓步朝吴敦走去。吴敦从甘肃山窝里来，不知人心险恶，此刻还以为朱半仙是要搭救自己，忙望向朱半仙。

朱半仙探头，到吴敦耳边小声嘀咕了一句："莫让你兄弟儿子受牵连。"说完这话，他便径直转身，手指又做掐算模样，再次来回踱步。半晌，他扭过头来，看吴敦，见吴敦冲自己点了下头，心里便乐开了花，觉得一切也不过如此了。

只是这吴敦，打小就在山村里长大，所经的事皆浅。乡下人憨厚，纵有小心思，也明显，举一反二已算是心思玲珑，怎知世间人举一反三者多，反到四五六七八九者也众。他没做过恶，内心对于剪人辫子一事本就愧疚，被抓后不知如何是好，没了分寸，更别说如何辩解了。见到朱半仙，算是瞅见了救命稻草，又看到兄弟吴狗和娃娃吴云房站在远处尚好，脑子里也渐渐活泛起来。再到朱半仙在他耳边这一句说辞，令他仿佛开了窍，寻思着确实不能牵涉到兄弟和娃娃。实际上，真要牵涉开来，首先要被捆上的正是这朱半仙和南彪二人，只不过吴敦被朱半仙的话语带入了牛角尖里，没有琢磨明白。至于那凉亭处站着的吴狗和吴云房，一个是打小随着哥哥吴敦的矮人，一个是洗脚水也没人喝过的酒多的娃娃，哪里见过如此阵仗，被吓得不知如何是好，见朱半仙长袖善舞模样，自然也和这吴敦一样，指望着朱半仙将一切化解。

他们想不到的是，在这朱半仙心里，他们这几个乞丐的生死，远不如那几百文钱来得实在。

朱半仙又装神弄鬼一番，最后才回过头来。他看吴敦身后的村民，每一个都看过，令村民都觉得这半仙有慧眼能耐，能把人看穿一般。最终，他长叹一口气："也是我要渡此劫，遭遇上今日里这场雪中奇案。至于尔等为什么不能去往苏门县城，恕我不便泄露天机，也都是为了整个苏门县里的百姓苍生。不过呢，各位也不用烦忧报官之事，我在这苏门县城修行，庙堂上有人安排了衙役跟随，供我差遣使唤。我唤他去问问县太爷就是，实在不行，叫县太爷出县城来这郊外定案也无妨，也别将祸事妖人连累了全县百姓。"

他这满口胡言，尽是大话空话，将村民们唬得一头雾水，半信半疑。朱半仙便朝着凉亭招手，唤南彪过去。吴狗和吴云房也想跟着上前，见朱半仙摆手，便停步，在凉亭里候着。这南彪人高马大，相貌堂堂，又时常进出县衙，见过场面，气场强大。当着一干乡民，步伐更是大摇大摆，胳膊甩得飞起。之前也说了，沟子村里有南彪一远房亲戚。此刻村民中就有人瞅着南彪眼熟，琢磨起这南彪确实在县城里住，好像和县衙有某种关系，实际上在县衙里当差的是他姐夫，不是南彪。这一环节，那认出南彪的人自然知晓得不很清楚，又有朱半仙放话在前，此刻他便在人群中说话了："我认得他，是贾老三家的亲戚，确实是在县衙里做事。"

村民们便对朱半仙诚惶诚恐了，脸上满是谄媚羡慕。接下来任着朱半仙安排，叫收了两条长辫和剪刀、竹签，给南彪揣着。朱半仙故作大人物，使唤南彪拿着这些物件，去给县太爷过目。他边说边挤眉弄眼，南彪自是会意，明白朱半仙是要他拿着辫子回去，他自己总会找机会开溜的。

待南彪折返回来，经过凉亭时，又看见那矮人和娃娃一脸无助地望向自己。这南彪是浑人，究竟心里是善是恶，其实还没定性，年岁不大尚未成家立业的缘故。此刻看凉亭中的二人，便又心生好意。他并不知道朱半仙歹毒心肠，自作主张唤了两人跟随自己离开。矮人和娃娃不肯，南彪说："我兄弟自有安排，你们待这儿碍事。"见他俩还在犹豫，便又说，"我会害你们不成？如若我害了你们，叫我后辈出瘸腿。"这话随意，却不想一语成谶。数十年后太原城里一个叫南先进的幼儿患病，最终落了个瘸腿。

吴狗打小没主意，大小事务都由兄长做主。犹豫再三，远远看那吴敦，只见吴敦也在看自己，还冲自己点头，应该是要自己由着人安排。

于是，吴狗领着吴云房跟随南彪，回了县城。也没进城门，三人

210

蹲在城墙边候着。一直到下午，才看见那朱半仙一溜小跑回来了，见到三人，连忙一边喘气一边朝着后面挥手："你家当家的脚坏了，在后面等你们去搀扶。我为了救他，一天都没进水米，现在得赶紧吃点东西才行。"说完这话，扯着南彪就往城门里走，不给吴狗与娃娃琢磨的时间。

吴狗和娃娃心思都在吴敦身上，没去想朱半仙辫子到手，此刻就急着与他们分道扬镳。吴狗急忙应着，拖着吴云房便往朱半仙来的方向跑，想要去搀扶受伤的兄长。

那漫天大雪里，矮人吴狗牵着惊慌失措的吴云房，疾疾奔走，一路上始终不见人烟。他们凭着记性，过了凉亭，最终又往那沟子村走。雪终于停了，距离沟子村越发近了，隐约间，他们看到远处有一大群人，较之前所见的更多，甚至还有老少妇孺。他们围成一圈，中间是一个简易木台，木台上竖着木棍，木棍上绑着的人正是吴敦。吴敦脚下堆满柴，火苗正在缓缓往上腾起，烧向吴敦。

吴敦也看到了远处朝自己奔过来的兄弟与娃娃，他用尽最后一丝气力，用老家方言对两人喊道："莫过来，领着娃快逃！"

吴云房哭着继续往前，可吴狗却明白了兄长的意思。他一下意识到，自己与兄长将不能再相见，从此将阴阳两隔。那一瞬间，他一下明白了什么，一把扯住了往前的娃娃。

吴敦又喊道："是姓朱的害了我！"话说到这时，他身旁围着的人也意识到什么，一起转过头来，望向吴狗与娃娃。

吴狗一咬牙，一把抱住了吴云房，扭头就跑。他把身子转过来，看不到吴敦了，可吴云房被叔叔抱着，颜面还是朝着爹爹所在的方向。

他见到围着的人群骚动，好像要追逐自己与叔叔。可爹爹在火光中却发狂般号叫起来，又将围观者的注意力吸引了回去。

他又看到，那烈火越发旺了，爹爹的身影在火光中晃动，在挣扎，在扭曲……

他还看到，那围观者将更多的柴火扔向火中，唯恐火焰不够吞没爹爹那并不高大的身躯……

最后他看到，爹爹于那火中爆裂开来，而他的叫喊声，也终于戛然而止。

多年后，被进攻南苑的日军士兵捅了十几刀的吴云房老爷子的身子，缓缓往地上落去。他望向的苍穹弥漫着硝烟，是正在经历战火洗礼的北京城的天空。那天空中，爹爹的颜面隐约显现。老爷子记得，爹爹对娃娃说那北京城外有海，叫作北冥。爹爹又说北冥有鱼，鱼不像庄稼需要摘种，天生天养。爹爹要领着叔叔和自己到北京城，从此不再挨饿，天天吃鱼。

雪地里，抱着吴云房的吴狗也在不住抽泣。他见远处有浅浅的河滩，河滩对面有座小山。雪已经爬满了这个世界，那山上，总该有山洞可以躲避吧？

吴狗一边哭泣，一边朝着小山奔跑。

这座小山，便是苏门县境内的平龙山。也是从这日开始矮人不敢

212

与外人接触，并一心一意将娃娃吴云房养大成人所蜗居的地方。待吴狗死去，留下那十九岁的吴云房再入沟子村，遇到寻访逆徒陆海峰的张夫子，已是九年以后的事了。

至于那朱半仙领着南彪，头也不回地进了苏门县城。朱半仙也不多话，径直去了洋人住的客栈，交了辫子做好买卖，然后与南彪分钱。南彪虽是浑人，但也耿直，便说还有分给那三个可怜乞丐的钱不是？朱半仙奸笑，说不用分了。南彪问缘由，朱半仙也不说话，只要南彪拿着那竹签剪刀去县衙门里汇报此事，并教了南彪应该如何说道，将一桩无法见光的恶行，编造成了村民烧死施展妖术的妖人事宜。那县老爷听了，又差人去那沟子村问了，反觉得南彪这事办得妥当。毕竟那年月里时局动荡，如若妖人来到苏门县的事传播开来，民众恐慌，始终不好。被烧死的只是个外地来的逃荒乞丐，非本地户籍子民，自然无所谓。加上南彪那做文书的姐夫美言了几句，县太爷便让南彪做了衙门里的差役，从此算入了公门。

这南彪知晓整件事情始末，虽然并不是他所能左右，但总觉得有些不妥。再说又入了公门当差，便不再与朱半仙要好了。至于朱半仙，因为此事，认识了沟子村里姓朱的乡绅，没事时便去扯着朱姓乡绅瞎说。朱乡绅膝下无子，只有个待嫁闺中的麻脸女儿。朱乡绅见朱半仙也姓朱，便想要朱半仙入赘他家。纵然麻脸女儿模样丑陋，朱半仙也不挑剔，欣然应允。自此不再在苏门县城摆摊算命，去沟子村当了地主家的上门姑爷，也便是九年后与张夫子相见的那副模样了。

所以说这世间事啊，去去来，来来去，都是因果。看似错综复杂，实际上皆有缘由。由不得你，也由不得我，蝼蚁于乱世里，生抑或死，随波逐流罢了。

第十三章

吴北冥

1 /

  杂山劳改农场的马干部当过兵，海军出身。那年代我们的海军还穷得叮当响，所以马干部当海军那几年也没操练别的本领，就练了个水性。部队里大练兵时他游过一个全团第一名，戴着大红花和首长合过影。奈何造化弄人，转业回来到了太原郊外这杂山劳改农场，方圆几十里连个水潭都没有，有种龙困浅滩、虎落平阳的挫败感，给人吹牛说自己是游泳健将人家不信，也没法证实。

  和马干部一样是海军转业到杂山的，还有这杂山监狱的监狱长王兵。杂山是个劳改农场，所以大伙都叫他王场长。王场长的这个海军干得有点憋屈，是通信兵，在内陆给海军架电线的。几年兵当下来，没见过海，连游泳都不会，所以从部队下来都不好意思说自己是海军。王场长比马干部大两轮，是忘年好友，也是因为他俩都是海军退下来的，虽然一个是没见过海的海军，一个是在海水里泡了几年的海军，但能聊的话题还是很多。加上熟稔后，马干部又给王场长看了自己那张戴着大红花和首长的合影，让王场长更是认为这马干部是个值得培养的好干部，觉自己看人看得准，要做伯乐好好将马干部培养培养。

这天他俩都是早班，六点要到办公室，所以五点出头就要起床洗刷，在宿舍的厕所门口还碰了面说笑了几句。这时，值夜班的一个管教干部就在楼下大喊王场长，说大事不好了，要他赶紧下来。

王场长探头往下一看，是平日里就喜欢一惊一乍的一位同志，所以，王场长对他所说的"大事不好"没当回事，以为又是哪个大队停水了抑或哪个犯人羊癫疯之类的鸡毛蒜皮事。谁知道那一惊一乍的家伙又急急忙忙上了楼，上气不接下气地说，是请假出去的犯人在外面犯了事。

这搁在监狱里，就真是大事。你想想，一个服刑期间的犯罪分子，劳动改造接受教育的节骨眼上，人居然跑到外面，还犯了事，那服刑单位的相关领导是怎么办事的？为什么会批准这种服刑人员休假？所以说，这事说小可小，说大，就真能上纲上线让王场长受个处分的。

马干部在旁边听了，脸色也变了，寻思着应该是昨天给自己打电话的苏门县李文浩队长办的案子。他连忙套了件衣服便跟着王场长往楼下跑，小声在王场长耳边说："办案单位的人和我还算要好，昨晚我还交代了让他们免费住半宿招待所。"

王场长点头，眉头还是皱很紧，毕竟在他的职业生涯里，这真是个大事件。

他俩跟在另一个管教干部身后，急急忙忙回了监狱办公室。墙角蹲在地上被铐着的自然就是那个天杀的服刑人员，头发留得还挺长，应该是过几个月就要释放了，才网开一面没给剃光头。王场长心里就想：对这些坏人啊，真的不能让步一分一寸，一条缝都不行。给他个机会，就为非作歹，真让人头大。

想是这么想，脸上还得挂着笑。王场长朝着在办公桌前办手续的那两位地方公安迎了上去，对方那矮壮的同志居然认识自己，也笑着说："您就是王监狱长吧？"

王场长说："都叫我王场长，你叫我老王也行。"

他身后的马干部便掏出了烟，说："李队长，逮住的这人是你们要找的那个吗？"

这矮壮汉子自然就是李文浩，他身后黑得跟个煤球般的自然就是臧所长，至于脸上挂俩黑眼圈傻乎乎憨笑着的便是小钟。李文浩接过马干部递过来的烟："托你们的福，是他。"

马干部又问："事大吗？"

李文浩点头，可一寻思，又摇了摇头："说大也不大，说小也不小，还要继续侦查。"

站他跟前的王场长脸色就更不好看了，转去看地上蹲着的吴北冥，骂道："我们好心让你们这种表现好的积极分子出去探几天亲，你就给我们整出这种幺蛾子来，还……还……"王场长一扭头，冲旁边的管教干部说道，"给他小子把头发剃了，以后除非是当月就要释放的才允许留几根毛，其他的都按照规定剃。"

王场长之所以逮着剃头的事不放，是因为这犯人肯定要被办案单位的给带回去，不抓紧剃下头，回头地方上的说这杂山农场规矩有点乱，也都是王场长的锅。

说完这话，他便朝着旁边的椅子一屁股坐下，点了支烟，然后朝着李文浩他们三个勉强笑了笑，看他们办手续，要将人带走。可就在这时，打办公室外面又进来两个人，也是农场的管教干部领着过来的，在门口还说："你们苏门县公安局的人就在这里面。"

众人循声望去，见进来的居然是个女公安，正是苏门县公安局刑警队的熊敬燕熊大姐。李文浩便问："你怎么也过来了？"

熊大姐说："张局怕你们一个小三轮不好拉犯人，所以让我过来接你们了。"说完这话指了指院子里一辆解放卡车。原来，是前天借来开公审大会的大卡车，还有一辆在公安局院里没开走。张局看这天寒地冻的，又寻思着李文浩一行三人要押个人犯，可能比较辛苦，便找来卡车司机，让熊大姐领着把车开到杂山监狱帮忙一起领吴北冥。

李文浩挺感动的，搓着手说："张局对同志真是春天般的温暖。"

他身后的小钟又说："这大卡车够拉好几十个犯罪分子回去了。"

王场长听了就很生气，一个服刑人员出事已经够自己喝一壶的，居然还说要拉好几十个。他将桌子一拍，可又不好发作，站起就往门口走。

苏门县过来的几个人怎么知道他的心思呢？熊大姐见臧所长在办

手续，便冲李文浩招手，要李文浩出外面说话。李文浩跟到走廊，熊大姐说："那受害人翻口供了。"

李文浩忙问："哪个受害人？那个跑供销的瘸子？"

熊大姐说："就是他，他改口说是自己不小心划伤的，不关这吴北冥什么事。"

站旁边抽烟生气的王场长听见了，忙凑过头来："是屋里那案子的受害人吗？"

李文浩冲他点头。王场长看到了一丝曙光，可还是不能流露出什么，忙点头说："也别冤枉了一个好人，毕竟这家伙能够请到假，说明改造得挺好，也挺先进的。"

李文浩只能说："那是肯定的，不会冤枉了谁。"说完这话，又问熊大姐，"到底什么个情况，你给说说。"

熊大姐说："就是改口供了啊。昨天晚上，这南先进的家人赶到苏门县，俩老头，一个六十多岁，一个八十多岁，好像是他爸和他爷爷。俩老头在医院病房里待了一会儿，南先进就喊医生说有情况要汇报给我们公安局。到我赶过去，这家伙就改口了，说不是吴北冥故意伤了他，而是他俩聊天斗了嘴，推扯时划伤的。"

李文浩便有点恼火："怎么又变成斗嘴了呢？之前可不是这样对我们说的。"

熊大姐说："这南先进也说了，之前是因为在气头上，所以说得严重点。待过了气头，便觉得没必要让人受这么大的委屈，还是该说实话。他还说，如果因为他之前瞎说，要受什么处分，他也愿意接受。"

"这都是搞什么呢？"李文浩挥舞了一下拳头。

旁边的王场长听了个仔细，心里一块大石头总算放了下来，探头往屋里喊："要办的手续抓紧办，人家大老远过来，领着人还要赶着回去呢。查了没啥事，晚点还要把人给我们送回来，这一来一回也挺辛苦啊。"

被逮住的吴北冥自打知道过来抓他的人是苏门县的公安后，就一直没吱声。他好像听不到这些人说话，时不时望一下天空，想着什么心事。到移交手续办好了，李文浩和臧所长、熊大姐又商量了一会儿，最后找农场里的同志要了一捆麻绳，将吴北冥捆了个结实。为什么铐着不够，还要捆？李文浩说有三个原因：第一，这犯罪分子应该练过，所以得严加防范，免得他逃跑。第二，解放卡车驾驶室只有一排座，司机和熊大姐自然是要坐在那一排的。可又不可能把吴北冥扔后面卡车车斗里，优待俘虏的政策在电影里可是天天宣传教育。所以就让吴北冥享享福，躺在驾驶室那一排座位后面的垫子上，也就是平日里跑长途时，正副驾驶员换班轮流睡觉的那块垫子。

李文浩说完第二点后便不吱声了，臧所长和熊大姐都等他说第三，谁知道这次李文浩居然又是没有第三，还自顾自地去指挥卡车司机挪车去了。众人也没追究，叫上劳改农场的同志帮手，将那边三轮抬到了卡车车斗里。又把捆得跟粽子似的吴北冥扔到驾驶室后排，卡车司机和熊大姐在前排坐定。这前排可以坐三个人。熊大姐便说："你们仨过一个到前面坐吧，前面暖和点。"

　　小钟是热心群众，李文浩和臧所长自然是要他去驾驶室坐。毕竟这 12 月的山西冷，车斗里又没遮挡，要被凉风吹。小钟那一会儿正激动着，寻思着自己也没坐过卡车，脑海中正闪现出自己站在车斗里被风吹得威风凛凛的模样，便急忙说："我留车斗里吧！我们三个人一路同甘共苦，谁也没丢下过谁，现在更是体现我们团结友爱的时刻到了。"

　　李文浩和臧所长都很感动，商量了一会儿，最后他俩都钻进了驾驶室，一排挤了四个人，就留下小钟在外面。小钟便有点郁闷，可大话又已经说出去了，只能独自往车斗上翻。这时，臧所长从驾驶室车窗探头出来喊他，小钟以为他们回心转意了。谁知道臧所长只是递了那副蛤蟆镜过来，说："你坐斗里风大，戴着这个，眼睛没那么难受。"

　　卡车便发动了，朝着杂山劳改农场外开去。小钟一个人在斗里待着，跟前就只有那辆边三轮摩托车，加上又戴着蛤蟆镜，文青时不时要沸腾一番的情怀泛滥开来，变得没那么郁闷了，最后选择跨上边三轮，双手握着车把。边三轮朝着的方向本也就是卡车往前行进的方向，所以小钟脑海中开始模拟，好像自己骑着这边三轮在道路上驰骋。周围也没人盯他，风大，他说话也没人听得见。于是，他握着车把左右晃动，嘴里还给自己配音，"呜呜呜"地乱叫，好像油门被他轰得在疯狂加速，一个人玩得开心得不行。所谓好景不长，总会有乐极生悲的变数到来。这小钟兴奋到了巅峰时刻，正赶上卡车碾过一块大石头，

223

整个车就蹦了一下。小钟正模拟着飞驰，动作潇洒没有留心路况，嘴巴就磕到了车把手的后视镜上，一摸，嘴唇肿了，还出了血。那兴致一下就像被扎了一针的气球，瞬间漏了个精光，翻身到车斗里坐下，郁闷起来。

坐在前排的李文浩和臧所长也并不是真不管小钟在后面受罪的事，他们挤进驾驶室时也说了，大伙轮流坐，一会儿去换小钟就是。之所以此刻没有先让小钟坐前面，一是因为小钟的客套话被他们当了真，再者是逮了这吴北冥后也还没问过他话。张局之所以派熊大姐过来，或许有其他什么深意，几个人想要碰下头。可到卡车一发动，他俩又寻思着旁边还坐着个外人——卡车司机，后排的吴北冥也没有被堵着耳朵。所以，他们仨刑警也不好聊案情，便作罢，琢磨着休息一会儿再去换后面的小钟。

也许是连续两晚没有休息好的缘故，卡车一顿晃悠，李文浩和臧所长就忘了要去换小钟到驾驶室来的事，被晃得眯了眼睛。那卡车司机是老司机，长期跑太原到苏门的，路况熟，两个小时不到就进了苏门县境内。到这时，李文浩才想起后面还有小钟，忙叫司机停车，然后下车去后面换小钟进驾驶室暖和一下。也可怜了这小钟，被李文浩过来叫唤的时候，两只被王大爷用果子砸了的黑眼圈外夹着那副蛤蟆镜，嘴唇肿了，下面还挂着一串血。又由于被冬日里的冷风狂吹了两小时，小命没了六分，脸上一副生无可恋的表情，裹着那军大衣缩在车斗角落里，跟只流浪小猫似的。李文浩就笑了，要臧所长也脱下棉衣，并和自己的棉衣一起递给小钟，要小钟裹得严严实实坐进驾驶室。

小钟之前说了大话不进驾驶室，此刻见已经到了苏门县，更是想把自己的威武坚持到底，便哆嗦着说："不打紧，咱一起轰轰烈烈出苏门，此刻也得轰轰烈烈回去。"

这话说得李文浩和臧所长都激动起来。他俩便都不进驾驶室了，爬上卡车车斗。臧所长从小钟脸上摘下那副蛤蟆镜戴上，跨上斗里的摩托车，说："得！我们轰轰烈烈出的，又轰轰烈烈回。"

小钟是什么人物啊？这么热血的时刻来到，自然不会掉队。他跟喝了一大碗鸡血似的，立马再次沸腾，解开了军大衣衣扣便坐到了臧所长身后，紧贴着臧所长吸他身上的热气。李文浩也笑了，抱着那油壶坐进了车斗，然后冲前面驾驶室里喊："开车吧，我们就这样回去。"

驾驶室里卡车司机就瞪大了眼，觉得这仨人可能有什么毛病。但这话他没敢说出口，毕竟自打工作开始，他爹就教他少动口多动手。他身边的熊大姐就没这么客气了，翻了个白眼，骂了句："仨傻驴。"

说完这话，她鼻头动了动，问司机："你这车拉过肥料厂的东西吗？怎么有一股子农药味。"

司机话少，就答了个"有"字。实际上后面应该补上一句——"大前年拉过"，这话没说出来，也就导致了熊大姐判断出现了失误，导致了之后的事故。

此刻的熊大姐也就因为司机这个"有"字，便没往下多想了。

卡车再次发动，朝着苏门县城开去。

2

一行人回到苏门县公安局时，已是上午 11 点出头。将车停好，众人下车，便去看后排的吴北冥，只见那吴北冥闭着眼睛没有声响。李文浩扯他，要将他拖下车押上楼。可也是这一扯，发现对方身子是软的。他是老侦查员，一下就意识到出问题了，连忙将吴北冥一把扶起，发现吴北冥满嘴白沫，明显是中毒了。

李文浩暗叫大事不好，喊臧所长。臧所长过来一瞅也傻眼了，两人那一会儿也没想别的，一前一后抬着这吴北冥就往公安局外面跑，朝着县人民医院方向而去，压根就忘了有卡车在，卡车上也还有边三轮，交通工具比他俩双腿跑起来快。他们身后的熊大姐自然也发现了情况不对，再一想之前闻到的奇怪味道，便猜到发生了什么——犯罪分子服毒了，只是自己闻到味儿不对后，问司机司机又说拉过化学品，便没上心。她很自责，没来得及拦住李文浩和臧所长，要他们上车去医院。正好旁边还有一个县局的同事抓着车钥匙从另一辆边三轮上下来，熊大姐便跑上前，要那同事快去追前面抬着人跑的李文浩和臧所长。

那同事也没多问，一踩车便追了上去，喊他俩上车。臧所长坐到了后排，李文浩抱着满嘴白沫的吴北冥坐斗里，朝县人民医院开去。

10 分钟后，三人将吴北冥送进了医院，还大呼小叫道："赶紧抢救！赶紧抢救！"

医院里的人有见过臧所长的，此刻便说："这不是前天半夜跑来大呼小叫的那个公安同志吗？怎么又来了？"说归说，又见他们叫得大声，便急忙抬来担架，将那满嘴白沫的吴北冥抬了上去。也就这时，从吴北冥衣领位置掉下个白色的软绵绵的玩意儿。李文浩忙从地上捡起，发现是个鱼泡。又闻了下，鱼泡上正是农药的味道。想来这吴北冥早就留了后手，在自己衣领里塞了个灌了农药的鱼泡。趁躺在驾驶室后排没人留意时，他咬开鱼泡，吃了里面的农药。

有个谢顶的医生摸了下吴北冥的脖子位置，然后冲李文浩嘀咕了一句："没断气，我们尽力。"说完便和其他几个医护人员推着吴北冥往急救室里去了。李文浩紧皱眉头，扭头看臧所长，他也和自己一样锁着眉。

臧所长沉声道："事不小。"

李文浩点头："这往下一挖，铁定是大案。"

臧所长说："是的，否则不会服毒，这是畏罪自杀。"

那年代自杀无非两种办法——上吊和喝农药。当然，搁在有水的地方还可以跳河跳海什么的。山西水少，所以基本上就只有上吊和喝农药两种选择。医院里折腾这些喝了农药被发现送过来抢救的，一年里总有几例，无非就是给洗胃。那时候的医疗条件也不好，身体好的洗个胃能洗掉半条命，喝了农药没死就剩下半条命的，洗胃后活过来的，也都说是被那根插到胃里的管子搅得太难受了才醒过来的。

227

此刻的吴北冥，就被按到了抢救室里洗胃，具体的洗胃过程不表，我们还是说说外面守着的李文浩和臧所长。

按理说，这会儿他俩应该就只等医生出来说结果就行。可俩老刑侦坐那长椅上，习惯性地耳听八方，眼观四路，便瞅见旁边收费处站着的一个穿着青色棉衣，胳肢窝里夹着拐杖的男人有点眼熟。

"南先进？"李文浩最先吱声。

臧所长点头："好像是他。"

说完这话，两人便大步朝那青色棉衣男人走去。也是职业习惯，喊人喜欢冷不丁大吼，震慑人的作用。迈步到那青色棉衣人身后，李文浩就吼了句："南先进！"

青色棉衣人吓了一跳，扭过头来，正是紫江机械厂派到红旗化工厂要账的瘸子南先进。南先进腿不好，加上又被吴北冥在大腿上割了一刀，此刻被李文浩一吼，身子就失去了平衡，往旁边倒去，脸上还龇牙咧嘴，许是扯到了伤口。李文浩和臧所长连忙扶他，没让他摔倒。这时，从收费处那边过来两人，一个是老汉，一个是更老的老汉。俩老汉都挺矫健，冲过来就从李文浩和臧所长手里抢扶南先进，还瞪眼，说："你俩干吗的？"

要是在暖和天气，也不会出这种情况。可大冷天，都裹着棉衣，看不到他们里面的警服。加上李文浩矮壮，臧所长黝黑，自然让那俩老头以为遇上了是非。所幸南先进看清了俩人，忙冲俩老汉解释："是公安同志，苏门县公安局的公安同志。"顿了顿，又补了句，"都是朋友。"

之前就见过一次，真谈不上是朋友，这都是跑供销的人习惯用的套近乎说辞。李文浩和臧所长也懒得揭穿，寻思着自己因为吴北冥的事板着脸，吓到了群众，也有不对，便都咧嘴微笑，努力显得和蔼一些。

南先进又开始介绍那俩老汉："这是我爹南援朝和我爷爷南抗日。"

南援朝和南抗日也不瞪眼了，冲李文浩他们点了下头。

李文浩就问："嘿，还看不出你小子是军人世家啊！"

南先进忙摇头："没有，没有，他们只是取了这么个名字而已。"

那个老一点的南抗日也解释："我爹给我取的名字是南狗生，解放后搞普查的时候，我自己给改了南抗日这个名字。"

"哦。"李文浩点了点头，又看那年轻点的老汉南援朝，"那您是抗美援朝年代出生的咯？"说完这话心里还在计算这南先进的爹是抗美援朝时候出生的，那应该年纪很小就生了南先进才对。

这老汉南援朝就说了："没，我最早的名字叫南牛生，也是老人给取的。后来人口普查时我爹给一起报上去改了这个名。"

李文浩和臧所长被他们这名字弄得有点迷糊，便不再关注，换了话题。李文浩说："听说，你小子翻供了？"

南先进摇头："什么叫翻供啊？我又不是违法犯罪分子，给你们汇报的情况记在本子上不应该叫口供吧？"

臧所长说："也差不多。"他也瞪眼了，"说说，为啥翻供？"

南先进瘪了下嘴，看了他身边的俩老汉一眼，说："不为啥！本来也不是多大的事，医生也都说了，我回家休养些日子就好了，割得不深。否则，我怎么还能下地呢？"

李文浩便有点恼，说："少说这些虚头虚脑的话，说实话，为什么改口？"

南先进叹气，又去看他爹和他爷爷，哭丧着脸不说话了。

老一点的老汉南抗日就说话了。他说："老汉我八十有二，离死也不远了……"李文浩和臧所长就扭头看他，以为这老汉有一番长篇大论要发布。谁知道南抗日说了前面两句后，话锋一转，扯到了苏门县枪毙人的事上，"没赶上看你们这里枪毙人的事，挺遗憾的。"

他旁边的南先进便抬手指了指南抗日的脑袋，意思是老汉有点老糊涂。可老汉看起来还真不像有老年痴呆的模样，精神头蛮好的，又说了："我们南家欠姓吴的人家一个瘸子，我孙子南先进就是要赔给他们的那个瘸腿玩意儿。"

南先进便嘀咕道："爷爷，你这话怎么说的，我咋就成了瘸腿玩意儿了？"

年轻点的老汉南援朝就压低声音凑头过来："两位公安同志，能不能借一步说话？"说完就指了指医院外面，意思是有私密事情要说。

李文浩和臧所长都点头，跟着他往医院外面走。老汉到外面左右看看，又专门选了个角落，招手让李文浩和臧所长跟上他。然后走到角落，老汉第一句话就是问他俩："有烟吗？"

李文浩和臧所长都掏出烟来，老汉瞟了一眼，选了臧所长手里那烟卷多的一盒，伸手接了，从里面掏出一支。也是看他老，臧所长还主动拿火柴给他点上。那老汉深吸了一口，手里的那盒烟却没有递回来，兴许是忘了，还拿在手里，脸上露出故作神秘的表情，小声说："我们家有难言之隐，唉……"说完朝着医院方向看了看，实际上他选的这位置，是看不清医院里面的情况的，他之所以多看一眼，是在确定站这里看不到医院里面。当然，李文浩和臧所长自然是不知道他的心思的。

老汉又一拍脑袋："嘿，我居然忘了拿那本本子，要说给你们听的难言之隐，都在那本子上记着。你们等我一下，我马上回来。"说完就往医院里走去，手里还攥着那包烟。

李文浩和臧所长也没多想，由着他往里走去。他俩也点了支烟，等老汉南援朝拿本子出来。等了有十分钟，一支烟都抽完了，也没见老汉出来。俩人就有点纳闷，走到医院门口往里看，却见那收费处已经没人了。

俩人便连忙过去，问收费处里的同志："之前这门口站着的俩老头和一瘸子呢？"

收费处大姐就指着医院后门，说："矫健着呢！扶着那瘸子，一溜小跑就往外面去了。"

又问："他们办好出院手续了？"

大姐说："早办好了，那瘸子的伤本来就没啥大事，之前是他自己咋咋呼呼弄得很惨似的。"

李、臧二人便不和大姐掰扯了，撒腿就往后门处跑。跑出了两三百米，发现马路前头没老汉和瘸子逃窜的身影。李文浩就醒悟过来："应该没跑，他们跑不动。"说完便和臧所长分开，往四周角落里寻去。那年代小县城地形简单，两人又都是苏门县土生土长的，所以很快就找到了躲在一棵老槐树后面的南家祖孙仨。

两人冲了上去，一左一右扭住了南先进的胳膊。另外两个都是年长者，也没违法，不好动粗。南先进就连忙喊："说了不要跑，说清楚不就得了。"

两老汉也都慌了，说："没想跑，就是想回去。"

臧所长口气严厉，冲年轻点的老汉南援朝怒道："我的烟呢？"

南援朝忙从裤兜里拿出臧所长那包烟："在这儿，也没多抽。"

李文浩也瞪眼了，作势伸手到腰上，要拿手铐，嘴里说："全部铐回去再说。"

也不可能真铐他们，吓唬一下而已。南家祖孙仨虽然一个比一个滑头，但始终只是普通群众，怕事，便都连忙说："只是怕沾上官司，没坏心。"

"到底是什么情况，说清楚说明白。"臧所长咬着牙，声音更大了，"为什么翻供？"

"好吧，既然到了这份儿上，还是说了吧。"那老一点的南抗日正色起来，好像也没了痴呆症，顿了顿补上一句，"都说眉浓一档毛，我家南先进这倒霉玩意儿眉毛这么稀，居然也是一挡毛，真是奇了怪。"末了这句明显又是胡话了，众人自然没人和他接话。

李文浩也冷静下来，扭头看了一眼医院那边。之前骑边三轮送他们过来的同事，还有其他警务，早走了。那吴北冥被送进抢救室，手铐都没带，这会儿抢救室外面没人守着，不是个事。于是，他扯着南先进往医院里走。臧所长明白李文浩的意思，也跟上。至于那俩老汉愁眉苦脸的，走在最后，一起折返回医院。

回到那收费处旁边的长椅位置，另外一头就是抢救室。收费处里那大姐探头出来吆喝："嘿，这么快就逮回来了？"

众人没搭理她。末了她又说了句："俩老汉一瘸子，还学人畏罪潜逃，真是不自量力。"

不自量力的俩老汉和一瘸子就哭丧着脸，互相看了看。南先进说："爹，还是你说吧，我也说不清楚。"

他爹——也就是那年轻一点的老汉就吱声了，开头第一句又是："有烟没？"

李文浩和臧所长都摇头："没。"

老汉南援朝讨了个没趣，说："那好吧。前天我家先进遇到的这事啊，我和我爹一听就醒悟了过来，这是报应，过了几十年甚至上百年后返回来找我家的一次报应。再说了，这伤也不狠，住两天院养十天半月就能好的事，能把这报应给消了，对我家来说，也都是好事。"

那南抗日老汉站旁边点头，目光炯炯，不像个老说胡话的主，嘴里却又说起了胡话："是的，就是报应，要不怎么说眉浓一裆毛呢？"

南先进很委屈，站旁边眨巴着小眼睛不吭声。

李文浩听得满头雾水："说明白点，直接说事。"

南援朝便叹气，又问："有烟没？"

臧所长拿他没法子，便掏出根烟塞他嘴里。

南援朝没火。

臧所长这次可没那么好，还给他把火点上，只是拿出火柴递给他。这南援朝自己把火点上，摇了摇头，要开始长篇大论的模样。临开口前，顺手把臧所长递给他的这盒火柴塞进了自己裤兜里。

"也都不知道真假，反正是一辈一辈说下来的。"南援朝吸着烟开始了，"我们家祖上可是威风过的，往远的说，明朝有个叫蓝玉的名将，你们听说过没？"

李文浩不耐烦："你直接说近的。"

南援朝点头："近的就是百年前我们祖上有个叫南彪的……"

李文浩打断他："说近的，别扯什么百年前。"

南援朝说："我们祖上南彪的事就是近的啊，这事就是打他那里开始的。"

臧所长便恼了，要发火。可站他旁边的李文浩好像想到了什么，扭头看了一眼身后的抢救室，寻思着那吴南海也是说什么百年前如何如何，莫非和当下这事也有着瓜葛？于是，他挥了下手，示意臧所长别发火，一起听老汉南援朝继续往下掰扯。

234

南援朝边抽烟边说："这祖爷爷南彪，于那乱世中是个狠角色。最初在苏门县干衙役，后来县太爷升去了太原城里做官，就只领了他一个人跟去太原。之后机缘巧合又跟了袁世凯去过朝鲜，是个能上战场驰骋的武官。祖爷爷一辈子轰轰烈烈下来，到死的时候，却怎么都不肯断气，支支吾吾有事要说。下面的子孙便着急，不知道他有什么心事未了。这祖爷爷在病榻上挣扎了三天后的一个半夜，他突然生龙活虎起来，要喝水。喝了水后居然坐起来顺利说话了。他说他这辈子当的是武官差，办的都是大是大非的事，皆是听军令不用辨对错。唯独年轻时负过甘肃出来要饭的吴姓一家三口人，始终心有愧疚。加上之后年月时局动荡，也没去打听他们后续死活。到临死了，那一家三口里的小娃娃冲他眶眦的模样，始终在脑海中浮现。祖爷爷南彪又说，当日自己留了话，如果害了他们这吴姓人，自己后辈就会有瘸腿报应。当下看来，害人家成了事实，后辈里总会有人瘸腿，到那时，也不要怪，是祖爷爷南彪做的恶，落下的因。"

南援朝说到这里看了瘸子南先进一眼，南先进翻下白眼。南援朝继续道："所以，我这儿子打小落下的瘸腿，就是那报应来到。昨天我和我爹来这苏门县接他，听他说被人割腿的事，寻思着对方也是姓吴，又听先进说了祖上南彪的事后才动的手，便一下想到了祖爷爷临死前说的那话来。一琢磨，兴许真是我家祖爷爷亏欠了人家，到现在出了这事，应该算是恩怨的完结。或许，对我们南家来说，反倒是个好事。"

那南抗日老汉也点头，大声插话感叹道："孽缘啊！孽缘！"

李文浩和臧所长大致听明白了，不怎么服气。臧所长就说："那你们的意思就是不追究这吴北冥弄伤你家瘸子的腿的事咯？直说就是了，扯这么多有的没的干什么呢？"

南先进也一下醒悟过来："对！对！我们的意思就是不追究了，毕竟也只是小伤而已，没有大碍。"末了他又压低声，"两位公安同志，我这是出来出差，帮厂里收账。厂里还等着我拿钱回去呢，所以，这事就到此为止吧，我今儿个就领着我家老汉们回去，成吗？"

人家受害人自己说没事，受的伤目前看来也就那么点事，自然不好扣着他们不放。李文浩也只能点头，说："好吧，那你把你们厂的电话号码留给我，有什么事我打电话到你们厂里，需要你协查的，你到时候也别给我推托。"

南先进说："好嘞。"说完便留下了电话号码，然后由俩老汉搀扶着，朝着医院外面去了。

这么一来二去，就到了中午一点出头。臧所长出去买了几个菜夹馍，和李文浩坐在抢救室外面吃了。馍干，又没水喝，两人抽烟都抽得有点难受。就在这时，医院外面冒出个人影来，手里提着个不锈钢饭桶，冲他俩吆喝："嘿，你们果然还在这儿。"

扭过头去一看，竟然是小钟。他应该是回了趟家，换下了那件有补丁的军大衣，穿了个黄不黄绿不绿的夹袄出来，见到两人，也挺高兴，小跑了过来，举着手里的饭桶："我们招待所里的小米粥，锅炉压的，还热着呢！"

李文浩和臧所长也都笑了，接过饭桶。仨人一起经历了两天的辛劳，也算是共患难的兄弟，再者又喝人家的小米粥，自然要亲近点。李文浩搭着小钟的肩膀说："还是你记着我们两位老哥哥。"

小钟笑道："那是自然。再说了，招待所里出了那事，这两天住的人也少了。熬的这小米粥没人买，老陈头说不行就倒去喂猪。我没答应，就给你们提了过来。这叫……这叫猪口里夺食！"小钟自己觉得这话说得有趣，笑得那对熊猫眼都眯成了一条线。

李文浩和臧所长早见识过了这小钟的破嘴，也没计较。两人抱着饭桶，轮流喝粥。这热粥下肚，全身都暖和起来，舒服得不行。

抢救室的门打开了，一个穿白大褂的老头走出来喊："谁是这个吴北冥的亲属啊？"

李文浩忙站起来："没亲属，他是我们县局送过来的。"

老医生便说："市局送过来的也要交钱。"

李文浩点头："那是自然。这人怎么样了？"

老医生说："人救回来了，否则要你们交抢救费的话，我也不会这么大声不是？"

李文浩喜笑颜开，说："能审了吗？"

老医生说："也得让人家休息一两个小时吧！刚吐了一桶，黄胆水都吐出来了。"说到这里，从他们身后就有护士推着担架车出来了，往旁边一个小病房里送。担架上正是吴北冥，张大嘴在喘气，喘得还挺有劲，说明这货身体确实结实。

臧所长急忙迎了上去，从腰上掏出手铐，将那吴北冥的右手铐到了担架的铁扶手上。

"危险分子！我俩必须进去守着的那种。"臧所长如此说道。

医护人员也没拦着，由着他俩跟着进了小病房。小钟站门口犹豫了一下，也往里跨步。这时，从他身后传来女声，是熊大姐来了。熊大姐说："小钟同志，你就别进去了，回去休息吧。"

小钟说："为啥？"

熊大姐说："你只是个普通群众，办案还是我们公安局的人上才行。"

小钟便没法反驳，端着那个饭桶，瞅瞅里面还有一点剩下的，便问熊大姐："你要不要喝点小米粥，锅炉压出来的，贼香。"

熊大姐笑了，说："难得你心里记挂着大姐，大姐就尝尝。"说完接过那饭桶。

小钟又说："李队长和臧所长喝剩下的，你不喝浪费了。"

熊大姐变了脸色，将饭桶递回给小钟，没吱声，进了小病房，还将门"砰"的一声给关拢了。

小钟缺心眼，不明白这熊大姐为啥说变脸就变脸。他向招待所请了三天假，今天还是不用上班。他也没地方去耍，心里记挂着这吴北冥的事，便自己喝了剩下的小米粥，提着饭桶在病房门口的长椅上坐着，寻思着一会儿李文浩他们出来，又可以说几句话，听听现在是个什么情况。

那长椅正对着医院的大门，进出的人都看得见。小钟便看到一个头发修剪得整齐的男人，哭丧着脸往医院里来，身后还跟着俩大妈，嘴里在絮絮叨叨。进了医院后，俩大妈便指着小钟坐的长椅，要那头发整齐的男人坐过来等，然后她俩便往楼上去了。

头发整齐的男人也听话，坐到了小钟旁边，自顾自叹了口气。小钟便问："你这是得了啥大病吗？莫非要死了？"

那男人没好气答道："你才得了大病要死了呢！"

"没病你怎么这么个表情啊？"小钟又问。

那男人说："这不是由着家里长辈要驱驱晦气，给灌了两碗什么神仙水，喝得拉了一天肚子吗？"

这个喝了神仙水拉肚子的，就是之前躲进平龙山一段日子的苏门县红旗化工厂的马会计。正是因为他一个多月没去上班，耽误了红旗厂给紫江机械厂转钱，才有了南先进来苏门县收账，最后出了被人割一刀的事件。所以这么一来，他才算是这一系列事件的罪魁祸首。枪毙人的那天，他在平龙山里发现了泥雕，引着文物局的人去看，又摔开了泥雕，招来了公安同志研究泥雕里的干尸，发现只是个百年前的死人，便没立案。一干公安走后，马会计和他那文物局的堂哥一合计，觉得也不能任由这么个尸体在平龙山上放着，好歹也是一条活过的人命。马会计就说："要不我们挖个坑直接把干尸埋了。"

堂哥没答应，说县里新开了个火葬场，现在国家大力推行火葬，逐步废除土葬，还给每个单位都下了指标。这捡来的干尸，自然要送到火葬场烧掉，弄不好还可以算文物局送去火化的指标。

马会计一想也有道理，便和堂哥找到自己在山上铺着睡觉的破布，将这干尸裹了，两人轮流扛一截路，往火葬场而去。要知道扛个死人上街，可是会吓到小孩子的。之所以两人敢这么干，因为火葬场偏僻，在苏门县郊外。解放前那地方有个土地庙，旁边还有个不知道什么年月被雷劈了的旧时代驿站。破四旧那会儿，土地庙被砸了，连带着本就黑乎乎残破的驿站也被砸了。之后那地就盖了火葬场，也就是几年前的事。马会计和堂哥扛着干尸，到达火葬场后，指着干尸给人看，说要烧这玩意儿。火葬场的同志就批评了他俩，说逝者为大，不能说"烧"，要说"火化"。更不能说是"这玩意儿"，要说"死者"。

马会计和堂哥便改口说："要火化这个死者。"

在那年代，没人愿意火葬，国家又鼓励火葬，给地方提了要求的。所以，接了个火葬的活儿，火葬场也连忙给安排，大致问了下这个干尸为啥没有死亡证明这些，也没多追究，毕竟一看那颜色就知道已经很多年了。然后火葬场的炉子就给点上了，干尸被放台子上推进了火化炉。过了一会儿，那烟囱冒出青烟，只有儿童长短却又有着成人粗大骨骼的干尸，经历百年后，终于在火化炉里化成了灰。只不过，没人知晓，那百年前，也是在这个位置，下过一场很突然的大雪。大雪后，一个来自甘肃的姓吴的汉子，被人当成具备收魂邪术的妖人，绑上了木架，烧成了焦炭。而百年后，又有这么一具干尸，也在这个位置焚烧起来……

而这个干尸的主人，就是那百年前被当成收魂人烧死的吴姓汉子的胞弟，唤作吴狗。

第十四章

矮人吴狗与侏儒吴矮

1 /

吴狗自己不敢领娃娃下山，更别说延续兄长吴敦的意愿，带娃娃走去北京城。再说了，他于这世上三十几年过活，本也没有独立思考与独自拿主意的能耐，都是听兄长的。他爹给他说过，你俩是一个娘肚里一起出来的，前世里本就是同一个人。

没人会对自己起外心起坏心，所以兄长和自己是同一个心，不用芥蒂。

刚躲进这平龙山那几天，娃娃哭。吴狗也想哭，又不敢哭。毕竟娃娃还没长大，他敞开哭也没啥。可自己是个成人，如果也哭的话，娃娃看到了会更加惶恐，对未来没了念想。所以，吴狗不哭，因为兄长吴敦没了，吴狗必须有主见能拿主意。家里的脊梁骨没了，自己要成为脊梁骨，成为娃娃吴云房的脊梁骨。

只不过，谁又当吴狗的脊梁骨呢？

待到娃娃在那山洞里的火堆旁睡着，吴狗便走出去。他跪在洞口，望向山下白茫茫的世界。那白茫茫的世界里，依稀有一块黑色的地。就算在夜色中，也能辨出那是火焰焚烧后的焦炭，也就是兄长灰飞烟灭的地方。山洞里的娃娃睡着了，看不见吴狗哭，所以吴狗可以敞开哭一会儿，不敢哭出声。

他沉声哭号，只有自己能听见。

日子，也终究是要过的，总不可能由着饿死不是。这平龙山是泥巴山，不像山西境内很多都是石头山，光秃秃的一根草都没有那种。有泥巴，就有树有草。有树就有果，有草就有吃草的兽。吴狗虽然是个残疾，但打小也为了生计，学了一些辨野菜野果抓一些兔儿鼠的本领。开头月份也不挑，抓着虫子也和娃娃往嘴里送。到那年冬天过后，就慢慢能够收拾到一些活着的猎物，虽然都是小的，可够他俩吃。之后还能有结余。这晋省天气干，肉食容易阴干。又结识了一个时常上山的哑巴猎户，猎户能听，但不能说话，说明他不是先天聋哑，后天有悲惨故事。又喜欢比画，说明他如果会说话，必定是个话多的人。他向吴家爷俩比画，学马跑，学马刨蹄子，让人知道了他姓马。又举着手里的弹弓比画打猎，最后指着自己的大嘴演示大口吃肉，让人知道了打猎就是他的营生。吴狗用干肉和这哑巴猎户换点盐巴，日子马虎，居然也过得下去。有时候和哑巴猎户闲聊，说往后咱在这山上死了，就要马猎户给收尸。

马猎户连忙点头，狠狠比画，意思是没问题，一定给收尸。

246

娃娃渐渐大了，越长越像他那冤死的爹爹吴敦。吴狗便很欣慰，觉得自己死后去到地下，见了兄长吴敦也算有个交代。逐渐长大的娃娃便是吴云房，他大了，就想下山，去看那外面的世界。再说吴敦死的时候吴云房也有十岁了，记得事，时不时就说起去北京城看北冥的事。可吴狗不愿意，他天生残疾，眼界就那么大点，觉得在这山上也好，去哪里不是受苦呢？少和人打交道或许还会安全很多。

于是，吴狗每年都给吴云房说："再等等，再等等。等到你有你爹那么高了，我们再下山去北京城也不迟。"

后来，吴云房就说："已经有爹爹那么高了，为什么还不去？"

吴狗又说："等你十八岁吧！"

后来，吴云房就十八了，吴狗不能再一次拖一年，就改成一次拖一个月，说："下月去吧！下月就去！"

拖到了那年年末，天气冷了。吴狗舒了口气，不用一个月一个月拖了，改口说等过了这个冬天就去。这样，就可以一次拖好几个月。

哪知道，他的身体已拖不起了。那年12月，吴狗就病了。

吴狗是个矮人，天生的残疾。只不过他这一生，始终努力挺着，害怕叨扰别人，所以打小开始，病都极少得，没有让身边人受过罪。但凡这种很少生病的人，一生就是大病。至于他在那年冬天生的是什么病，却无人知晓，也没人把脉瞧过。因为打他觉得有点晕想睡觉，到高烧整宿，再到断气，也就一晚的事。又或者，他早就病了，自打他兄长被烧死那天起就已经病了，一直挺着而已，就为带大娃娃吴云房。终于到了这天，娃娃大了，不需要他照顾了，他的病才发作，接着就死掉了。

这样也好，他终于不用再说些假话骗吴云房待在山上不入世了。因为真要入世，吴狗如何担当？他自己残疾，无法肩负的。再说他还会越来越老，身体会越来越差，反倒会成为吴云房这半大小子的负担。这个时候死了，也算解脱了。

吴云房守着叔叔的尸体哭了两天，末了也不伤心了。因为他记得爹爹在世时候说过，这人世的别离，都只是短暂不见罢了。每个人都会死，将这一辈子的苦难画上终结后，地下都会再见。到地下再见时，魂魄相认，彼此没了生老病死，也不用吃饭睡觉，没了知觉。也是因为没了知觉，自然就没了索求，也没了愁事悲事，享天伦之乐就可以了。之所以在那相见之前需得在这人世走一遭，不过是为了在地下有谈资而已。

可已是寒冬，选择这个时候下山，确实也不太妥当。吴云房便想着，叔叔给自己说的开春再走，那就听叔叔最后的话吧！于是，那个冬天，他就继续留在平龙山上。

他也想将叔叔的尸体入土，坑都挖好了，临到要埋的时候，心里就悲凉，觉得叔叔没了后，自己在这世上便再也没有亲人了，又痛哭了一场，抱着雪地里早已僵硬的叔叔的尸体回到山洞。可也总不能任由这尸体放着，就算天寒地冻尸体不至于腐烂，可眼看着这蚊蝇就会寻来，也不是个事。这时，吴云房就想起了自己家是世代泥匠，他小时候也跟着父亲叔叔糊过泥巴，略微懂一点。

这个冬天，吴云房就只做了一件事，和泥糊泥，将叔叔的尸体外涂了厚厚一层泥巴密封了起来。后来又索性将叔叔这泥雕用火烤了。也是这门手艺没有学全，烤了又裂，裂了又补，再烤又有新的裂口，这么来来回回折腾了好多次。到除夕前，这泥雕终于好了，摆在那山洞最里面，还描了眼鼻口耳，都是照着叔叔模样做的。除夕夜里，吴云房坐在火堆前，和泥雕说话。泥雕也不答，都是吴云房自说自话，不知怎么又说到了一家人去北京城的事。吴云房便说："爹爹说那北冥有鱼，咱去到北京城，不就是为了吃鱼吗？可是，这北冥到底有没有鱼，爹爹也不知道不是？或许，北冥压根就没有鱼呢！"

说到这里，吴云房就哭了，想爹爹，也想叔叔。想一家人走出甘肃的那个早上，三个人心里都有着关于鱼的期望，觉得一切都是好的，未来光芒万丈一般。哪曾想到，开篇美好，末了一般都是悲催收尾。

吴云房哭了一气，又拿出石刀，在那石雕下面刻字。他想要刻上"北冥有鱼"这四个字，因为正是这四个字让他们一家三口觉得活着有目标有意义。最终也是因为这四个字，家破人亡，落到现在这个地步。

下笔，却不知道怎么刻成了"北冥无鱼"。一想，就留这四个字吧，毕竟爹爹也只是猜着北冥有鱼。最终，他们都没见到那传说中的北冥，就算北冥这海真的存在，但对于爹爹和叔叔来说，都没有了意义。就算是这北冥海里真的有鱼，对于他们来说，也看不到摸不着更吃不到了。所以对逝去的他们来说，北冥无鱼才对。

刻下这四个字后，吴云房长叹一声。他突然不想下山了，更别说继续去那北京城了。他想阿爹，想阿叔，还想起了爹爹在火焰中被烧得爆裂前的那句话。

是的，就是那姓朱的害了自己家人的性命。

山洞中的篝火边，刚18岁的吴云房一张脸开始通红。仇恨，也在那夜燃到了极致。是谁令自家人亡家破，自然是要人亡家破来赔偿才对。

他冲出了山洞，站到了山顶断崖位置。他能看到那沟子村，以及沟子村里星星点点亮着的光……

几个月后，沟子村里多了个衣衫褴褛的乞丐。他之所以没去北京城，皆因在这村里认出了一个人。认出这个人的这天，他也顺带记挂上了这姓朱的一家人。

2 /

1955年，吴云房已逝多年。吴老爷子留在世间的，他的儿子——当日被师门众人撵出军营的吴空。

也是这年冬天，苏门县汽车站走出三个人。

走在最后的是个年轻的侏儒，他叫吴矮，这年十八岁。吴矮这名字取得敷衍，但吴矮知道，因为自己天生是个残疾，取这种名字才长得大，否则容易早夭。他身旁是他的双胞胎兄长吴正义。兄长高大健壮，梳着小分头，还上过初中，是个会写文章的人，待过了这个冬天，开春他就要去粮食仓库上班，做记录员。

领着他俩大步往前的，是一个五十多岁的精瘦汉子，名叫吴空。吴空打小跟着父亲吴云房练功夫，学的是形意拳。吴矮记得自己小时候，每天早上还瞅着爹在院里打拳，虎虎生风，很是神气。但这些年没有打了，因为吴空年岁渐渐大了，白昼里要扛货，回到家就只想睡觉。

吴矮和哥哥没有娘，娘在生他们时大出血死了。爹爹吴空说，那日里在北京城外还死了很多人，包括你们的爷爷吴云房，也是死在那一天。

所以，吴矮和吴正义是吴空又做爹来又做娘拉扯大的。自打他们记事开始，爹爹吴空每年都会带他们来一趟苏门县，每每也都是冬天，最冷的时候来。早些年爹爹身体还强壮，所以爹爹会推个车，自己和哥哥坐在车上，来回路上要花十天半月。这几年都是坐班车来，早上出发，转两次车，下午能到。而到了后，仨人也不歇息，直接就出苏门县往县郊的平龙山而去。

其实每每过来，也不是有什么大事要办，就是上平龙山给一个泥雕磕头。爹爹吴空不是个话多的人，领着自己和哥哥吴正义把头磕得"啪啪"响，额头都撞得生疼。那泥雕也不高，像个孩童。吴矮和哥哥小时候就嘀咕，说每每拜的，怕是个娃娃菩萨，保着我们娃娃顺利长

251

大那种吧！

这年不同，磕完头，吴空没有要领他俩下山的模样，反倒要他们在附近拾些干柴，堆在洞口生了团火。他们拿出带着的干粮在火堆上烤热吃了，看着天黑了。吴矮就问爹爹吴空："我们今晚是要在这山上过夜吗？"

吴空说："是，并且，今晚要给你们两个娃娃说一段我们家里长辈的事儿。"

这晚，话少的吴空说了平日里要半年才会说的那么多话。他说得平淡无奇，但吴矮和哥哥吴正义却听得莫名悲伤。刚满十八岁的他俩，会时不时扭头去看几眼山洞里的泥雕。到爹爹说完了，吴正义自觉走到洞前，对着洞里的泥雕磕头。平日里的他，将头磕得"啪啪"响，是因为害怕磕得不好，被爹爹吴空揍。这晚上，他磕到额头上青紫渗血，是心底生出对于泥雕里的长辈的敬仰之情，是真情实意。

可他身后的侏儒吴矮，却没有磕头。他坐在火边，心里翻江倒海一般，独自思量。爹爹说完长辈们的故事后，提到了"牺牲"这么个词。而需要用牺牲来成事的人，为什么会是自己呢？他突然觉得自己身旁的爹爹和哥哥，都陌生起来，陌生到他们是人，而自己成了另一种生物，甚至不是生物，只是一个工具一般。于是，他也开始去望那泥雕，期望着目光能穿透泥雕，见着泥雕里和自己一样是个侏儒的祖叔爷。爹爹吴空说，祖叔爷叫吴狗，一辈子没吃过饱饭，过得凄凉，熬得疲累，最终死也死得仓促。可同样是侏儒的吴矮却觉得，如果要选择，他宁愿像那故事里的祖爷爷吴敦一样在火堆上被烧死，死得惨点无所谓，最起码不用熬那么多年，且都是为别人熬。

身旁的篝火在烧着，干柴被烧得"啪啪"作响。吴矮不再看洞里的泥雕与泥雕里的人，他扭头看火。祖爷爷就是被火烧死的，死前或许也如同干柴这般"啪啪"响过。吴矮突然觉得，烧死祖爷爷的火苗，或许在那日里，就已经燃到了祖爷爷的弟弟——侏儒吴狗身上了。只不过，吴狗是一支蜡烛，火苗始终都在，缓缓燃烧，将吴狗的生命缓缓消耗掉。于是乎，吴矮得出一个结论，祖上和自己一样的侏儒吴狗，死得比生得高大的祖爷爷要悲惨很多。

那么，为什么自己要和祖上那同是侏儒的吴狗一样，选择一条如同蜡烛般缓缓燃烧的命运轨迹呢？为什么爹爹吴空在今晚讲完这一切后，最终说出的计划里，自己必须成为那个要作为牺牲品等待着湮灭的人儿呢？

同样坐在篝火前的吴空，并没有去看对着泥雕磕头的健康的儿子吴正义，而是一直盯着侏儒儿子吴矮。他不是个话多的人，该说的说完了，他也不想再说什么虚头巴脑的话语。他知道，一切对吴矮是不公平的，就如很多年前，在这世上有过的一个叫吴狗的矮人，他的命运，也是不公平的。可是，谁让他们吴家人，于这世上有过未泯的怨念，却又没能快意恩仇呢？答允了恩人张夫子的话，总不能违逆吧！

最终，吴空唤那高大健壮的儿子吴正义："过来，给你弟弟跪下。"

吴正义愣了，但他顿了顿，连忙从地上爬起来，跪到了吴矮面前。

吴矮慌了，连忙摆手。可爹爹吴空也站了起来，那目光依旧如炬，令吴矮无法抗拒。

"磕头。"吴空说。

吴正义"啪啪"磕头，磕得额头上鲜血直流。

吴空说："娃娃啊！假若到那天，你哥哥吴正义真有了两个健康的儿子，那么爹爹做主，让那先出来应该做兄长的孩子，去蹚一世恩怨，就算死于非命也都无所谓。后出来做弟弟的孩子，得一世安逸，代你与你祖上那叫吴狗的祖叔爷享这人间温情万种，成吗？"

十八岁的吴矮泪流满面。

四年后，吴正义生下儿子，取名为吴南海。吴南海吃饱饭穿暖衣，上学再到工作，人生平凡平淡没经过坎坷。而外人皆不知晓的是，他还有个兄长，唤作吴北冥。这个吴北冥，自打婴儿开始，就被他那会武术的爷爷吴空领着，离开了北京城。

至于吴正义的弟弟，也就是吴空的第二个儿子——侏儒吴矮，在兄长吴正义做了爹的那一晚，动手杀了一个叫作孟婆的接生婆。然后，在派出所里撞墙自杀。

那蜡烛被点着的位置，如人身体的头颅。然后火苗在蜡烛的头颅上亮着，一点点地往下燃烧，直至将蜡烛完全消耗，就是它的生命尽头到来。撞墙自杀的吴矮的头颅，像一颗被敲碎的西瓜般裂开，纵然点蜡的火苗终于到来，他也无须被点着了。

因为，他的生命，终结在被点亮的瞬间。那光，分外耀眼。

第十五章

马会计的小算盘

1 /

回到 1983 年，马会计和他那文物局的堂哥站在火葬场院里，看那烟囱里的青烟往天空中散去，便都很感慨，觉得这人一辈子啊，其实真没啥意思，留下了一点啥吧，都归了别人。自己肉身最终都变成枯骨化为尘土，抑或如这干尸一般成了一抹烟。你看那烟，在空中尚有形状，却只是须臾。打个屁的工夫，就彻底消散。

这话是文物局的堂哥说的，他们文物局始终跟文化挂着边，所以比别人要感性一点，对于虚无的东西总会有些感悟，可以写成文字寄给杂志社发表。他身边的马会计是搞财务的，相对来说务实一点，这一刻便看着那烟雾，反驳他堂兄："也不止这抹烟，火葬场那同志说了，一会还会剩一坛子灰。"

说完这话，两人就要走，对于那一坛子灰没有什么兴趣。谁知道还没走出火葬场的大门，就被人拦住了，通知他们去领骨灰。马会计说："不用了，你们自己留着吧。"

火葬场的人就乐了："我们留着干吗？自然要给你们亲属带走啊。"

马会计翻白眼："谁和他是亲属了？山上捡的一干尸，给公安局的人，人家也没要。"

火葬场的人很生气："那刚才开火化单的时候，你们签了字，就算是你们的。"

马会计和堂哥没办法，只好跟着去领。那时候也还没兴骨灰盒，就一个瓦坛子，不大。堂哥不愿意碰，说不是他的事，碰了晦气。马会计没法，只好接了，发现这不大的坛子，也沉甸甸的。接着那火葬场的人就说要交费，一块一毛五的火化费。马会计和堂哥生气了，说这钱真要收，你们也得找政府收，是政府鼓励火葬的。

马会计还忙把坛子递出去，说："这骨灰也不要了，你们自己看着办就是了。"

吵了一会儿，惊动了火葬场的领导，过来听了下情况。马会计的堂哥递了支烟给领导，领导就说："这俩小青年是学雷锋，做了好事，应该鼓励。这钱就不要交了，之后我写张条子说明下情况就是了。"

马会计和堂哥很高兴，抱着那骨灰坛子出了火葬场，一路上还沾沾自喜，互相表扬，觉得他们两人没花钱就把这骨灰领了出来，感觉占了便宜。进了县城，这占的便宜就变得有点烫手了，不知道怎么处理。两人又说："早知道就不争了，任由他们收回去自己处理就好了。"

堂哥还说："这是你发现的，我跟着白操劳了一天，骨灰我是决计不会要的。"说完就和马会计分开，临分开时，还说了句他新学的外国话："狗大白！

马会计只好捧着坛子往家里走，进了门，他妈就喜笑颜开，说总算回来了，大好事来着。他姑那天也来了，帮忙做好吃的等马会计，因为之前下山找文物局的人时，有通知家里今儿个回。

他姑也笑着，看马会计手里抱个坛子，便说："看这孩子，在山上待了一个月，还挺会过日子，自己给腌了一坛子菜。"说完要去接，马会计连忙往回收，说："这个可不能随便碰。"可又不好解释，怕吓到两位中年妇女，又说："是朋友寄存在这里的。"

说完便进了里屋，把这坛子摆到了床底下。那床底下还有一个木箱子，箱子里放着一把弹弓和一些猎户用的火石子什么的，都是他们家往上的老人用过的谋生工具。之前也说了，马会计之所以能在山上待这么久，因为祖上是猎户，他或多或少学过一些荒野求生的本领。当然，如果再要往上追溯，到那百年前，他们马家还有个能听不能说的哑巴猎户，在平龙山下下过捕兽夹，捕过野猪，还夹过会妖术的收魂人。当然，这哑巴猎户夹了会妖术的坏人的事，他自己无法给人吹嘘，毕竟如此大事不是用手脚比画就可以说清楚的。也是冥冥中注定，夹了人的事，最终换了他在山上结识了一矮人一娃娃，还给矮人比画，应允了要帮他收尸。哑巴猎户那一辈子没能收，百年后又是机缘巧合，后辈里马会计将矮人的尸体扛下了山，烧成了灰，用坛子装着，抱回了苏门。

家里人兴高采烈一起吃了饭，又聊了会儿天，熄灯睡觉。马会计睡不着，记挂着床底下那坛子骨灰。等到天麻麻亮，又抱着那骨灰坛，拿了柄铁铲出了门。他记得镇外有片坟地，便咬着牙往那里去了。到了坟地，发现好像有人在那里蠹着。马会计用手电一照，那人影又一下不见了。马会计以为自己眼花，朝那人影站立的位置而去，在那里发现一个不大但是有点深的坑，像电影《地雷战》里那些小孩埋地雷的坑。实际上，这坑在之后，也确实会给埋上能炸响的雷，过几小时才会响，还会有人在这儿弄丢自行车，熊大姐也会过来挖出爆炸案的头绪。

　　马会计没想那么多，他瞅着有这么个现成的坑，便过去把骨灰坛子放进了坑里，自己就不用专程挖了，省了力气。接着他用铲子把泥土往里送，送了几铲后，又想白天他姑说得也对，这坛子好腌菜。再说了，留着这坛子在这儿，也不知道之后被谁翻了拿走，里面的骨灰终究还是要随了尘土。

　　于是，他又刨开泥巴，将那骨灰倒在坑里。心里愧疚，给骨灰磕了头说了几句话，莫怪莫怪什么的。然后又铲泥巴，将骨灰埋好，还踩得平整。最后，才拿着那坛子回了家。

　　哪知道第二天，他那多嘴的堂哥，也就是前一天在他家的姑姑的儿子，回家把这事给他妈说了。于是，堂哥他妈——也就是马会计的姑姑，赶早又来了他家。姑姑也是个泼辣角色，风风火火的个性，觉得马会计这娃怕是疯了，将那么晦气的玩意儿拿回自己家，不是给家里招事吗？所以她进门也没多话，径直冲进里屋，从马会计的床底下将那坛子拿了出来。马会计他妈连忙问："这是咋回事啊？"

姑姑说："你问问你自家儿子。"说完就举着那坛子往院子里去，跟举个炸药包似的，"啪"的一声，就把那坛子摔到了院里的青石板上。

坛子碎了一地，里面啥都没有。后一步才进院子的马会计的堂哥就傻眼了，指着地上的碎片说："里……里……里面的骨灰呢？"

姑姑也傻眼了，不是说好的坛子里是死人烧成的灰，咋就空了呢？那自己这摔坛举动，岂不是有点疯癫的嫌疑了。于是，她扭头去看儿子，也就是马会计的堂哥。那堂哥不知道想哪儿去了，一张脸雪白，结结巴巴说："难不成……难不成这骨灰自己回山上去了？"

院里这母子俩一惊一乍，也就吓到了他们自己。跟到院里来的马会计知道事情真相，自然不害怕。身后他的妈妈啥事都不知道，更加不觉得害怕。这一对母子就跟看猴戏一样看着他姑和堂哥这对母子。

马会计就说了："昨晚我已经拿出去埋了。"

姑姑和堂哥这才缓过神来，将事情给马会计他妈说了。他妈便也生气，数落了一番。末了，俩妇女表扬了马会计半夜去处理骨灰的事，眼瞅着院里碎了的瓦坛也觉得可惜。妇女一合计，这马会计之前差点沾上官司，到了末了，又被百年前的尸体给撞上，或许这问题还是出在马会计正好本命年的事上。于是，他妈和他姑就出去给他买红底裤红腰带，顺便还买了片大肥肉，给马会计烧了吃，补充营养。

到下午，他姑一拍脑门，又风风火火出去了，晚饭后才折返回来，

261

从怀里掏出两张黄纸，说是求回来的转运符，要烧了后用纸灰泡水给马会计喝。马会计一瞅那两张黄纸，压根就不是玩法术骗人钱的江湖术士用的那种巴掌大的黄纸，而是擦屁股的黄草纸，黄不黄绿不绿的那种。上面画得也凌乱，惨红惨红，加上又是画在这擦屁股的黄草纸上，眼瞅着就特别恶心。

他妈稍微冷静一点，问他姑："这成吗？怎么看着不专业呀？"

他姑说："你懂啥？大师才有这种拈花的能耐呢，随便拿着什么就把本事附加上去，和那些装神弄鬼的不是一个档次。"

他妈也整理不出什么话术来反驳，只能点了头顺了意。那两张黄草纸都没裁剪过，摊开跟个世界地图似的，快有两平方米吧。只能找个瓷盆来才放得下，再点燃。火苗很快就烧得老高，比其他纸耐烧不少。待烧完了，小半盆子灰，俩妇女用热水冲，倒了半开水瓶的水，才勉强搅开。马会计是上过初中的人，学过科学，不信封建迷信。奈何这次遭遇这事，被他妈和他姑说了无数次"不听老人言，吃亏在眼前"的话，所以这会儿也不敢违背她们的意愿，只好端着脸盆，哭丧着脸来喝。

毕竟是亲儿子，身上掉下来的肉。他妈看他喝得委屈，心里又不忍，问他姑："喝这个能就点菜不？"

他姑瞅着自家小伙受罪，也难受，说："应该可以吧！大师没说不能就菜。"

俩妇女端来咸菜，马会计吃一口咸菜喝一口脸盆里的神水。末了水喝光了，灰还有。又倒了点水晃了晃，再一口喝了个干净。

半夜就开始拉肚子，拉了好几次。他妈想着是神水起了作用，拉掉点污垢。到早晨起来，见马会计拉得眼圈都黑了，便去他姑家问那大神灵不灵。他姑说："灵……"，后面还有话要继续时，就被人打断了，是邻居来了个大兄弟，说："马姐你昨天是不是去刘大神通那里求符了啊？他出事了，弄的符给人喝，把人喝死了，是食物中毒。"

他姑和他妈就慌了，连忙回来，扯着马会计去人民医院。医院给看了下，又问了下情况，说只是马会计一个多月没吃油水，回家吃多了肥肉才拉肚子，没什么大碍。打了针开了药。到下午，他姑和他妈又领着马会计出门剪了头发，修整得清爽点，回医院再打第二针。他妈不放心，拖着他姑上楼还去找医生问话，才有了刚理了发的马会计和楼下长椅上坐着的小钟的会面。所以说这世间事啊，看似没有干系，但千丝万缕始终都会绕到一起来的。

这里正无聊的小钟，便和马会计交谈起来。一说一答，居然在同一个初中待过，不同年级，教过小钟的老师也是马会计的老师。两人就觉得亲密起来，马会计说了自己为什么会拉肚子的事，不过他只是从发现干尸说起，没说自己在山上待了一个多月的事，更没说自己是什么原因才去山上躲。小钟听完后便问："跟你们上山的那个刑警队的队长是不是姓李啊？"

马会计点头，说："好像是姓李。"

小钟又问："矮矮壮壮的？"

马会计说："是。"

小钟便挺胸说："李队长是我大哥，我在这医院待着，也是协助他办事……啊呸，办案来着。"

马会计就笑了，说："怎么可能，你刚才不是说在招待所做服务员吗？怎么又跟着公安的人办案了呢？"

这时，从吴北冥待着的那间病房里走出个人来，正是李文浩。他看到了小钟，便说："嘿，你还在啊！正好，给我们去买盒火柴来，有烟，没火。"

他们的火被南先进他爹给顺走了。

"收到！"小钟大声应道，站起来得意扬扬地看了马会计一眼，"现在信了吧？"

马会计啧啧称赞："嘿，看不出来你小子还真和公安局的同志是一路的。"

这时，马会计的妈和姑姑下楼了，唤马会计去打针。马会计用刚从他堂哥那里学来的外国话和小钟道别。

"狗大白！"见小钟愣了，马会计又补充道："就是再见的意思。"

小钟没太明白，冲马会计笑了一下，说："白个屁。"说完就出去买火柴了。

第十六章

爷爷带大的孩子

1 /

小钟不会说话，但并不代表他就没有心计。出医院去买火柴时，他就琢磨明白了，李文浩说没火，那就是臧所长身上也没火柴才对。所以，他专程买了两盒火柴，给李文浩还有臧所长一人一盒。

回到医院，他去敲病房门，开门的是臧所长。臧所长接过火柴，就要关门，看到小钟一双熊猫眼往病房里瞅，便乐了，说："要瞅什么进来瞅就是了。"说完就要小钟进来。

熊大姐就说："他只是个群众，不合规矩。"

臧所长说："现在也没法审，就当让小钟来确认下是不是这个人。"

屋里的李文浩看着小钟那模样也笑了，仨人这几天一起经历了不少事，变得亲近了。李文浩说："迟几天没这么忙了，我给这小钟办个手续，让他做个特情。他在汽车站对面的招待所上班，那地方人杂事多，也需要放个钉子在那儿才行。"

他说的这特情，指的是侦查人员在工作中用到的非专业侦查人员，利用自己的背景、关系、身份、技能等，提供信息的那种志愿者，相当于港台片里的线人。小钟整不明白"特情"这词的意思，心里就惦记着能够听听这割人大腿的家伙到底是个什么路数，便站那儿点头："只要能帮上忙，别说钉子了，就算是锤子我也没二话。"

熊大姐便也不说话了，由着他们让小钟进了屋。小钟进屋后，也挺自觉，搬条小凳坐到角落里，表示自己不会多话多事。臧所长便拿出烟，给大家一人派一根，又都点上。小钟也点了一根，叼着坐在角落，一瞅熊大姐居然也抽烟，心里就琢磨这女公安对自己板着脸的缘由，或许是因为自己买火柴只买了两盒，没给她买的缘故。实际上熊大姐压根就没往这头想，就是记挂着今天的刑侦过程中，别因为这小钟给整个啥违规行为。

小钟自个儿觉得愧疚，只能努力对熊大姐露出讨好的笑。他平日里也还算个俊俏后生，熊大姐这种年纪的妇女对他都还友善。可今日里脸上挂俩黑眼圈，嘴唇又肿了一块，模样不怎么好看。加上又笑得谄媚，熊大姐眼瞅着就显得分外猥琐。于是，熊大姐别过脸去，不想看他，寻思着就这模样，搁在电影里演个匪兵甲或匪兵乙、丙、丁都不用化妆，做了特情怕也派不上什么用场，白白浪费刑警队一个名额而已。

这时，那躺着的吴北冥就咳嗽了，咳了有四五声，眼睛却还是紧闭着的。李文浩就走上前问话："要不要喝水？"

吴北冥没吱声，装作依旧没有醒来，实际上他紧闭着的眼睑微微在动。屋里三个老刑侦，一看就明白了。所以，李文浩又说："别装了，医生也说了，你身体底子好，吐了后休息下就没事了。"

吴北冥还是紧闭着眼，一动不动。

臧所长说："没事，你装睡也成。事吧，我们都查得挺清楚了，你那叫吴南海的哥哥，这会儿也还在北京的派出所里关着，该交代的他也都交代了，我们现在就是看看你老实不老实。"他这话有点诓人，属于审讯技巧。

谁知道这技巧还真管用，那装睡的吴北冥就说话了，声音挺微弱，喝农药被洗胃后折腾到只剩下半条命这事看来倒不是装的。

他微微睁眼，说："他不是我哥哥，我才是哥哥。"又顿了顿，"不关他事，他啥都不知道。"

接着，他便想抬头，可兴许是力气不够，抬不起来。熊大姐上前，塞了个枕头到他脑后。这吴北冥便眯着眼，打量屋里的人。瞅着都是他在杂山被抓回来时见过的人，没有生人。便又说："报告干部，我想……我想吃点东西。昨晚到现在都没吃过东西，刚又吐了半盆酸水。"

坐在角落里的小钟这会儿正是想要表现的时刻，连忙站起来，说："我去打点粥。"说完便提着那保温桶往外面跑去。到招待所来回需要二三十分钟，小钟便直接去了医院的食堂，买了份粥，很快就折返回来。床上的吴北冥接过保温桶，端着就喝，"咕噜咕噜"喝了个底朝天。他放下桶，气色也好了点，又盯着臧所长手里夹着的烟，说："报告干部，我想来根烟。"

他之所以每句话前面都要加上"报告干部"四个字，这是劳改单位里有专门训练的，那一系列话术里还包括了"是"、"保证完成任务"这些半军事化的问答语句。也是因为有"报告"这么一个词吧，所以臧所长也没有凶他，拿出一支烟给他叼上，又掏出火柴，划燃火柴前臧所长又顿了下，瞪大眼说："还自杀不？"

吴北冥惦记着抽烟，忙应承："不了。"

臧所长给他点上烟。吴北冥狠狠吸了一口，还刻意憋了一下，完全吸收了一般，最后吐出来的烟雾很少。接着，吴北冥又补上一句："就算我还想自杀，也没了农药不是？"

臧所长有点恼，要知道这是人给抢救回来了，如若没抢救回来，这事还麻烦得很。因为吴北冥这家伙现在是属于劳改队的人，户籍都在那边挂着。地方公安领出来出了事，要擦屁股的程序特别复杂，弄不好都还要背处分。于是，臧所长就伸手做出要把烟拿回来的手势，嘴里说："那你的意思是有农药了，你还要再自杀？"

吴北冥居然笑了，二进宫三进宫那种老油条的笑："也不会了，早知道喝了农药要被送到医院插管子进肚子遭罪的话，我打死都不会喝的。"

本来说得好好的不会吱声的小钟又没忍住，插话了："你喝那一点点死不了的，我们乡下都是整瓶整瓶喝的，就算那样，都还有没死成的。"

李文浩和臧所长知道小钟的秉性，没去瞪他。熊大姐不知道，扭头瞪了小钟一眼。小钟便有点慌张，心里想着刚才去打粥的时候应该再买盒火柴给这位大姐才对。想到这里，他又连忙冲熊大姐露出谄媚的微笑。

熊大姐急忙把脸别了回去。

这吴北冥抽了几口烟后，逐渐活泛过来。他探头去看窗，那窗外天空白茫茫的，不晴不雨那种。吴北冥盯着天，尽管他能瞅见的只是透过窗棂上的铁栏杆才能看到的小块天空。接着，他冷不丁蹦出一句："这两天天天都做梦，梦见变成了鸟，自己也觉得自己真的要变成鸟了，看来这梦还真是反的。"

臧所长听着这种文不文武不武的话语就闹心，蹙眉说："你不违法犯罪的话，别说变成鸟了，就是想变成猪，也都随你。"

小钟在角落里笑出了声，又戛然而止，因为怕熊大姐瞪他。

李文浩一直站在旁边没吭声，他在留意吴北冥的一举一动，暗地里制定着一会儿要用的审讯方案。他也看了看天，想着凌晨逮住这家伙时，那天空黑麻麻的，这小子也努力瞅着。被铐了后，也好像一直昂着头……

他想要自由，比一般人更加渴望自由。

这点情有可原，毕竟每一个劳改犯都期待着刑满释放回家。但……但这个叫作吴北冥的汉子的举动，好像有点反常，似乎他对自由的渴望与对自由二字的理解，与一般人不一样。李文浩知道要撬开一个人心中的锁，首先就要找到那把锁的钥匙。目前看来，吴北冥心锁上的

271

钥匙，就是"自由"这两个字，自己只要围绕着"自由"这两个字做文章，就能在之后对他的审讯中，快速将他攻破。

李文浩嘴角微微上扬，成竹在胸。他朝着吴北冥走近两步，目光炯炯，身姿虽矮短但健硕，所以也算挺拔。那张继承了山西这方土地上沸腾过的鲜卑族血统的大脸上，泛着淡淡的油光。他冲吴北冥笑了笑，审讯话术清晰明了，最终开口说道……

"坦白从宽，回家过年！"

简单且直白，可以说是赤裸裸的攻克吴北冥心锁的话术，终于被李文浩说出了口。

吴北冥愣了。半晌，他回过神来，也笑了。

他说："我能问你们一个问题吗？"

臧所长摇头："你小子别以为自己是个病号就搞不清楚自己的人设了。你是犯罪分子，我们是警察。"

吴北冥又说："只需要你们帮我确定一件事，我就将你们要知道的全部倒出来。"

臧所长说："我们想知道的其实基本都查得很清楚了，就看你小子老实不老实了。"他这又是典型的套话，实际上目前知晓的线索还支离破碎。

吴北冥笑："我只是想知道前两天被枪毙的那个叫朱红丽的女人，她们老朱家还有没有人而已。"

这个问话，让房间里的人都出乎意料。臧所长扭头看李文浩，李文浩想了想，说："我们可以帮你查一下。"

他身后的熊大姐开口了："不用去查，她们家没人……"见吴北冥看她，她便又补充道，"朱家在解放前是大地主，可人丁不旺。建国后经历'土改''文革'，他们家也遭了不少罪，人就更少了。朱红丽之所以能进文化宫上班，也是因为之前平反时，觉得她家就剩她一个小姑娘了，所以才给了她一份好工作。她结婚后也没生育，再到她被枪毙，这曾经的大地主朱家，算是真正弃了代断了根。"

"你怎么知道得这么详细呢？"臧所长就问。

李文浩帮熊大姐回答了："那案子她参与侦办。"

"哦。"臧所长点头。

病床上的吴北冥也点头了："和我了解的也都一样。"他再次探头，望了一眼窗外的天空，表情越发放松了，仿佛他已经变成了他所说的那只鸟，开始在天空中自由翱翔了。

"所以说……至此，我算是熬到了这个百年恩仇的尽头。"吴北冥如此说道。

2 /

之下便是吴北冥坦白的一切……

吴北冥打小就没见过父母，甚至到了五岁才开始明白"父母"这两个词的意思。之前他问爷爷吴空自己打哪里来的，爷爷说："你是天上掉下来的。"

娃娃吴北冥就说:"那怎么没有摔死呢?"

爷爷说:"你是有着使命的星宿下凡尘,有金光护体,摔不死的。那天你搁在树上挂着,爷爷我搭了扶梯上去把你给抱下来的。"

吴北冥做小娃娃时,便真以为自己是没摔死挂在树上,被捡回来的。后来大了点,自然就不会信这鬼话了。爷爷前半生是个不喜欢说话的人,抱着这娃娃离开北京城后,不知道怎么越来越喜欢说话了。打开始时,吴北冥还不会说话,与其说吴空是给孙儿说话,不如说是每天给自己说话。到后来,吴北冥大了,吴空要教他识字练术,自然也要说很多话。久而久之,那半生少话的坚持,到晚年就给废了。

爷爷吴空也没有刻意瞒吴北冥,给他说:"你确实不是捡来的,但你是星子倒不是瞎话,有使命才来的。而那使命,是我们吴家纠结了百年的一个结。"

吴北冥也上过学。他们住在河北的一个偏得没有名的地方,学校远,二十几里地。每天早上,爷爷陪吴北冥跑着去学校。到下午,吴北冥出学校,爷爷又在门口等。冬日里天黑得早,吴北冥就寻那暗处里亮着的火星,那是等自己的爷爷在抽旱烟。然后,他会接过爷爷递过来的馍,啃了,爷孙再跑步回去。

到后来,吴北冥高了,爷爷变矮了。并不是因为吴北冥高了后瞅着爷爷矮了的那种,而是吴空越发老了,老了便逐渐萎缩。以往顶天立地的汉子,站那儿跟个铁塔似的,半生与命运纠缠,最终也斗不过

274

时间，倦了驼了，跟着吴北冥去学校的路上终于跟不上了。半大小子吴北冥就扭头冲爷爷笑，说："要不我背你吧？"

爷爷说："不用，你往前就是，我慢慢晃过去。"

然后，吴空看着孙儿往前奔跑的背影，心里酸楚。他开始意识到，分离的日子终要来了。

到那天，吴北冥放学出校门，天并不黑，能看出很远。然后，他就看见对面小山坡下的一棵树旁，软绵绵地靠着一个人。

是他的爷爷吴空，但那日里，爷爷的头却是歪着的。吴北冥以为他睡着了，过去唤他。

吴空没应，睡得很沉。

吴北冥又去晃他。

吴空朝着一边倒去。

那天，吴北冥刚刚十三岁零十天。

爷爷没有要他背过，那天晚上他背着爷爷往回走时，发现爷爷的身体很轻，而且变得越来越轻，或许是灵魂正在飘走，带走了重量吧！吴北冥知道自己是有家的，家在北京城里，门牌号什么的他都知道。他还知道他有个弟弟，叫吴南海，和自己一样大。不过，爷爷说自己是不能回去的，因为他与弟弟是双胞胎，打前世里是同一个人，搁在天上是同一颗星子，后来下凡尘时才分开罢了。爷爷说，要容那弟弟吴南海享一世福分，反正弟弟享了福就是吴北冥享了福，本就是同一个人啊！

而自己……

自己要代吴家一干人儿，蹚一世恩怨。

是的，吴北冥自打落地开始，就是要去行杀戮事的煞星，目标是苏门县里那户姓朱的人家。自打他学会走路时起，就开始学着用十根手指将自己身体撑起。他家小房子后面的树林里，每一棵树上都有他抓挠的印记。吴空所学颇多，但教给吴北冥的，却不是形意门的本事，招招式式皆是可以夺人性命的鹰爪门的功夫。只为他在之后要行的事，能干净利落。

按理说，这么一个打小就培养成的煞星，直接送去苏门县就可以了。但终究是自家的孩子，吴空看着他牙牙学语，看着他蹒跚学步，看着他一天天长大，眉目间渐渐有了祖爷爷吴云房的影子，有了自己的影子，有了他爹爹吴正义的影子。那北京城里，和他一模一样的吴南海尚无忧无虑，几百里外的吴北冥，同是个孩子却要承载一世仇恨。

吴空也不忍，所以才要吴北冥去上学识字，长大后走出这大山，去尘世看那番天地。吴空说，恩怨始终有个尽头，所以北冥啊，你的人生并不会在那恩怨的完结之日就抵达尽头。所以到那天啊，你也要小心翼翼，谨小慎微，争取全身而退。待事办成了，全身而退之后，恩怨了了，你便能变成飞鸟，那外面的世界啊，任你翱翔。

吴空在吴北冥的背上说着这些话，声音却越来越小。十三岁的吴北冥听着听着，心里很难受。到后来，爷爷的声音变得更小了，听不清了。吴北冥努力去听，发现再怎么努力也无法听清。那个时候，吴

276

北冥就哭了，"嗷嗷"地哭。

他于这世上，不止吴空这一个亲人。他还有爹，还有弟弟，或者还有其他亲人。但他不能回到他们身旁。爷爷走了，这天地之间，只剩吴北冥孑然一人。

这时，就下雪了，家还没到。

夜已经深了，吴北冥却能看出很远。令他得以夜视的光并非来自苍穹，而是苍穹中飞舞的雪花。雪花弥漫人间，弥漫于这个对他而言没有烟火的人间。接着，他的眼泪又将眼前的世界变得模糊一片，看不真切。未来扑朔，前程迷离。背上爷爷身体的微温在逐渐消散，是属于他那一生的峥嵘散了，灵魂被雪花带走，去向未知，留下 13 岁的少年，要去蹚一世恩仇……

那天之后，吴北冥没再去学校。他按照爷爷的遗愿，将尸体与房子点燃。他用一块油纸包着爷爷变成的灰，带着两套他觉得还算体面的衣服离开了那个山村。他去了北京城，将爷爷埋在那个叫十八尺乡的地方。在那里，他还看见了祖爷爷吴云房的墓碑，也磕了头。

然后，他去了柳红巷，见过他爹吴正义。吴正义不许他见弟弟，他便躲在街角看。他看到了自己，看到了和自己一模一样的自己。那个自己便是他的弟弟吴南海。吴南海穿着干净的衣裤，背着军色的书包，挂着大鼻涕，行走在去往学校的路上。

吴北冥悄悄跟着。

吴南海走得慢，脚力和吴北冥压根没法比。从柳红巷到学校最多 5

里地，他却走了快半个小时。

最终，吴北冥笑了。因为他知道眼前的这个自己是吴南海，知道吴南海和吴北冥是同一天来到这个世界的。爷爷说过，在天上的时候，他俩是同一颗星子，临出世前才分开的。爷爷说："你们俩本就是同一个人，只不过，做弟弟的吴南海，挨过了几世艰难，生命每每都在为你燃烧。"

吴北冥突然豁达了。他转身，朝着北京城外走去。他一路跋涉，到了山西。他在苏门县附近几个县镇入世做工，收获爷爷要他掌握的人间阅历。他也会时不时去往苏门县，打听他要屠戮的人家，却只看到一个和自己一般大的羸弱姑娘。

姑娘长得很好看，家人却都不在，或许是因为那几年混乱的时局所致。姑娘住在一间小小的房子里，自己淘米做饭。吴北冥躲在窗边看，看姑娘把米煮熟了，很高兴的模样。她捧着饭碗，从柜子里找出一个小碟，里面是浅浅的一抹黑色液体，应该是酱油。姑娘往米饭里面倒了一丁点酱油，小心翼翼，害怕倒多了，接着将米饭搅拌许久，再美滋滋地吃起来。

吃着吃着，姑娘就哭了。她的眼泪溢出眼眶，滑过脸颊，流往嘴角，混到沾了酱油后有着淡淡咸味的米饭上……

吴北冥转身狂奔，逃离了苏门县。爷爷说过不能杀孩子，祖上动过人家孩子始终愧疚。爷爷要他行事之前不能在苏门县做太多逗留，免得留下踪迹被人觅到。实际上，那一刻令他逃离的脚步变得匆忙的主要原因，却是他看到的那个叫作朱红丽的姑娘，令他心生怜悯。

之后几年，他依旧会时不时来到这里，每次都匆匆离开。小小的朱红丽，也每每能在自家门口，发现可怜自己的好心人留下的米面，只不过那人从未露面而已。这个小小县城，住满了平凡的人们。有人在此厢生了，在此厢成年，在此厢老去，在此厢死亡，蹉跎一世，往往带有说不清道不明的恩怨情仇。无人知晓的是，来自百年前的一场纠葛，又将一个叫作吴北冥的少年与一个叫作朱红丽的少女牵扯在一起。只不过，吴北冥知晓这场恩怨的缘由，朱红丽却连吴北冥是谁都不知道。他们有着各自完全不同的人生轨迹，本无法交汇，奈何命运使然，冥冥中又有关联。

姑娘在慢慢长大，亭亭玉立了。吴北冥也终于长成了一个高大俊朗的后生，情窦初开。让吴北冥觉得惶恐的是，晓得了男女情爱的他，发现自己心心念着的人儿，居然是……居然是这个叫作朱红丽的姑娘。

吴北冥就告诉自己，那就等等吧！反正这恩仇终要了却，早晚的事，由着她多活些日子也无所谓了。可谁曾想到，那天吴北冥发现朱红丽身边有了个瘦高的后生，他们在那小房子里一起煮熟那锅米饭，盛着一起吃。他们望向彼此的眼神里有着热爱，有着炽烈。吴北冥惶恐了……姑娘人生中应该只有 个和她至关重要的男人，那个男人应该就是自己才对。因为自己会终结她的人生，将两个家族纠缠了百年的恩怨告一段落。

他开始气愤起来，明白那个时间终于到来，不能再等了。总不可能由着他们开枝散叶，哪怕生下的孩子不姓朱。

终于决定动手的那一刻，他又犹豫了。最终，他自制的雷管并没有炸向朱红丽，甚至也没有想炸死任何人。可那轰鸣声响起后，误伤的竟然是朱红丽的丈夫。

他看到，朱红丽抱着那男人的身子"哇哇"地哭。那个夏日的下午，河滩上没人。朱红丽要扛受伤的男人去医院，可扛不动。

吴北冥上前了，那也是他和朱红丽唯一的一次对面。朱红丽并不知道这个高大的男子是谁，但吴北冥知道自己是谁，也明白那一刻自己应该做什么。可他做不到。他背着朱红丽的丈夫朝医院飞奔而去，身后跟着的是哭成泪人的朱红丽。

朱红丽的丈夫失血过多没有抢救过来，后续赶到的警察将自称炸鱼的吴北冥拘捕。两个多月后，吴北冥被判处有期徒刑七年，这算误伤里判得很重的，毕竟出了人命。然后，他被送去了杂山劳改农场服刑。

在以往，吴北冥从未在同一个地方停留太久，因为爷爷告诉他，有大事要办的人不能被情感牵绊，想要了无牵绊，就不能与人长久相处。可是到了杂山后，他想要停留抑或离开，都不是他能够做主的。他开始有了朋友，尽管对方也都是些犯了罪的狱友。纵是罪大恶极之人，骨子里始终也只是平常人，都会想要和人说话想要与人互相帮衬扶持。也是因为有了朋友，吴北冥开始慢慢豁达起来，渐渐明白有些东西是可以变淡，也可以化解的。甚至，他有了将吴家这百年的恨意彻底终结的另一个主意。

他想等到出狱后，再到朱红丽身边。他天真地以为，自己只要将这百年里吴家与朱家的故事说给朱红丽听，朱红丽便会和他一样，觉得宿命多么神奇。吴北冥想，如若真能走进朱红丽的世界，那么，他们的孩子就会姓吴，也算是另一种方法令恩怨完结吧。

五年里，吴北冥表现良好，减刑了两次，再过几个月，他就能刑满释放了。1983年12月的这天，他还申请到了几天假，这让他兴奋无比。假条上请假原因写着"探亲"两个字，可吴北冥却没想去北京，因为尽管北京城里有他的父亲和弟弟，但彼此人生本就平行，不应该交汇。

最终，他选择去了苏门县。他用自己在农场劳动几年积攒的那点工资，买了一套体面的衣裤。因为要刑满释放了，所以劳改队特许他留了分头，被他左八右二梳得齐整。吴北冥笑了，对着镜子里的自己笑得眼睛眯成一条缝。

他怀揣着廉价的芝麻牌香烟，登上开往苏门县的班车。出车站时已经傍晚了，他跟随着人流走出车站，发现车站广场的公告栏前站着很多人。

吴北冥上前，发现上面贴着第二天公审大会上即将被执行死刑的犯人的布告，那排在第一的人，居然是朱红丽。

他懵了，向旁边的人打听。有好事的人告诉他，就是县文化宫的朱红丽，五年前死了丈夫的朱红丽。

他朝朱红丽家跑去，发现房门紧锁。他撬开窗户进去，发现里面已经布满灰尘，有些日子没人住了。吴北冥将灯绳拉开，发现屋里布满了花花绿绿的斑驳。吴北冥去看那灯，发现灯上蒙了一层玻璃纸，斑驳的彩色光影，就是从那层玻璃纸上透出来的。

吴北冥慌了，坐在这房子的角落里。他不知道这玻璃纸透出来的斑驳光影下，朱红丽曾经组织过小型舞会，一群年轻人在这儿大声说笑，学着跳交谊舞。也是在这玻璃纸下，有年轻人斗殴，最终酿成一场惨剧……

第二天早上，吴北冥站到了河滩的前排，看枪毙人。他看到，那个曾经和自己一般年纪的女孩再次出现，美好却已经不在。而当日里的那个少年，也终于被岁月蹂躏，满脸沧桑。

枪声响了……恩怨从此一笔勾销。

那尘终究要归尘，那土也终究要归土。属于人间的美好终究只属于人间，任何人都不可能永远独享；属于过往的恩怨也终究只是属于过往，说一声散，须臾间即潜入海门，卷起沙堆似雪堆……世间种种，都有结局，无须谁去刻意给它画上句号。

自然，也不再需要吴北冥，为百年前的那场纷扰，徒增一世无奈。

也还是想做些什么吧，慰藉在天上看着自己的爷爷。所幸不用杀人，要做的事似乎也变得简单了，尽管心情无比沉重。吴北冥又去埋着朱家人的那片坟场看了看，五年前没用完的雷管就埋在那附近。吴北冥决定再待一晚，等夜深时用炸药掀翻这里，让朱家下面的人知道吴家人未曾忘却。他蜷缩在坟场附近等待，可脑子里始终都是朱红丽最后扑倒在河滩前的模样。他兜里还有些钱，至此似乎也没啥用处了。最终，他决定找个招待所好好睡一晚，到凌晨再来。

接着，在招待所就上演了之前的一幕。招待所服务员小钟给他办了入住手续，开房的介绍信是前两年他爹寄到农场，为方便他以后使用，上面的名字是弟弟吴南海。然后，阴差阳错，又遇到了自称是明朝蓝玉后人改为南姓的瘸子，只不过吴北冥没见瘸子南先进下床，不知道他本就是个瘸子。瘸子南先进害怕吴北冥抢他钱，便扯着吴北冥说话，吴北冥开始不想搭理，后来应了几句，居然听瘸子说祖上有个叫南彪的苏门人，正是爷爷给自己说道过的故事中的帮凶。

爷爷说，那个帮凶对祖爷爷说如若害了你们，后辈瘸腿。

吴北冥割了南先进大腿一刀，割得不重，毕竟应允爷爷做的事情里，并没有这南家人多大事。遇上了，也算是为这一世宿命做了点什么。

吴北冥离开了招待所。他没地方去，又去了朱红丽的那间小房子。他再次从窗户翻进去，拉亮了灯，让斑驳的彩色光影笼罩整个房间。房子里除了这盏灯，空无一物，不知道被谁搬走了一切。所以他坐下，坐到地上，坐在墙角，这里，是朱红丽以前摆放床的位置。接着，他双手抱膝，独自缅怀曾经在这间房子里住过的女人。

他并不害怕有人发现这厢有亮光而发现他，因为这只是间无主人的房子，吴北冥又是个没有家的流浪汉。就算人们发现没有家的流浪

283

汉在没有主人的空荡荡的家里过夜，只会训斥一顿罢了。就在这时，他发现旁边的墙壁上刻了四行字，字刻得歪歪扭扭。

应该是曾经住在这里的人留下的，很可能就是朱红丽刻的。他来回看了几遍这四行字，觉得这四行字，好似专门写给自己看的。

突然间，他脑子里通透了。按理说，恨完结了，自己应该轻松下来，可心情为何依旧沉重呢？那么，之所以沉重的缘由，是因为还有爱在。可是，爱也没了，因为爱人不在了。

他笑了，扭头去看窗，以及窗外并未被斑驳的彩色光影染指的黑夜天空。

凌晨，他在空荡荡的苏门县城的马路上奔跑，去往县郊的坟场。他挖了个洞，要放雷管，让最后的轰鸣声终结自己的宿命。突如其来的陌生人令他连忙离开，躲在暗处，看那人埋东西，埋完后，那陌生人又将之挖出来拿走瓦罐重新埋下。

那人走后，吴北冥觉得祸不应伤及他人，便挖开那人埋的坑，发现里面是一堆灰。吴北冥想，需要埋到这乱坟堆的灰，或许就是人的骨灰吧。于是，他用衣服将这堆灰全部包好，唯恐漏掉，然后移到远处一个清净位置重新埋好。末了，吴北冥对着埋好的骨灰磕了几个头，说："莫怪莫怪，望你在阴间顺利，早日投胎。"

他并不知道自己埋下的是谁，但那几个头磕得倒是实诚，埋下的人，也受得起他磕的头，因为生前为人时，骨灰主人姓吴名狗，是个遭了磨难的矮人。而这个凌晨急急忙忙来到这里埋下骨灰的人，就是前面讲的马会计。

吴北冥引爆了雷管，将朱家先人从泥土中掀翻到晨曦之下。有人闻声来看，他沾沾自喜。待来的人多了，议论着的话语，都说这朱家人兴许是前世造孽，最后落个这种下场。吴北冥听着过瘾，便多待了一会儿，站那里抽烟，是芝麻牌香烟。

待听得差不多了，他寻思着也该回杂山劳改农场了，便瞅见有个好事的大姐放下自行车去看热闹了。吴北冥心情开朗，将手里烟头往电线杆旁一扔，蹬着那辆自行车就向苏门县外去了。

出苏门界，吴北冥遇到一辆坐着三个人的边三轮摩托车。也是因为心情好，他没多想，蹬着车过去想要借点力，可才说了一两句话，就看到那和自己说话的人棉衣里的警服。

吴北冥一下就冷静下来，意识到此刻的自己始终是个服刑人员，又伤了人，尽管伤得不狠。他连忙换了条路线，踩着车一路狂奔，最后到了就近的镇上，再将自行车停到镇上的派出所院里，搭车往太原而去。在太原城找邮局发了封电报到北京，给他那平凡一世的弟弟吴南海。末了，回到汽车站找了条长凳睡了一觉，半夜再往杂山去了。

承载了多年的重负，终于卸载了，这一路上，他始终在望天，对于未来有了诸多期盼。他觉得自己即将化为飞鸟，在天空翱翔，直到被小钟呼喝，再次被按倒在地。

他以为苏门县被自己割了一刀的南先进失血过多死了，否则不会有苏门县的公安来杂山逮自己。而且还来了卡车，正是枪毙人押死刑犯的那种大卡车。所以，他才咬开衣领里的鱼泡，鱼泡里是他在农场里偷偷装的农药。

其实，在苏门县人民医院洗胃后，被医护人员从手术室推出来送往病房时，吴北冥是清醒着的，装昏迷罢了。他将眼睛偷偷睁开一条缝，看那两名抓自己的公安都还在。也是在那抢救室里洗胃的时候，他还听医生护士闲聊说起前天也是被公安送过来的叫作南先进的伤者，正要办理出院手续。

那南先进并没有死，看那模样还挺活泛。

他不再惶恐了，闭上了眼睛，任由医护人员摆布……

吴北冥将一切说完，长舒了一口气。房间里的另外几人听了，各有所想。小钟想的是这吴家的事，跟章回小说一般，真要变成铅字应该有很多人看。臧所长耿直，捏着拳头准备震慑吴北冥，骂他不老实，一定隐瞒了惊天阴谋。至于熊大姐，始终是女性，虽然从警，骨子里对于男女情爱之事依旧会感动，眼前的吴北冥一下变得没那么可恶了。

李文浩想的就比较多了。首先，他意识到如果吴北冥所说的都是实话，那大伙费这么大力气将他逮起来，意义就不大，就好比出动了武警部队去抓个偷鸡贼一般。目前看来，他从劳改队请假出来犯的最大的事就是割了太原城来的瘸子南先进大腿一刀，可南先进自己都不追究了，还帮吴北冥说好话。当然，这吴北冥作为一个违法犯罪分子也没闲着，还在苏门县用炸药炸了人家的祖坟，没人受伤，没财产损

286

失，只能说这人缺德，不好追究刑事责任。还有偷自行车那档子事，刚吴北冥也说了，停在了旁边镇派出所的院里。于是，这一桩令他和臧所长斗志昂扬的大案，不过是个小案罢了。

另一方面，李文浩又想，这吴北冥说的故事里，究竟有几分真几分假？刑侦不是完成作业就了事的一个职业，也要考虑犯罪动机，研究犯罪心理。李文浩看书看得多，国外那些案例里抽丝剥茧能参透犯罪人骨子里细枝末节的侦探故事，总让他心潮澎湃。可此时此刻，所谓的动机，是百年前他们吴家与朱家的一场恩怨，那恩怨里还扯上了一个姓南的家伙。具体那段恩怨是什么个缘由，吴北冥也不是很清楚，兴许是他爷爷想等他成年了再详细说给他听，却没熬到他满十八岁自个儿就死了。那么，该案的犯罪动机，就是仇恨，人与人之间的仇恨，居然还能一代一代传下来，非要杀人家全家才解恨那种……再往后想，就有点狗血了，传了几代的恩怨，要消融于一个"爱"字。他吴北冥稀里糊涂爱上了朱家最后的女娃朱红丽，仇恨竟然就这样给化解掉了。到最后，机缘巧合，这爱啊恨啊，又都一笔勾销，因为朱红丽死了。

正想到这里，没料到那小钟胡思乱想，也想到了这点上，站在墙角叹气说："这世间事，还是绕不开一个爱与恨啊！"

熊大姐便又白他一眼，骂道："你小小年纪，懂什么爱与恨啊！"

他们的对话，令臧所长醒悟了过来，觉得该轮到自己震慑吴北冥了，便瞪眼道："编得挺好，真实情况可能不是这样吧！"

吴北冥笑，说："报告干部，要交代的还真交代完了。"

尾声

1 /

百年前，那山神庙里的张夫子，望着跪在自己面前的十九岁的吴云房，越发喜爱。要知道那年间的武师，看重侠义二字，并没有觉得快意恩仇有什么不对，或许也是华夏千百年的文化所致。《水浒传》里武松杀潘金莲，杀王婆、西门庆、张都监和蒋门神，都是因为有仇，可那张都监全家老小包括丫鬟马夫十余人，终究是无辜送命。就算那玉兰指路害过他，也罪不至死。可这段故事却成了佳话，更是武师们认为的快意恩仇故事中的典范。

张夫子是想帮这吴云房了却父辈恩怨的，可那年的他也已年过花甲，能明白面前这娃娃的父亲吴敦当日的苦心，无非是要自己的后辈不再受苦，得以有个不愁温饱的安身之所。那么，不孝有三，无后为大。甚于诛杀仇人的事，应是圆了吴敦的愿望，令眼前这娃娃在北京城里开枝散叶才对。

张夫子思量再三，最后对吴云房道："行大事者，不争朝夕。你吴家剩你一名男丁，断不能为了复仇，枉自丢了性命，令你父亲夙愿成空。依老夫看来，你还是得留下后代。"

跪在地上的吴云房说："可是，我家邪乎，总是孪生，且总是只有一个健康，另一个要不就是死在胎中，要不就是天生矮人。母亲更是会难产死去，没有再怀上吴家后代的机会。"

张夫子便说："如若世世代代皆如此，那就是你吴家宿命中只有独苗延续。云房娃娃，如你这般身世，也正是那天煞孤星的宿命。人，不能违天意，给你们独苗往下走，安心走就是了。兴许一代两代后，这宿命终于化解，到那日，也就是你们的复仇时刻到来。"

吴云房隐约明白了，点头道："老先生的意思是要我有了后代后再回这苏门复仇？"

张夫子摇头："你愿意你的儿子和你一般，是没有父亲的吗？"

吴云房沉默半晌，答道："不愿。"

张夫子又说："那就是了，云房娃娃，就算有了后代，也需得过好余生，否则你父吴敦九泉下如何瞑目？只不过，如若你的后代终于有了两个健康的男娃，那么，一个就代你行这复仇之事，另一个圆你父亲吴敦的愿望，在北京城里安生过活。这，就是作为这一辈的你——吴家最后一人，真正应该要做的。"

吴云房再次沉默，想了许久，又扭头去看那山神庙的后门，记忆中父亲躲在那里望着自己与叔叔吴狗离开时的画面依旧清晰，眼神中对自己的疼爱依旧泛滥。爹爹一度努力，想要的无非是自己能够拥有不再挨饿的人生。吴云房长舒一口气，扭头又望那山神庙外的平龙山，叔叔吴狗在那厢将自己养大，一世受苦却始终乐观，所以为何？无非是想要自己得以苟活。

吴云房眼眶湿润，热泪流下。最终，他再次对着张夫子磕头道："谢老先生抬爱，吴云房定要好好活下去，为吴家一脉延续香火。"

张夫子笑了："那从今日开始，就改口叫师父了。"

吴云房点头，重新站起，将身上破烂的衣裤捋了捋，然后再次跪下："师父在上，请受徒儿一拜。"

至此，一代武师吴云房，拉开了他作为侠者的传奇人生，之后更被江湖中人尊称为"龙吟九天"。他一生爱憎分明，行侠仗义，最终殁于北京城沦陷那一日。留下子嗣，名为吴空，就是吴北冥的爷爷。吴空有两个儿子，小的叫吴矮，也是天生侏儒，死于吴北冥和吴南海临世那一晚。吴空的另一个儿子，也就是北冥与南海的父亲吴正义，死于吴北冥因为误伤致人死亡后的第三年，所以未能知晓朱家人断子绝孙的事。当然，如若那一抹魂魄真有知觉，吴南海去那坟前磕头说道时，这吴家一干人等，或许都该含笑九泉。

2 /

李文浩走出张局办公室，长舒了一口气。张局说得也对，并不是每一个小案背后都有着连环案，一环扣着一环，世间事说复杂吧，捋开来其实也简单。

他下楼，去院里骑自己的自行车。可一摸裤兜，发现臧所长那辆边三轮的钥匙还在自己兜里。臧所长家距人民医院近，与后续过去看守吴北冥的同志交班后，便直接回家去了，所以边三轮还在公安局院里放着。

李文浩笑了，跨上车站派出所的边三轮。也是因为骑了两天，有了经验，只踩了两脚就将边三轮发动起来，出了大院，朝着家的方向驶去。到了家门口，还没下车，就撞见做个体户的邻居张富贵，正在门口洗脸。

张富贵瞅见骑着摩托车威风凛凛的李文浩，啧啧称赞，还问："听说你这两天去了趟北京城？"

李文浩点头笑道："是啊！"

张富贵又问："那去了天安门没？"

李文浩说："自然是去了的。"

张富贵面带羡慕，扭头看了一眼身后，然后压低声音道："其实啊，我媳妇给你们吹嘘说我每次都是去北京进货，那是牛皮话。北京那么远，来回一趟要花不少钱，货也没太原城的好。所以，我每次都是在太原城里进货，拉回来说是北京城的货而已。"

李文浩说："这次出差，那太原城我也去了。"

张富贵愣了下，然后问："难不成你和我一样，没去北京而是去了

294

太原，只不过为了在媳妇面前显摆，故意说是去北京了吗？"

搁平日里，李文浩自然会愤愤然反驳。可经历了这两天诸多事情后，人变得豁达了不少。于是，他笑了笑，对张富贵说："你说呢？"

说完这话，他便不再理睬张富贵了，停好车，往自家去了。

另一头再说下熊大姐。她是和李文浩一起回到局里的，在医院时候肚子就有点疼，不是吃坏东西的那种疼，而是月事要来的缘故。回到局里便急急忙忙进了办公室，趴在桌子上假装睡觉，不想让刑警队那一干大老爷们看出自己作为女子柔弱的一面。熬了大半个小时，后背都湿了，便不疼了，从柜子里拿出贴身衣服，进厕所换了出来，站窗户边透透气。也是往那窗户边一站，发现传达室里有个人影眼熟，正是前日里丢了自行车的那名叫作刘莲的妇女，居然又来了局里等消息。

熊大姐便下楼，往传达室走去。那刘莲眼尖，看到了熊大姐，连忙探出头来，冲熊大姐吆喝："听说你昨天为了我这单车丢了的事去了太原？"

熊大姐没好气道："不是因为你这案子才去的。"可一想想这话说得不对，到案的吴北冥正是偷她自行车的人，又改口道："嗨，也算是吧！"

妇女刘莲受宠若惊一般，说："辛苦你们了，王大爷说你们还是开着大卡车过去的，真的不容易啊。"

熊大姐便进了传达室，翻出旁边镇上派出所的电话打了过去，要对方的人看看院里是不是有一辆车把上缠着白色纱线没锁的自行车。

对方很快回复说确实有一辆，脏兮兮的都是泥。熊大姐挂线后就告诉刘莲，要她自个儿去隔壁镇上的派出所院里领自行车就可以了。

刘莲有点生气："你们专程开着大卡车去太原给我找车，找到了又不直接用大卡车拉回来，还要我自己过去领，哪有你们这样做事的？"

熊大姐冲她耸肩笑道："那总比没有找回要好吧？"

刘莲一想也是，便也勉强笑了："也成吧，不枉我来你们公安局大院守了两天，督促你们破案。"

臧所长是和小钟一起离开医院的，他俩同路，都是往车站派出所方向。到了派出所，臧所长和小钟告别，还约了彼此没事要时常互相串门唠嗑。小钟对臧所长说了句"狗大白"，然后回招待所。临到门口，他想起自己今天还是休假，休假的时间回招待所待着有点亏，便探头看那招待所里的时钟，快五点了，便想去县麻纺厂玩。

从招待所到县麻纺厂要走四十分钟，麻纺厂下班是五点半，所以小钟要赶在麻纺厂下班前到那儿，需要加快步子。于是，小钟一溜小跑，到麻纺厂门口居然才五点二十五。旁边有个烟摊，小钟去买了一盒火柴，寻思着下次再碰见熊大姐拿给她。

揣着火柴，小钟将衣裤捋了捋，靠着一棵树等。到五点半，麻纺厂里下班的铃声响了，麻纺厂的女工开始陆陆续续往外走。等了有十几分钟吧，小钟终于看见了张文丽。张文丽是经人介绍认识的小钟，两人还没确定关系，但互相间挺有好感那种。小钟便喊张文丽，张文丽看到小钟，扑哧一声笑了，快步走上来说："小钟，你这是咋了，怎么俩熊猫眼还带个厚嘴唇啊？"

小钟说："这两天协助公安局的同志干了点大事，去了趟北京，也去了太原，抓回一个坏人。"又顿了顿，说，"具体细节就不给你说了，有……有纪律。"后面这话他压低了声，弄得挺神秘的。

张文丽说："我咋看不出你还有这能耐呢？"

小钟说："那是因为你和我还不熟，等熟悉后，你会发现我能耐多了去，只是不喜欢显摆而已。"

张文丽笑着说："得！我也和你一样不平凡，也不喜欢显摆罢了。"

小钟便打趣道："你这名字就注定了你就一普通群众。"

"普通群众"这词是他这两天现学的，人家拿来说他的，他用来套到张文丽身上。

张文丽说："哪里普通了，这么好的名字。"

小钟便朝着麻纺厂大门喊了一声："小丽！"

正在往外走的女工中间，瞬间有七八个扭过头来应，可又见不认识这喊的人，便都不再搭理他。

小钟说："你看，够普通了吧！一喊好多人都叫这名。"

张文丽说："那是因为你喊的是小丽，你如果喊我全名，肯定没人应。"

小钟说："那倒是，张文丽是唯一的！"

张文丽脸就红了，低头道："就你会说，嘴抹了蜜。"

小钟笑着点头道："嗯，公安局的那两个同志也都觉得我会说话。"

聊了几句，小钟兴头还足，便要请张文丽去吃面。张文丽好吃辣，小钟逞能，也学她放了不少辣椒油，吃得一头汗。因为李文浩和臧所长早就叮嘱小钟，这两天的事是重大案情，不能随便给人说。所以小钟辣得肿着的嘴巴生疼，也努力憋住了，没对张文丽吹嘘自己去北京和太原的细枝末节。

到吃完面，天也黑了，小钟便要送张文丽回家。两人边走边说话，都挺开心。经过一处孤零零的小平房时，张文丽突然说："前天被枪毙的那个朱红丽就住这里。"

小钟愣了一下，这几日如同穿越般介入的吴北冥案中关联的人和事，都让人觉得遥远，并不像自己世界中真实发生过的。到此刻张文丽说这话，他才意识到，居然如此贴近。

他又想起之前吴北冥说过，在朱红丽家墙壁上看到几行字，然后突然间醒悟。至于吴北冥当时看到的是些什么字，李文浩他们仨公安没问，应该是他们压根就没兴趣知道。

小钟便要张文丽领自己去了朱红丽所住的那间小平房，站在外面看了一会儿，很快就发现了吴北冥所说的那个窗户。小钟对张文丽说："哥带你探个险吧！"

张文丽问："啥险？"

小钟推开那扇窗，短腿蹦跶了几下，翻了进去。张文丽犹豫了一下，也跟着翻了进去。小钟没吴北冥胆大，不敢开灯，身上正好还有一盒买来要给熊大姐的火柴，便划亮了火柴，在那屋里找吴北冥说的那四行字。

屋里空荡荡的，啥都没有，光秃秃的墙好找，只不过不敢开灯，火柴的光亮小。小钟便一根一根划亮火柴，贴着墙一路寻找。

所幸屋子不大，很快就找到了墙上刻着的字，要蹲着才能看到，一共四行。这时，小钟手里的火柴烧到了手，"哎哟"叫唤了一声。他身后的张文丽本就不知道小钟要干吗，又听他叫唤，更加紧张，一把挽上了小钟的胳膊。

小钟的胆子便大了，说话声也大了不少，说："带你看几句能够让人顿悟的话。"说完又划亮了一根火柴，照亮了墙壁上的字，共四行，写着的是：

由爱故生忧，
由爱故生怖。
若离于爱者，
无忧亦无怖。

钟宇完稿于 2019 年 11 月 22 日

后记

我岳父是名老刑警，尽管现在奔七十了，可站那儿还给人感觉自带杀气。当年办案缉凶，真正手撕歹徒那种。

写完《人间游戏》后，我有一段日子特别郁闷。选择文字工作作为职业已经快十年了，全职写作也已五年，一般到这个节骨眼上，就会有瓶颈，只是这瓶颈让我觉得有点难受。

新的小说要写什么呢？特迷惘。

我是打算依靠文字走完自己余生的，自然需要比平常人更加努力。于是，我在书店翻了各种类型的小说，国内的、国外的，越翻越迷糊，想要写的也越来越乱，贪多嚼不烂那种。

正好那些天，我那退了休的岳父从山西到广东，来我家小住。老爷子一世峥嵘，破过不少案，抓过不少人。他一个人在路上偶遇那种杀人不眨眼的连环杀人犯，最终单枪匹马把对方撂倒铐上的事迹，也都是真实发生过的。到老了，退休了，往人群中一站，依旧高大挺拔，有一股凛然正气。可他孤独，没人和他说话，拿个小本子写着他对社会、对国际形势的看法，没人分享。正好我这个女婿是写小说的，懂的事虽然都不精，但杂。于是，老爷子每每与我聊天，都很高兴，话也多了起来。

他便给我说起二十几年前经手的一个灭门案子来……

杀人的是一个服刑中的犯人，表现良好，快要刑满释放了。他利用探亲假的几天，搭火车来到一个小山村，站在村外的配电站等到天黑，再拉下了电闸，将整个村庄带入黑暗。接着，他潜入村庄，杀死了受害人全家老小，再折返回劳改农场，继续服刑。

我家老爷子领着人勘查现场，最后又去了那电闸所在的配电房，那是一个位于山上的小砖屋，站那儿能鸟瞰整个村子。老爷子模拟着嫌疑人的站位，果然发现地上有一枚新的烟头。那烟的牌子在市面上没得卖，很低档那种，只有几百公里外的劳改农场里才有销售。还发现了两个茶叶蛋的蛋壳，那年代只有车站或者火车上才有茶叶蛋卖，所以老爷子推断凶手是坐着火车过来的，兜里揣着只有劳改队才有卖的香烟。

也就是这两条线索，老爷子顺藤摸瓜一路排查，最后赶到劳改农场，将凶手逮了回来。这凶手自己也明白天网恢恢疏而不漏，所以提前在自己的衣领里藏了毒药，归案后服毒自杀，最后被老爷子和他同事送去医院，又抢救了过来，最后审判枪毙，绳之以法。

至于杀人动机，却让人心生恐惧。很多年前，受害人家里的长者曾经举报过凶手盗窃，导致凶手离开家乡，流窜多年。归于牢笼后，他耿耿于怀，制定出详细计划，灭了他所认为的仇人全家。

以往我们都以为，爱与恨会随着时间的流逝而变淡，最终湮灭。可在很多个案件或者事件中，我们发现，仇恨并不是这样的。它在最初可能只是个火星，闪啊闪的。经年累月，它会燃烧，会升腾。那火焰中，仇恨张牙舞爪，变得狰狞可怖。

于是，我突然想写这么一个关于恨的故事，因为之前写了两个系列小说，都是关于爱的。我把爱写乏了，为什么就不能写关于仇恨的呢？再者，我想写过往那个年代。在那个年代里，人们都是干净纯粹的，才像真实的人世间的故事，不像现在的人，一个个都那么复杂，无法辨别真实与伪装。

这便有了《百年惊魂》。

前些天，我去青岛参加一场马拉松比赛，待了三天，围绕着海岸线跑了近五十公里。也是在那五十公里的奔跑中，《百年惊魂》的第二部也清晰了起来。同样是一个交织百年的故事，只不过，即将展开的这个新的百年故事里，交织的是信仰。

出 品 人：许　永
出版统筹：海　云
责任编辑：许宗华
特邀编辑：王佩佩
装帧设计：海　云
印制总监：蒋　波
发行总监：田峰峥

发　　行：北京创美汇品图书有限公司
发行热线：010-59799930
投稿信箱：cmsdbj@163.com

官方微博　　　微信公众号

饌
工厂

钟宇 著

中国友谊出版公司

图书在版编目（ＣＩＰ）数据

百年惊魂．2 / 钟宇著． —— 北京 ：中国友谊出版公司，2022.5

ISBN 978-7-5057-5368-6

Ⅰ．①百… Ⅱ．①钟… Ⅲ．①长篇小说 – 中国 – 当代 Ⅳ．①I247.5

中国版本图书馆CIP数据核字(2021)第237085号

书名	百年惊魂·2
作者	钟宇
出版	中国友谊出版公司
发行	中国友谊出版公司
经销	新华书店
印刷	天津丰富彩艺印刷有限公司
规格	880×1230毫米　32开
	9印张　169千字
版次	2022年7月第1版
印次	2022年7月第1次印刷
书号	ISBN 978-7-5057-5368-6
定价	69.80元（全二册）
地址	北京市朝阳区西坝河南里17号楼
邮编	100028
电话	（010）64678009

版权所有，翻版必究

如发现印装质量问题，可联系调换

电话 （010）59799930-601

目录

引子

1 /

杨伟人他爹给杨伟人取这名字时，认真琢磨过，想要杨伟人长大后成为一个伟人。但凡生就开天辟地的人物，都有点克血亲。他爹在杨伟人八个月的时候，上苏门县城赶集。路上遇到破四旧，拆前清建的一个塔，搞的是定向爆破，方圆三百米都画了红线不让人靠近。杨伟人他爹块头大又灵活，挤在第一排，就贴着那红线伸长脖子看。爆炸声一响，杨伟人他爹就像运动员听见鸣枪似的倒地了，眉心往外出血，送医院还没进抢救室就断气了。医生说是小石子在爆炸时飞溅出来，把这人给射杀了，和被枪打死一个道理，属于意外死亡，是这人的命运，怨不得人。

后来村里人也去闹了，拉了横幅，上面写着："冤！杨家好儿郎看热闹英年早逝！"

最终，县里给赔了丧葬费和抚恤金了事。

或许还是这名字的缘故。过了二十七年，苏门县修国道，征地征到了杨姓人住的葫芦瓢村。那搞测量的人来量了下，在村口画了个圈，圈里只有一户人家，住的是一老寡妇和她那二十七八岁也没婚配的庄稼汉儿子，儿子就是杨伟人。征地款九万六千元，搁在 1992 年是一笔巨款。村里人都眼红，但寡妇年轻时候就没了男人，带大个男娃，养得高高大大，也算是功德，搁古代，全村人要给她立牌坊。

末了，村里人都说："她那死去的男人在保佑她。"

有了这钱，老寡妇就寻思着要给杨伟人说门媳妇，上门提亲的人挺多，都是看中那九万六千元。村尾有个麻脸姑娘，她爹也来提亲。村里人就说麻脸姑娘她爹癞蛤蟆想吃天鹅肉，也不撒泡尿照照自家闺女脸上有多少颗麻子。那麻脸姑娘她爹就说："青菜萝卜各有所好，弄不好人家杨伟人就喜欢麻脸呢？"

杨伟人不喜欢麻脸。

又说这杨伟人，虽是个庄稼汉，但看过不少书，最喜欢的小说是《午夜情杀案》，最喜欢的杂志是《故事会》。早两年还看过一本成功学的书，叫《羊皮卷》，懂了心态能改变命运。于是，杨伟人就对老寡妇说，想要出去闯一闯，干点大事。

老寡妇不肯让他出去干大事。

母子就聊了半宿，最后许了杨伟人一年时间。能成就，就放任自由，反之，就回来买地盖房娶媳妇生娃。

1993 年 3 月，杨伟人离开了葫芦瓢村。至此，带有传奇色彩的大小脚连环杀人案被侦破的关键性人物，得以粉墨登场。而他最初所奔向的广阔天地，也就是苏门县城。

杨伟人知道凭自己的见识，直接买票去太原或北京，有走丢的可能。所以，他揣着他娘给的那三千五百块钱，在苏门县汽车站对面的怡红园宾馆住了下来。

这怡红园宾馆以前是个招待所，国营的。早几年搞承包制，在这儿上班的一个姓钟的小伙子把这招待所承包了下来。小钟是个爱好文学的人，写的诗上过省里的刊物，所以琢磨这宾馆名时，也费了不少脑细胞，最后悟出了"怡红园"这名。用红色的灯箱将三个字摆出去，莫名其妙地吸引了不少单身的壮年男性来住店，办了入住后还站在前台支支吾吾说些怪奇的话，生意很不错。那几年，人们的思想也越发开放了，接收了不少新鲜事物。小钟也变成钟老板，印了名片，是怡红园总经理，下面还加了另一个身份——诗人。他媳妇张文丽也有名片，是副总经理，负责管钱。总经理和副总经理有个专门的办公室，用来办公，也用来给钟诗人熬夜琢磨新诗句。

这杨伟人在怡红园里住着，白天就去对面汽车站转悠，手里拿一张车站外买的世界地图。看着车站牌子上写的那密密麻麻的地名，寻思自己究竟要去哪里发展，甚是头大，只能自我宽慰——在寻找商机。寻找了两天，反而乱了，脑子里各种地名来回晃。

这天又要下楼，去汽车站寻找商机。走到二楼，瞅见二楼有个不显眼的招牌，写着"东南亚商业公司总部"，下面有个破折号，后缀是"208 房"。杨伟人就想，难不成这小小一家宾馆里，还有个大企业不成？便往那 208 房走去。

不过，他也没啥商业大事需要和人家总部的人谈，所以临到门前，杨伟人便没敲门，探头从窗口往里瞅。也就是那一眼，把他给吓了一跳，因为……因为他赫然瞅见，那 208 房里摆着的一张大班台前，有个秃头的中年男子，手里拿着一支黑色的手枪，正在把玩。

杨伟人连忙转身下了楼，在宾馆门口站了几分钟才晃过神来，点了支烟压压惊。也是抽烟的空闲时间里，他瞅见门口的电线杆上，贴了张招聘启事，上面写着招聘储备干部，要求年轻力壮什么的，末了的联系地址，居然正是楼上的 208 房间。

杨伟人便开始胡思乱想了，觉得这葫芦瓢村外的世界，果然藏龙卧虎，杀机四伏。正琢磨着，就看见两个三十岁左右的汉子，手里拎着油条豆浆往这儿走来，到杨伟人身旁时正在说话，高个儿黝黑的那个说："胡董事长租这 208 房要花不少钱吧？"

另外一个矮小的汉子说："都是组织上的经费，咱不在乎的。"

说着，俩人就进了怡红园上了楼。

杨伟人的心就"怦怦"跳了起来，暗想这俩人应该也是那总部的人。他再次看了一眼那张招聘启事，一咬牙，转身往二楼走去。

一个小时后，杨伟人交了一千五百块钱的押金，成功加入了东南亚商业公司，成了公司的一员。让杨伟人激动不已的是，胡董事长——也就是之前他见到的玩枪的那个秃头男子告诉他，这东南亚商业公司的名号，不过是个幌子。机构的真实背景，是隶属于联合国国际刑警总部下属的东南亚巨警中心，是一个专干大事的机密组织。而只交了一千五百块钱押金的杨伟人之所以有机会成为东南亚巨警中心的一员，还真是机缘巧合，初创时期的巨警中心求贤若渴，急需几位核心成员，未来更是要培养成为巨警中心的中坚力量。

胡董事长语重心长，拍了拍杨伟人的大腿，说："东南亚未来三十年的长治久安，就拜托你了。"

之前上楼的两个人中高大黝黑的那位，就有点不乐意了，插话道："不是还有我吗？"

胡董事长点了点头，改口说："嗯嗯，拜托你们两位了。"

这时，之前上楼那两人中矮小的那位从套房的里屋走了出来，手里拿着个红色塑套包着的小本本，表情严肃地递给了杨伟人。

胡董事长说："这是杨同志你的证件。"

杨伟人接过，只见红塑套上写着：东南亚巨警中心。里面贴照片的位置是空着的，下面手写着歪七歪八几个字，职务一栏上写着：巨警002号。

坐在他旁边的那个高大黝黑的汉子探过头来，大鼻孔里朝外喷了团气："哼，二号。"

杨伟人纳闷，扭头看他。

这高大黝黑的汉子勉强笑了笑，自我介绍道："在下东南西……哦不，东南亚巨警一号罗东。"

说这话时，黑汉子还挺神气，可紧接着他脸色就变了，急急忙忙去解自己的皮带，还探手往裤裆里摸。杨伟人连忙往后退了一步，不明白这巨警一号罗东要干甚。只见他掏了一气，从贴身裤子里掏出了一本和自己手里一样的红本出来。

罗东说："咦，为啥他的工作证上有红章，我的没有啊？难不成是组织上忘了盖章不成？"

那负责拿红本出来的矮小汉子就愣了，胡董事长反应快，一把接过罗东手里的工作证，翻到盖章那页说："杨伟人同志的是印泥章，而你的是钢印。"说完还教罗东举着那一页对着光去看钢印。看了一气，罗东觉得钢印很不明显，跟没有似的。

其实也真没有。

胡董事长叹了口气，说："这么看来啊，还是人家杨伟人同志心理素质好。"说完便要那矮小汉子拿着罗东的小本本进里屋补盖章。

杨伟人坐在那里面无表情，也没多话。心里暗想：自己自然是要比一般人心理素质好，毕竟看过《羊皮卷》！

2 /

1938 年 11 月的一天，青岛。

坂田少佐走出刑案课,跳上了吉普车,将手里的大小脚连环杀人事件的卷宗往后排座位上一扔,沉声道:"出发吧。"

开车的是宪兵芥尾次郎,他冲坂田少佐点了下头,发动汽车,驶出伪青岛市治安维持会大院,驱车往青岛火车站驶去。

他俩刚参加完一个与他们部门并没有太多关系的连环杀人案的会议,之所以要特高课的人参会,因为伪青岛市市长觉得,这每月一起的少女被奸杀凶案,令民众恐慌,不利于青岛的长治久安。但参会的日本官员和军人私底下说,如若刑事案件能让民众恐慌,反而是一件好事。那么,市民们就没心思管他们所谓国家兴亡的大事了。

与"大东亚共荣"这一理念比较起来,一个连环杀人犯杀几个中国籍女性,算什么呢?

再说,坂田少佐今早还有一件大事,他们要去青岛火车站接一个赫赫有名的大人物。

成立幕府的德川家康,手下有十六神将,助他统一了日本。这十六部神将里,最为神秘的便是服部族神将,又名鬼半藏。伊贺流忍者,便是服部一族麾下的武装力量。"半藏"一名,是服部族世代相传的名号。最早的服部保长,为代服部半藏。他的长子服部正长继承"半藏",开始通称服部半藏。正长被视为战国时期杰出的猛将,又被尊称为鬼半藏,为德川家康屡立战功。而服部族一路走来,到了这中日战争时期,所出的杰出人物,便是号称"帝国之鬼"的服部川八。

服部川八,在欧洲留学多年,跟过的老师有弗洛伊德。据说弗洛伊德的催眠治疗手段神乎其神，服部川八便是他那批学生中最精通催眠的精英之一。之后，服部川八一直在欧洲从事间谍工作，为日本帝国与纳粹德国的交好出力。1937年中日战争全面爆发，重镇青岛城里，各种势力蠢蠢欲动，军部决定，将服部川八调回亚洲，担任特高课驻青岛的松机构的课长。

坂田少佐，便是松机构的代课长。这个早晨，他要接的人物，便是帝国之鬼——这一代的鬼半藏——服部川八。

吉普车很快就开到了青岛火车站外。芥尾正要停车，车前就闪出一个人影来，不偏不倚撞到车头位置。也是因为正要停车，车速慢，被撞的人自然没有大碍。可对方的哀号声却惊天动地，还往地上一躺，嚷嚷着："可得赔点钱，这事才能了。"

坂田恒一之前在宪兵部办事，刚调到特高课不久。宪兵部的人习惯了横着走，遇到碰瓷这种事，处理起来比较直接。可现在进了特高课，凡事需要讲究个分寸。再说日军在青岛也有长远打算，需要顾忌民意。所以这会儿的他，皱着眉头冲开车的芥尾使了个眼色，说："这里人多嘴杂，带上车回头处理。"

芥尾会意，小声嘀咕了一句："拉到城外就是了。"

话是这么说，下车后，芥尾还是装得和颜悦色。围观的群众不敢多话，知晓这些日本兵的凶残。见此刻下车的日本军官居然还好，便都冷眼瞅着。芥尾去扶那地上乞丐模样的家伙，用他那蹩脚的中文说："先，去医院。赔偿……钱，好说！"

那碰瓷的乞丐听说了钱，便摆手："不消去医院，直接赔钱就可以了。"

芥尾说："到医院……才给钱。"

那乞丐也不坚持，爬起来装作一瘸一拐，往车上走。旁边看热闹的群众，不知道是谁带头鼓了掌，其他人跟着鼓掌。乞丐便乐了，冲周围人作揖，一副小人得志的模样。

坐在车里的坂田少佐就火了，可脸上依旧没有表情。

乞丐上了车后排，还对着围观的人们咧嘴乐着。这时，芥尾发动汽车，朝着火车站另外一边开去，那边人少。芥尾知道，坂田少佐的暴脾气，需要发泄了。

可哪曾想到，那乞丐眼瞅着汽车驶离了车站，神情就变了，居然说起了日语："不用绕了，直接回维持会。"

坂田一愣，回头看。只见那乞丐也正望着自己，眼光锐利，像是俯视大地的鹰隼。

"怎么了？没见过中文说得好的日本人吗？"他微微笑了笑，"你就是坂田恒一吧？"

坂田"嗯"了一声。

对方耸了耸肩，又用回了中国话，字正腔圆："坂田恒一，少佐军衔，1932 年从军，刚到远东就遭遇赤鬼岭事件，轰动一时。之后被特别引进，入关东军奉天宪兵部，执行内部肃清工作，至 1938 年 1 月 10 日我军接管青岛后，你被调来青岛，次月又被军部放入我特高课，没错吧？"

至此，坂田整个身子都扭了过来，也用中文问道："你到底是什么人？"

乞丐微微笑了笑，那窄长的鹰钩鼻令他更像一名狡黠的猎手："嗯，我，是服部川八。"他耸了耸肩，"并且，少佐先生，我对赤鬼岭事件很感兴趣。"

服部川八，于1938年1月便潜回了青岛。之后十个月，他待在青岛火车站化装成乞丐，生活了十个月。至坂田少佐接到他时，他已精通各省各地方言十余种，见识了各行各业中国人的种种模样。若不是他自说身份，没人能看得出，这其貌不扬瘦高弓背的中年男人，会是特高课里被称为帝国之鬼的精英特务。

这名被外界视为鬼魅的心理学专家，在一个叫作"大小脚"的连环杀人犯接连行凶的时期，从隐匿的暗影中走出，回到了特高课。而他，还对那场令二十岁刚入伍的坂田恒一声名鹊起的赤鬼岭事件，产生了兴趣。

第一章

胡司令的小手枪

1 /

之后两天，杨伟人和这208的人熟了。

都是自己人了，也不用再遮遮掩掩叫胡董事了，改口胡司令，毕竟分上下，胡司令说自己是东南亚巨警司令，自然叫司令才正规。

给胡司令跑腿的瘦小汉子，是个大舌头，姓刘，都叫他刘大舌头。刘大舌头喊杨伟人的名字喊不好，大舌头的缘故，总喊成杨伟能。杨伟人也不介意，笑着应他。

至于另一个和杨伟人一样交了钱加入这巨警中心的巨警一号罗东，就是一典型的傻大个。早些年从乡下跑出来，去过省城，稀里糊涂被人卖去了煤矿，挖了三年煤，后来偷了煤矿老板的钱逃出来。他是有点傻，但是不坏，偷的钱也有数，是按照自己的工钱拿的。他揣着钱来了苏门县，租了间民房住着寻思未来的路要何去何从，觉得冥冥中翻云覆雨的人儿，关了自己人生的门路。琢磨得满头雾水之际，上苍就给他开了一扇窗，遇到了胡司令和刘大舌头。他偷的工钱是四千三，胡司令索要的巨警保证金是一千五。罗东人愣，认死理儿，觉得只要涉及钱，都得讲价，只肯给一千三。

胡司令考虑到东南亚的长治久安，便答应了只收一千三，私底下给刘大舌头说："好歹先开个张。"

这也就是两天前的事，罗东这一号比杨伟人就早了两天罢了。

所以，罗东最初是看不起杨伟人的，觉得自己就交了一千三，他杨伟人不识时务多交了两百，是个棒槌。但这话他没说出口，毕竟胡司令说过机构是有纪律的，个人的事不能随便对他人说道。后来杨伟人请罗东吃了碗牛肉拉面，两人还喝了酒。罗东便给杨伟人说了这事，杨伟人笑了笑，说不往心里去。

罗东就更觉得杨伟人是个棒槌。

杨伟人又问罗东以前干吗的，罗东说自己以前跟大老板做煤生意的。他这话不是假话，毕竟跟大老板挖了三年煤是事实，他只是没提工种罢了。

杨伟人就啧啧称赞，说自己不比罗东，只是个干庄稼活的。

罗东不屑，说："你没啥能耐，跟着我们做巨警岂不是会拖后腿？"

杨伟人便笑了笑，指着面馆窗外梧桐树上一只麻雀，说："看到那只鸟没？"

罗东说："那不是鸟，是麻雀。"

杨伟人不分辨，从后腰掏出一把弹弓来，又打裤兜里摸出个石子，对着那麻雀射，嘴里还喊了句："着！"

没打中。

麻雀被惊扰，连忙飞走了。小石子打中树枝，树枝断了。杨伟人想显摆能耐没显摆成，有点尴尬，回头一看罗东，正瞪着眼，说："吓！声东击西，围魏救赵！我以为你要打麻雀，谁知道你是要打树枝。"

至此，罗东对杨伟人刮目相看。

两人厮混了两天，寻思着这样下去也不是事，便去找胡司令，要胡司令派任务。胡司令那会儿正在看电视，电视里放着新闻，说有一个流星群冲进了大气层，变成了碎渣渣，落到了甘肃一个叫作月亮湾的大戈壁。胡司令灵机一动，就指着电视给杨伟人、罗东看，说今早刚接的通知，正要找你们开会。

杨伟人和罗东便激动了，等着开会。

胡司令说："看到这新闻没？是组织上特意安排电视台放给我们看的。组织早上打电话到宾馆总机，喊我下楼接，说这次的任务就是去这个叫月亮湾的大戈壁，捡落下的流星。"

"捡星星！"罗东傻了眼，"组织上要我们巨警去捡星星！"

杨伟人看过不少书，比罗东有见识，便说："是去捡陨石吧！"

胡司令点头："对，就是去捡陨石，这次的计划就叫作……"他翻了下眼珠，"叫作陨石猎人计划。"

杨伟人和罗东都拍了胸口，说一定完成任务。末了，罗东又问去甘肃的车费住宿吃饭这些钱怎么算，胡司令说："你们留好发票，回来了报销。"

罗东很高兴，他以前和煤矿里做饭的人聊过天，听对方说过开票时开大账，可以赚点外快的事。罗东寻思着，自己到时候也要人多开点金额，回来给胡司令报销。

杨伟人倒不在意报销的事，毕竟这么大的机构，难不成会差他们这点差旅费不成？杨伟人心里记着之前偷看到的那把手枪，便问："组织上应该发点装备吧？"

刘大舌头说："啥叫装备？"

杨伟人就用手比画："比如那种……"他不好说，玩枪犯法，自己有了特殊身份不能乱说话，"比如那种一弄就响的玩意儿。"

刘大舌头点头，从旁边拿出个绿色的口哨，是他早上在早餐摊上从一小学生那里顺来的："你要这个？"

杨伟人摇头，又比画："响的……火器。"

刘大舌头递来打火机："你自己不是有吗？"

杨伟人急了："能伤人的那玩意儿。"

胡司令明白了，抬手搭到杨伟人肩膀上，压低声音："杨同志，那玩意儿给你们还比较危险，毕竟你们是新人。不过……"他伸手往办公台下面摸，摸出了一支手枪，还有一枚黑色的手雷来，"不过这两个玩意儿，可以先给你们应个急。"

杨伟人和罗东看到手枪和手雷，眼睛都直了，呼吸急促起来。胡司令又连忙给解释，这都不是真家伙，真家伙还不能配备给新人。而这仿真的家伙，其实都只是打火机，在紧要关头，可以拿出来吓唬人而已。再说了，这次的任务是去捡陨石，不用打枪，要真家伙也没啥用。真要执行需要交火的任务时，别说手枪手雷了，就算是冒蓝火的加特林，组织上也都会邮递过来的。

杨伟人和罗东便接过了手枪打火机和手雷打火机。杨伟人把手枪打火机别在腰上，然后把上衣往下拉，拦住了手枪打火机。罗东瞅着杨伟人的动作显得很专业，便也要藏好手雷打火机。琢磨了一气，将衣服掀开，把手雷送到胳肢窝里夹着。夹好后又扭动了几下身子看会不会掉，不知道那一扭动怎么就压下了打火机的按钮，胳肢窝里"啪"的响了一声，罗东也跟着"哎哟"叫唤，连忙把手雷打火机拿了出来。连带着出来的，还有一股子烧猪脚时那猪毛焦煳的味道，弥漫在整个巨警中心办公室里，有点难闻。

这屋里的人一通操作，未曾留意隔墙有人。那隔壁房，正是这怡红园宾馆钟老板的办公室，他新写了一首诗，是情诗，末了一句是女子在床上对情郎说：大哥，你压住了我的头发。小钟觉得这句子始终差点味道，琢磨了一早上，改成了——坏蛋，你压住了我的头发。

心满意足后，就要下楼给媳妇看。经过 208 房时，瞅见里面那四个男人鬼鬼祟祟在说话。要知道这小钟除了是总经理和诗人的身份外，还有个不对外公开的身份，县公安局的特情，就是有备案的线人。但凡行踪可疑的人，他都会留意。这租了自己宾馆房间开公司的姓胡的家伙，一直瞅着有点奇怪。所以，这时小钟就躲窗外多看了几眼，正好看到胡司令从办公桌里拿出手枪和手雷。

他听不见里面说话，自然不晓得真相。那一瞬间，他头皮发麻，后背布满鸡皮疙瘩，连忙屏住了呼吸，蹑手蹑脚往楼道走，然后飞奔下楼，径直朝县公安局跑去。

当时分管刑侦的副局长姓李，叫李文浩，四十出头，刚上任不久。这会儿，他正和刑警队指导员老臧分析一件盗窃案案情。老臧之前在基层派出所工作，来了局里，大伙还都叫他臧所长。小钟没敲门就直接进了他的办公室，喘着气跑到茶几前，端着李文浩的茶缸就喝水。李文浩，还有这屋里的臧所长和小钟多年前一起患过难，所以他们仨都是好兄弟，彼此不见外。他就问小钟："你这是咋了？晨跑吗？"

小钟放下茶缸，说："出大事了！"

臧所长笑了，这几年也见识过好几次小钟所说的大事，无非是一些鸡毛蒜皮，便说："咋了，宾馆里又有人丢了手表？"

小钟说："不是，这次是真的大事，有……有……"他寻思着说有枪有手雷，还无法显得这事足够大，最终脱口而出的是，"有军火。"

李文浩脸色一变，一下站起："在哪儿？赶紧带我们过去。"

臧所长之前在基层派出所待过一些年头，遇到的鸡毛蒜皮事多，所以遇事稳重话少，懂后知后觉。这十年里，他和急性子的李文浩搭档，两人算是互补。到这节骨眼上，他按住了李文浩，要小钟把事情的经过详细说了一遍。最后臧所长也觉得，这种类似于东南亚啥的皮包公司，干违法乱纪勾当的可能性很大。当然，也不可能真的因为小钟的所见，就大张旗鼓。最终，臧所长去刑警队那一层叫了三四个机灵点的刑警，李文浩亲自带队，开了两辆车，出了公安局大院。

车停在街口，怕惊动了人。大伙儿分了三组，一组在门口抽烟，一组在宾馆大堂抽烟，第三组就李文浩和臧所长还有小钟，上二楼观察。

那208房里的胡司令，其实并不姓胡，真名叫王明强，是个劳改释放人员。之前被判刑，也不是犯的诈骗，是因为盗窃。后来在监狱里认识了俩走江湖的，出来后就跟着他们玩了两年"红绿铅笔"，入了诈骗这一门。所谓"红绿铅笔"，搁现在估计没几个人知道，在当年可是猖狂一时的手段。具体就是选个长途大巴，中途站出个骗子，业内叫头杆。头杆一手举着一红一绿两支铅笔，另一只手里用百元大钞折成纸条，去套两支铅笔中的一支，再卷上，要乘客下注猜究竟是套的哪一支。那年代的人虽然没现在精明，但也不傻，单纯这样忽悠，上钩的人很少。这时，红绿铅笔团伙中的二杆就要出场了，肥头大耳坐那里冒充有钱人，训斥骗子。头杆就装得很不服气，说："你能耐，那你来玩啊！"

肥头大耳的二杆就站起来，说："我来就我来。"旁边坐着的一些好心人就小声劝他，别和这些走江湖的计较。二杆做愤怒状，一拉皮包，露出里面满满的人民币，说："不就一点钱吗？陪大家玩玩无所谓。"说完便接过红绿铅笔，笨手笨脚开始比画。至此，车厢里人的激情就都被调动了起来，寻思着下点注赢了这傻乎乎的有钱人的钱不是难事，算劫富济贫，也让他长点教训。至于结果，笨手笨脚的二杆，手法实际上是最娴熟的，那纸条一套一翻，本来套着红色铅笔的滚到了绿色铅笔上，一把席卷了全车厢里下大注的人的血汗钱，最后一群人大吼一声"司机停车"，鱼贯而下，车厢的人才意识到被骗。

这胡司令干了两年这营生，发现这买卖干的人多了，骗不到人了，便离开团伙，独立成立了"巨警中心"这么个皮包公司，领着一远房亲戚，也就是刘大舌头来了苏门县，刻印章做工作证贴招聘。骗到的第一个人是罗东，第二个人是杨伟人。今早又成功打发了这两人去甘肃，末了还假装看表，说时间比较紧，最好是今天上午就往太原去赶火车，莫耽误了正事。所以，李文浩等人到怡红园宾馆时，208房里没人，俩骗子去对面汽车站送那俩巨警战友去了。

杨伟人退房的工夫，罗东一溜小跑回民房收拾了个包过来。四个人来到汽车站，罗东去买车票，两张去太原的。胡司令和刘大舌头装作关切，叮嘱一些注意安全的话。这时，罗东就拿着两张车票过来，要胡司令给报销。

刘大舌头就傻眼了，说："不给报销。"

罗东急眼："不是说了费用都要拿回来报销的吗？"

胡司令说："你们把任务做完再一起报销。"

罗东认死理，非得先报销了这两张车票才行。杨伟人不说话，心里其实认可罗东的做法。

末了，胡司令没办法，便给报销了买两张车票的三十二块钱。罗东接过钱，才和杨伟人进了站。胡司令站外面眼瞅着班车开走后才舒了一口气。刘大舌头就嘀咕道："早知道就不出来送他们了，亏了三十二块钱。"

胡司令说："成大事者不拘三十二块小钱。"说完就领着刘大舌头回208房间。

小钟是有房间钥匙的，房里没人，他便自己开了门，要李文浩和臧所长跟着进去搜。李文浩和老臧站门口不肯进，说警队是有规矩的，不能乱来。小钟就自己进去了，去那张办公桌下面翻，没有仿真枪和手雷，管制刀具倒有三四把。小钟把东西往台上一摆，李文浩和臧所长才进屋。还没细看，楼下就传来声响，是胡司令和刘大舌头回来了。他俩到门口，看到屋里的三个人，脸色就变了。胡司令是老油条，鸡贼，一眼就看出对方是刑警，心便虚了，扭头往下跑，嘴里还喊道："是条子。"

楼下大堂也有刑警守着，这时就冲了上来，在楼梯间将胡司令截住铐了。那刘大舌头前后被堵，一扭头，看到旁边有一扇窗，便朝着窗户冲了过去，一个箭步跨上窗台，往楼下跳去，那节骨眼上可能是因为害怕，嘴里还大喊了一句："妈妈！"这是人遭遇危险时，潜意识里对于安全感的需求，令他最依赖的人儿来到。不过，也是大舌头的缘故，听起来又像是在欢呼："啦啦！"

楼下是一油条摊，一锅陈年老油炸了快半年，每天收摊捞渣第二天冒充好油再出门的主。可惜了一锅老油，被空中离奇坠落的人给踩了个正着，锅也翻了，陈年老油溅得到处都是。那跳楼的刘大舌头一双腿给烫了个正着，直接躺到了地上，疼得嗷嗷乱叫。守在门口的俩刑警正坐在这油条摊上吃早餐，也被溅了一身油，很是气恼。又听楼上响动，见到这贼眉鼠眼的人跳下，自然是歹徒无疑。于是，俩人扑上去把刘大舌头铐了。直到把人铐了，才发现这歹徒一双腿伤得不轻。

这时，楼上逮着胡司令的也下来了。这胡司令之前没反应过来，瞅见警察下意识就要逃。这会儿想明白了，就开始嚷嚷："我一正经生意人，你们凭啥抓我？"

继续在房间里翻了一通的小钟，这会儿又翻出几个公章和一沓工作证，急急忙忙下来递给李文浩。李文浩黑着脸，把这些破烂对着胡司令挥舞了一下。胡司令便不吱声了，心里在想一会儿怎么狡辩，大不了说自己脑子不好使，喜欢玩过家家过个官瘾。另外一边，那刘大舌头说话说不清楚，哭号倒是一把好手，叫得惊天动地，跟要死了似的。李文浩便让俩刑警把这被炸油条的油炸过的家伙，先送去医院治一下。

那俩刑警开车把刘大舌头送进医院，到挂号处要缴费挂号。刘大舌头连忙抢着说自己没钱，那俩刑警也没搭理他，自己给交了钱。

送去给医生看了下，又要缴费买药，俩刑警又交了。刘大舌头里就有点感动，寻思着自己这碌碌无为半生，给自己花钱看病的人除了老娘，就这俩公安了。然后他就想明白了，觉得自己就一跑腿的，坦白从宽始终是好的。于是，他在医院里就把自己被胡司令从老家带出来骗人的事交代了个清楚。

另一头，被带进市局的胡司令开始了表演，说自己从小就想成为一名英雄的人民警察，奈何命运使然，长得贼眉鼠眼不具备从警的先天条件，故没能如愿。到现在便自己印些证件盖个章过个瘾罢了，难不成，过家家也犯法不成？

被油炸过的刘大舌头这时也被带回了局里，两人口供一对照，胡司令原形毕露。这货是个惯犯，脑子也转得快，见刘大舌头交代了，便换了一副嘴脸，死猪不怕开水烫的模样，说："得，就收了两千多块钱，不是也给了证盖了章吗？不算骗，算是做买卖，送他们出去时还给他们买了两张车票呢！"

这么折腾了一气，结果还是个小案，没小钟说得那么吓人。胡司令和刘大舌头被关进了小黑屋，案子实在太小，都不用分开关的那种。李文浩和臧所长便上楼去了。可小钟不甘心，站在小黑屋门口插话，问："那你俩给说说那手枪和手雷是个什么情况？"

刘大舌头说："那都不是真的，是打火机来着。"

胡司令却在旁冷笑，说："谁说是打火机啊？"

众人便看他，只见他歪着头："反正我们给的是打火机，那两个人自己身上带着的是不是真家伙，咱就不知道了。"

他这话是为了转移公安同志的侦查视线，因为他自己这事不大，充其量劳教一年。现在瞎说一气，让公安去追那两个傻帽，就不会再深挖自个儿的其他破事。

当时领他俩到小黑屋的是新刑警，所以才会让小钟跟着。李文浩和臧所长那会儿上楼去了，不想管这小案子，如果是他俩，自然就不会上当。新刑警一听这胡司令的瞎话，就顺藤摸瓜，把胡司令又提出来审问，胡司令就扯开了，说那两个被他们送出去的巨警，都是有杀人放火胆的家伙，而且应该手里有命案，带有火器。

正好那些天，东北发生了一起抢运钞车的大案，嫌犯也是两个人，手上有四条人命，公安部督办。发到苏门县的协查通告里，照片是素描的，模样居然和胡司令、刘大舌头说的那俩被骗的巨警长得有几分相似。又拿出通告给小钟看，小钟倒是和那两人照过面，不过没啥印象，每天宾馆里那么多人，他也不是个摄像头。于是，小钟挠了挠后脑勺，说："不像。"又挠了挠，说，"好像又有点像。"

新刑警的侦查思路就这样被带了过去，脑子里揣着这脉络，跑去给李文浩、臧所长汇报。先入为主的缘由，李文浩和臧所长也就觉得这两个出了苏门的人有些问题，否则怎么会不务正业待在汽车站附近游荡，最终被胡司令之流给骗呢？再加上胡司令又一口咬定对方有火器手里有命案，李文浩和臧所长就心痒痒，想往下挖，想逮人，这是刑侦人员骨子里那闻不得血腥的狼性被唤醒了。

两名新刑警把笔录放下就下去了，李文浩和臧所长翻了翻。小钟反正脸皮厚，这会儿也跟了上来，又端着李文浩的大茶缸子在喝水，没把自己当外人。

臧所长翻着笔录就说了："甘肃月亮湾……嗯，这名字听着好像有点耳熟。"

李文浩说："好像早两月上面发下来的重大刑事案件通告里，有提到这个地名……"他皱着眉想了想，"好像是个连环杀人案来着。"

"哦。"臧所长点了点头，也没往下深究，又说，"那边是大戈壁吧，风景应该挺好，空旷。"

李文浩："要不要派两个人过去看看？"

臧所长说："我也不好给你拿主意，毕竟有了条线，不摸下去也说不过去似的。"

小钟在旁边听着就心痒痒了，放下大茶缸感悟道："嗨，如果搁在十年前，你俩遇到这种事压根就不会犹豫，直接就出发了。"他顿了顿又说，"那时候条件还没现在好，咱仨就一辆边三轮，大冬天冷成那样，也去了太原去了北京，有征战天下的气魄。"

这李文浩是个爆竹的性子，不能点引信，一点就着那种。小钟这话被他听着，内心深处那火苗又扑腾了起来。他叼着烟，往窗边走，正巧看到院里那辆新的三菱吉普，是早两月县里统一采购的。一共三辆，一辆放在县委院里，一辆给了法院，还有一辆就给了公安局。为这事，检察院的赵检就不乐意了，说同是公检法，咱检察院就是后妈生的。早几天，李文浩跟局里老大张勤政张局去县委开会，开着三菱在县委院里和他们检察院那辆桑塔纳会车，张局就探头去看赵检，需要俯视。加上赵检又黑着脸，给张局乐得不行。当时赵检穿着便服，张局就幽了一默，对赵检说："领导，微服私访啊？要不要来上面呼吸下新鲜空气。"

赵检翻白眼："看你那小人得志的样儿。"

想到这里，李文浩嘴角上扬了。又一琢磨，这段时间也忙完了去年的严打收尾工作，难得闲点，出去走走也未尝不可。

最终，在征得了张局的同意后，负责刑侦的副局长李文浩亲自带队，刑警队指导员老臧陪同，见过那两名嫌犯的小钟协同，三人去往甘肃办案。而这次三人出征的交通工具，也升级了，不再是十年前的边三轮摩托车，而是高大威猛的三菱吉普。

当然，张局之所以会答应李文浩提出的这么个半吊子案子的出差申请，是因为在去年严打里，李文浩和臧所长率领局里一干如狼似虎的刑警们，捣毁了两个省里点名要捣毁的黑恶势力团伙。省厅领导还说了："李文浩是个好同志。"

这么个好同志，想要出去走走，一点小心思，还是允一次吧。再说，那月亮湾小镇时，还发生了未破的恶性刑事案件。把我们最为优秀的技术型刑警扔过去，弄不好还能给那边的公安同志出点力呢！

张局是这么想的。

2

三十年河东，三十年河西。你看那改革开放伊始，做过招待所服务员的小钟，十年后摇身一变成了总经理，成了诗人。当日的愣头青刑警队副队长，升了分管刑侦的副局长。臧所长虽然没有升，进了市局做刑警队指导员，只是平调，但格局已经不是十年前那管着汽车站周围几公里，维护治安的小角色了。

三人这趟出门，也鸟枪换了炮，开上了进口的大吉普。那油门一轰，可是乘风破浪的气势。小钟又激动了起来，赶在臧所长前面，要上那副驾驶的位置。吉普车高，小钟着急，抬脚没踩稳，差点磕在车门上，惹得李文浩和臧所长哈哈大笑。李文浩开着车，轮流去了各自家。大老爷们，收拾起来都快，抓了两件衣服就下楼的主。也都跟媳妇汇了报，李文浩和臧所长说是出差，小钟说是去办案。他媳妇就说："你一开招待所的，办哪门子案？"

小钟说："你懂个屁。"出了门。

临到出发了，又商议了两句，还是得先上太原火车站，毕竟俩嫌犯要去太原火车站坐火车。如若能在太原火车站把人给逮了，就不用去甘肃了。小钟听了后，心里就有点失落，担忧俩歹徒动作慢，真在太原就被逮了，让这趟甘肃之行泡了汤。这话不敢说出口，只是公出，不是去耍。小钟也明事理，毕竟跟着俩老大哥干的是正事。

花开两朵，各表一枝。另一头那杨伟人和罗东坐着班车，往太原去了。别看罗东高大魁梧，实际上是个绣花枕头，没见过世面，非得坐在靠车窗的位置看花花世界。看久了眼就花，居然晕车，把一张黑脸给憋得通红，坐那里打嗝。杨伟人害怕他吐出来，连忙找售票员要了个塑料袋，让罗东拿着，如若要吐，就直接吐到袋子里。罗东嫌拿着碍事，就把那塑料袋两个提手挂耳朵上，袋口对着自己嘴，然后坐那儿继续打嗝。最终，还是没吐出来丢人。那塑料袋是白色的，车窗缝隙里吹来的风，把他挂着的塑料袋吹得哗哗响。

杨伟人斜眼看，觉得罗东跟个刚下山要去普世的白胡子老仙似的。

就这样到了太原火车站，俩人下车，罗东坐马路边缓了缓。待缓得舒坦了，罗东就说："你先给我两百块钱，我也拿出两百，当成经费，统一保管。"杨伟人觉得罗东这建议不错，就给了罗东两百。罗东拿着钱，跑到售票厅买了去甘肃月亮湾的票。临开车还有两个多小时，两人去吃了拉面。罗东怕一会儿坐火车又晕车，便剥了一整瓣蒜塞嘴里，嚼得咔嚓咔嚓响。

杨伟人就问："嚼蒜可以治晕车？"

罗东说："应该可以，蒜消毒杀菌厉害。"他又顿了顿，说，"以前我见环卫局的给粪坑杀菌，那么大一缸子粪，扔两颗蒜就够。"

拉面馆的老板正心疼蒜，吃面要钱，蒜不要钱。这会儿听罗东说这歪理，就吱声了："人家一粪坑就扔两瓣蒜，你这肠胃里得有多少粪啊？要吃一整坨蒜。"

罗东冷笑，又要了一坨蒜。

也多亏了他嚼的蒜。去候车室，要过安检。两人身上还挂着那仿真枪和仿真手雷，所以过安检口寻思会不会被拦下。又一想毕竟只是打火机，便往里走。

按理说，这种仿真枪和手雷，还真不给上车的。可那时候安检和现在不一样，就是人站那里把包翻翻看看。罗东行在前头，浑身蒜香，杨伟人跟在后头。安检的大姐翻了下他们的包，又要例行在身上摸几下。罗东冲人说："别乱摸，我怕痒痒。"

这一开口，蒜味扑鼻，大姐忙往后退。又见这罗东身后跟着的男人咧嘴乐，那门牙缝里夹着嫩绿，十有八九也是个刚吃了蒜的主，忙挥手："赶紧进去吧。"

两人过了安检，坐在候车室里说了会儿话，绿皮火车就来了，两人上了火车，按照车票上的位置寻过去，结果发现位置上居然坐了人。是俩壮汉，打扮得倒挺时髦，工兵服配黑马裤，开春不久天还凉，这俩壮汉却故意挽着袖子，露出胳膊上的文身。年纪大点的文的应该是条龙，露出来的是龙尾巴。年纪轻的那个文的就不讲究了，有点乱，左边是一个忍字，旁边还有个骷髅头。右边是两颗心被一把剑穿过去，下面滴了血，横批"永远爱霞"。也不知道这个叫霞的女子知道了会不会被活活气死。

这要搁在平日里，杨伟人和罗东两个，遇到这种人，是不敢上前搭话的。可今时今日不一样了，揣着巨警的身份，胆气足了。再说又要在另一个巨警面前显现威猛，胆气更是翻番。此时此景，两人对视一眼，便都是干大事的犀利眼神有了交汇。

罗东往前："嘿，兄弟，这俩位置是咱的。"

俩壮汉压根儿就不屑看他，装没听见。

罗东又说："嘿，兄弟，让位。"

那永远爱霞的壮汉说话了，是东北人，字正腔圆的东北话："嚷嚷啥？滚一边去。"

杨伟人就跨步上前了，他左右看看，然后将外套一掀，里面鼓鼓囊囊的是那手枪打火机别在裤裆上。罗东也连忙靠前过来，拦住周围人的视线，免得被外人看到。

"兄弟，咱办案。"他见那俩壮汉望了自己裤裆位置的仿真枪一眼，变了脸色，便又补一句，"都不容易。"

永远爱霞的汉忙说："是……是公安大哥？"

杨伟人摇头，微微笑："不是。"

他身旁的罗东也学他，开始了装神秘，压低声音说话，探头道："咱比公安高两个档次。"

年纪大的壮汉愣了下，站起，伸手去旁边挂的包里掏。他的这一动作给杨伟人和罗东吓了一跳。可那壮汉掏了一气后，居然掏出了一双鞋子，朝杨伟人和罗东递过来，小声道："两位公安大哥，我们在这趟车上啥也没干，就在软卧那儿顺了这一双鞋。啊呸，不是顺，是捡了这么一双鞋。"

那永远爱霞的壮汉也连忙小声说："还是一大一小不同码，顺了……哦，不，我们是捡了来，也没啥用。"

原来，这两个文身壮汉，是专跑火车线的贼，在那个年代，可是一门收入不错的活计。那时候火车还没提速，近似龟速。有钱买卧铺的人也不多，都在硬座车厢里坐着。到晚上，千奇百怪的睡姿各自妖娆，这时火车贼就出动了，挨个车厢里晃悠，瞅着钱包露出半截的，脖子后头露出金链子的，搭在旁边的外套啥的……反正是瞅着值钱的就下手。那时候的人胆也小，这两个一看就凶神恶煞的人在车厢里偷窃，没睡的瞅见了，也不敢吱声，扭头装睡，只要没动自己的就当没看见。所谓事不关己，高高挂起。这，也是某些人的一种劣根性。

这一趟，他俩刚上车不久，先去那卧铺车厢里走了一圈，算踩个点。两人瞎占了两座位，准备眯一会儿养精蓄锐，晚上开始办事。可这永远爱霞的壮汉不但爱霞，还爱俏，在卧铺车厢瞅见有人脱在下面的一双鞋好看，大小好像也合适，便顺手牵羊给拿了出来。年长的壮汉当时还骂了他不是个干大事的料儿。

永远爱霞就说了："干大事的不也要穿鞋吗？"

得！就这么个偷鞋的小事，让人家挂枪的找上门来了。

杨伟人和罗东自然不明白这细节，可不明白也不能暴露自己智商跟不上。杨伟人就瞟了一眼鞋，说："我们只要你们起身。这鞋啊，我们不感兴趣，该送哪里就送哪里，我们也不想管。"

"得！大哥，我们明白你的意思了。"年长的壮汉拖着永远爱霞的壮汉急急忙忙往前头车厢走。过了两车厢后，扭头看没人跟过来，那年长的就说："还好，他们可能还有其他大案子在办，所以不屑搭理咱。"

永远爱霞的壮汉问："这干公安的，连人丢了双鞋也开始管了啊。"

年长的说："或许是……嗯，你记不记得那软卧里这鞋子主人说的话，好像不是我们中国话。"

永远爱霞说："说的是日本话，我祖爷爷在满洲国时学过，我听他说过。"

年长的点了点头："那就难怪他们为这么一双破鞋的事找上我们，原来是怕影响了那个啥……影响了那个国际关系。"

另外一头的杨伟人和罗东倒是啥关系也不明白，他俩就此收了锋芒，在座位上坐下。经此一役，俩人颇感欣慰，对巨警身份的认同也越发强了。火车一路飞驰，贴着玻璃望向祖国大好河山的罗东咧着大嘴，始终激动。而坐在他身旁的杨伟人，心潮兀自起伏。

目前看来，这未来是要经历艰难险阻，甚至可能生死未知。前路茫茫，路途险阻，通往成功的道路又怎会一帆风顺呢？

他给自己暗自打气：有积极的心态，定能成就非凡。

正想到这儿，俩乘务员路过，说着话。其中一个说："软卧车厢里丢了鞋的小日本名字还真逗，居然叫服部王八。"

另一个就说："你看花了吧，人家明明叫服部川八。"

"是吗?"之前那个笑着应道，"尤其那把大胡子，修剪得还真整齐呢!"

说者无意，听者有心。一旁的杨伟人就暗想：嘿，刚才那两个壮汉所偷的鞋，莫非就是乘务员此刻所说的小日本的? 名字还叫服部川八，有整齐的大胡子。

此时此刻的他未曾料到，一场跨越数十年的恶斗，机缘巧合下，又将在荒凉的月亮湾戈壁，拉开新一场演绎的帷幕。

第二章

一个叫服部川八的男人

1 /

二十世纪的青岛，可是经历了不少事。

1914 年，第一次世界大战爆发，日本取代了德国，占领青岛。

到 1919 年，因青岛主权这一导火线，五四运动开始。近代中国与现代中国以此为分水岭，一个新时代开始。

到 1922 年，北洋政府收回青岛，并辟为商埠。因此，青岛有众多日企工厂，日本侨民数万人。

到 1937 年"卢沟桥"事变，日军全面侵华，7 月 11 日便包围了青岛。时任青岛市市长沈鸿烈先生誓死坚守，扬言玉石俱焚。日军考虑到日企和侨民，不敢强攻。到 1938 年 1 月，沈鸿烈奉蒋介石令撤出青岛。他自作主张，将沿着胶州湾海岸线和胶济铁路的日本工厂全部炸毁。此举全国轰动，沈鸿烈也因此被升为山东省主席。

1938 年 1 月 10 日青岛沦陷后，日军采用"以华防华"策略，建立日伪反动政权。1月17日成立青岛市治安维持会。一年后改称为青岛市特别公署。又以海军特务部为最高权力机关，操纵伪政权向胶东、滨海等根据地进行扫荡。

因此，如服部川八这样的特高课顶级特务人员，之所以被调来青岛，足以看出日军对青岛的重视。

服部川八上车寒暄了那几句后，便开始眯着眼睛，看似小寐。坂田少佐与芥尾将车开回维持会大院，负责内务的军官便领着服部往住处去了。临分别，服部川八对坂田笑了笑，说："我休息下，之后再去拜访你。"

因为之前在车上服部那阴阳怪气的几句话，令坂田的脸色一直都不太好看。但作为特高课在青岛的松机构筹备委员，他与服部始终要同事很长一段时间，似乎也不好抵触。最终，坂田点了下头，阴着脸重新上了车，指挥芥尾出了维持会大院。

这一天还是回了宪兵部，依旧为松机构筹建工作忙碌。刑案课那边的课长直木明大尉，想邀请坂田晚上去居酒屋小酌，被他婉拒了。因为之前坂田一直在肃清部门工作，不能与人走得太近。久而久之形成了习惯，现在进入特高课，也不例外。再说，直木长官一定又会跟他聊起这几个月令他头疼不已的大小脚连环杀人案。坂田是个特务人员，对地方事务没有兴趣。

尽管如此，因为职务的缘故，他对这案子也还是有不少了解。第一具尸体是在六个月前被发现的，死者是一名在风月场所工作的舞女。她那贴身的旗袍被撕开，头发凌乱，身体趴在海边的一块大岩石上。凶手在她身后侵犯了她，但当时她无法呼叫，因为嘴上贴着膏药。一条细长的铁丝勒在她脖子上，作用力应该也是来自站在她身后的凶手。当时到现场的是名日本法医，自然比青岛那些字都认不全的警察专业。法医说行凶者在侵犯这位可怜的女人的同时，一边缓缓收紧着铁丝，享受着受害者迈向死亡的持续呻吟，声声弱声声弱。最终，那铁丝切开了肌肉，切断了血管，收紧在颈骨上。而这个过程，法医说，应该有二十来分钟。

现场的青岛警察与日军刑案课的人，都皱了眉，毕竟凶手的变态举动，令人毛骨悚然。但大时代里，人命如蝼蚁。这么个中国女人惨死的案子，能侦破自然最好。最后成为悬案，也无所谓。所以，大家也都没当回事。

可紧接着在一个月后，两个月后，三个月后……每月中下旬，都会有一具青年女性的尸体，在青岛那延绵几百公里的海岸线边，被人发现。尸体每每也都是面朝大海，在一块岩石前俯身朝下。行凶的铁丝有粗有细，说明凶手并不是一个很讲究的人，只不过勒死受害者的手法都是一样。又或者，用直木长官的话说，不应该叫作勒死，而应该叫斩首更为贴切，只不过凶手用来斩首的工具是一根铁丝，每一个死者的头颅与身体都只剩下颈骨相连……

因为六个凶案现场无一例外都在海边，松软的沙滩上，因为潮汐的缘故，凶手遗留痕迹很少。采集到的只有一对左右脚大小不一的两个脚印，被确定为凶手留下的，这也是六个案子得以快速并案的原因之一。于是，这个案子被称为"大小脚"连环杀人案。也因为连续发生了六起，才导致了满城皆知，沸沸扬扬。高层就下令，把这个案子拿上来，由日本人负责侦破，用来体现大日本帝国对青岛长治久安的良苦用心。

直木长官所在的刑案课，便接了这么个烫手山芋。

不过，坂田对这一切，完全没兴趣。

坂田恒一，身高178厘米，体重70公斤，这在日军里算高个了，且精瘦，腰杆笔直。脸上的胡楂儿好像永远也刮不干净，像是蒙着一层青紫色的面罩。他于1931年12月应征加入关东军，离开本土来到满洲伊始，就因为赤鬼岭事件中的卓越表现受到了军部嘉奖，并被调入清肃部门，调查关东军内部赤色分子的渗透情况。至去年，这个手上沾满了不少日军同仁鲜血的冷酷家伙，被土肥原贤二看中，调入特高课，来到青岛。

婉拒了刑案课直木长官的邀约后，坂田恒一在夜色中走出宪兵部，回到住所。和往日一样自己下厨煮碗面吃了，又翻了会儿书，听了会儿广播。他习惯晚睡早起，睡眠也不是很好，一丝丝声响就会醒来。这一毛病从赤鬼岭事件开始，至此七八年。也就是说，七八年时光里，他没有睡过一个安稳觉。而噩梦，也是一个纠缠他多年的魔王，面目狰狞，张牙舞爪。梦里，赤鬼岭上那惨死的人们持续的哀号，背上背着的那七个人头的眼睛，也兀自睁开，望向自己。

服部川八……这个传说中如同鬼神的男子，却在今天第一次见面时，就提到了赤鬼岭事件。这令坂田当晚又一次失眠了。但他早已习惯了来自日军内部的质疑，辗转反侧后，终于浅浅入睡。可睡下没多久，噩梦中那七个人头再次出现……

这时，敲门声"咚咚咚"响起，他霍然坐起，得以从噩梦中解脱出来，后背满是冷汗。

"哪位？"坂田看了下床边的手表，现在已经是深夜一点。应该是紧急公务吧。他这么想着，穿上鞋便往门边走。

"是我，服部川八。"门外的人用中文应着。

坂田愣了一下，他已走到门边，但没有再往前。他驻足，也用中文大声道："有什么事吗？"

门外人说："有个小任务，想邀请坂田君一起。"

坂田沉默了几秒，然后径直转身，往屋里去了。他穿上衣裤，套上皮靴，甚至将枪和佩剑也佩戴整齐。之所以如此，因为他不想门外的服部川八有一种和自己得以亲近的感觉。所以就算是深夜，他也不想便装示人。

彼此只是同事，仅此而已。

门开了，门外的服部川八并没有因为坂田这么长时间没有回复，也没有要他稍等的怠慢行为而气恼。相反，换上了一身军装，显得神气了不少的他，和坂田一样挂着枪套与佩剑，说明他也是一个极其严谨的家伙。只不过，和以扑克脸闻名的坂田不同的是，服部川八的脸上长期挂着微笑。坂田接受过一些特殊课程的培训，那些精通微表情的专家说过，有两种人是可怕的。第一种便是脸上始终挂着笑的人，因为你在他的脸上捕捉不到其他的表情，便无法通过表情来判断他的所思所想，兴奋抑或悲伤。同样的，这种对手微笑时，眼睛还会眯成一条线。人们无法捕捉到其间的锐利，甚至看不清楚他实时用心观察着什么。

而另一种人，便是始终面无表情的人。快乐、悲伤从不会在颜面显现……老师说：能成就这种心理素质的人，过往人生里，一定承载过凡人无法承受的大悲大凄。

坂田恒一，便是这么个始终板着脸，像戴着一张扑克牌假面的人。

"上车吧。"服部微笑着，"你我都多说中文吧，毕竟是特殊机构的工作人员，中文越熟练越好。"

坂田"嗯"了一声，往副驾驶位置走去。在迈步的同时，他瞥见身后的巷尾，停着一辆军用卡车。这一区域，住的都是日军军官，所以有军车停放也是正常。可坂田好像看到，那卡车驾驶位置上似乎坐着人，面朝着自己这边。

但，卡车的车灯却又没有打开。

"看什么呢？"已经坐到了驾驶位置的服部川八问道。

"没什么。"坂田拉开车门，跳上了车。

一路上，服部川八没有再说话，似乎并不着急与坂田恒一就今晚的行动进行部署。到了火车站，他将车停好，然后大步往车站里面走去。坂田还是不闻不问，板着脸跟在他身后。车站里的工作人员并不敢阻拦他俩，因为他们身着黄色的军装，两人腰上挂着佩刀。要知道，只有高级军官，才有佩戴刀具的权利。于是，他俩顺利地走到了站台。服部应该对这里非常熟悉，毕竟他蜷缩在火车站大半年。他抬着头看看指示牌，最终领着坂田走向一条长椅。长椅前，是火车的铁轨，有三三两两的工作人员，正举着小旗子。很明显，是有新开来青岛的火车，即将入站了。

服部将佩刀小心翼翼地摘了下来，坐到了长椅上。坂田依旧没出声，在长椅一旁站得笔直。他单手搭在佩刀的刀柄上，腰背笔直，每时每刻都有一个日本帝国军人的坚韧模样。于是，坐着的服部笑了："坂田君，你累吗？"

坂田没有回答他。

服部继续道："说实话，之前我听人说起，你是个典型的大和民族武士时，以为是他们的褒赞而已。到今天白天见面，再到此时此刻，你都以身作则地证明了这一点。我看不到感情在你身上的一丝丝投射，也捕捉不到你对这个世界的各种欲望。所以，我很想了解，一个神经如此紧绷的坂田君，是如何做到的呢？要知道，越是自律的人，承受的压力就越大，而你，又是如何化解这些压力的呢？"

坂田并没有扭头看他，淡淡地答道："我之前一直在宪兵部的清肃部门工作，这个岗位，不允许我有太多感情，就算是……"他顿了顿，"就算是对身边亲近的人，哪怕……"他加重了语气，"哪怕对方是上司，也需一视同仁。"

服部川八笑了，他把佩剑放在膝盖上，双手搭在上面："很好！我想，这也是为什么土肥长官向我强力推荐你的原因吧。好吧，那接下来，我想听听坂田君对于当下我们所经历的这场战争的看法，不知道你能不能和我随意聊聊呢？"

坂田恒一："我只是个军人，对政治并没有研究。"

服部川八点了点头："我们帝国的初衷，是要打破白人对我们亚洲的剥削与掠夺。中日两国一衣带水，是我们大和民族的兄长一般。可惜的是，这个兄长病了，落后了，被人欺负了。这时，我们日本帝国岂能袖手旁观呢？所以说，大东亚共荣圈这个美好蓝图真正实现的那一天，也将会是我们黄色人种团结一致，在国际上与白人实现真正平等的那一天。坂田君，你觉得我说的对不对？"

坂田所朝向的位置，并不能看到服部的眼睛。但这一刻的他，却明显感觉得到身旁的这位精通心理学的精英特工，正死死盯着自己。之前坂田也听说过，服部川八在微表情领域有深入研究，他能通过普通人的细微动作，捕捉到对手内心深处的一些想法变化。那么，此刻的服部川八对自己说起这些，不可能只是战友之间的闲聊那般简单。

见坂田没有回话，服部又问了一句："难道，坂田君也有自己的一些意见和看法吗？"

坂田恒一转过身，他的单手还放在佩刀刀柄上，面无表情、肆无忌惮地望向服部川八的眼睛："嗯，服部大佐，我需要再次提醒你的是，我之前一直在清肃部门工作，负责将我们军队中的赤色分子揪出来，然后清理掉。此时此刻，你与一个对于政治完全不感冒的帝国军人，兴致勃勃地聊起这些，是一个很危险的举动。并且，我还想告诉你……"坂田的语气加重了，那青紫色的胡楂儿在站台灯光照射下有着异样的反光，"我处决过一个和我共事多年的战友，他翻阅了一本作者是马克思的德国人写的书，并有了一些不应该是军人需要有的极端思想。所以，服部大佐，请注意你的言辞。"

服部川八哈哈大笑："坂田君，你真是一个不能开一点点玩笑的家伙。"

站在服部面前的坂田意识到，在对方的这一次试探里，自己给出了令对方满意的答复。

服部抬手看了下表，正色道："十分钟后，中华武师会的几个高级成员，会乘坐这趟火车来到青岛。我们目前没有任何证据，证明他们是来从事有损我们大日本帝国的勾当。但，非我族类的武师团体聚集到一起，不可能无作为的。今晚，你我就来和他们会上一会。"

坂田点头："既然如此，那我们为什么要穿军装？便衣不是更利于观察吗？"

服部川八微微笑了笑："坂田君，此刻我们虽然是在他国领土上，但强大的实力，令我们能够站在明处，碾压对手。武师会的这些家伙，之所以会让我们提高警惕，就因为他们不用穿着军装，可以藏身于暗处。知道吗？坂田君，当你身处暗处时，是可以看清光明处的所有，包括细枝末节。相反，站在光明处的人，是无法看清黑暗中潜伏的一切，哪怕对方是个庞然大物。"

"所以……"他顿了顿，"坂田君，我们今晚就是要站在他们面前，让他们明白，他们的对手和他们一样，是坚毅与决绝的。而这场并不在战场上的斗争，也是在彼此都能够正视对手的场合下，拉开帷幕。"

听完服部这一席话后，坂田恒一依旧面无表情。他再次转身，望向铁轨的方向，心里开始对服部川八这个人进行新一次的评估。末了，他淡淡地说道："大佐先生，我觉得，你还是多用日语和我对话比较好。并且，我也不习惯被人称呼为坂田君。作为军人，我喜欢听人喊我少佐。"

他加重了语气："谢谢配合！"

他身后的服部川八耸了耸肩："可是，我喜欢中文，更喜欢听……"他开始紧紧盯着坂田恒一的眼睛，"喜欢听一些习惯了用他国语言作为自己日常用语的人，和我聊天说话。"

坂田恒一没有选择接话，继续在11月的青岛海风中站得笔直。而在他心里，第一次有了自己作为一个斩首者，所要斩首的目标人物的初步锁定。

2

中华武师会，是一个由大江南北诸多武馆联合成立起来的民间武师组织。之前军部并没有留意到这么一个组织的存在，然而，在去年进攻北平城时，南苑的二十九军手持大刀令日军大为头疼。他们所使用的招式，也与军队的劈刺完全不同。所以，在攻克南苑之后，特高课便派了专人进行调查，一个叫作中华武师会的组织便浮出了水面。

据悉，由北平城里诸多武馆里的武师为首的教官团队，加入了二十九军，其中就有张氏形意的龙吟九天吴云房老爷子，虎啸星河陆振海老爷子等人。这支教官团队在太祖拳李尧臣老先生的带领下，结合中国传统的六合刀法，创出了专门针对战场杀敌的无极刀法。再由这一干武师，将刀法传授给严重缺少枪支的二十九军将士。

所幸，冷兵器注定要在历史长河中成为过去式。1937 年 7 月 28 日凌晨，日军第二十师团在飞机、坦克以及大炮的猛烈攻击下，南苑兵营终究被抹去。但战后，特高课对中华武师会的兴趣却越发浓厚。至一年多后的重镇青岛，又有了关于中华武师会想要搞点事情的消息传出，这些天坂田恒一也一直在紧盯这方面的相关情报。想不到的是，刚接手工作才一天不到的老狐狸服部川八，动作更为迅速。

很快，站台前的车站工作人员开始挥舞旗帜，火车的轰鸣声也逐渐清晰。一列来自北平的火车，驶入了青岛站。到车停稳后，服部川八的声音在坂田身后再次响起："嗯，这个司机不错，车停得很稳。坂田君，我们的对手，就在我们面前的第六节车厢里。"

话刚说完，车厢门便开了。因为这趟车只是经停，所以下车的人都会提前站到门口，第一时间跨出列车。

最先走出来的是一个留着胡须的瘦小老者，服部川八站起来，往前迎出两步。

"北平振威镖行刘振威师傅！"服部大声说道。

那老者一愣。

这时，从他身后陆续走出三个装扮看起来平庸普通的男女。服部川八也继续辨认着："天津鹰爪王苟不理师傅、佛山陈氏太极拳馆陈平川师傅、洛阳福威武馆高美凤师傅……"

最后跨出车门的是一个三十岁左右的小伙子。他腰背挺拔，一身短打，留着长发扎成小辫，手里还拿着一根一尺来长的铁棍把玩。

"河南少林俗家弟子释明镜师傅。"服部川八再次大声喊出了对方的名号。这小伙子愣了一下，接着嘴角上扬，往前走出几步，到了服部川八面前："嘿，想不到在这青岛，也有人在车站迎接我们啊！"

服部川八耸了耸肩："应该不叫迎接吧，释明镜师傅，我觉得，你将我们在此处出现理解为劝返比较好。毕竟……"他的嘴角上扬，"毕竟这青岛不比北平，我也不想你们几位中华武师会的精英，长眠在这片土地上。"

释明镜的神情依旧很放松，似乎并没有把服部的恐吓放在眼里。

他学着对手耸了耸肩，然后将手里那一尺长的短棍往身后一甩。"咔嚓"一声，那短棍两头伸出几节，变得有四尺出头。也就在他短棍发出"咔嚓"声的同时，从服部和坂田所站位置的身后，也传出了清脆的拉枪栓的声音，不是一声，而是很多声。

服部川八将佩刀重新挂到了腰上："中国的神话故事里，有一只鸟，叫作精卫，它怨恨东海。于是，它每天从陆地叼石子，扔进东海。你们中国人觉得精卫是伟大的，它坚韧与执着，日复一日来回飞行，永不放弃。可实际上，人们又不得不承认，它是愚蠢之极的。明知是个不可能达成的目的，它终其一生，耗费了自己的生命。"

站在他面前的释明镜微微笑了笑："那我想请问一下这位军官大人，如若它不这样做，那岂不是连希望都无法拥有吗？"

"哈哈！"服部川八说，"希望是一个虚无的词汇，和幻想没什么区别。再说，精卫鸟可以选择变通。据我所知，你们不是有一位名字叫作精卫的民族英雄吗？嗯，这位汪精卫先生，就明白了事理，与我们军部高层开始了频繁接触。再说了……"服部川八望向释明镜身后的其他人，"再说，你们中华武师会，也不是每一个人都愚笨。否则，我也不会提前在这里候着你们了。"

他再一次耸了耸肩，伸出右手往前："请回吧！趁着列车还没有关门。你们可以在下一站下车，好好休息下，也好好聊一下。我相信，你们中间某一两个人，会好好给你们说说放弃的好处的。青岛吧……你们就不要过来了。这里有海，但，凭你们，填不平的。"

服部川八说完这话，将手举高挥舞了一下，用日语大声喝道："车门关闭以前他们没上车的话，就开枪。"接着，他对坂田行了个眼色。坂田会意，跟他一起转身，朝着火车站外走去。就在他转身往回走的瞬间，坂田才发现，在他们所站位置的后方建筑上，有一排举着步枪的日军。

坂田依旧面无表情，跟着服部川八往外走去。服部川八那双崭新的高筒靴，在这夜晚，有着微亮闪烁。坂田开始琢磨，目前看来，这个被誉为帝国之鬼的高级特工所散发出来的能量，是恐怖的。如若他和其他日本人一样，只是残暴与凶狠，那他的手段，只会让这个被迫弯曲的民族的脊梁，反弹得更快罢了。可是，他的恐怖之处在于，他似乎并不急于消灭对手的有生力量，而是想要……

"你刚才所提到的他们中间的内鬼，其实并不存在，对吧？"这是上车后，坂田就迫不及待说出的问句。

"是的。"服部川八点头，"不过，在今晚之后，他们会觉得每一个人都是内鬼。"

坂田恒一感觉后背一股凉意。

服部继续道："一个鸡蛋，在温暖的环境下，会有两种结果。一种是孕育出生命，这需要内部每一个细胞都相互配合，才能完成这艰难的蜕变。可是，温暖也可以让细胞们觉得很舒服，选择顺从，不去改变。那么，最终的结果就是它们失去了生命，成就了第二种结果——一颗能够被人当成食物的熟鸡蛋。而我想要这些中国人做的，就是选择成为食物，并放弃对新生的希望。当然，我所要用的方法，是一个如我般的学者所不应该做的。我们有武力，强大的武力。如果他们想要孕育新生，那么，我们可以很轻松地将鸡蛋打得粉碎。"

坂田点了点头："我明白大佐的意思了。"他又顿了顿，"大佐你刚才的话里，还是将自己定义为一个学者吗？"

服部川八微笑了。他发动汽车，朝车站外驶去："是的，我是一个心理学领域的学者，其次才是一个军人。每个人都会有两三个不同的身份，就像你坂田君，是一个典型的日本军人，这是我们喜闻乐见的。可在不为人知的背后，你可能就是那个臭名昭著的连环杀人犯大小脚，也都说不定吧！"

坂田面无表情："大佐，我不是一个喜欢开玩笑的人。"说这话的同时，他注意到了车厢内的后视镜朝着副驾驶位置，也就是说自己脸部的细微表情，服部川八都能尽收眼底。

"哈哈！"服部大笑起来，"又或者，你还是一名打入我们日军内部的中国军人呢。"

"哼！"坂田象征性地干笑了一声，作为他对服部这些并不好笑的玩笑话的回应。

坂田的冷漠，让话多的服部川八，似乎也没法将闲聊继续。很快，车便回到坂田的住所外。坂田不自觉地望向之前自己与服部川八出去时，那巷子拐弯处停着的卡车的位置。那辆军车业已不见。坂田暗道，或者是自己想多了，他冲服部点了下头权当告别，继而下车，往住所迈步。

这时，服部的声音在身后响起："嘿，坂田君！刑案课的直木长官和你应该比较熟吧？"

坂田应道："局限于同事。"

"哦！"服部继续道，"他对你很感兴趣。当然，是站在他作为刑案课课长的立场上，对你在若干个深夜做过些什么，以及一个如你般严谨苛刻的人，是如何释放巨大压力的方式，产生了浓厚兴趣。"

坂田还是没有转身："好的，我知道了。"他往前，开门，进屋，将门带上，手心里全是汗。他趴到门上，从猫眼看外面的服部发动汽车，驶出这条街道，才舒了一口气。但紧接着，他发现门前自己每每离开时故意放在门后的纸屑有移动的痕迹。

坂田恒一在过往的七年时间里，都是从事军队内部肃清工作的。很多次，某些日军军官并不在家或者不在办公室的时候，他领着手下秘密进入，寻找目标留下的各种痕迹。所以，他对于自己的住处与办公室是否有人进入，一向都分外留意。

他冷哼一声，却并没有去查看有哪些东西被人翻过。因为……在这个男人走出赤鬼岭事件至今的七年里，他一丝不苟地处理着自己的每一个细节。所以，不可能让人偷偷走入他的世界后，找出不利于他的任何证据来。

只不过，对于是谁来调查自己，坂田恒一倒是想琢磨一下……

服部川八吗？他想了想，觉得应该不是。服部对自己作为心理学学者的身份有着高度的认同感与强大的自信，所以，他不会行这种拙劣的把戏，反倒会处心积虑在话语中与自己周旋。

不过，服部应该知晓今晚有人要来坂田的住所搜查，甚至可能是帮凶，借故叫走了他。

那，难道是直木……今天邀请自己去居酒屋，却被自己拒绝的刑案课的直木？

坂田脱下军装，上床躺下。

不管是谁，既然走出了调查自己的第一步，那么，就会有第二步、第三步……坂田习惯后发制人，静观其变就是了。

只不过，弥漫在他四周的空气，似乎变得越来越稀薄……坂田开始意识到，越走到后面，他要面临的考验，以及所需的警觉，较七年前，都要增强无数倍。

他选择了不去细想，因为接下来的时间里，他必须能够睡着，而不要又是整夜的翻来覆去。这时，之前在火车站前，那个叫作释明镜的家伙和自己目光短暂交汇时的眼神，于脑海中回放。

坂田恒一嘴角上扬了……

此去经年，已有数年没见。未曾想到，他也风霜满面，少年不再。

第三章

月亮湾小镇

1

那杨伟人与罗东乘坐的绿皮火车开出太原不久，来自苏门县的李文浩一行人，也终于抵达太原。他们仨去了火车站派出所请求协查，车站派出所的同志也不含糊，查了下开往甘肃的火车刚驶出不久，便领着李文浩等人，去看入站口唯一的一个监控探头中午录下的影像。这九十年代的像素咱也不去说道了，就那么回事，再加上播放影像的也只是一台黑白的袖珍电视机。所以，就可怜了见过杨伟人和罗东真人的小钟了，坐那儿捧着小电视，看得眉头紧皱。

一直到下午五点，小钟才开始大呼小叫起来："是他俩，找到了，是他俩。"

李文浩和臧所长便凑上前，只见那黑白影像里，两个一看就是盲流的大个子，正在过安全检查。也不知道他们对负责检查的人说了些什么，那安检大姐便挥手放他俩过去了。

"这安全防范意识怎么这么薄弱呢？"李文浩升为副局长后，学会了好多官腔，不时甩出来。站在他旁边的车站派出所的大胡听了连忙点头："一会儿我就去给说说。"

李文浩冲大胡点了下头，然后和臧所长又商量了几句，最后，三人出车站派出所，去马路对面，一人来了一碗加辣的豆角焖面，吃得满头大汗，然后跳上三菱吉普，朝着甘肃开去。

这四轮的汽车，怎么可能跑得过火车呢？杨伟人和罗东抵达甘肃月亮湾时，李文浩一行人才刚出山西。

这月亮湾啊，是个小镇。之所以通了火车，得感谢六十年代时期时刻备战的意识。甘肃往上，就是内蒙古，一马平川。我国与苏修老毛子闹得最僵的时候，老毛子扬言要出动钢铁洪流，给我们点苦头尝尝。而内蒙古挨着蒙古，蒙古与苏联一个鼻孔出气。内蒙古在地图上那形状，大家也可以去仔细看看，118万平方公里，相当于把江苏、浙江、山东、山西、福建、安徽、辽宁、河南、宁夏、海南岛这十个不大不小的省份加起来，嗯，还不够。内蒙还跨越东六区、东七区、东八区三个时区，是我国跨经度最大的省级行政区。虽然老毛子的坦克选甘肃这边过来的概率不大，可不能不做各种准备啊。再说了，我国的核城404，也是在甘肃境内，只不过这在当时，知道的人还不多。

所以，这只有四条街的小镇月亮湾，就有了个火车站。早些年还是军用，因为镇外有一个当时属于保密项目的空军基地。到天上挂满卫星的九十年代，位于大戈壁上没遮没掩的保密项目也就没太多用处了。所以，火车站改为民用。那空军基地也只留了一个连的军人驻守。

也是因为附近曾经有过空军基地，所以这月亮湾小镇里所有的民房，都只能盖两层。盖的时候也应该是有过统一规划，整个镇就跟个大建材市场似的。四条街，街两边都是布局整齐、高度一样的两层小楼，跟画出来的似的。唯一的例外，就是火车站外面的希尔顿大酒店，有五层楼高，是新楼，所以才不用跟着过去的规划走。据说小镇之后的规划里，也都会盖这种五层六层的高楼，甚至更高。

跑到这鸟不拉屎的地方盖酒店的老板，据说是位高瞻远瞩的高人，深信不久的将来，这里会成为一个西北重镇。

杨伟人和罗东出了火车站，目光首先就被希尔顿大酒店给吸引住了。这时，火车站外拉客的大姐就过来了，冲杨伟人和罗东咧嘴笑，说："大兄弟，住店不？"

罗东便去搭话："多少钱一晚啊？"

大姐说："八十，豪华标准间，二十四小时热水加卫星电视，放电视台不给放的那种好片子。"

罗东便兴奋了，不过他的点不在好片子上。他迎了上去，开始还价："二十成不？"

大姐很生气："你当我们旅社是啥来着？二十？最少三十五。"

罗东板着脸："二十，不能再多了。"

大姐便继续装生气，两人开始了博弈。

站在一旁的杨伟人，却注意上了和他们一起下车的一男一女俩人。女的高挑，长发，穿着皮裤皮衣，挺好看，就是脸盘子大。她身旁那男的是个矮个儿，但背挺得笔直，还留着大胡子，胡子修剪得很整齐。杨伟人想起在火车上听到乘务员对话时，提起过这么个留着大胡子的人，是日本人，名字挺特别，好像是叫服部什么八。

杨伟人就琢磨，这么个小地方，他一个小日本，跑来干吗？这在以前，杨伟人可不会操这些闲心，可今时不同往日，细枝末节都得留意。于是，杨伟人就鼓起勇气，冲着对方喊了一句："服部……服部王八。"

对方果然扭头了，但杨伟人喊了别人王八，自然会连忙转身，站到了罗东与大姐唇枪的舌剑博弈圈里。那大胡子矮个儿回头看了一气，没寻到喊话的人，便再一转身，往那火车站对面的希尔顿大酒店去了。

这边那拉客的大姐眼观八路，注意到杨伟人正朝着希尔顿大酒店瞅，连忙说话了："别看了，那里面贵，也不好，不像我们旅社，还有……"她压低声，开始出大招，"还有美女晚上陪说话。"

罗东傻，听着这话冲人家瞪眼："不稀罕和女的说话，我俩躺一起说话就够了。"

那大姐倒吸一股冷气，上下看罗东和杨伟人，然后啧啧摇头："你们稀罕俩男的在一起……吓！挺新潮。"说完这话似乎又不甘心，改口道，"那喜尔顿里这几天住的都是些过来捡石头的，都是能开发票回去报销的主。你们别瞅那边了，弄不好都住满了。"

她说这话无心，听着的杨伟人却有了意："嘿，大姐，你说那喜尔顿里住了些捡石头的人，是啥意思啊？"

大姐也不遮掩，说："前两天上午，大白天的，天上出了流星，砸了镇外的戈壁。电视台的人过来采访了，还上了新闻。紧接着，这两天就陆陆续续来了不少奇奇怪怪的人。我们楼下那开饭店的姐妹就跟我们说，都是些过来捡那天上掉下来的石头的人。还说了，有一肥头大耳的人，他不出去捡，就守在月亮湾镇里，谁捡回来的他都收，给现钱收，钱管够。吓！那破石头，他现金收，谁信呢？"

罗东此刻已经入了还价讨价的迷阵，压根儿就没管这大姐说的事和自己此次来月亮湾要干的事有着关联，还在一根筋："少扯这些有的没的，二十一晚能住就住，不能住我们就去……"他想憋个大招来一次性将大姐击垮，一扭头，指向了那希尔顿大酒店，"不能住我们就上那希尔顿大酒店去住，反正咱也是能开发票回去报销的主。"

话说到这里，他小子自己先愣了，接着一扭头，冲杨伟人说："嘿，我咋忘了呢？我们这趟出来是出差公干，甭管花多少钱，胡司令他们都是给咱报销的不是？"

杨伟人冲他点头："嗯。"

罗东乐了，咧嘴笑："那我们还不如直接去住个好的得了。"

杨伟人也笑了，说："就是啊！"

俩人便不搭理那拉客的大姐了，往火车站对面的希尔顿大酒店走去。那大姐就愤怒了，在他们身后骂："俩男的，要睡一起……啊呸！真不要脸！"

实际上那喜尔顿酒店，也就那么回事，搁在内地，也就一招待所的排场。那前台的后墙上像模像样地挂了七八个石英钟，下面写着"东京""纽约"等地名，这是代表各个时区此时此刻的钟点。那调钟的师傅也不讲究，按理说，时针各有所指，分秒针还是需要完全一致才对。他倒好，北京时间此刻是下午三点十五，早一个小时的东京时间反倒是四点半，另一边的纽约时间又是八点四十。

罗东看不明白，瞅着乐："你看这有钱人，就好显摆，挂一排钟。"

杨伟人虽然看过不少书，可没读过啥科普读物，也不懂这些。他的注意力，停在了站在前台办入住的一个皮衣皮裤的姑娘身上，正是之前和那小日本一起来的美女。他身旁的罗东就昂首挺胸过去了，站那皮衣姑娘身边，摸出两百块钱往台面上一甩，说："住店。"他一直待在社会底层，此刻如此这般的耀武扬威，有种自卑的心态作祟。

谁知道那前台站着的人瞟了他一眼，淡淡说了句："最便宜的标间两百二一晚，你这不够。"

罗东就愣住了："嘿，你们家这啥破店，两百二一晚，宰人吧。"

杨伟人不比罗东，是干大事的人。他觉得吧，既然那大姐说这几天过来捡石头的都住进了这喜尔顿，自己和罗东俩巨警，也不能丢了东南亚巨警中心的面子。于是，他便上前，从兜里掏出皱巴巴的几张百元大钞来，往前一扔，淡淡地说了句："先来三晚吧。"

那服务员"嗯"了一声，手里拿出张房卡递给之前就站在那里的皮衣姑娘，说："小姐，这是你和服部先生房间的卡。"

皮衣姑娘接过房卡，扭头看了杨伟人和罗东一眼，转身便往后走。她脸盘子确实大，但五官都很好看，跟雕刻出来似的，杨伟人没忍住回头多看了一眼。而也就是这一回头，他发现酒店大堂的角落里，那留着大胡子的小矮个儿日本人，居然正望向自己。杨伟人被吓了一跳，下意识去摸后腰别着的那把打火机手枪，以为是手枪露了出来，吸引了对方注意力。可伸手一摸，外套拦得好好的。

杨伟人舒了口气。

前台服务员又要收他俩的身份证，登记入住，杨伟人掏出身份证，可罗东却站那里直瞪眼。他之前在黑煤窑里，身份证被煤窑老板给收了。逃出来时只记挂着拿回自己的血汗钱，没拿身份证。其实吧，换见过些世面的，此刻就可以说我们只住一个人，登记杨伟人一个人的身份证就得了。可他俩都实诚，站那里给人家说住两人，就登记一个证行不行，还掏出香烟来递给人家一小姑娘，要人家通融通融。这服务员也是个势利眼，背后挂着七八个时区的石英钟，见过大场面，见不得这俩瞅着就是乡下出来的粗人，便坚持原则："不行的，派出所有规定。"

两人便有点不愉快，再加上两百二一晚，对他俩来说，本就有点接受不了。此刻，有这么个台阶下，也好扭头往外走。

最终，杨伟人由着罗东在这希尔顿大酒店的大堂里吼了两嗓子："爷我有钱也不住你们这破店。"

俩人转身出门，再去火车站门口找到那大姐，以三十一晚的价钱，住进了希尔顿大酒店旁边的喜相逢大旅社。大姐笑着："俗话说金窝银窝比不上我家的狗窝，别看那希尔顿大酒店排场大，真正住起来，还不一定比得上大姐家的这狗窝呢。"

杨伟人和罗东交了钱进房一看，还只能说是进了狗窝。

3 /

山西到甘肃，一千多公里，要经过陕西。虽然李文浩和臧所长两个人可以轮流着开，可始终都不是跑长途车的货车司机，路况也不熟。那时候没有高速，国道到了晚上也没路灯，黑乎乎的。李文浩一寻思，决定在这陕西境内睡一晚。三人找了个县城招待所，臧所长去开房，说要两个房，一个单间，一个标双。李文浩就指着墙上那价格表说："不是有三人间吗？就和十年前那样住着挺好啊，没必要开两间吧。"

臧所长说："今时不同往日，现在你都副局长了。"

李文浩笑了："副局个啥，咱老弟兄仨，说这些就没啥意思了。"

小钟也跟着笑了："李局念旧。"

这住下了，可也不能因此就耽误了事。李文浩又查了月亮湾镇火车站派出所的电话打了过去，要那边的同志留意这两个外来人，一个叫杨伟人，一个叫罗东。还和那边说了我等山西的刑警随后就到。

月亮湾是小地方，一万多人的小镇。当地派出所每日里闲得很，久了就觉得闲是常态，啥事都提不起兴趣。接了山西公安的长途电话后，这火车站派出所值夜班的所长王卫旗同志就把话筒往旁边一撂，嘀咕道："啥情况，歹徒还会流窜来我们这鸟不生蛋的地方？"

说是这么说，第二天上午王卫旗还是把所里那三个民警、俩协警给叫了回来，开了个半小时的会。山西警方要求协查俩人的事，不够说半小时，王卫旗主要讲了下镇公安局昨天下午开的"12·28"特大连环杀人案件的情况通报。之所以叫"12·28"特大连环杀人案，是因为这一组案件的第一起，发生在去年12月28日。尸体是一个放羊的老汉发现的，那老汉媳妇死了多年，领着五头羊每天在戈壁滩上瞎转，远远地看到一块大石头上趴着白花花一块东西，便好奇地凑上前去，发现是个死人，还是女的。这老汉以前当过兵，上过朝鲜战场，心大，领着那几头羊不急不躁回到镇里报了案，讲得还挺清楚的，包括细节，比如那死者模样挺俊，没出事前应该挺多小伙儿喜欢等等。刑警队的人就过去了，定义为奸杀案，死者应该是外来人，本地人没那么白。致命伤是脖子上一根细铁丝，切断了受害人的气管血管，断了身子和头颅的联系。没了性命的她身体朝下趴在那大石头上，静候戈壁寒风将她风干变成干尸。

小镇很少出现命案，刑警队的人有点手足无措。当时的侦查技术也有限，只能通过大量摸排外来人员，希望找到线索。当时又是年末，都等着过年，所以办案进度并不理想。可没想到的是，翻过年头的2月13号、3月4号，又有两具尸体被发现，都是女性死者，致命伤也都是铁丝勒断了脖子。

情报报到了市里，市局领导高度重视，派了小组下来协助办案。其实也就来了一个人，市局刑警队的指导员毛军，外号黑猫。这黑猫过来后，就召集全镇派出所所长开了个会，通报了案情。因为他自己刚接手这案子，所以细节也说得不多，下面坐着的王卫旗也没听太明白。

自然，到召集所里的同事开会时，他说得也不太明白。

末了，王卫旗又给大伙儿说了山西警方要求协查的事。那打电话来的李文浩说话带口音，这王卫旗也没仔细核实具体的字眼。最终，下面的同志就出门去查一个叫梁威能，一个叫鲁东的嫌疑人去了。

到安排妥当，也中午了。王卫旗就锁了派出所的门，端着大茶缸往家里走。他家就在派出所斜对面，开了个旅馆，叫喜相逢。旅馆一共隔了十二个标准间，自家人住一楼，来的人住二楼。房子也都是自家的，当年盖这两层楼房时，按照家里男丁数目给分配。王卫旗家有四个男丁，他爹王前方、王卫旗和他后面的俩弟弟王卫帜、王卫星。

后来王卫帜长大了，去兰州开货车，干了两年又把王卫星领走了，都在那边安了家，这月亮湾的房子就都留给了王卫旗。王卫旗的媳妇马小云没工作，儿子又去了外地上大学。于是，两口子一商量，便开了这喜相逢旅馆，也没雇人，反正也没几个人来住。马小云白天没事去火车站溜达，搭讪弄两个人回来，就赚个几十块钱。没拉到人，就顺便买了菜回家做饭，等王卫旗回来吃饭。

今天，马小云给旅馆里拉回两个人。对方磨叽，讨价还价说了很多，耽误了买菜。见王卫旗回来，便急急忙忙去买菜。王卫旗十年前犯过错，所以被扔回老家这月亮湾干派出所所长。这十年里，见过的最大的案子是两人持刀对砍，都一身血，在镇上属于爆炸性新闻。最后用车送医院，两个都只是轻伤，弄了个治安处罚了事。

也是安逸久了，总觉得天下都太平，不把事当事。哪曾想到，自己这一亩三分地里，居然还出了连环杀人犯，还会有外地流窜犯跑过来？所以，他还是翻了下媳妇马小云的登记本，看了下住进来的人叫啥。

一个叫杨伟人，一个叫罗东。王卫旗压根儿就没往昨晚接的那电话里提到的嫌犯方向琢磨，端着茶缸就坐门口晒太阳去了。晒了一会儿太阳，就瞅见一个肥头大耳穿西装的老男人朝自己走来。王卫旗当时没穿警服，便装，又端着大茶缸，晒太阳晒得眯眯眼，显现不出警察的那股子威严。这老男人迈着外八字过来，当他是普通群众，问王卫旗："这旅社是你家的吗？"

王卫旗说："是。"

老男人就掏出烟来，是好烟，进口的健牌香烟，很少有卖。当时的人都说啊，这健牌香烟的香味，就是鸦片烟的香味。

"来，抽根烟。"老男人说。

王卫旗接过，叼上，自个儿点上。

老男人又说："你这店里今天是不是住进来俩人？"

王卫旗点头，眯着眼。

老男人问："住哪个房？我是他们朋友，找他们有事。"

王卫旗心大，又抽了人家的烟，便答了："203。"

老男人说谢谢，迈着外八字，往喜相逢旅馆楼上去了。

这楼上203房里，住着的正是杨伟人和罗东。罗东是个浑人，没啥讲究，一肚子内脏只需要一整坨蒜就能给消毒的主，自然对这房间里的脏乱没啥看法。进屋后，他就往有点发潮的床上躺着，点了支烟说："这干巨警的生涯真是刀尖上舔……"说到这里他又忘了后面的词，便生生把这话给咽了下去，改口说，"真是辛苦啊。"

杨伟人跑去开窗，让屋里的霉味走掉点，自个儿站窗户前抽烟，心里在骂罗东，这才干了些啥，就在这里感慨，便懒得和他搭话。

罗东没趣，打开电视，想看之前大姐说的电视台不给播的电视节目。可电视里只有两个台，一个中央台和一个月亮湾台。中央台在放黄梅戏，罗东不喜欢。月亮湾台在放五六个老中医讨论驴鞭对阳痿不举的神奇效果，坐旁边的女主持人就很激动地说："那我买给我老公吃了，他是不是就能够威风起来呢？"

老中医们纷纷点头，说："那是百分之百可以肯定的。"

这时，门外有人敲门，罗东跑去开门，门口站着的是个穿西装的

068

胖子。

罗东问："你找谁？"

胖子说："请问你俩是……"他左右看看，压低声，"你俩也是冲着陨石来的吧？"

罗东就二两脑仁，人家问啥他就说啥，不知道遮掩，扬着脸闷哼道："废话！祖国的郊区来我们这么俩人物，不是冲陨石来的，难不成还是来要的？"

那胖子说："那就对了，有事想和你们谈。"也没等人答应，他便往屋里钻。接着一不留神吸入了一口屋子里的霉味，眉头便皱了下。再看杨伟人，他没罗东话多，显得稳重点。胖子寻思着杨伟人才是干事的人，便掏出烟来先给杨伟人点上，再给罗东。

杨伟人没撑他，点上他递来的烟，问："你找我们有什么事？"

胖子便开始表露身份，说自己姓何名大伟，江湖上客气的，都喊他一声伟哥。这时，电视里那老中医拍案而起，说："伟哥算个屁，我们的驴鞭胶囊才是男人的未来。"

罗东就乐了，哧哧笑。杨伟人连忙关了电视，说："伟哥您继续。"

何大伟自己也笑了，从裤兜里掏出名片，递给杨伟人，却没给罗东。罗东没啥心肺，也不计较，忙跑到杨伟人身边看那名片。只见上面写着"东南亚商业公司总经理何大伟"。罗东就乐了，说："吓，一个公司的呢。"

杨伟人便瞪了他一眼，小声说了句："可能只是重名。"

何大伟听了也没追问，又说："你再把名片翻过来瞅瞅。"

杨伟人翻过名片，才发现这名片不只是名片，竟然是用一张IC卡改造的。背面还印着中国电信的标，写着三十元。

"小小心意。"伟哥微笑着说道，"和你俩交个朋友。"

罗东这才意识到对方为什么只给杨伟人一个人派名片了，敢情他伟哥的小小心意只给了杨伟人，压根儿没把自己这巨警一号当回事。罗东有点气恼，一转身，又按开了电视，然后坐床上看电视去了。

杨伟人倒识大体，学着电视剧里的客套话："我就恭敬不如从命，谢谢伟哥了。"

那电视里卖驴鞭胶囊的广告已经结束了，换了两个穿白大褂的大姐，竖着大拇指齐声说道："不谢不谢，不孕不育，认准戴阿强妇科医院。"

罗东哈哈大笑起来。

有这货搅局，这何大伟想要说道的正事就不好推进。杨伟人便瞪眼冲罗东训斥道："你就不能不给添乱吗？"

罗东被他吼得一愣，那二两脑仁一下没反应过来，开始琢磨自己是不是要凶一句给怼回去。这时，伟哥又掏出了一张名片，其实也就是一张IC卡，递了过去："你看看我这粗心大意，没给这位兄弟呢。"

罗东忙接了卡片，心情又好了，也学着电视剧里的说辞说客套话："谢谢大哥！"

这何大伟啊，是个混北京潘家园的老江湖。早些年把玩民间古董倒卖，赚了不少钱。这两年，来古玩界捞钱的人越来越多，懂的不懂的一通乱来，市场就乱了。

何大伟琢磨，是不是要另辟蹊径呢？他有个表舅，是地质调查局的，副部级的事业单位。何大伟和这表舅喝酒聊天，无意中听表舅说起有美国人花一百万收购了一块云南的陨石。何大伟大吃一惊，连忙追问。表舅也不隐瞒，说这茫茫宇宙啊，地球就算个屁。每个星球上的泥巴石头都各有不同。搁在天上不值钱，落到地上可就不一样了，具有非常大的研究价值，是无价之宝。

何大伟是个举一反三的玲珑人，一下就琢磨过来了。他想啊，这赚以前宝贝钱的人多了，冒充专家的人满了大街，据说电视台都要上鉴宝节目，说明这古玩圈成了红海。而表舅说的陨石换钱，做的人可是极少极少，懂的人更是稀罕。他何大伟有表舅这个鉴定专家在，手头又有一些资本可以用来收购，正是头个吃螃蟹的，天时地利人和齐全。

那晚，何大伟仰望星空，眼界一下放大了无数倍，容纳了整个宇宙，露出了会心的微笑。

何大伟也勤快。最开始几个月，他夹个公文包，便去了云南贵州那边转，像早期耍古玩的人一样，到地方上去捡漏。只不过人家是收古玩，他是收奇石。收古玩的需要打听那玩意儿来由的老旧故事，他收奇石就想听人说某日天空一道彗星闪过。也上了些当，花了些冤枉钱，家里摆着的各种不值钱的奇形怪状的石头一大堆。表舅时常辅导后，何大伟也渐渐开了点窍，明白了收这陨石啊，不能指望着用捡漏那一套，得快准狠，盯着电视新闻里的流星雨去追。

果然，用这种方法，他去年就追去了西藏，打一个牧民手里花五十块收回了一块绿色的石头，拿回北京后，表舅激动不已。可买家不好找，何大伟的人脉都是些倒卖古董的，眼界就一条缝，不和何大伟讨论宇宙的事。他何大伟也不可能摆个地摊标上"来自外太空的伟大馈赠"。最终，还是表舅说服了单位，拨了一笔资金，收了这块石头。

何大伟至此尝到了甜头，寻思着自己这还是为国家做了事，沾沾自喜。所以，前两天电视里说甘肃月亮湾有陨石砸下来，何大伟直接跑去银行，取了点现金就赶了过来，住进了希尔顿大酒店，准备开始寻访陨石。可接下来一两天，他发现这月亮湾一下来了好几拨奇奇怪怪的人，私底下一打听，居然都是冲着石头来的。

何大伟琢磨了一气，最终觉得自己这高血压的身体拼不过那些人。最好的方法，就是利用自己的强项，花钱收。这月亮湾镇上不是有传真机吗？何大伟想好了，遇到好石头就拍照传真到北京，让表舅大致估摸一下。至于花多少钱，何大伟觉得问题不大。毕竟到时候收自己石头的是他们事业单位，不缺钱。

干大事的，自然有干大事的样。何大伟这么觉得。

可这两天也去敲了几个行踪可疑的家伙在希尔顿酒店的房间门，送了好几张 IC 卡的名片出去，却都是一鼻子灰。当然，也有人客套地说了几句，如若捡到了宝贝，可以给大伟兄弟你开个价。但那说话的口吻，也是江湖气十足，让何大伟觉得打他们手里，赚这石头的钱，相当于去吮甘蔗渣里的甜味，没啥劲。就在这时，他瞅见了刚下火车的杨伟人和罗东。

之前也说了，何大伟是混古玩圈多年的老混混了，看人准。之前在潘家园啊，但凡遇到一身黄泥巴味，眼神不游离的主，十有八九都是有着真实宝贝的倒斗界兄弟，货硬人爽快。而这杨伟人和罗东两人走出火车站那一瞬间，何大伟眼前一亮，正是那种人——实干又实在。所以，他一路尾随，跟到了喜相逢大旅社。在外面候了一会儿，就上楼来找他俩了。

既然进门那会儿，何大伟就开门见山问了对方是不是过来捞石头的。对方没隐瞒点了头，所以，他也就没必要遮遮掩掩。派完卡片，就开始跟他们说自己是干吗的。

他说："不瞒两位，我是收石头的。"

罗东就插话："收啥石头？陨石吗？"

何大伟说："是。"

罗东说："我们也没有，我们刚下火车。"

何大伟忙扭过头来，不看罗东了，因为他也发现了和这皮肤黝黑的家伙聊起来挺费劲。

杨伟人眯眼笑着："我们确实刚下火车。"

何大伟说："我知道啊，可你们就是过来这月亮湾捞石头的，捞了石头后不就是为了卖个好价钱吗？而我，就正是花钱收石头的。"

杨伟人将手里的烟头往窗外一弹，搁在他们乡下都是这样弹的，所以这会儿他也没想到这一弹会沾上是非。他扭过头冲何大伟淡淡地说了句："咱不要钱。罗东，送客！"后面这半句他是学电视里干大事的人的台词。

罗东应着："好嘞，伟哥，再见。"

何大伟是啥人，再大的林子再多的鸟也都见过了。这会儿，他便点点头："好吧，那我就先走了。我就住对面，你俩的卡片上有我的大哥大号码，有什么想和你们伟哥说的，楼下公用电话上插 IC 卡联系，我随时……"

他刚说到这里，声音就被楼下莫名其妙的吼叫声给打断了。

"刚才上去的那死胖子，给我滚下来。"楼下吼叫的人应该很大火气。

刚上来的胖子，自然就是这何大伟了。

何大伟一头雾水，便也冲楼下喊："什么人啊？说话这么难听，招你惹你了？"

楼下喊话的，正是坐在门口喝茶抽烟的车站派出所所长王卫旗。他摸着那根健牌香烟，觉得好烟得配好茶，便翻箱倒柜找出了人家送的西湖龙井，往大茶缸里撒了一把，开水冲好。然后，他坐在门口的睡椅上，端着茶缸，吸一口健牌香烟，浅浅抿上一口西湖龙井茶，再闭上眼睛细细品味，感觉人生巅峰来到了一般舒坦。

想要再巅峰一把，抱着茶缸又抿了一口，觉得有啥不对。连忙睁开眼睛一看，那茶缸里面不知怎么多了个烟头。抽烟的人还是个有咬烟屁股坏毛病的人，把那烟屁股咬得奇形怪状，带着口水，正是杨伟人的杰作。

王卫旗不知道啊！

他当时就火了，烟屁股上有品牌标志，是之前和自己搭讪的胖子抽的健牌香烟。一抬头，又发现自己坐着的位置就在住了客的房间下方，胖子正好去那房间寻人。于是，王卫旗对着楼上就吼了，唤胖子下来。

这何大伟虽然是老江湖，但也不是随便一个人说吼就能吼的。在这楼上被两个土包子甩了个脸色，又被楼下这莫名其妙一顿骂，便也来了脾气，往楼下跑去，要会会骂自己的人。杨伟人和罗东那会儿也不知道怎么想的，或许是觉得收了人家的 IC 卡算是朋友，又或许是忍不住想跟着去看热闹？两人也连忙关了门，跟着何大伟下楼。

到喜相逢门口，王卫旗瞪着眼候着何大伟。何大伟也来了气，冲上前说："你刚才是在骂我？"

王卫旗说："骂的就是你。"然后举着茶缸，让他看自己茶缸里的烟头，说，"你看看这是不是人干的事？"

何大伟一看，就明白过来了，这和自己无关，是楼上的大高个儿往楼下扔的烟头。这受了冤枉，便越发生气，又见杨伟人和罗东跟了下来，便一指他俩："你就认准是我扔的，不会是他俩扔的吗？"

王卫旗说："除了你这死胖子，还有谁会抽得起健牌香烟。"

杨伟人也明白了过来，连忙说："这位大叔，你这烟头确实不关伟哥的事，是我扔的。"

罗东又开始添乱，看人家吹胡子瞪眼，也跟着吹胡子瞪眼，说："是咱扔的又有什么问题？难道你还要打我们不成？"

王卫旗愣了下。他一个派出所所长，几时遇到人这么和自己说话的。于是，他右手往后腰上一搭，那挂着的手铐就摘了下来。可紧接着，他又意识到自己作为一名人民警察的同时，也只是一个普通老百姓，媳妇还开了个旅馆，总不能和这些人一般见识，动不动就用对付犯罪分子的一套啊。

想到这里，他又把那副铐子给挂了回去。

这一动作，却让何大伟、杨伟人和罗东三人看了个真切。那腰上挂手铐的，是警察无疑。于是，三人脸色也都变了，不再装横，换了笑容。何大伟掏出烟来："哥，来，消消气。"

罗东胳肢窝里夹着手雷打火机，被这一情景给吓了一跳，那打火机就没夹稳。加上下楼之前他在床上打滚，汗衫毛衣都没往裤子里扎，于是，手雷打火机就顺着衣服下摆"咕噜咕噜"滑了出来，"啪"的一声，砸到了地上。

要知道这胡司令买来的仿真手雷打火机，那外形的仿真度是很高的，像个玩具的话，他们也就不会这么稀罕了。此时此刻，那手雷掉到地上，被王卫旗和何大伟瞅见了，都被吓得往后一蹦。何大伟抱着头就往旁边跳，学着香港片里动作，直接扑到了旁边墙角。那墙角有一摊脏水，他哪有留意啊，保命要紧不是，脸朝下，扑了过去。

这边的王卫旗毕竟是公安，身子往后一扭，蹲到了自己那把睡椅后面。手又往后摸，可这会儿不当班，后腰上就只有那副手铐。王卫旗抓着手铐大声喊道："举起手来，我是警察。"

罗东怎么见过这种阵仗，一下慌了，急急忙忙举起手来，想要解释，可嘴唇哆嗦起来，酝酿了一气，扔出一句："别开枪，我不是坏人。"

所以说还是杨伟人冷静，看过成功学书籍懂得心态改变命运的道理。他连忙从地上捡起那打火机，说："是打火机，只是手雷的造型。"

又见王卫旗还在那睡椅后严阵以待，便把打火机给打着了，举着火苗说："我兄弟不是想给你赔不是吗？伟哥给你烟，他想过来给你们点个火而已。"

至此，王卫旗和何大伟才放松下来，只是虚惊一场。何大伟用手抹脸上的脏水，骂骂咧咧往喜尔顿酒店走，说："晦气，晦气，遇到你们这么几个傻鸟。"

王卫旗从杨伟人手里接过那打火机，仔细看了看，说："以后，别没事拿着这种玩意儿出来显摆了。"

杨伟人连忙说："是，是，以后我们注意。"

第四章

一个叫作直木明的侦探

1 /

1938 年的青岛市治安维持会刑案课课长直木明大尉，是一名
侦探。

战争爆发前，他就是侦探。来到中国后，他还是一名侦探。同样，
他希望战争结束后，自己依旧是一名侦探。

直木明对这场战争很反感。他只是个侦探，就算现在的他，每日
里穿着军装。

所幸离开日本本土时，他还带了两套书出来，一套是法国著名
的刑事侦查学家、司法鉴定学家和警察技术实验室的先驱人物埃德
蒙·洛卡尔的《刑事侦查的方法》；另一套是直木明的老师——日本
刑事技术学家南波奎三郎的《犯罪搜查学》。到中国后的这两年里，
闲着无事，直木明就来回翻阅这两套书，边角都烂了。

所以，在大小脚连环杀人案出现后，这世间最为兴奋的人，非直

木明莫属。一夜之间，他觉得周身的毛孔都扩展开来，每一个神经末梢也都伸长，捕捉着围绕这起案件的丝丝线索，汇总，再思考。可紧接着，第二起、第三起、第四起……每月一次的凶案现场查勘，又令直木明开始万般焦虑。因为，他是一名侦探，违法者作下的每一起孽，都是对他脸面的一次抽打。

侦探的天职是什么？抓捕犯罪者，保护无辜的人。就算，那些无辜的人，并不是作为一个日本军人的他需要费心去保护的中国人。

直木明开始意识到，自己这二十几年的侦探生涯遇到的最为狡猾也最为凶残的对手，已然出现。而他，也一定是将他绳之以法的那个执法者。

可是，大小脚案案发至今，直木明收集到的关于嫌疑人的线索少之又少。再加上军部对维护青岛市治安的刑事案件课这么个部门，并不是很在意。要知道，在日军里能够被称为"课"的部门，可是具有独立行使和管理权力的机构，相当于当时中国军队里面的一个处室。担任课长的，军衔也鲜有只是大尉的，动辄少佐、中佐甚至大佐。而直木明，就是这少数只是大尉军衔的课长中的一员。

直到第六起凶案发生，媒体跟进，闹得满城风雨，军部才开始重视起来。他们告诉直木明，刑案课可以调动任何资源，只要能够将这大小脚案的凶手抓获。当然，就算没有将之抓获，能保证这凶徒不要继续作案也可以。毕竟……

土肥原贤二在电话里嘿嘿笑了两声后，说："毕竟交出一个顶罪的中国人非常容易。"

土肥的话，让直木明感觉毛骨悚然。军队是一个结果导向的团体，对于采用什么样的方法方式，都无所谓。所以，他们要的结果不过是大小脚案告一段落就可以了，并不在乎真相。

可直木明不一样，他，是一名侦探。侦探要的不是一个案件从此尘封不在，而是……

直木明要的是真相。

也是得到了上级的支持，所以，直木明得以在维持会里召开了一次关于大小脚案的案情通报会。要知道刑案课人少，也没啥权力，单靠他们刑案课要扩大侦破力度其实很难。但维持会里的其他日军机构就不一样了，宪兵部、特高课都是掌握有大量情报的部门，如若他们愿意帮忙，那案情的侦破能够提速很快。

没有想到的是宪兵部和特高课的军官们并不配合，尤其是特高课里即将成立的松机构负责人坂田少佐，更是对直木明的工作不屑一顾。不过，直木明之前就听人提过坂田恒一的不少事，知道他和自己一样是大阪人，算是老乡。再者，坂田恒一之前又是在宪兵部工作。如果自己能够说服坂田少佐对自己手头的这大小脚案产生兴趣，那么，宪兵部和特高课的资源，他都能够帮自己全部调动起来。

直木明是一名侦探。他做事的习惯，首先是准备。为了能够与坂田少佐快速套上关系，他专程调取了坂田的资料。要知道大阪并不大，弄不好自己和坂田还是同一所学校毕业的师兄弟呢！

谁知道这一翻，直木明居然在坂田的资料里发现了两个不小的问题。首先是坂田恒一连续几年的体检报告里，都显示了他两只脚的大小是不一样的。按理说这也正常，人的右脚一般都会比左脚大。因为，右脚稳定性高，左脚灵活。这也是为什么稍息立正时，都是右脚保持稳定而左脚移动的原因。可坂田恒一左右脚的大小恰恰相反，竟然是左脚比右脚大了 0.8 厘米。这数据和大小脚案里，凶手留在现场的两个脚印的大小，竟然完全吻合。不过，资料里也有描述坂田双脚曾经受过伤——受伤的时间地点是 1931 年 12 月的奉天城外，赤鬼岭上。至于受伤原因，资料里没有详述。

　　至于第二个疑点，来自于坂田恒一的入伍时间——1931 年 11 月。当时，直木明在大阪警视厅工作，侦破过一起性质非常恶劣的轮奸杀人案。凶手一共有五个人，都是高中生，但警视厅最终只抓到了四人，因为还有一个在案件侦破前已经入伍离开大阪，去了中国战区。据被捕的四人供述，那唯一没有落网的男孩，就是他们作恶的缘由，是个非常冷酷残忍的家伙。可当时，军部在日本影响力非常大，地方警察不敢就一些刑事案件和军队进行交涉。再者，全世界的罪犯都有一个共同点，他们会把罪责推给没有落网或者已经死去的同案犯，毕竟推得干净了，警方也无从核对。

　　最终，那起案件被草草结案。

　　而坂田恒一，正是来自那起轮奸杀人案的案发地大阪，资料显示他所读的高中，也是那几个凶徒所读的高中。并且，他入伍的时间与第五个凶手离开本土的时间吻合。那么，他会不会就是那名被其他人提起的那个非常冷酷残忍的家伙呢？

再说，他还有一双七年前在一个叫作赤鬼岭的地方受伤的大小脚……

要核对坂田是不是第五个凶犯并不难，直木明发了个电报给大阪警视厅，要当时处理这个案件的同僚查阅下案卷，找出那个家伙的名字来。可当时战争时期，也不知道警视厅里磨蹭什么，迟迟没有回电。正好这天中午，直木明在维持会门口又遇到了从外面回来的坂田恒一。于是，直木明就微笑着邀请坂田恒一晚上找个居酒屋聊一会儿。

坂田是个不很好打交道的家伙。他板着脸看了直木明一眼，简短地回复了一句："没空。"说完就扭头而去。

直木明讨了个没趣，站那里有点尴尬。可这时，一个衣衫褴褛、蓬头垢面的家伙从坂田刚离开的那辆车后方位置走了过来。他身边有一位后勤部门的军官，对他唯唯诺诺，并抬手指着直木明小声说道："这位就是你要找的那位刑案课长官。"

这个脏兮兮的家伙便对直木明说话了："您，就是直木明先生吧？"

直木明愣了一下。面前这位看着像是乞丐的家伙，说着字正腔圆的日语，此刻又是在维持会里，他应该也是军队的人。而此时自己穿着军装，那么，对方应该称呼自己直木明大尉，而不是直呼先生。

对方似乎看出了直木明的所思所想，微微笑着："嗯，我是服部川八，之前有幸与你的老师南波奎三郎教授认识，受过他的指点。和直木君一样，战前我并不是军人。我们都在各自的领域里有着各自的所长，也痴迷于各自的所长。所以，我觉得你我还是不用军衔来称呼对方，会显得亲近一点。"说到这里，他伸出了自己的右手。

"服部川八？帝国之鬼服部川八？"直木明问道。

对方耸了下肩，点头。

直木明连忙握上了他那伸出的手："我也听老师说起过你，想不到能够在青岛遇见你。"

"嗯！那么……"服部想了想，"我们一起共进晚餐，好好聊一聊吧。要知道，我这次来到青岛，负责特高课的松机构，也不会只待一天两天。我在这里没有朋友，我想，我们可以走近一点，或许，彼此都可以在对方身上学到很多东西呢！"

直木明连忙说："非常荣幸，那好吧！我们今晚见。"

两人分开后，直木明回到刑案课的办公室，激动地搓着手。他想要得到宪兵部或者特高课在大小脚案件上的帮助，可一直以来，这两个部门的人都对自己负责的刑案并不感兴趣。想不到，新调过来的松机构负责人居然主动和自己套近乎。并且，他就是被外界传得神乎其神的帝国之鬼——服部川八大佐。

如果能够说服他帮助自己调查这大小脚案，那就太好了。

于是，临到下班时，直木明便早早站在维持会大门口候着。没想到应约来到的服部川八并不是从维持会里走出来的。换上了一套军装的他，在路边的一辆吉普车上喊直木明的名字。直木明笑着回应，继而上车。他说了要去的那家日式居酒屋的名字，还想指点服部川八怎么开过去。谁知道今天刚到青岛走马上任的服部川八却笑着说："我知道那地方！"

他俩点了些小菜，叫了两壶清酒。和直木明一样，服部川八也只是小口抿酒，细细品味。就这个细节看来，他也是个有着良好生活习惯且非常自律的人，应该从不会喝醉。直木明并不想太快将话题带入大小脚案，可服部川八反倒率先问起。面对这位被传得神乎其神的上司，直木明也没隐瞒什么，将大小脚案件从案发到如今六起案件的诸多细节一一详述。最终，听得皱起了眉头的服部川八问道："那目前，有怀疑的对象吗？"

直木明有点不好意思回答了，毕竟他是侦探出身，并不是很熟悉官场职场的那一套。之前逮过的几个疑犯最终都被证实并不是大小脚，那么，他也不可能絮叨着拿走过的那些弯路用来表功。于是，他只能略微尴尬地回答道："目前还没有。"

让他始料未及的是，面前的服部川八却说："你们就没有想过凶手可能是我们日本人吗？比如……"他看着直木明，那眼神让直木明觉得像是在看着一只猎物，"比如左脚比右脚大了一码的坂田恒一少佐。"

直木明吓了一跳，忙回答道："不敢，不敢。"说这话的同时，他避开了与服部的目光交会，甚至他还有点慌乱，不得不端起酒杯，手忙脚乱地喝了一口。

"嗯！直木君。"服部继续着，"你怀疑过他。或者……"服部那鹰隼般的眼神继续死死盯着直木明的表情，"或者你已经翻阅过坂田少佐的资料，开始进一步调查了。"

"没有，我怎么可能……我怎么可能去调查坂田少佐呢？"直木明解释道。

"哦。你翻阅过坂田恒一的资料，但还没有开始进一步调查。"服部川八开始微笑了，之前那让直木明惊慌失措的奇怪气场终于消失。服部也端起了酒杯，浅浅抿了一口，"直木君，其实挺巧，我也刚仔细看完了坂田少佐的资料，准备对他进行进一步调查。只不过，我想要收获的答案，和你所要找寻的真相不一样。嘿嘿，直木君，我是做情报工作的，所以，请恕我不能将我为什么要调查坂田少佐的原因如实告诉你。"

接下来的这顿晚餐，直木明感觉自己变成了一个唯唯诺诺的孩童。服部总是在直木明的思路走向的前方拐角候着，用他无法反驳的理由进行引导。只不过，一切又似乎都是直木明需要的果——特高课的服部大佐将要协助自己调查大小脚案件的嫌犯之一坂田恒一。并且，他也有他的诉求，与自己并不冲突，不算是越权帮助。

这顿晚饭一直吃到天黑，不得不承认，与一位在心理学领域有着高深造诣的前辈聊天，似乎是一件很快乐也很放松的事。服部川八抬起手腕看了看表，这是一块做工精致的银色手表："嗯，九点了，我想，我们可以开始刚才聊到的工作了。”

直木明没听明白，正要发问。这时，居酒屋外，一辆套着帆布的军用卡车缓缓行驶过来，停到了服部川八那辆吉普车后面。

服部川八抓起了桌上的佩剑，站了起来：“直木君，介不介意领着我的新同事们，到坂田恒一家里看看？”

直木明越发不解：“现在吗？”

服部点头：“是的。今晚，我会与坂田少佐去火车站，见几个自认为能够撼动我们大日本帝国的小蚂蚁。所以，你有一个半小时的时间，可以在他的住所里为所欲为。当然，我也实话实说，我之所以要你帮我走进他的住所……”服部扭头看了一眼居酒屋外的卡车，“我相信你，在搜查完后，不会在现场留下一丝丝痕迹。而卡车里那些粗心大意的士兵，不可能做到。”

服部的解释，又一次提前出现在直木明正想问出的“为什么选择我”这一问话前。于是乎，直木明似乎变得不需要独立思考，只需要跟随服部的安排将一切推进就可以了。作为一名侦探，直木明甚至开始搓手了，因为走进目标疑犯家里收获到证据的机会是很大的。绝大多数连环杀人犯都有收集被害人某些遗物的习惯，而这位大小脚，应该也一样。

于是，在这个夜晚，直木明坐在那辆军用卡车的驾驶室里，远远看着服部川八敲开坂田住所的房门。到坂田临上车的时候，他似乎往直木明这边瞟了一眼。卡车停在暗处，也没有开车灯。直木明相信，日军军官住宅区里出现一辆军用卡车，对坂田来说应该是司空见惯。

等到他俩的车驶出巷口，直木明才领着士兵下车。有人居然拿出了坂田家的门钥匙，直接将门打开。直木明看了，没吱声，心里也琢磨，或许自己住所的房门钥匙，也在特高课的某个办公室墙上挂着。

他缓缓向前迈步，走入院子。在他前面开门的士兵又用另外一片钥匙打开了里面的门。直木明示意大伙都在院里候着，然后他上前推开门，往里走去。

他并不着急往前，因为他怕弄乱了房里的物件，让坂田察觉。但他可以肆无忌惮地开灯，毕竟主人远去。

直木明深吸了一口气，他眼前所见的一切整齐有序，干净整洁。但是这整齐，却透着某种不可理喻。直木明开始小心翼翼地往前，他走向卧室，又走向厨房。他走向阳台，再走向洗手间。每一个物件，都摆在它们应该摆放的位置。甚至包括漱口杯把手的朝向，还与墙壁成直角，看上去没有丝毫偏差。在坂田恒一的资料里显示，他是一个并没有女性同居的单身汉。那么，他家里的整洁，映射出来的便是他思想里真实的他的画像。

直木明咬了下下嘴唇。他觉得这一次搜查，不可能有任何收获。他此时此刻在这房里所见，可以肯定坂田恒一是一个一丝不苟且有着极强自律习惯的强迫症患者。那么，如若他真的有什么不可告人的一面，那么，他一定会收藏得完全不露痕迹。至于他这个住所里，更是不可能有丝毫遗漏的。

想到这些，直木明往后退了。他走出房间，将门带上。门外的士兵诧异地看着这位大尉先生，不明白他要干吗。

直木明闭上了眼睛。他开始感受，感受自己是一位板着脸的自律军官，在夜晚回到自己的住所。几秒后，直木明睁开眼睛。他腰杆开始挺得笔直，仿佛自己真的变成了那位面无表情的少佐先生。

他推开门，第二次走入房间……

猛然间，他意识到……他此刻代入的这位严谨的对手，且一直又是从事情报方面的工作，那么，他的住所里的整齐有序，或许压根就不是真实的。直木明转身，开始去看门框，看门板，看门上的锁，甚至门后的地面。果然，他发现在一尘不染的地面上，有着几片小小的纸屑。因为自己曾经将门开启，产生的气流，足以令这些纸屑偏离最初的位置。

直木明倒吸了一口冷气。他开始慌张起来，就像一个诡计被人识破。他犹豫了一下，最后走出了房间。

他快步走出属于坂田恒一的这个宅子，外面站着的士兵疑惑地看着他。直木明挥手，示意收队。

他没有回住所，而是去了维持会。来自大阪的电报依旧没有来到，令他郁闷不已。最终，他回到了刑案课的办公室，再次翻开了坂田恒一的资料，企图在里面捕捉到更多的细节。

那窗外，是夜色中的青岛。海风，闻起来总是有着一股子腥味，像是刚溢出伤口的人的血液。而海风，刮来的方向是大海。在那大海与陆地的接壤处，是大小脚连环杀人者作恶的地方。被他用铁丝斩首的女人，在费力挣扎着。

次日凌晨，第七起大小脚案的受害者尸体，被人发现。

第五章

戈壁

1 /

王卫旗那些天都得值夜班，所幸他家就在派出所对面，对于他来说，值夜班不过就是晚上不和媳妇睡，过马路对面派出所里睡而已。对于一个中年男人来说，有机会一个人睡，其实也不错，落得个清净，不用听媳妇马小云絮叨。

他早早吃了晚饭，给马小云叮嘱了几句，要她留意楼上住的那两个单身汉。马小云说："你不是说他们都知道了你是干公安的吗？难不成他们还敢抢我们不成？"

王卫旗觉得马小云说得在理，便不反驳，免得马小云又碎碎念一大通话，让他头疼。他泡了一茶缸浓茶，披着棉大衣，便往派出所走去。这大西北不像内地，过了五点，街上就没啥人晃悠，冷冷清清，就算火车站也不例外。

所以，王卫旗就早早在那张值夜班睡觉的靠椅上铺好棉被，然后舒舒服服躺下。面前的桌上摆着收音机，一会儿八点半有评书《乱世枭雄》，正说到张作霖和小日本斗智斗勇。这靠椅还正对着窗，窗外可以远远瞅见火车站。之前也说了，大戈壁上的火车站过了五点也同样冷清。可谁让他王卫旗是警察呢？总觉得值夜班时不盯着，就不放心似的。

基层警力不足，是当时我国公检法系统的一个大问题。辅警始终不是编制内人员，所以不好勉强人家干脏活累活。按理说夜班都要两到三人，真正落实下来，还是得一个人掰开当两个人用。

喝完了半杯茶，也八点了。外面天就黑透了。不过，大戈壁的夜晚，满天繁星像给天幕上挂满了射灯。加上又是一马平川的平地，所以依旧能看得很远。这时，王卫旗就瞅见外面出现了一个移动的人影，朝自己这边走了过来。再近点，对方居然也穿着警服。到再近点，就看清楚了是县公安局派下来的人。帮忙破那起"12·28"特大凶杀案的刑警队指导员毛军，外号黑猫的那位。

王卫旗慢慢悠悠起身，怕漏了自己那靠椅上被窝里的热气。再慢慢悠悠过去开门，由着毛军进了屋。他是老警察了，也没指望还升个职啥的，所以不用像那些年轻人一样给上级单位的人献殷勤。他只是勉强露出笑，问毛军："毛指导大晚上来我们所里有什么指示？"边这样说，边拿起旁边的开水壶，抓了一小把便宜茶叶，沏茶给毛军喝。

毛军也笑了，冲王卫旗说："到这月亮湾来办案，怎么样都得拜会一下徒手神探啊！王所长当年生擒俩凶徒的事迹，可是家喻户晓。

我那时候刚进警队，对王所长佩服得五体投地。所以啊，这次被派来月亮湾办案，就惦记着找您好好聊聊。这不，白天忙了一天，天一黑没啥事了，就找过来了。"

听了这话，王卫旗的笑容反而收住了……

每个人都有过往，那过往里有得意，有失意。起起伏伏的人生际遇，才最终成就了我们每一个人的模样与性格。

而王卫旗的过往里……

1984 年，四十出头的他还在县刑警队工作。因为他是月亮湾人，在县里上班住的是宿舍，到晚上就没啥事做。当时的王卫旗又是那种锥子屁股坐不住，没事就到处瞎转悠那种。所以有天晚上在那冷冷清清的小县城里跑步时，就遇到了两个流窜过来的杀人犯。在当时，但凡被通缉的家伙，都被印在小纸片上，下发到各个公安局派出所，大伙儿没事都翻一下留个印象。王卫旗喜欢翻，老刑侦也都记性好，尤其是记人脸。于是，四十出头也并不是很壮的他，且没带枪，手铐也都没有，最终却生擒了那两个一米八出头的高大歹徒。俩歹徒被他捆得跟粽子似的，用一架板车推着进了县公安局大院。那些天啊，表彰会啊荣誉证书啊，可是把王卫旗给虚荣坏了，俨然就是冉冉升起的警队明日之星。可哪曾想到，他王卫旗快活了立马膨胀，有天下班和朋友喝了点酒，扇了当时刘县长的小舅子一个大嘴巴子。

后来，就不详细说了。王卫旗被调回月亮湾，毕竟立过功，所以还是当了个基层小领导，管了这车站派出所。实际上内部都知道，他这警队生涯算是完了，基层派出所琐事多，每天面对的都是些吵架骂街的破事，你有多少棱角，都给你磨没了。到最后，王卫旗自个儿也琢磨明白了，世间事不过如此，落了个老婆孩子热炕头，也未尝不好。

所以，这县局刑警队下来的毛军这么一说，王卫旗反倒不是很乐意。他的内心深处有一潭死水，不愿晃动。毛军的话，激起水面一丝波纹。遗憾的是，经年累月，当日那徒手擒歹徒的刑警，已经不习惯生活中有波纹了。

王卫旗将倒好的茶端到毛军跟前，又坐回自己那张靠椅上。他努力挤出笑，但是不接话，就看着毛军。

毛军还是挂着笑，说："这么晚过来，其实是想听听你对'12·28'案的一些看法。"

王卫旗瘪了瘪嘴："我没什么看法，那都是局里伙计们的事，不关我的事。"

毛军说："你怎么可能没有一些看法与想法？我觉得啊，你就是不屑说罢了。"

王卫旗耸了耸肩："嗯，毛指导，我还真没啥看法与想法。"说到这里，他指了指自己的脑袋，"在这派出所里待了快十年了，里面都锈了，也不喜欢用了。"

见毛军脸上挂着不信的表情，王卫旗继续道："你也是干刑侦的，明白我们刑警都是靠一口气，一腔子热血撑着，才能跟个机器人一样闻到腥味就沸腾。可现在你王哥我，这口气断了，断了十年了。嘿嘿，续不上了，是真续不上来了。所以……"王卫旗看了下表，八点出头了，那评书要开始了，"所以啊，我可能帮不上你什么忙。"说完这话，他将靠椅上的被子往身上搭了搭，扭头望向了窗外远处的火车站。

毛军算是讨了个没趣。他兴冲冲来，觉得自己像是武侠小说里拜访老侠客的新晋少侠一般，盘算着老侠客一番指点，自己从此顿悟。可没想到跑过来就给淋了一瓢凉水，看到的是老侠客安心务农的剧情，令他大失所望。要知道，干刑警的，本也都是些直来直去的汉子，王卫旗把话说成这样，毛军也不好勉强，便站了起来，说："既然如此，那我也不打扰你了。有啥情况，你就去县局……"他想说有啥情况要王卫旗去找自己，最终话说了半截，生生咽了下去，"得，那我先回了。"

就在他正要转身时，突然发现蜷缩在靠椅上的王卫旗眼中闪出一丝精光。只见他上半身往前探，嘴里嘀咕道："这俩小王八蛋大半夜是要干吗呢？"

毛军连忙朝着王卫旗看的方向望去，只见那空旷的车站广场上，出现了两个人影，一前一后，大步朝着镇外走去。

毛军也紧张起来，毕竟在这大戈壁地区，没啥好事晚上都不会出门的，尤其是还往没有人烟的镇外走。镇外是戈壁滩，也没个商店逛，没个集市转。那，这两人影的出现，着实可疑。

于是，他也凑到王卫旗身边，嘀咕了一句："看着不像本地人啊。"

王卫旗说："是今天刚到月亮湾的，住在对面的喜相逢旅社，一个叫杨伟人，一个叫罗东。"

毛军精神一振。两个当天抵达月亮湾的外地人，这负责车站周边治安的王卫旗居然能把他们的信息掌握得如此清晰，住哪里，姓甚名谁全都知道。也就是说，这老侠客就是老侠客，当日里叱咤风云的锋芒还在，只是收敛了而已。

王卫旗又说："是陕西过来的还是山西过来的，我记得不仔细了。"

毛军张大了嘴，暗想老侠客居然连这都知道。

殊不知王卫旗之所以对这些了如指掌，是因为那两个家伙住的喜相逢旅社就是王卫旗媳妇马小云开的。王卫旗白天翻过登记册，又和他们见过面说过话，所以才知晓得这么清楚。

"不行，我得跟出去看看。"王卫旗起身，抓起旁边的外套披上。

毛军连忙说："我跟你一起去吧。"

王卫旗想了下，寻思着自己一个人追着两壮汉去镇外戈壁滩也不安全，便点点头。他伸手从旁边椅子上又抓了件厚外套递给毛军，说："你披上这个。"

王卫旗的本意是外面冷，毛军就穿着警服，到了镇外戈壁滩上会冷。可毛军接过外套，理解的用意又不一样了——老侠客这是要自己乔装打扮，不能让外人看出自己警察的身份。

毛军重重点头，接过了外套，跟着王卫旗往外面走。可王卫旗正要出门，又想起了啥事，扭头回来拿桌上一个黑匣子，放进了衣兜。毛军不知道那黑匣子是啥，但也不好问。又想：这黑匣子或许待会儿还会有什么特殊用场。

今晚注定了不虚此行，会是收获颇丰的一个夜晚。

实际上，那会儿时钟走到了八点十八分，再过十二分钟，评书《乱世枭雄》就要开播，王卫旗装口袋里的黑匣子是收音机，他惦记着东北军阀张作霖的那些破事。

2

花开两朵，各表一枝。那黑夜里穿过火车站广场，一前一后往镇外戈壁上去的，正是杨伟人和罗东两名巨警。

中午出了那档子事，被公安王卫旗训了几句，两人挺郁闷，便去吃面。坐在面摊上，罗东挥舞着拳头，说："要不，我们就给那姓王的警察表明我们的身份，毕竟都是同行。"说到这儿，他不知道又想哪儿去了，补上了一句，"都是为人民服务。"

杨伟人摇头，说："咱和他们不一样。咱干的事他们不一定理解。再说了，我们管的是整个东南亚的人民，他们也就这么一个小镇的眼界，聊不到一块儿的，反而容易误事。"

这些天的经历，罗东早就对杨伟人心悦诚服，便说："没错，并底之蛙，燕雀安知……"后面的话他不记得，便继续吃面。

吃完面回旅社，在楼下又瞅见了坐在门口晒太阳睡午觉的王卫旗。俩人始终心虚，轻手轻脚上了楼，躺床上看电视休息。看了一会儿，罗东说："我怎么觉得我们是在坐牢，楼下还有警察守着的那种。"

杨伟人便笑了，也不说话，转过身闭上眼睛补个觉。罗东心大，在火车上的时候作息就正常，该睡睡，该吃吃，所以大白天没瞌睡，便继续看电视，看了一下午。到晚饭时俩人又下楼去吃面，谁知道在一楼又瞅见了在那里吃饭的王卫旗。王卫旗没搭理他俩，他俩主动陪了个笑出了门。

这样待着也不是个事，俩人在面摊上就开了个会，觉得吧，这活人不能被尿憋死，总不能因为住进了公安家开的店，就不去捡陨石了。再说了，也没有哪条法律说不能进戈壁瞎转，反正真实目的人家也不知道。

杨伟人就提出晚上摸黑进戈壁，罗东附议。骨子里始终还是俩庄稼汉，干点机密事就得晚上出门，才觉得踏实。

这不，八点多，两人就下楼了。一楼没看见人，老警察不在，他媳妇也不知道干吗去了。两人急急忙忙出了门，眼瞅着火车站广场另一头就是镇外，便往那头走。

接着就是王卫旗看到了他俩鬼鬼祟祟的模样，领着毛军在后面跟上了。临出派出所时，王卫旗还拿出了一个小牌子，上面写着"有事外出，报警留言"。他又用粉笔在后面补了三个字"进戈壁"，这是留给他同事看的，挂在了门上。

两拨人一前一后就往镇外去了。刚走没多久，打从小镇另外一头，驶来一辆高大的三菱吉普车，径直开到了火车站前。车上跳下来三个人，左右看看，最后寻着了车站派出所的门，便往派出所里走。走到跟前，又看见门上挂着的字，扑了个空。各位看官也应该猜得到，这三人就是山西过来的李文浩、臧所长和小钟。他们半小时前到了县公安局，将情况一说，局里接待他们的是个老辅警，给他们仨一指点，这协办的事就到了车站派出所王卫旗手里。李文浩等人本就觉得第一个重点排查地点就是火车站附近，便没休息，直接往这边来了。没寻到人，有点郁闷。那小钟就说："刚才我们来的时候，好像瞅见两个人影正往前面走，会不会就是车站派出所的公安同志啊。"

李文浩便扭头往小钟说的方向看了一眼，那边正是镇外的戈壁。这门上的小牌子也写着去了戈壁，觉得或许小钟说的对。再说了，三人这趟出来，本也想进戈壁上耍，便点头说："兴许是。"

于是，三人又上车，往那戈壁上去了。

所以说啊，这"12·28"特大凶杀案的凶徒，也是命里有这么一劫，结局注定毁灭。这山西来的公安开着吉普车往前，没追上王卫旗和毛军，偏偏撵上了杨伟人和罗东。当然，也不是王卫旗和毛军跟丢了人，而是因为他俩怕前面的人发现，猫在不远处的大石头后面。那吉普车从他们身旁经过，车灯就照着了杨伟人和罗东。杨伟人和罗东并没有犯法，本不会心虚。可俩庄稼汉揣着整个东南亚的安危，紧张。在没人烟的戈壁上冷不丁被后面的车灯照了个正着，莫名害怕起来，撒腿就开始跑。吉普车里的可不是一般人，那是身经百战的刑警，一瞅前面俩人开跑，便认定不是干好事的伙计，吼叫声便在戈壁上响起："站住，不许动，警察！"

杨伟人和罗东跑得更快了，还挺鸡贼，知道不跑直线，往旁边石头多的地方拐，免得人家车追上。就在这时，另一头本就躲在石头后面的王卫旗和毛军冲了出来，将这俩巨警扑倒在地。后面的李文浩等人追上，双方不用说话，互相看一眼就能认出都是公安系统内的同志，三下两下将杨伟人和罗东铐住之后，才互相介绍了一下。李文浩和王卫旗通过电话，俩人便握了手。小钟蹲地上认出了俩铐着的家伙，正是他们要找的人。

王卫旗就说："你在电话里不是说他俩叫梁威能和鲁东吗？"

李文浩笑着说："电话里可能没说清楚，是杨伟人和罗东。"

被铐着的罗东就嚷嚷了："大水冲了龙王庙，咱都是自己人。"

臧所长就觉得好笑了："谁和你们自己人了？"

罗东说："我们是管东南亚的。"

臧所长才明白怎么回事，都是那苏门县的骗子胡司令种下的因，便又说："骗你们钱的那个外号叫胡司令的已经被我们抓了，你们被骗了。"

罗东愣了下："你们得查清楚，别抓错了人，我们属国际刑警，

104

和你们不是一条线。"

李文浩骂道:"国际刑警瞎了眼,会收你们俩。"说完他又想了想,说,"你俩这口音,都是苏门县人?"

杨伟人答话了:"是,我葫芦瓢的。"

罗东也抢着答:"我罗家坪的。"

这俩地名一说出来,自然不会是李文浩他们以为的那犯下大案的逃犯了。再说,只要是苏门人,李文浩他们就能让局里快速查清他们的身份,是不是贼很快就有结果。于是乎,这事也不大了,变成了个屁大的小案,弄不好连案都算不上。

就在这时,冷不丁从那戈壁深处,传来人呼叫的声音,声音不大,可因为这戈壁上冷清,便清晰可辨。是女人的尖叫……

在场的四个老刑侦便一下警觉起来,也不用谁使唤,三下两下就把地上铐着的杨伟人和罗东拎上了车。那三菱吉普尾厢空间大,塞两人没压力。众人快步上车,李文浩关了车灯,朝着声音传来的方向开去。

可那女人叫嚷的声音就响了那么一声,然后没音了。车开出去快两三公里,也没发现有什么不对。李文浩就想,应该是之前自己这边几个人的吼叫声传了过去,对方听到才呼救的。于是,他便冲着车窗外,之前那声音传来的方向嚷嚷了几句:"有人吗?"

依旧没人应。这时,坐在后排的小钟就指着前面一块在戈壁滩上孤零零杵着的大石头说:"要不要去那个后面看看?"

李文浩一扭方向盘，朝那边开去。也是因为没有发现的缘故，这次他把车灯打开了。车灯一亮，那大石头后面就冒出个人影来，撒开步子就往相反的方向跑。人还挺鸡贼，懂弯着腰，好像弯着腰这车里的人就看不到他似的。

坐在后排的毛军和王卫旗也都不是省油的灯，车还在往前开，他俩就打开车门跳下了车，王卫旗还摔了一跤，裤兜里塞着的那收音机就掉到了地上。他一把抓起，还没来得及多想，就将这收音机朝前面疯跑的人影砸了过去。因为摔地上的缘故，那收音机按下了开关，在空中呼啸之间，冯林阁正在张作霖耳边说：“你是真不知道呢，还是假不知道？”一路说，一路飞了过去，正砸到那人胭窝处。那家伙“哎哟”了一声，摔到了地上。众人上前，把他给按住。是个矮个子男人，留着一把大胡子。

毛军就说：“干吗的？看到警察跑啥？”

那大胡子在地上手脚乱蹬，嘴里一通嚷嚷，说的话听不明白。

毛军就给踹了一脚：“不会说普通话吗？”

那人挣扎得更厉害了，继续嚷嚷。

这时，那吉普车后备厢里的人就喊话了，是杨伟人。他透过敞开的车门往外看，认出了这地上的家伙，正是和他们同一趟火车过来的小日本。

“他叫服部王八，是个日本人。”杨伟人顿了下又说，“他还有个伴，是个女的。”

说到有女的，众人才想起之前那呼救声来。臧所长朝着大石头后面跑去，紧接着在石头后面喊："有伤者，赶紧送医院。"话音没落，他就抱着一个被捆绑着的女人，从那石头后面跑了出来。女人衣衫不整，披头散发，头往下耷拉着，应该已经昏迷了。而在她脖子上，有一根细长的铁丝。

　　那铁丝在漫天繁星的照耀下，闪着银色的光……

　　被铐在后备厢的杨伟人又想到了之前车上俩东北壮汉的话语，便再次嚷嚷了："这小日本是个大小脚。"

第六章

一个叫坂田恒一的特务

1 /

那个夜晚，坂田恒一并没有睡好，原因有二。首先，因为服部把他送回来后，他第一时间发现了有人进入过自己的房间。当然，作为一个心思缜密的人，他并不担心潜入者在自己住所里有什么发现。之前几年，他一直从事内部肃清工作，所以，对于自己被人调查，也并不会觉得有太多意外。

而真正让他没睡好的原因，是因为在这个夜晚，他还见了一个人……

他是一个神经长期紧绷的人。这种人，其实压力很大。每个人都有化解压力的方法，也只有将压力化解，才能有最好的状态。再说，压力太大，人是会疯癫与错乱的。

所幸这个夜晚，他见了一个人。与这个人的接触，令他的压力得以释放。

于是，清晨开车过来接他的芥尾次郎，得以看到这位少佐难得一见的嘴角上扬。两人开车回维持会，刚进院里还没停车，就有松机构的人过来，说服部大佐留了个地址，要坂田少佐到了后直接赶过去。

坂田看了下地址，有点偏僻，便问："大佐没有说是过去做什么吗？"

日军士兵说："我们也不太清楚，不过好像是刑案课那边的事，直木明课长也过去了。"

坂田点头，和芥尾就要开车往外面走。这时，刑案课那边的一个军官过来了，手里拿了个信封，问少佐是不是要去现场。

坂田没明白他说的现场是什么个情况，可一看那信封，上面写着是大阪发来的电报，直木明收，便问："是要带给直木课长的吧？"

刑案课的军官点头。坂田将信封收下，要芥尾开车，往那地址上写着的位置去。

沿海开了有二十分钟吧，便瞧见一辆军用卡车停在那里。十几个穿着黑色警服的青岛警察站在外围，不让人往里去。坂田要芥尾在车上等，自己下了车往里走。青岛警察没人认识他，可认识他身上的军装，自然没人敢拦他，让了个口给他进。

一块有大半截还是湿着的礁石上，有一具赤裸着的人体。坂田看不仔细，因为刑案课的两个法医正蹲在那里工作，再说他也没兴趣看个仔细。接着，他便瞧见服部川八和直木明，两个人就站在距离凶案现场十几米的沙滩上说着话。两人都穿着军装，皱着眉头。坂田恒一

112

上前，服部冲他点了下头。

"直木课长，你的电报。"坂田将手里的信封递给了直木明，"本土发过来的。"

直木明连忙接过，可他的眼神中莫名其妙地闪烁出一丝异常。不过，这异常只是瞬间罢了。他冲坂田笑了笑，说了声"谢谢"，然后拿着信封往旁边走去。走出几步后，他突然又扭过头来看了坂田一眼，继而选择再往前几步，背对着众人，撕开了装着电报的牛皮纸袋。

直木明的这一系列反常举措，坂田恒一都看在眼里。他对直木明这个人没有太多好感，但也并不讨厌他。再说，直木明负责的不过是地方上的琐碎事务，与自己的工作无关，所以，直木明有再多反常，坂田也无甚兴趣去深挖。

他转身，望向了服部川八，两人目光交会，都没有避让。坂田直接开口问道："昨晚是不是你安排了人去了我的住所。"

服部耸肩："我需要对自己最亲近的同僚有足够多的了解。"

"也就是说，是你的安排？"坂田又问道。

"嗯！"服部点头。

"那么，希望大佐先生的调查能够加快点速度，我会尽量配合的。"坂田依旧面无表情，非常认真地说道。

服部对他的话应该很满意："会很快完成的……"就在这时，直木明的声音从不远处响起了："服部大佐，您……您能不能过来一下。我想，我可能有一些新的发现。"

服部微笑着，冲坂田恒一说了句"稍等"，然后迈步朝直木明那边走去。坂田也望过去，发现自己的眼神与直木明朝着这边看的眼神交汇，这位大尉课长竟然连忙把脸别了过去，好像心里有什么鬼，害怕被自己洞悉一般。

坂田觉得好笑，便不再望向那边。他转身，朝向大海。海水拍打着沙滩，礁石上那具可怜女人的尸体，正被两个法医抬着往旁边走。法医们并没有用布将死者身体赤裸着的关键部位拦住，所以，纵然失去了生命，死者也未能得到作为女人应该得到的尊重。于是，附近站着的几个日军军官和士兵，都用着不怀好意的目光望着死者于这世间遗留下来的皮囊，那眼神中尽是猥琐。

坂田觉得恶心，便去看外围那些青岛警察。他觉得，相较起训练有素的日军士兵，地方上那些吊儿郎当的中国人，应该更加猥琐才对。可是，他看到……他看到警戒线外围的青岛警察们，似乎都在回避望向死者的身体。有人甚至还咬着下嘴唇，眉头紧皱。也就是这一瞬间，坂田意识到，他们这群青岛警察，其实与死者始终是一个整体。他们属于同一个民族，同一个国家。也就是说，无论他们与死者是否相识，但在他们眼里，死者与他们皆是熟悉的人。尽管，他们此时此刻尚不知道死者的身份，是谁家的闺女，谁家的爱人，谁家的心肝宝贝，谁家的掌上明珠……

坂田心里有了一丝暖意，这种暖意，也就是支撑着他这些年里，从赤鬼岭一路走来的缘由。但他身份特殊，激动只能瞬间，且不能泛滥。他必须面无表情，眼神中甚至充满不屑，转身。也就是这一转身，他发现不远处的直木明和服部川八正在望向自己。直木明眉头紧皱，而服部川八脸上却挂着一丝奇怪的笑容。见坂田望向了自己，他俩的举措也大相径庭。直木明再一次将脸别了过去，回避坂田。服部川八却冲坂田点了点头，好像这一刻的他与变得亲密无间了一般。

至此，两人的异常，开始让坂田恒一有了一丝警觉。而这异常，似乎都与那封来自大阪的电报有关。正是直木明从自己手里接过那份电报开始，他似乎就有某种对于自己的认知被改写了。直木明看完电报里的内容后，又将服部川八这个老狐狸叫了过去。他一定是将电报里的内容告诉了服部川八。而这内容并没有令服部川八和直木明一样，觉得发生了严重的事情，反倒令服部川八对自己多了一丝亲切一般。

那么，电报里面究竟写着什么呢？

坂田有点后悔，在之前半个小时里，他本有机会打开信封的。因为电报并不是信件，从电报房里拿出来时就只是一张上面写着字的小纸条罢了，每个经手的人都能看到内容，所以那牛皮纸信封压根儿就没有封上口。只不过，坂田不屑了解罢了。但，目前看来，那信封里的电报上写着的内容，很可能与自己有关。

他不露声色，缓步朝着那具尸体走去。法医们正在摆弄尸袋，准备将死者放进去。那没有了生命的可怜女人的身子仰面朝上，被放在旁边。坂田上前，捡起刑案课的人在附近捡到的受害者的衣物，盖到了女人的身上。蹲在地上的法医抬头望他，他面无表情地说道："也别太难看。"

到他再次转身，回看外围那些青岛警察时，他发现那些平日里看着没有原则的中国人，眼里多了一种眼神，是感激……

坂田低头。他并不是一潭死水，思绪永不会起伏。只不过，他不能让人洞悉，也不能让人察觉。他要承受的一切，是常人无法承受的，且没有人给予他方法方式，也没有人教他如何承受。刀尖上行走，本就需要每一步都小心翼翼，不能有任何闪失。

很快，服部川八再次走了回来。坂田歪头看他，问："大佐先生，要属下来这里的目的，还真有点让人想不明白。难道，这地方一个中国女人被谋杀，也需要我们大日本帝国的情报机构深入调查吗？"

服部笑着，他好像永远都很高兴，是个很好相处的人："嗯，只是来看看罢了。再说，直木明这个人挺有意思的，我甚至在想要不要给上面写个申请，把他调到我们松机构来。"他挥了下手，"走吧，我们回去。这边的事，就让刑案课的人继续头疼吧。"

坂田没吱声，跟着服部往警戒线外走去。和那些青岛警察擦肩而过时，他故意用日语骂了一句："这些愚蠢的支那人。"

是的，他不需要这群中国人对自己的好感。如若，他的举动无意收获到了他们的好感，他也必须快速消耗掉。因为他的人设，不过是一个彻头彻尾的日本军人，一个穷凶极恶的侵略者罢了。

一度令青岛市民惊恐不已的大小脚连环杀人案，在凶手第七次犯案的那天下午成功告破。破案团队是从青岛警察局里将案子接手不久的青岛市维持会刑案课的日军军官。至于真凶，居然是在某个大学里任职的一名叫作梁梳才的副教授。他有一个幸福美满的家庭，两个孩子都已经成年，和她们的父亲梁梳才一样，也是老师，且都有子女。刑案课给到报社记者的通告里，对这个叫作梁梳才的老教授的描绘并不多，但对于他每一次犯案的过程，都说得相对详细具体，尽管话语不多。

没有人留意到的是，作为一位父亲，一位为人师表的文人，到了他这种年纪，牵挂的事情很多。如若要他用自己的性命作为交换，成就自己家人的幸福与安康，他们都会选择妥协与接受，也就是说，大小脚案最终的落笔，和军部高层给直木明的指示是一致的——快速结案，令大小脚案告一段落。至于真凶是谁，又是用谁来顶罪，军部并不在意。

是的，军部并不需要真相。他们关注的是，这一起打乱他们对青岛长远计划的凶案，从此落幕。

也是在这一天，抽空去了一趟电报房的坂田恒一，在收报员那里，知悉了那封来自大阪警视厅的电报的内容。

那张小纸片上只有四个字，是一个人的名字——"坂田恒一"。

坂田依旧面无表情，好像一切与自己无关，尽管他心里有着若干疑问，且都是碎片，杂乱无章。

就在他理不清也想不明白时，第二天下午，他再次接到刑案课直木明课长的邀约——找个居酒屋小酌。

这次，坂田恒一答应了对方。他隐隐觉得，答案，应该会在这一次酒局上公布。而也就是这一次酒局，令他这么一名本应该永远冷静的斩首者，做出了一个并不冷静的决定。

2

坂田恒一走出办公室，去赴刑案课直木明大尉的酒局前，服部川八在自己的办公室里，关着门待了一个下午。所以，坂田并没有和他告别，更没有打算告诉服部自己要去做什么。可偏偏临到他出门时，服部从办公室里慢悠悠走了出来，脸上还挂着那么一丝微笑，并对坂田问道："是直木明大尉找你吧？"

坂田扭头："大佐先生是怎么知道的？"

服部耸肩："我上午和他在一起聊天时，听他提起了。"说完这话，服部转身往档案室去了。

于是，坂田对于自己与服部以及直木明三人之间有着某种自己并不知情的关联的假设，有了进一步的确定。甚至在他看来，今晚的酒局，还可能是服部川八要求直木明发出的邀请。但不管怎样，波涛汹涌抑或沙鸥轻掠，该来的总要来，该面对的总要面对。

直木明早早就在维持会的院子里候着他了，年轻侦探没穿军装，披着一件浅黄色的长风衣。他个子并不高，穿着长风衣的模样显得有点滑稽。坂田记得自己看过一部美国电影，里面的侦探也穿着这种浅色的风衣，不过美国人身材高大，穿着风衣好看，不像这会儿面前的直木明，像一个想要学样扮成侦探的小孩。

"不开车吧！那居酒屋不远，我们走一走就到了。"直木明建议道。

坂田点头。

俩人出维持会。青岛的 11 月透着凉意，但并不寒冷，漫步在城市中挺舒服的。周围的行人脚步却匆匆……也许，有些行人本意是想缓步走走，可看到穿着军装的坂田恒一，便都连忙加快脚步罢了。

坂田看得出直木明有好几次想开口说上一两句什么，但最终又都生生咽了下去。坂田想知晓直木明心里的某个秘密，但他并不着急。因为很多事，如若你不着急的话，或许有人会比你更着急的。

直木明就是这种人。如果说他是一个解谜的人，那么，知晓了谜底后，他会很迫切地公布。而服部川八却是另外一种截然不同的人，知晓谜底后，他始终会继续保持着他那微笑，不说话，就那么看着人，让人不由自主去猜想他是否已经知晓答案，甚至进一步揣测他说与不说的缘由。

至于坂田恒一，又是和他俩都完全不同的一种人……

他并不在乎谜底，只看重结果。就算谜底对于他有着关联，有利或弊。只不过，在利弊出现时，针对当时的情况做出大刀阔斧的决定，才是作为一个斩首者最为直接有效的举措。

是的，他是一个斩首者……一个被设计在日军高层永远没人有权

119

力将之激活的潜伏人员。甚至他的真实名字，于这世上也只有极少的那么三五个人知晓。如若某天，他能接触到某个能够改变这场战争的关键性人物。那么，那一刻，就是他被激活并行动的时机来到。而他的目标，是关东军三羽乌甚至更高职务的军部人员。

这一路的沉默维持了大半个小时。终于，一个挂着日文招牌的酒馆出现在他俩视线中。直木明变得高兴起来，脚步加快了，还大声地喊酒馆老板的名字。酒馆老板应该和他是旧识，跶着一双木屐便出了酒馆门，笑着冲直木明和坂田说着："欢迎光临。"

直木明连忙指着坂田介绍道："这位也是我们大阪人，特高课的坂田恒一少佐，是派驻青岛的军人里，最年轻的一位少佐军官。"

酒馆老板忙说："那以后多来我这里做客，要知道，这青岛的海水虽然比不上本土的海水那么好，养出来的鱼也不及本土的海鱼鲜美，但我有信心让你能吃到老家大阪一模一样的料理味道。"说完这话，他欠身到门后拿出两双木屐，"换上吧！里面生了火炉，挺舒服的。"

直木明便开始脱鞋，可一瞟身后的坂田，却立在原地，并没有准备弯腰换鞋的模样。酒馆老板也注意到了，他搓着手笑道："没关系的，这位长官喜欢穿着自己的皮靴也不打紧。一会儿我给你把垫子垫高一点就可以了。"他所说的垫子是吃饭时用的坐垫，日本人的饭桌矮，大家都是盘腿坐着。也就是说，穿着军队里的长皮靴的坂田恒一如果不换鞋的话，一会儿坐下会比较费劲。

或许是因为酒馆老板的热情，坂田一贯的冷漠融化了不少。他微微鞠首："我脚受过伤，所以，不方便穿木屐。"说完这话，他开始弯腰，将皮靴和袜子脱下，光脚走进了居酒屋。也就是这时，本就对坂田脚部曾经受过伤这一事有过留意的直木明，连忙偷偷望向了坂田的脚板。

坂田恒一没有大脚趾……他的两个大脚趾位置有两个齐着根部被切断的陈年伤口，裸露出来的断口颜色猩红，像是被冻得发青的嘴唇。

坂田留意到了直木明的目光所向，他瘪了瘪嘴："六年前在赤鬼岭上，那些东北抗联的中国人害怕我逃走，用匕首切掉了我的两个大脚趾。"说完这话，他朝着酒馆老板指向的那有着小布帘的房间走去。

直木明之前对于坂田脚部的疑惑至此得到了答案，似乎，这一答案并不能和大小脚案沾上边。他跐着木屐，在坂田身后跟上，那木屐与地板接触，发出"踏踏踏"的声响。这声响能令每一个生活在中国战区的日本军人，产生一种错觉，仿佛回到了本土那常年有着海风拂面的生活当中。

两人坐下。酒馆老板亲自给两人倒上一杯清酒，并端上了早就准备好的寿司和鱼片。坂田象征性地点头表示感谢，依旧不愿多说话，默默吃着面前的美食。直木明有一肚子话想说，这些话也憋着一两天了，之前他酝酿过应该如何开口，又该如何委婉。可是，到他与坂田恒一面对面坐着时，却又不知如何启齿了。最终，他索性也和坂田一

121

样选择沉默，安安静静地享受美味的食物。

很快，桌上的鱼片和寿司便被两个人吃了个精光。坂田端起酒杯，和直木明碰了一下，然后一饮而尽。接着，反倒是他开始单刀直入了。

"直木君，你找我有什么事？现在可以直说了。"

直木明一愣，讪笑道："你我都是大阪人，之前找你喝酒，确实只是想要亲近点，和你聊聊家乡。"

"阁下的意思是，今晚找我喝酒，就不是这个目的了吧？"坂田又问道。

直木明沉默了几秒，最终，他咬了咬牙："是的，现在不是这个目的了。我想，我接下来要说的话，坂田君听了后，可能会有点生气，但希望你知道，这些话并不是我自己想和你说起，还包括了……还包括了上头的意思。"

坂田点头："直说吧，我不喜欢拐弯抹角那一套。"

直木明深吸了一口气："坂田君，你入伍之前一个月，大阪发生过一起非常恶劣的轮奸杀人事件，相信你对那起案件，比我更清楚吧。行凶者一共有五个人，其中四人都被绳之以法，唯独一人因为入伍离开了本土，所以逃脱了制裁。而这个人的名字，在昨天早上你给我的那封电报里，已经写得很清楚了。坂田君，你在入伍前年岁不大，冲动过，犯下过错，且罪孽深重。我相信，这些年你也时常会在噩梦中惊醒，良心微微颤抖吧！"

坂田依旧面无表情，但并不代表此刻他的思绪就波澜不惊。他的人生，有一条分界线，刻画在一个叫作赤鬼岭的地方。那条分界线往前，这世上有着两个人生轨迹迥异的少年人。他们，本是两条走向不同的直线，也完全没有交汇的预兆。此刻直木明所说的事件，正是在那两条直线交汇之前发生的。

命运神奇，这两个人生轨迹迥异的少年相遇，两条直线交汇了。

交汇之后……

这世上曾经有个少年人，名叫杨锁一……

赤鬼岭事件之后，他于这世上凭空消失了。此后的若干年，世间，只有坂田恒一。

直木明的话语，如同来自另一时空，那是此刻的坂田恒一并不关心的另一个世界。他继续道："我们在大小脚案出现之后，也有过一些怀疑，凶手会不会压根儿就不是中国人。在得到了服部川八先生的指点后……哦，或者应该说在服部先生参与调查本案之前，我其实就留意到坂田君身上有着某些疑点，是我们觉得匪夷所思的。所以，在服部先生对大小脚凶手进行心理画像，又结合坂田君之前在本土就有过的……有过的……"他可能想要用"罪行"之类的贬义词，可犹豫再三，最后却说道，"结合你曾经犯过的错，最终，我们得出了结论。坂田恒一，你，就是大小脚连环杀人犯。"

说这一系列话语时，直木明明显是在努力令自己冷静镇定。他双手搭在面前的矮桌上，好像是生怕自己坐不稳会摔倒似的。在最后说出了将坂田定论为大小脚连环杀人犯的话语后，他甚至咬了咬下嘴唇。

坂田恒一歪着头听完……令直木明感觉意外的是，坂田并没有拍案而起，甚至依旧是那么一副扑克脸，不悲不喜的表情。只不过，他望向直木明的眼神，好像在看一个自认为成熟、叉着腰大声说话的孩童。

这种眼神令直木明有种挫败感。他是一个侦探，是否高明，又是否和他老师南波奎三郎一样睿智，目前看来并没定论。但，他真的不喜欢军装，不习惯军队里这种不用在意真相，只需要关注结果的行事方式。

空气似乎凝固，等候着坂田开口，将之解锁……

很久……

坂田嘴角上扬，他笑了。他说："嘿，直木少尉，如果我没猜错的话，服部大佐将这个答案给你剖析清楚之后，是不是还告诉你，制住发怒的我的办法，就是让我去找他？"

直木明一愣："是的。"

坂田又说："那好吧，感谢直木少尉的晚餐。既然，一切都在你与服部大佐的安排之下行进，那么，我现在就应该去找他才对。"说完这话，他拿起放在旁边的佩剑缓缓站起，再抓起了挂在旁边衣架上的军大衣。他那裸露着的没有大脚趾的脚在地板上走过时，并没有木屐发出的清脆的声响，所以他无法带给人那种宛如回到本土的美妙感觉。他步子也迈得很大很快，或许是急于去与服部川八对质。

直木明端坐在原地。他不知道自己在这个夜晚所做的一切究竟是对还是错，他甚至有一种错觉，自己变成了一个木偶，操纵着自己的人，来自军队高层。有土肥长官的授意，有服部大佐的引导。最终，他得以将大小脚连环杀人案结案，凶手水落石出，是那个为了家人不被屠戮的可怜老教授罢了。而真正的凶手呢？

他连忙站了起来，朝着居酒屋门口跑去。坂田已经穿上了鞋，推开门，大步朝外面走去。直木明追上，然后大声说道："坂田恒一，长官们想要我告诉你，大小脚案从此告一段落了。服部大佐说了，死的不过是几个中国女人罢了，没关系的。他还说……他还说如若你需要，有更多的中国人可以被你虐杀，都没关系的。但大小脚案，从此不再发生就可以了。"

坂田没有回头，大步朝前继续。可是，在他那看似毫无变化的表情面具之下，身后的直木明这一席话，每一字每一句，都如同重锤，敲打在他的心坎深处……

死的不过是几个中国女人罢了……

死的不过是几个中国女人罢了……

死的不过是几个中国女人罢了……

他的心在颤抖。

因为，每一个亡人，都是他于这巍巍中华民族里的兄弟姐妹。

1938 年 11 月 23 日深夜，日军控制的伪青岛市政府的前身——青岛维持会里发生了一起命案：松机构代课长、前宪兵队内部肃清课课长坂田恒一少佐，用武士刀将他的新上司——刚回到特高课才三天的服部川八杀死。服部川八的头颅飞了好远，孤零零地落在地上。没有了首级的身体无力地瘫坐在他的办公椅上，巨大的伤口宛如喷泉，血溅得到处都是。凶手坂田恒一匆忙离开了维持会，外面有一辆小车接应他，开车的人是一个年轻男子，留着一条粗粗的辫子。据负责此案的刑案课课长直木明调查了解到，这名留着辫子的年轻男子，与当时松机构重点打压的中华武师会里一个叫释明镜的武师很像。但因为天黑，目击的那名士兵不能确定，毕竟他也不过是两天前在青岛火车站，跟随服部川八大佐见过那个叫作释明镜的武师一次罢了。

至于坂田少佐斩杀服部大佐的原因，有好多种说法。有人说是因为权力的争斗，一贯嚣张跋扈的坂田恒一受不了被人指手画脚；也有人说是因为一次激烈的争吵，争吵的缘由是因为大佐先生对坂田恒一存有某种误会……

坂田恒一之后有没有被捕没人知晓，刑案课之后也一直没有给出一个能让人信服的真相出来。军队不需要真相，只看重结果。结果是两位军官有矛盾，用了最简单直接的办法解决罢了。再说，日本军队内部向来有下犯上的传统，低级军官击杀上司的事件时有发生。所以到最后，这一切就不了了之了。唯独让中国战区的特务头子土肥原贤二觉得惋惜的是，他调动精兵强将想要组建的松机构，在连损两员大将之后，从此一蹶不振。

唯独一人，对于真相还有执念。这个人就是直木明……

他是一名侦探，战前就是，战后也是。唯独在战时，他有着一个叫作军人的身份，令他无比尴尬。也只有他知道，坂田恒一斩杀服部大佐的真实原因。

尽管，他所知的真实原因，压根儿就不是真相。

第七章

县城第一家夜总会的诞生

1 /

故事又要回到九十年代的月亮湾。

那个年代的警察比现在的警察直接，很多工作都是推进，没有被现在这么多的规矩给套死的。当然，也不是说他们就不会讲道理，他们讲的道理就是棍棒下面出硬道理。

可是，被铐在后备厢里的杨伟人那么一吆喝，说对方是外国人后，现场这四个五大三粗的刑警的工作，一下变得不好推进了。对方是日本人，这事就不大好办。况且，也没人会说日本话不是。

由不得他们想，救出的伤者可是急着上医院的。大伙上车，这犯事的小日本也被提着扔进了后备厢。后备厢还躺着俩巨警——杨伟人和缺心眼儿的罗东。公安同志也没有瞄准，随便一塞，把那小日本给搁在躺着的罗东身上了。这罗东一根筋，暗想你一小日本怎么敢骑到本大爷头上，真当如今还是几十年前的旧中国吗？于是，这家伙扭了一下，然后翻身压到了小日本身上。旁边躺着的杨伟人想说他两句，一寻思，又怕自己吱声被人抽耳光，便忍住没吭声。

被压在下面的小日本，双手也是铐在后腰位置上，本就难受。这冷不丁又被人给压到了身下，加上罗东体重也不轻，小日本的右胳膊崴着，就受不了了。这一会儿，开车的李文浩急着送那受伤的女人上医院，车开得快，没事就要颠簸一下。

被压着的小日本终于原形毕露，在那罗东身下喊了，是中国话："断了，再压就断了。"

整个车厢里的人就都乐了。毛军说："嘿，会说中国话呢，还带河南口音。"

王卫旗也说："这事就好办了。"说完咧着嘴笑。

那晚，伤者被送到了人民医院急救。医生说因为解救及时，伤势不严重，明早你们过来做笔录就是了，后面赶到的俩公安同志就在医院守着了。被逮住的假日本和杨伟人、罗东被带回了县公安局。这月亮湾不大，公安局却不小，挺大一院。听说"12·28"连环杀人案有了突破，局里的领导也都赶了回来，和山西来的同袍李文浩、臧所长握手，还和小钟握了手。

这假日本倒也好审，毕竟他那口音露了底，大伙就不怕错综复杂的国际关系了。几个大嘴巴子往上一抽，他就全部招了。果然，这家伙就是"12·28"连环杀人案的凶手，真名叫段全胜，干倒爷的。早些年跑莫斯科，各种倒买倒卖，赚了不少钱。人也机灵，普通话说得跟家乡话似的，俄语和日文倒是说得特好。这段全胜吧，钱挣得差不多了，就开始追求刺激，通过各种途径结识了一些长得漂亮的姑娘，领着人家出门旅游。去年12月，领着一姑娘来到月亮湾，半夜去戈壁看星星，一失手把对方给弄死了。然后发现很过瘾，从此心魔失控，收不住，便有了后面几次命案。

这些说辞，令段全胜又多挨了几个大耳光。毛军说："12月的大冷天，你还领人上戈壁看星星，真当我们傻啊！"

王卫旗也说："你小子明显就是蓄谋已久，专门将人领到这里来虐杀。"

李文浩和臧所长因为不是甘肃的警察，所以不能进屋里审人，叼着烟在窗户外站着，听到这里，李文浩便压低声音对臧所长说："学着点，这家伙就是西方犯罪学里面说的那种典型的连环杀人犯。不缺钱，日子过得好，杀人就是图个过瘾。"

臧所长点头，接不上话。小钟就不一样，杂七杂八的书看得多："这个我知道，叫作变态杀人狂。"

李文浩点了点头，又抽了口烟，说："我刚才在医院，也听这毛指导员说了下'12·28'案的一些细节，有个问题我觉得有点纳闷。你们看，这杀人犯打第一次开始犯案，每一次选择的作案地、作案手法以及作案的凶器、尸体的陈列，都是一模一样的。于是我觉得，他像是在进行一种仪式感，又或者说，他小子是在某本书上看过这么一种杀人场景，然后按照这个杀人场景进行严丝无缝的模仿。"

臧所长便白了身旁的小钟一眼："你小子不是看了很多书吗？给说说，哪本书上写有这桥段？"

小钟讪笑："我是一个写诗的，看过的都是文学方面的书。"实际上，就算他真看过不少关于连环杀人犯的书，也没有哪本书上说过四十几年前的青岛，还发生过这么一桩手法一模一样的凶案。

仨人见这杀人犯全给招了，看着也没啥意思了，便要月亮湾公安局的同志找了个房间审讯杨伟人和罗东。这杨伟人和罗东被带过来后，臧所长那张大黑脸又给整得杀气腾腾，冲人吼："知道是什么事抓你们吗？"

杨伟人和罗东都摇头，说："不知道。"

臧所长又说："一千多公里，我们苏门县公安驱车来到甘肃逮你们，你们心里就没点数吗？"实际上，心里没数的是臧所长自己，毕竟以目前情况看来，还真的只是逮了俩被诈骗犯骗了钱并指使到甘肃的受害者罢了。可审讯就是这么个流程，啥也不说先一通呵斥，心态崩溃的犯罪嫌疑人自个儿交代出一些偷鸡摸狗的破事，也时有发生。

偏偏这被审的俩巨警，虽然人生不着调，但都是实实在在的良民。罗东哭丧着脸，交代了自己逃出煤矿时拿回了自己工钱的事。可这还真不是事，黑心煤矿主也没报案，查过去人家也不会承认，反倒会说是自己发了工钱给人。

黑心煤矿主都不缺这几个钱。

审了一气，坐旁边的小钟反倒被逗得笑了好几次，因为杨伟人和罗东到现在还觉得自己巨警的身份不假。罗东更是掏出自己的巨警证件，要公安同志打电话到国际刑警组织了解清楚，别整个大水冲了龙王庙的乌龙事件出来。

到后面，臧所长自己也不板着脸了，问了一气杨伟人和罗东家里的情况。他俩也回答得朗朗上口，不像是说谎。臧所长扭头，见李文浩冲自己微笑，便说："得！那你们也知道情况了，你俩被人给骗了，现在，是我们苏门县公安局的同志千里迢迢赶到甘肃来，将你们俩给接回山西。你们啊，要学会感恩，以后都回家乖乖种地，别到处乱跑了。"

杨伟人勉强想得明白些，忙不迭地点头。罗东还有点没整明白，站那里憨憨地问："那如果真这样，东南亚的长治久安，我就撒手不管了哦！"

李文浩乐了，说："得，你真想管，自己坐飞机去东南亚。反正中国境内的事，都不用你操心了就是。"

众人都笑了，给他俩松了手铐，要他俩回旅馆里睡觉，约了第二天中午过去接他们，一起回苏门。这时，那王卫旗正好就上来了，看他们要放人，便说："你们仨山西来的同志，今晚就住我家旅馆吧，就是这两个憨憨住的那一家，我媳妇开的。"

李文浩等人应允，开车去寻喜相逢大旅社。王卫旗的媳妇马小云听说是丈夫安排过来的，就不肯收钱，说收了钱她男人会骂她。李文浩说："没事，你给开发票，我们反正能报销的。"

马小云看到杨伟人和罗东跟在他们身后，便说："得。不过他们俩的那房费我不能给开发票，最多写个收据。因为他们的那价格太低了。"

罗东那一根筋又来了，说："凭啥不能开发票，我们也得拿回去报销的。"说到这里，他就被杨伟人给拉扯着上了楼。

俩人回房，便小声嘀咕了一气，说的都是这东南亚巨警身份的话题。杨伟人算是明白了，自己搁苏门县被人骗，已是事实。罗东还有点想不明白，问杨伟人："是不是组织架构上还有些问题，东南亚和我国在沟通上有点不协调？"

杨伟人说："不管协调不协调，刚才那公安同志也都说了，胡司令给送劳教了。就算你还有疑问，等胡司令劳教所释放，自己去找他问。"

罗东虽然脑子不好用，但一旦把纠结的事放下，也是个豁达的性子。听杨伟人这么一说，便也断了这巨警生涯的念想，跑去洗手间里拉屎。

拉了两三分钟，突然传来他的喊话声："对了，刚才在车上时，那强奸人的假日本身上掉了个小本本出来，被我顺手给塞进了衣兜里。刚才和公安同志们在一起的时候，也忘了说这事……"他说话间，杨伟人也走到了洗手间门口，见罗东手里举着一本巴掌大的笔记本。杨伟人接过，倚着洗手间的门翻这笔记本。估摸着这本子应该有些年月了，边边都毛了，纸张也都发黄，里面写满了字，字特小，跟小蚂蚁似的。杨伟人又认真看，发现那密密麻麻小蚂蚁般的字，没几个是认识的。

"这是天书吗？"杨伟人嘀咕道。罗东一张脸正憋得发青，但也没耽误他办正事，还能抬手从杨伟人手里接过小本子翻阅。翻了几下，他也说："这都画了些啥？符吗？"又顿了顿，"不会是日本字吧？"

杨伟人说："兴许是吧！得，我爷爷是东北人，小日本打过来的时候入的关。他认识日本字，回去我拿给他瞅瞅。"

罗东问："这小本本咱不上缴给公安同志了吗？"

杨伟人说："这又不是凶器，为啥交给他们？"之所以他有这么个决定，因为之前那王卫旗逮住他和罗东时，扇了他一巴掌。之后到了公安局，王卫旗又去忙杀人犯的案子去了，没管这杨伟人和罗东俩人是不是冤枉的事。杨伟人觉得，既然你不仁，也别怪我们不义。这么想着，他就把那小本本放进了自己的包里。蹲在洗手间的罗东也没多想，继续折腾自己的肠胃。

第二天上午，李文浩领着臧所长、小钟在这月亮湾镇上转了转，也没啥好耍的。三人又驱车往戈壁上溜了一圈，小钟激动了，背了几句"金戈铁马、黄沙漫天"的诗句。李文浩和臧所长又照例笑话了几句他的酸腐。到中午，他们回旅社，把那杨伟人和罗东唤了下来，一起去吃了清真拉面。然后要马小云给王卫旗说一声"咱回山西去了"，再退房出门。

杨伟人和罗东手里不是也提着包吗？里面都是些换洗的衣服。臧

137

所长就要他俩把包放到后备厢去。杨伟人接了罗东的包，往车尾走。这后备厢就是前一晚他俩和那假日本被塞进去的地方。车大，后备厢也大。

因为罗东说了假日本身上掉出个小本本的事，所以杨伟人就留了个心，多瞄了一眼这后备厢里是不是还落下些其他物件。最后也没发现有啥，只瞅见一块半个巴掌大的绿色鹅卵石。杨伟人把包放好，捡起那块鹅卵石冲前面喊话："怎么还有块石头？"

几个人也都回头瞟了一眼，李文浩就说："扔了吧。"

杨伟人抬手要扔，一转念，想着这甘肃一行，也没什么收获，这块小石头就留着做个纪念吧。这么一想，他抬起的手又放下了，这鹅卵石就放进了裤兜里。

回山西和来甘肃时不一样，没那么着急。所以这一路上李文浩也没开多快。五个人坐车上聊天，听罗东说他在矿里面的那些破事，时不时被这缺心眼儿的家伙逗得哈哈大笑。中途在陕西住了一晚，第二天晚上就回了苏门。也是因为这一路上都互相熟悉了，加上杨伟人和罗东在这苏门也没个家能回。于是，小钟就唤他俩回自己的怡红园住着了。

安排杨伟人和罗东住进房间，小钟就回了家。他媳妇张文丽还没睡，坐在电视机前面嗑瓜子。见小钟回来，连忙唤他坐下，说有重要事情要给他说道。

小钟笑着说："你男人刚办完大案，帮甘肃的公安同志抓了个要挨枪子的杀人犯，你这又有重要事情要说。你这重要的事再怎么重要，能重要过我给破的惊天大案吗？"

张文丽说："你那都是虚头虚脑的事，和我无关。而我要给你说的事，却是和我们生活息息相关的大事。"

2

有本书上说过，中国，就是由无数个一模一样的城市、县镇组成。也就是说，每一个城市抑或县镇里，都有着同样的人、同样的故事发生。

月亮湾走这么一遭后，小钟回家，就被媳妇张文丽扯着，说有大事商量。小钟起初也没当回事，但也坐那儿听她说。张文丽便说了，县城的大丰舞厅在改革，不搞国营了，在找人承包。张文丽有个表哥在银行上班，经常去太原开会，在太原开会的时候，跟省行的人去过夜总会。于是，表哥就给张文丽说，你家干过宾馆，现在这大丰舞厅搞承包，你家养一个娃是养，养俩娃同样是养。要不你们就承包了这大丰舞厅，改成一个夜总会吧。

张文丽也听人说过夜总会这么一个场所，就是有人在台上唱歌跳舞，下面坐着的人喝酒跳舞聊天的一个场所。张文丽就给他表哥说："开那个不像我们开宾馆，要不少钱装修。"

表哥就说："需要钱，我们行里可以给你放点贷，利息很低。现在国家也鼓励私人接手国营的资产，加上你们家小钟脑子好用，是做生意的人。他和公安局的人也熟，适合开夜总会。"见张文丽还在疑惑，表哥又说，"省城的人有句话怎么说来着，先吃螃蟹的人就那个啥来着。你想想，咱县城的第一家夜总会，还不得赚大发了啊？"

张文丽就有点心动了，不过她做不了主，说："等我家男人从甘肃回来了再和他商量。"顿了顿又给表哥补了一句，"他帮他那俩公安局的兄弟上甘肃办案去了。"

表哥说："小钟就是能耐啊，还能办案。"

这会儿小钟听张文丽这么一说，便也有点心动，两口子睡床上商量了一整晚，第二天天一亮，小钟便去了公安局大院，在门口候着李文浩和臧所长来上班。然后仨人进了李文浩的办公室，小钟给李文浩、臧所长说了这事，还说要听两位老哥哥的意见。

李文浩说："这改革开放也不是一天两天了，大城市里的那些新鲜玩意儿走进我们苏门县，是大势所趋，时代车轮滚来滚去，都是必然要产生的事物。所以啊，你想开，老哥哥们还是支持的。"

臧所长也点头，补充道："不过，你的夜总会里不能出现黄赌毒。一旦被我们两个老哥哥发现你小子财迷心窍，碰这些，就算咱再有个十年的交情，也照抓不误。"

小钟点头："那是绝对不会碰的。"

李文浩觉得臧所长这话说得有理，而自己向来以肚子里有货的技术型刑警著称，此刻自然也需要说些体面话。他想了想，便也提醒小钟道："那夜总会的名字也得注意点，别再整什么'怡红园'之类的了，听着跟个旧社会的窑子似的，取个好听点的，高雅一点的。"

小钟继续点头："那是肯定要高雅的。"边这般点头，心里就开始琢磨取啥名字的事了。

于是，当天上午，小钟就去大丰舞厅看了看，也和管这大丰舞厅的文化馆的领导聊了聊。到下午再过去时，他在自家那怡红园宾馆门口，撞见杨伟人和罗东站那里抽烟，都一脸茫然不知道人生路下一步该何去何从。小钟一琢磨，如果真要干大事开这夜总会，需要招不少人做事。这杨伟人和罗东虽然有点愣，但几天交往下来，也都是踏实善良本分的人。小钟便唤上了他俩，跟自己再去了趟文化馆。

至此，苏门县的第一家夜总会，便在他们哥几个的谋划下，进入筹备阶段。小钟跟杨伟人还有罗东说，开业以前没工资，只给包吃住。反正吃住都在他怡红园里面。到开业后给他俩定岗位，再开工资。杨伟人和罗东俩人本就没啥能耐，命运使唤他们往哪里就往哪里。见县城里开宾馆的钟老板要吸纳他俩加入夜总会做事，自然满心喜悦。于是，在接下来大丰舞厅改造时期的两三个月里，俩人也忙里忙外，出了不少力。

小钟是个仁义人，见杨伟人和罗东上心，便许诺给他俩一点点夜总会的股份。至此，杨伟人和罗东干得更带劲了，夜总会里买一批烟灰缸的小事，罗东都跟小商品市场里那帮义乌人讨价还价了两天，愣是让义乌人说出"摊上你们这种客户算我倒霉"的话语来，省了不少钱。

夜总会开业在即，杨伟人和罗东便各自回了趟家。因为小钟说，这"春风来"夜总会开业，可是得办成咱苏门县这一二十年里最风光的事。既然是风光的大事，自然也要让自己几个兄弟的家人，都跟着风光一把。所以，罗东就回家接他那光棍哥哥过来高兴一下。杨伟人要接的人自然是他那寡妇老娘，老娘一听说自己儿子出去这么几个月，竟然成了夜总会的老板，自然很是开心。激动了一会儿，又给杨伟人说："要不，也去喊上你那住在山上的爷爷下来，一起去热闹一下。"

杨伟人的爷爷，也就是他那英年早逝看热闹死了的爹的爹，当时已经八十多岁了。老头子性子孤僻，不喜欢和人打交道，一个人住在村外的山上。偶尔下山，腿脚矫健，声音也大，到供销社买盐买烟，说话声整个村子都听得见。杨伟人一想，爷爷虽然还矫健，但也不可能不死，临到他入土之前，让他跟着风光一把，倒是好事。又一想，之前在甘肃那边不是还捡了一本写着日本话的小册子吗？他爷爷年轻时候在东北，学过日本话，所以这次把他接下山来，也给他看看那笔记本上写着些啥。

于是，那天下午，杨伟人就去山上接他爷爷。

他爷爷，姓杨，名叫杨锁一。而这杨锁一老爷爷之所以从他打小生长的东北沈阳，来到这山西苏门县住下来，皆因为在那大时代里曾经有过一段跌宕起伏的经历。那段经历里，有过一个叫作坂田恒一的日军少佐军官，击毙了一个叫作服部川八的日军大佐的事件。而这事件发生之前，有这么个七年的时间里，这世上是没有杨锁一这个人的。至于那七年前，这世上有杨锁一，也有坂田恒一。他们人生轨迹的交汇点，在一个叫作赤鬼岭的地方。

第八章

赤鬼岭上

1

杨锁一所在的抗联队伍，在赤鬼岭事件之前一共有二十三人，大部分都是之前沈阳市的老警察。

"九·一八"事变之前的8月，东北讲武团出身的辽宁省警务处处长黄显声，通过当时的警务督察长熊飞弄到了一份日军情报，知晓了即将有大事发生。他连忙将沈阳五十八个县的警察队扩充为十二个总队，并发放了枪支弹药。未曾想到，他下令发出的这批枪支就成了之后的峥嵘岁月中，东北各路义勇军的主要武器来源之一。

这，也是后来的东北抗日义勇军里，原东北的警察人员占了相当高比例的原因。多位著名的义勇军指挥官，也都是原东北警察出身。

杨锁一不是，他当时刚满二十岁，是东北讲武团的学生，机缘巧合认识了在警察局担任小队长的马大海。马大海是俄罗斯族，外号红胡子。不过，他除了胡子有点红以外，完全看不出血脉里的毛子基因。

那些日子里，警务处往下派枪，又说有大事发生。杨锁一所在的学校也说有事发生，但没发枪，只给发刀。

杨锁一就来找马大海问究竟是怎么回事。马大海那会儿手里的枪多，上面也没啥数，就索性给了杨锁——把，说："这几天或许要打仗。"说完，就领着杨锁一跑去喝酒了。

那一年，是1931年。那一天，是9月18日，东北沦陷伊始的"九·一八"。

没有人晓得，事变会来得那么突然。

日军川田中队袭击北大营的同时，沈阳城的警察总队便离开了机关，投入到抗击当中。马大海的酒没喝完，就领着下面四十几号弟兄冲到了沈阳城门口，杨锁一也跟在大伙身后，整装待发恭候着小鬼子的袭击。前线的战事不时反馈回来，北大营一万多人的东北军，被只有五百人的日军打得撤退。警察部队的汉子们气得直骂娘，说："难道这又是少帅的命令吗？真要把我们东三省送给日本人吗？"

与此同时，南大营也传来噩耗。日军第二师步兵二旅第二十九团击退了南大营守军。至此，东北的正规军完全退出了沈阳保卫战，只剩下黄显声处长带领的沈阳警察以及沈阳讲武团的学生兵。

杨锁一看到，穿着讲武团军服的同学们，扬着那一张张稚气的脸，列队往城门这边跑来。他也是讲武团的学生兵，那会儿提着枪就要过去。马大海喊住了他："搁哪个队伍里不是打日本啊？我这边人少，你给我留下。"

那一晚激烈的巷战中，手里只有大刀的讲武团学生兵与平日里在沈阳城作威作福的警察并肩作战，一个个倒下，一步步后退。有沈阳城警察在夜色中放声嘶吼："平日里我落了你们这些街坊乡亲的好，今儿个我拿命给你们还来咯。"

紧接着，更多的人也吼叫起来："我也来还了！""我也来还了！"

一直坚持到9月19日凌晨，黄显声处长下令全部警察与学生兵撤退。那一刻，很多老警察和学生兵都哭了，不管认识不认识的，抱在一起"嗷嗷"地号。所有人肩并肩流着血，誓要浴血沈阳街头，坚持的结果却是放弃抵抗的命令。

大部分警察和学生兵都离开了沈阳，这些不是军人的士兵，便是东北抗日义勇军的前身，其中就包括邓铁梅、王凤阁、高玉山这些之后年月里东北抗日义勇军里响当当的人物。马大海的人当时和讲武团一支三十多人的队伍在一起，大家人多，胆气足，觉得还可以干翻几个鬼子，便恋战不走。这时，街角传来了隆隆声，黑暗中，一个大家伙缓缓驶来。

那时候很少有人见过坦克，都只是听说而已。面对黑暗中朝着自己的炮筒，人们扣动扳机，讲武团的学生兵们喊着口号，举着大刀便冲了过去。

坦克开炮了……

哀号声响起，若干残肢在夜色中飞舞开来。马大海、杨锁一等人感觉到了恐怖，感觉到了绝望。他们开始往后奔跑，脸上有别人的血与自己的泪。他们想要像个爷们般站着死去，却最终发现自己不过是以卵击石般脆弱地存在着。

1931 年 9 月 19 日，沈阳沦陷。

沈阳城外的马大海清点人数，二十三人。他们集结，站在城外的山坡上，对着沈阳城哭泣磕头。从此，这二十三人落草于距离沈阳城四十里一个叫作赤鬼岭的地方。

之后，沈阳又改回了奉天这一称谓，城外以马大海为首的这支抵抗力量令日军头疼。当时日军派了个小队到赤鬼岭，试图将马大海部一举剿灭。所幸那年雪来得早，11 月就大雪封山，日军最终不得不选择放弃。而赤鬼岭上缺衣少食的老少爷们，面临着不战而亡的窘迫局面。就在这时，一支运送物资与士兵的日军车队，进入了赤鬼岭地界……

车队一共有三辆车，一辆吉普后面跟着两辆卡车。卡车后备厢有斗篷，遮得严严实实。二十三条汉子站在山岗上远远看着车队，便开始猜斗篷下都是些啥。肚子太饿的汉子，说十有八九是粮食。冷得缩着脖子在哆嗦的汉子，说应该是下大雪后新补给过来的棉被和大衣。马大海就笑了，骂人，还说："瞅瞅你们这点出息，就不许人家小日本运着一车粮食一车棉被吗？"

大伙便都跟着笑了。只有杨锁一在说："会不会是两车全副武装的日军士兵啊？"

其实，大伙都听清楚了杨锁一说的这句话，可就是没人接话，集体忽视了而已。之后年月杨锁一见多了世事，明了事理，才琢磨出了那个上午大伙没接话的原因。

同样的，在之后马大海赶杨锁一走的时候，说出的话，也是一样的理。马大海说："我们都是要死的，明天或者后天。我们的家没了，守护家的汉子前仆后继一个个死掉，是天经地义。"

是的，赤鬼岭上二十三条汉子，看淡了生死，努力乐观。从沈阳城丢了的那晚开始，他们就已经死了。如若可能，再赚回点什么，这死啊，就更值了一点。

那两辆车上，并没有粮食和棉被……

三十二个刚从日本本土来到东北的日军士兵，慌慌张张举起了枪跳下了车，投入到这场赤鬼岭的战斗里。他们有着杨锁一一般稚嫩的脸庞，或许还没有蜕变成残忍的鬼子兵。一个月前，他们刚脱下和服套上军装，在父亲母亲的目光下离开家乡。他们心中满是惶恐，对未来的，对世界的。他们拉扯枪栓的动作明显笨拙，抬起枪后扣动扳机的瞬间又总会犹豫。可尽管如此，对手那寒酸的装备，那因为多日饥寒而沉重的脚步，又令这三十二个士兵始终占据着上风，在领头的几个军官指挥下，有序地反击。

这一天，马大海没有下过撤退的命令。他手下的战士们，也没有人说出"算了吧"的话语。杨锁一突然间明白了，身边的人们是要赴死，想要一次壮烈的牺牲。不至于在之后冻死、饿死，不至于狼狈如丧家之犬。

没有人想狼狈，都想有个体面的结局罢了。

最终，三十二个日军士兵，被赤鬼岭上的战士全歼了。他们大部分不是被子弹射杀的，而是死于炸药。红了眼的沈阳警察和讲武团学生兵扔掉了手里的枪，他们没子弹了。二十几个人跟疯了似的，抱着拉开了引信的炸药包，从赤鬼岭的山坡上往下奔跑。大部分人倒下，把雪地染红。只有五个人冲到了日军的车队里，吼叫着，如残缺的天神。

而那最后关头，稚嫩的日军士兵们，在与这五个抱着炸药的对手直面时，却乱成了一团，甚至有人的枪膛顶到了对手头上，也不敢开枪了……

杨锁一躺在马大海身边，对着天空大口地喘气。那鹅毛大雪又开始肆虐了，似乎在提醒赤鬼岭上未亡的人们，就算没亡命于刚才的战役，也终难逃脱大自然的苛责。马大海爬起来，朝周围看，死了的，没死的，这一会儿都躺着，都不想动弹。

马大海开始吼叫："没断气的，大口哈下气，让老子看到你们喷出来的热乎水雾。"

二十三条汉子，只剩下八个活的。这八个活的里面，又有一半是缺胳膊少腿的。苍茫之下，伤者冲着马大海笑，不说话。马大海也冲着他们笑，也不说话。站着的人，没人去扶他们起来，只是拍拍他们，说上一句："来世再做兄弟。"

躺着的人没气力搭话，也不屑搭话。他们挣扎着努力仰面，将剩下的身躯摆得张牙舞爪，这是顶天立地的爷们辞世该有的模样。戏台上那一幕幕悲壮来到，主角是自己。

他们看天，看雪，看茫茫苍穹。我等是万物之灵，覆灭于众生之争。

死亡，对于他们来说，是于人世间最后的享乐。

因为大雪的缘故，剩下的这四个人必须不眠不休地将战场打扫完毕才能回赤鬼岭树林，否则一切都会被大雪掩埋，踪迹全无。

杨锁一和另外一个同是讲武团的年轻人负责将死去汉子们的尸体拖到一起。他们要将每一个死者的姓名登记清楚，身上的破烂宝贝都清点出来归好类。万一以后有机会，也能给这些人于世上的未亡人一个交代。

马大海和最后一个沈阳警察去日军车队里捡破烂，枪支弹药、干粮罐头。衣裤倒是只扒了点厚实的外套和棉裤，不想让模样稚嫩的小鬼子赤裸裸地曝尸荒野。

一直到天暗，才忙活完。这剩下的四个人去到树林里生火，嚼食物如同嚼蜡。都不说话，只有咀嚼声响着。

马大海受不了了，站起来，说："我去瞅瞅那大卡车里有什么宝贝。"

半小时后，他拖回了一具日本兵的尸体，手里还拿着一个士兵证。

杨锁一是最后一个见着这尸体模样的人。马大海回来后，将尸体扔到七八米开外，然后大声叫那另一个沈阳警察过去。他们小声嘀咕着，不时回过头来看杨锁一。杨锁一没有在意。过了一会儿，他俩回来了，扛回来的那具尸体还摆放在原地。马大海笑着，好像平日里一般挤眉弄眼附耳到另一个学生兵耳边说了句什么，那个叫方明景的学生兵愣了一下。

这时，马大海和老警察突然同时扑向了杨锁一，将他一把按倒在地。学生兵方明景犹豫了一下，最终也冲了过来。杨锁一拼命挣扎，大声喊："你们这是要干吗呢？"

马大海说："锁一兄弟，忍一下，扭头别看，马上就好。"说完将杨锁一的眼睛给捂住了。

杨锁一的鞋子被脱了，剧痛瞬间传来。马大海说："好兄弟，吼出来吧！"

杨锁一的哀号声响彻天地。

他的两个大脚趾，被马大海等三人硬生生地割掉了。然后，他们用炭灰和黏土按到杨锁一的伤口上止血，将白天找到的纱布绷带给他包扎。杨锁一冲他们凶，骂他们祖宗，可他们都不吱声。直到伤口处理好了，马大海就去树林那边，将他弄回来的那具日军士兵的尸体拖了回来，再提起尸体的头颅，将他的脸扬起，给杨锁一看。

时间，似乎在那一瞬间停顿，杨锁一张着骂人的嘴还没合上。因为，他看到了自己，看到了一个穿着日军军装的自己。那眉眼，那鼻梁，那嘴唇，再到脸型、头型，以及在当日还并不粗硬却也茂密的络腮胡须。唯一不同的是头发，对方短发，而杨锁一是在这赤鬼岭上待了数月后凌乱的蓬头长发。

马大海从这日军尸体的军装口袋里掏出一本士兵证，扔到了杨锁一面前："你们讲武堂不是教过日语吗？这家伙叫啥，你自己瞅瞅。"

杨锁一拿起士兵证翻开，上面写着坂田恒一。士兵证的照片上，曾经活着的这个和自己酷似的坂田恒一微笑着，注视着望向照片的杨锁一。

马大海说："战争全面爆发是迟早的事情。到那天，我们四万万的华夏儿女，在人数上足以碾轧他们这八千万人的岛国。愿意死于战场的军人，到那一天是不缺的。可是，能够扎到小日本心坎坎上的刺，却很难有。因为日本人谨小慎微，所以需要机缘巧合。而此时，似乎正是一个扎入他们内部的绝好机会。"

杨锁一便说："可是我想选择的，是和白日里那些叔伯兄弟一般战死沙场。"

马大海说："我们每个人都会死。我们的家没了，守护家的男人在那一刻早就该死去的。而你我活下来，是为了让家重新再有。如若，每个人都和你一样，想要卖乖讨便宜，得到一个轰轰烈烈的死法，那么，我们的这个家，又怎么能够重新回来呢？"

马大海叹气，掏出新缴获的小鬼子身上的香烟叼上，又夹起一块燃着的炭火将烟点燃，继续道："刚才，我站在雪地里兀自琢磨，越琢磨越后悔，后悔今天早上做出袭击小鬼子车队的决定。我承认，我和今天死去的兄弟们一样，想要壮烈的牺牲，给自己一个圆满。但此

155

时此刻，我却在想，如若他们都还在，那我们可能还能做更多有意义的事情，为我们的民族，为我们的中华。锁一兄弟，你是讲武团出来的，懂文化，会日语，关键是现在还有这么个机会，遇到这么个和你一模一样的小鬼子。你回沈阳城去吧，从此，这世间再也没有杨锁一。你，就是赤鬼岭上未亡的日军新兵……"他顿了顿，"你刚才说这小鬼子叫啥来着？"

杨锁一说："他叫坂田恒一。"

"嗯，你就是赤鬼岭上未亡的日军新兵坂田恒一。"马大海说，"身边人已经一个不剩，死无对证的日军新兵坂田恒一。"

坐在一旁的另外那个学生兵方明景就发问了："大海哥，那咱为啥要割了他的大脚指头呢？"

马大海要回答，可杨锁一却自个儿扭过头去："因为……因为日本人的脚和我们确实不一样。"说完这话，他费劲地挪动身体，将那尸体的双腿扯了过来，再脱下尸体的鞋袜。只见那死者的大脚趾和第二个脚趾分开得很明显，"他们打小就穿木屐，所以，日本人的脚和我们中国人的脚是不一样的。"

那个学生兵点了点头。

那天晚上，另一个老警察用剃刀给杨锁一削了个短发。他一边削，一边努力挤出笑，说这剃了头后，还真就是一个模子了。马大海说你小子就要去跟着大日本皇军吃香的喝辣的了，也得体现点诚意，纳个投名状什么的吧？于是，四个人又举着火把，下去到埋下兄弟们尸体的坑里，找上半身还完整的尸体，用来给杨锁一当投名状。马大海又说："别整你们讲武堂学生兵的，免得小鬼子以为你割错了，割了和你一起过来的娃娃兵们的脑袋凑数。"

他们选了七具头颅还完整的沈阳老警察的尸体，一字排开，跪着给磕头，磨磨叽叽地解释。末了，马大海又凶上一句："吓，不管你们这些死鬼答不答应，老子都要动手了。"

那一夜，月黑风高。但世间洁白无垠，光芒与苍穹无关，来自茫茫大地。这片白色中，四个汉子努力嬉笑着，抱起死去弟兄的身子，说着不着边际的玩笑话，心情却无比沉重哀伤。他们割下了七个头颅，放到了一块脏兮兮的毯子上。然后四个人收住笑再一次对着头颅磕头，再一次磨磨叽叽地解释。

次日凌晨，换上了日军军装的杨锁一，将这七个头颅包好，背上。他冲马大海等人笑了下，说："那我走了。"

马大海等人说："去吧，有机会我们会去看你。"

杨锁一说："可能看不着，弄不好今天晚上我就被小鬼子识破了给毙了。"

马大海说："毙了就毙了，你就当昨天在这赤鬼岭上就死了。"

杨锁一说："那行！杨锁一昨天就死了。"

马大海说："本来就是，杨锁一昨天死了。你现在是叫什么来着，坂什么来着？"

杨锁一说："我叫坂田恒一。"

马大海说："嗯，坂田恒一。"马大海笑了，抬腿踹杨锁一，"滚你的吧，小鬼子坂田恒一。"

杨锁一也笑了："走了。"

他扭头，这一转身，恍如隔世。

身前是坂田恒一的生死未卜。

身后，杨锁一，人世不在。

第九章

一个叫杨锁一的老头

1 /

这事啊，又要回到 1994 年的夏天，苏门县的杨伟人，机缘巧合认识了县城里开怡红园宾馆的钟老板。钟老板看他和他另一个兄弟罗东做事靠谱人也老实，干事业需要的正是这种人，所以就给了他们点干股，让他们当了即将开业的"春风来"夜总会的小股东。实际上就是不用开工钱的俩员工，以后有福同享那种。这对于庄稼汉来说，也算是有了一番成就，加上"春风来"夜总会开业在即，杨伟人便回葫芦瓢村接他守寡多年的老娘上县城看热闹。又一寻思，他那八十多岁的爷爷还健在，便在这个下午上山，想把他爷爷也给叫下山，隔天到县城享享福。

这山西的夏天也不热，一路上有树荫，杨伟人心情又开朗，越走越痛快，走到半山腰，就瞅见了杨锁一老爷子住的那屋。说是屋吧，其实就一茅棚，老爷子性子古怪，不苟言笑那种，不合群，村子里可是有不少人挨过他的打骂。到后来，老爷子自己觉得也没啥意思了，就上山搭了这茅棚住下，一住就是三十多年。据说杨伟人他爹，也就是老爷子他亲生儿子死的时候，他都没下来。村里有人上山去叫他，那几天老爷子不知道跑哪里去了，找不到。待人下葬了，老爷子才寻了回来，坐那坟堆前发了会儿呆，又跟没事人儿似的上了山。也难怪村里老一辈的人都说："这杨锁一老汉啊，年轻的时候肯定经历过大风大浪，所以到这老了后，看啥事也都不惊，除却巫山不是云的那种心境。"

所以，杨伟人和爷爷没啥感情。之所以来叫他，还真是因为没几个亲戚。

瞅见那茅棚，杨伟人就想，爷爷一个人在这山上，如若已经死了，都没人知晓。弄不好自己今儿个过来，还真只是寻见一具死去多日的老者尸体，也是可能的。正想着，就看到茅屋前有一把破烂的睡椅，他爷爷那一副大骨架子撑着松垮的皮肉躺在上面，正在抽烟。

杨伟人唤老爷子："爷爷。"

老爷子耳背，没听见，继续在那里抽烟。

杨伟人就走到他跟前，再喊了一声："爷爷，抽烟啊。"

老爷子被吓了一跳，从睡椅上蹦了起来，说："你小子这么冷不丁上山，是想把我吓死吗？"

杨伟人说："就您这身体，能被吓死的话，早就死了。"

老爷子点了下头，说："那倒也是。"又问，"你上山来干吗？"

杨伟人就说了自己这几个月的经历，有一些吹嘘，还隐瞒了那些窝囊不能上台面的遭遇。老爷子竖着耳朵听，不时还喊上一句："说大声点，没吃饭吗？"

　　到听了个完结，老爷子便说："是我的子孙，本就能干大事。"接着就说，"得了，你回吧，我不下山跟着你去看那什么夜总会的热闹。你爹就是看热闹看死的。"

　　杨伟人就有点气恼："你也知道我爹是看热闹看死的啊？得，你下不下山无所谓，我也没指望你会听这么个安排。你就一个人在这山上待着吧，反正几十年了，我们家当你早就死了。"

　　老爷子也恼了："我好好地活在这里，哪儿就死了呢？"

　　杨伟人说："反正也没几天了。"

　　老爷子从睡椅上跳了下来，挥舞着拳头要打杨伟人。杨伟人青壮，往后闪避，老爷子打不着，便更是火大，说："我就不去，当我死了就死了。"

　　杨伟人说："那我不管你了。如果不是我娘要我来唤你，我才懒得来讨你这场打骂。"

　　老爷子就愣了："是你娘要你来的？"

　　杨伟人说："是。"

　　老爷子叹了口气，伸手问杨伟人："你抽的是什么烟？贵不贵？"

　　杨伟人掏出一包好烟来，说："专程给你拿来的，是我跟的那钟老板给我的，他自己不抽烟，有好烟就给我。这包最好，就一直留着

163

拿来给你抽。"

老爷子连忙抢过去，撕开拿出一根闻了闻，说："一般。"然后给杨伟人一根，自己也点上一根。一吸一吹，那眼睛就眯了眯，说："那我就跟你去一趟苏门县吧，不过话说在前头，你爷爷我不喜欢和人说话，这些年也没怎么和外面人相处，不懂人情世故那一套。如若坏了你的场面，你别冲我生气。"

杨伟人说："你都半截身子埋土里的人了，我和你生气干吗呢？"

说完就帮老爷子收拾了一番，两人往山下走。一路上爷孙俩又说了些话，杨伟人还说了那月亮湾里发生的连环杀人案的事，不过他不晓得细节，所以也只说了个大概。老爷子就说："我当年在青岛时，也瞅见过这种连环杀人的事，不过记得都不太清楚了。"

当晚在葫芦瓢村里睡。杨伟人就翻出那本在月亮湾带回来的笔记本给老爷子，让他看看上面都写着些啥。老爷子年轻的时候在东北待过，懂日语。可现在眼花了，没配过眼镜，举着笔记本，手臂都伸到窗台上去了，也看不清，便说："这字写得这么小，不是考我吗？"又翻了翻，看到第一页上有俩字大一点，老爷子说："这是一个日本人的姓，服部……"说到这里，老爷子就皱着眉，说，"日本人姓这个的人很少。"说完把笔记本一扔，"不看了，眼花。我就一要死的老头子了，不关心这些破事。"

杨伟人心里就想，这次回城，还是给老爷子配一副老花镜。毕竟吧，咱家住的也是老爷子当年的房子，征地的钱老爷子一分不要。

当然，他一住在山上的野人，要了也不知道拿去干吗。所以啊，就给他买个好点的眼镜吧。想完这些，杨伟人就收了那笔记本，往包里放时，摸到了那块在车上捡到的鹅卵石。这会儿闲着，对着那灯照了一会儿，只见那石头里面有花纹，挺好看的。也不知道思绪是如何游走的，一下又想到了在月亮湾镇上遇到的何大伟，当时言之凿凿地说想收石头。

之前也说了，这杨伟人家住在村口，邮电局给每个村支了电话亭，插卡打的那种。这葫芦瓢村的电话亭，就在杨伟人家外面不远。杨伟人摸出何大伟的那张电话卡，出门去打电话。老爷子没见过插卡打电话的电话机，跟着后面出来，爷孙俩摸黑，站那村口打电话。

另一头很快就接通了，很吵，能分辨出来有人在唱歌，还有伴奏，唱的是《把根留住》。杨伟人听着，觉得唱得不好，难听。接着就是男声在嚷嚷："谁啊？"

杨伟人说："你是伟哥吗？"

那头说："我是。"

杨伟人说："我是杨伟人！"

那头应该是在唱歌的包房里面，听不清楚，接着那唱歌声就远了，应该是接电话的人出了包房："谁阳痿了？"

杨伟人说："不是谁阳痿了，我是说我叫杨伟人。"

那头说话有点大舌头，酒喝多了，说："我才不管谁阳痿了，有事说事。"

杨伟人又说:"我是在那月亮湾,你给我名片的杨伟人,住在喜相逢大旅馆的杨伟人。"

那头沉默了几秒,接着就嚷嚷了:"你就是那两个帮月亮湾公安们抓了冒充日本人杀人的那个?"

杨伟人忙说:"是。"

"嗨!我正要找你们呢!你们在哪儿?有人想见你们。"那头的酒也一下醒了。

杨伟人说:"我们在苏门县,山西的苏门县。"

"苏门县哪里?"

"我们住在苏门县汽车站对面的怡红园。"杨伟人又说,"我这儿还有块石头,也想拿给你看看,不知道是不是你要的那种。"

那头说:"得,我们明天就往苏门去。"说完又要杨伟人留了那怡红园宾馆的电话,才挂了线。

那老爷子站旁边,他耳背,自然听不清楚话筒那头的人说话。见杨伟人抽出卡,便说:"搁以前,谁想得到有这种插个卡片就能打的电话呢?"

一晚上爷孙俩在炕上一人睡一头打呼噜,你起个高调我应个和声,之后我来个高调你又和声那种。杨伟人的老娘睡里屋,她本到了睡眠不好的年纪,可听着这呼噜声,不晓得怎么反倒睡了个踏踏实实的好觉。

第二天, 家三口锁了门,就往县城里去。也是因为有了点钱,没有去挤那按人头算的大三轮车，给包了一辆，坐着舒服，不用挤。加上是去县城，杨伟人的老娘心里就欢愉，老爷子长得又和杨伟人的老娘那死去的男人一个模样，所以啊，这杨伟人的老娘一路上嘴就没合拢过，乐。

到了县城，怡红园的钟老板对老人很是尊敬，说叫他小钟就可以了。小钟安排了两个房间，让老爷子和杨伟人的老娘一人一间住下，接着又要拉扯杨伟人去张罗夜总会开业的事。罗东和他哥前一天就到了，两兄弟都穿着皱巴巴的西服，在即将开业的夜总会里转。看到杨伟人，罗东便介绍："这是我哥罗西。"

杨伟人说："不是应该做哥哥的叫东才对吗？怎么你们家是反的。"

穿着西服的罗东他哥罗西就说："也不知道我们那死鬼老爹怎么想的。"

这话不幽默，可几个人心情都好，便都哈哈大笑起来。接着又在场子里转悠，检查了一番木工做的活儿，也都满意。到了晚上钟老板做东，请杨伟人和罗东的家人一起吃了个饭。杨伟人他爷爷杨锁一不苟言笑，酒倒喝得不少。喝完酒杨伟人要领老爷子去配眼镜，老爷子不肯，说戴那玩意儿会头晕，一来二去，杨伟人就领他妈上了街，路过眼镜店买了一副金丝边的，准备给老爷子。爱戴不戴，总之作为后人的孝心算是尽到了。

春风来夜总会定在周日开业，也算县里的一个大事。已经退休的陶县长还答应了来剪彩，所以县城里有头有脸的人，都收下了邀请函。距离周日还有三天，这三天，杨锁一老爷子便一个人叼着烟，在这县城里瞎转，到处看看。他在山上待得久，瞅啥都新鲜。瞅完了，到周六下午，他就扯着杨伟人说："这世界天翻地覆，大变样了。"

罗东站一边说："就是因为有我们这些人给建设出来的。"

说这话时，他们仨是在宾馆一楼的沙发上坐着，正对着门。这时，门外有四个穿西装的外地人走了进来。宾馆守前台的小姑娘就问："住店吗？"

为首的是个胖子，正是在月亮湾给杨伟人发过名片的何大伟。他没瞅见坐在旁边沙发上的杨伟人，径直冲前台喊："开几个房，顺便帮我找个人。"

前台小姑娘问："我们只给人开房住，不给找人，找人你得去公安局。"

坐沙发上的杨伟人就站起来了，喊："伟哥。"

何大伟转过身来，瞅见了杨伟人，连忙迎了上来，说："嗨，可算找到你们了。"说完就转身对身后那三人说："喏，这就是你们要找的人。"

他身后是两个四十左右的男人和一个老头，老头年纪应该和杨伟人他爷爷年纪相仿，很矮，加上岁数大，缩了，显得更矮。矮归矮，偏偏穿着一件浅色风衣，还戴着一顶礼帽，嘴里叼着个烟斗，模样很是滑稽，像是个冒充大人的小毛孩子。这老头啊，打从进门开始，就盯着坐在沙发上的杨锁一老爷子看，还歪着头，好像歪着头就能把这人给看仔细似的。

他身边的另一个男人迎了上来，问杨伟人："您，就是在月亮湾见过那个连环杀人犯的罗先生吗？"

一旁的罗东就不乐意了，挺胸往前："我才是罗先生。"

对方连忙点头，又问杨伟人："那你是杨先生才对。"

杨伟人点头，罗东却抢着回答："没错，就是我们两位先生。"

对方就开始自我介绍："我姓李，叫李卿，卿本佳人的卿……"

罗东插话："哪个亲？亲嘴的亲吗？"

这李卿笑着摇头："卿卿我我的卿。"

罗东又说："我只晓得亲嘴的亲。"

李卿有点尴尬："反正不是亲嘴的亲，是另外一个卿。"他说这句时，刻意把前鼻音和后鼻音分辨开来，无奈面对的是罗东，站那里一脸蒙的表情，便不再解释了，转身指向身后两人，"这两位是来自日本的研究犯罪学的朋友，想认识一下你们两位。他们有一些关于月亮湾连环杀人犯的事想了解下，去找当地公安，人家不配合，所以才来山西找你们了。"

杨伟人这才吭声："找公安不给说的事，找我们也不会随便说道给你听的，更别说还是日本人。"

这李卿继续赔着笑，说："我就一翻译，负责协助他们罢了，具体怎么聊，是你们的事。"说完他便指着那俩日本人中年轻的介绍道，

"这位是直木冈本先生……"接着又指向那位矮个子穿风衣的老者，老者还是在歪着头望向坐在沙发上的杨锁一老爷子，"这位老先生，是直木冈本先生的父亲，研究犯罪学的知名学者直木明先生。"他这话说到最后一句时，故意把声音说得很大，好像这名号说出来能够让人非常震惊似的。实际上在场的人，连犯罪学是干吗的都不知道，更别说研究犯罪学的名人了。

坐在沙发上的杨锁一老爷子却猛地站了起来，迈步往宾馆的楼梯间走去。几乎同时，那矮个子老者往前跨出了两步，说的是日语，嗓门还挺大：你……你是坂田君吗?

杨锁一停步了，但没有转身。他耳背，所以声音大，开口说话整个大堂里都听得见，是中国话："我不是坂田君，我是杨锁一，东北讲武堂出来的杨锁一，抗联的杨锁一。"

说完这话，他头也不回地往楼上走去。

那矮个子日本人就激动了，小短腿加快了脚步追上去。可杨锁一老爷子本就高个，腿长，加上长期在山上住着，走路快。日本老头要追他，需要小跑。他身后的儿子和翻译连忙往前，要搀扶他。日本老头挥手说："不用。"接着说中国话了，居然还挺流利，就是有点磕磕巴巴，应该是很多年没说过的缘故："你……你是坂田君。我的，直木明，青岛刑案课，直木明。"

杨锁一没回头，继续往楼上走。也已花甲的直木明就越发着急了："我要死啦死啦的了，癌症，直肠烂了，晚期，很快就死了。"

杨锁一停步了。他转过身来，叹了口气："你是怎么找过来的？"说这话时，他已经到了楼梯的拐角处，可说话声还是让楼下的人听得清清楚楚。

偏偏已经快追到他跟前的直木明老头却仰着脸，说："你说什么？大声点……我的……我的听不清。"

楼下的那翻译李卿忙给解释："直木明先生年纪大了，耳背。"

站他旁边的杨伟人就不乐意了，说："看你这话说的，好像我们家老爷子耳朵就不背似的。"

杨锁一老爷子摇了摇头，开始往楼下走，指着宾馆外面，说："我们俩去外面说话吧。"

直木明老汉连忙点头，跟着杨锁一下楼然后往宾馆外面走去。搁屋里的人都不好意思跟出去，因为俩老汉应该有悄悄话要说，否则不会往外面去。可透过玻璃窗看他俩也没走出多远，就站那宾馆外面，开始说话。俩人年纪加起来奔一百八了，都是半截身子埋土里的主，又都耳背，说话声音都大。所以，众人不用跟出去，也能清楚地听到他们说的话。

杨锁一老爷子问直木明老汉："你怎么找到我这里来的？"

直木明老汉说："我不是找你的干活，我听说月亮湾有大小脚案。我想问大小脚案的事，找目击者，才来的这……这山西。"

杨锁一说："那你就不是来找我的，没我啥事。"

直木明说："想不到能遇见你，很激动。也没想到你坂田恒一最

171

后留在了中国，他们都不知道你是日本人吗？"

杨锁一说："我本来就是中国人，我叫杨锁一，杨是木易杨，锁是门锁的锁，一是一二三四的一。我不叫坂田恒一，坂田恒一是我当年在赤鬼岭打死的一个小鬼子而已。"

直木明就说："中日战争已经结束几十年了，中日恢复邦交也很多年了，坂田君……不，杨先生，就不要用'鬼子'这个词了吧。"

杨锁一说："我乐意。"

直木明便笑了："也就是说，你——本来就是中国人，只是当年潜入到我们日本军队中？"

杨锁一说："是的，我自始至终都是中国人。"

"那坂田君……不，杨先生，你杀死服部川八大佐，并不是因为他揭发了你是大小脚案的真凶咯？"

杨锁一说："我本来就不是大小脚案的真凶。"

直木明沉默了几秒，然后说："如果你不是坂田恒一，那……那你就没有在大阪奸杀少女的前科，那……我当年认为你是大小脚案的真凶的主要原因，就是因为你有前科。"

杨锁一说："有前科就会是大小脚案的真凶吗？"

直木明说："还有服部川八大佐的分析……"他顿了下，"那坂田君，你的，为什么要杀服部川八的干活？"

杨锁一老爷子嗓门更大了："我不是坂田恒一，我叫杨锁一，东北讲武堂的杨锁一，东北抗联的杨锁一。"他一张脸开始憋得通红，还挥舞了一下拳头，令站在他面前矮个儿的直木明老汉不由自主地往后退了一步。

杨锁一继续道："我杀他，因为他说的那句话。"

"哪句话？"直木明问道。

"他说……"杨锁一瞪大了眼睛，咬牙切齿的模样宛如地府出来的修罗鬼，"服部川八说——死的不过是几个中国女人罢了！"

直木明愣了一下："那，当年的大小脚案，凶手确实另有其人了。"他又顿了顿，沉默片刻，最后说道，"杨君，其实在 1943 年的北平城里，我还遇到过一个案子，似乎与这大小脚案，也有些关联。"

第十章

冈村宁次住所失窃案

1 /

民国飞贼燕子李三的故事，有不同版本，各有各的传说。公认的燕子李三，名李景华，河北涿州人，常年流窜于平津一带。之所以被人添油加醋说道，因为他作案有两个特点：一是专偷有钱人家。这点好理解，毕竟他跑去穷苦百姓家也没啥好偷的，总不能跑去端走人家一锅隔夜的稀粥。其二，这李三作案后总要留点痕迹，这是效仿当时小说中花蝴蝶、白菊花等大盗的做法。案发现场，警察会发现一只用白纸叠成的燕子，上面还写着燕子李三的字样。

1934 年，李景华被捕，关进了北平感化所。这李三之前有过逃狱的先例，所以北平警方严阵以待，1934 年 12 月 8 日的《京报》上写道：法院看守所深恐其再行逃脱，故为防范计，特令李三佩带木狗刑具，以示严防。

这木狗，是装在犯人两腿间的一种刑具，由此可见，警方对李三案的重视。

1935 年 1 月，李景华被认定为"强盗罪"，判处有期徒刑十二年。李景华不服判决，提起上诉。当年那诉讼流程的拖沓，咱这文字里就不说了。总之，直到一年后李景华因长期吸食鸦片造成的肺痨发作病死于北平看守所的时候，那最高法院还没回复。

这李景华盗过的大户人家倒是有不少。外人知晓的有当时临时执政的段祺瑞、国务总理潘复，以及大军阀张宗昌、褚玉璞等人。当然，还有一些被他出入过的达官贵人没有声张，外界并不知晓。曾几何时，那北平城里的有钱人互相说笑，也都会用"燕子李三都嫌你不够身份"的话语来损人。

话说，这李三死了有七年之后，这北京城里，又闹了不少豪门被盗案。不过 1943 年，北京掌权的是日本人，一干偷盗案，日本人也不上心。那些北平警察，也只是拿俸禄讨个生活而已，自然也没人真的去抽丝剥茧破这些豪门被盗案。背地里还要骂上几句："活该！"何曾料到，这天给报到警察厅的一起被盗案，报案那家，居然是冈村宁次。

冈村宁次，侵华日军里响当当名号的一个人物，早年就是日本陆军三羽乌之一。之后出任日本首相的头号战犯东条英机，当时还只是陆军大学里给学长点烟的角色。1943 年的冈村宁次，任侵华日军华北方面军司令官，半年后还会升任日本中国战区派遣军总司令官，妥妥的一甲级战犯人生轨迹。没曾想到，他家居然也会被盗，这说出去也有点好笑。

不过呢，这样一位大忙人，很少在北京的住所里待着。纵丢了些财物，也都是小事，不足挂齿。可在军部的某些人看来，背后是否还另有隐情，就不得而知了。于是，时任宪兵部刑案课课长的直木明，接到了土肥原贤二的一个电话，土肥在电话那头语重心长地说："之前有情报说中国人有一个叫作斩首者的计划，行动目标就是我们大日本帝国军队中的顶级精英。所以这次冈村宁次司令官寓所被盗案，必须查查背后是否还另有牵绊。"

直木明不敢怠慢，领着下面几个特务就过去了。接待他的是冈村宁次的一个副官，冈村本人那时在华北搞扫荡，忒坏忒坏的，忙得很。直木明就按例唤这位副官做案情记录。

这副官是伺候大人物的主，骄横，斜眼看直木明的军衔，坐姿就不太端正了。这直木明在中国战区也待了七八年了，对军人这一身份的认知程度，较1938年青岛时，早已不是同等心境。所以，他微微笑着，用手指在桌上的笔记本上磕了几下，柔声说道："嗯，山本大尉，我先自我介绍一下，我是直木明，少佐罢了，只比你高一级。我们刑案课也只是个小机构，没啥权力，隶属宪兵部。"最后三个字他故意加重了语气。

"宪兵部"这三个字一出口，面前的这山本副官脸色就变了。他直了直身子，连忙挤出笑来，说："我还以为直木君只是负责地方事务的，看来我错了。"

直木明也不想和这么个小人物斗气，耸了耸肩，说："冈村将军家的失窃案，又怎么可能会是地方事务呢？"

接着，便开始询问丢了些什么东西。他没有让手下记录，自己亲自拿笔写着：怀表一枚；金佛一尊；金条五根；大洋若干……都是些俗世物件，直木明并不在意。可这山本副官说到最后，突然间蹦出一句："对了，还有冈村将军一位早已离世的好友的遗物，也被偷走了。"

直木明继续登记着，没当回事，随口问着："一位什么好友，叫什么名字？遗物都有些什么？"

那副官就回答了："你们应该都听说过的一位传奇人物——帝国之鬼——服部川八。早几年在青岛死在下级军官手里的那位。"

直木明的手抖了一下，抬头望向面前这副官："哦？服部大佐和冈村将军是故交？这个我们倒还真没想到。当时，服部大佐离世时，我就在青岛，我记得，服部大佐的遗物都被特高课收走了，说是土肥长官亲自要走的。"

"那我就不知道了。"副官瘪了瘪嘴，"反正冈村将军收藏着服部大佐的遗物，用一个公文包装着。昨晚那小偷，顺带着把那公文包也给拿走了。"

"知道遗物里都有些什么吗？"直木明又问。

副官想了想："都是些琐碎的日常用品而已，好像……好像还有一本日记本。我听冈村将军提起过，说那日记本里，记载的是服部大佐在青岛那大半年里的经历。"

"哦，也就是说，是服部大佐离世前那几个月的日记。"直木明点头道。

"是的。咦，直木君，你说你当时在青岛的刑案课，那你应该也知道大小脚案吧？"副官突然说出这么一句。

直木明一愣，接着淡淡答道："是我经手的，那案子也是我破获的。"

"好吧！"副官微笑着继续道，"冈村将军和我聊起过这大小脚案，他说，这连环杀人案的真相，并不是外人所知晓的那样。真实情况，比我们想象的要复杂很多。他还说，真相永远不能被公开，关乎我们大日本帝国皇军的荣光。"

直木明便也笑了："确实是这样。凶手只不过是一个中国人，一个变态的中国人罢了。"

副官说："那只是对外这么说吧！"

直木明又怎么不知道真相呢？他耸了耸肩，故意说道："要不然呢？"

副官却露出一个匪夷所思的表情："将军说，真相都隐藏在服部大佐那本日记本里，永远不会被公开。这世上知晓真相的人，也只有两个人，一个是冈村将军，还一个就是土肥长官。"

直木明不以为然，没多想，跟着应付道："是的，我们这些外人，都以为真凶是中国人。"此刻的他，并不想在对方面前证明，自己就是操盘当年青岛那起连环杀人案幕后结案报告的黑手。

可没想到，他的这份不屑表情，反倒令坐在他跟前的这位一贯骄横的青年军官，有了一种不忿。就好像小孩抱出了他最引以为豪的玩具，外人却嗤之以鼻一般。于是，副官又说话了，这次话语声中重新有了几分傲慢："嘿，直木少佐，请恕我直言，以你在军部的地位，所知晓的真相，往往都不是真实的，只不过是上级想要你知道的而已。我想，在你认为，那大小脚案真凶只是一名普通的日军下级军官吧？"说到这里，他又顿了顿，"抱歉，我用的是将军的原话，在他眼里，少佐这种级别，只是很普通的下级军官。"

这一刻的直木明却没理会对方的嘲讽。他歪着头，再次试探道："将军说的这名少佐是坂田恒一吗？"

副官摇头："我就知道这么多，难道你以为将军会将秘密全部公开让人知晓吗？"

直木明点头，不再就这个问题进一步深挖了。有一点是不争的事实，上级不想让人知道的事，少知道点总归是好的。再说了，对方只是将军的副官而已，他拿着鸡毛当令箭的傲慢的底牌，或许并没有那么高级，也没有那么神秘。大小脚案的结果，也只有一个，那就是土肥长官满意的那个结果。作为军人，当日的大小脚案的结案报告，土肥满意了，直木明的工作就完成了。

只不过……只不过直木明始终不是一名纯粹的军人，他是一个侦探，一个只对真相有着执念的侦探。走出冈村宁次寓所后的他，坐在汽车后排，眉头皱得紧紧的。刑案课的另外几个军官以为他在琢磨这起失窃案，便没吱声打扰他。可实际上，他的思想却放飞回了几年前的青岛，放飞回了那片海滩……

不是每一个侦探，都会遇到奇案的，有些人穷其一生，也不过是从事一个普通抓捕者的工作罢了。打从直木明接触刑案侦查开始，他就觉得自己宿命里有这么一个案子，会将自己裹挟进去，纠缠终生。大小脚案，或许就是。可身份使然，纵使最后还有诸多疑点并没有完全解开，也草草结案。当事人或死或走，无法进一步知悉细节。但有一点可以肯定，坂田恒一杀死服部川八逃逸后，大小脚案再也没发生过。或者，这也是当日并没有弄错嫌疑人的另一个证明吧。

尽管如此，这几年里，直木明每每午夜梦醒，依旧会回忆过往，想起坂田恒一这个人。有一点，他始终没有想明白，那就是坂田恒一为什么要杀人。很多犯罪学的专业书籍里，都提过一种叫作天生犯罪人的罪犯。他们先天具备嗜血的基因，人前始终道貌岸然，是个自律的君子，但灵魂深处，蜷缩着猛兽，在蛰伏骚动。一旦有机会，猛兽便会腾空而起，张牙舞爪，行使杀戮之事。

直木明想：或许，坂田恒一就是这种人。

想不到此去经年，在五年后的北京城里，一起普通的盗窃案，居然又牵引出大小脚案的某些线索来。尽管这线索看似无关紧要，不过是死于大小脚连环杀人犯坂田恒一手里的受害者服部川八的日记本。但这服部川八，可是跟过心理学泰斗弗洛伊德的顶级特务，他心思缜密、老谋深算，也协助直木明参与了大小脚案的侦破工作。或许，冈村将军的副官所说的那日记本里埋藏着另一个谜底，就真实存在着。

于是，那几日里，直木明分外卖力，希望将这名潜入冈村宁次家的窃贼生擒。他有个小心思，记挂着窃贼偷走的那个公文包里服部大佐生前的那本日记本。很快，窃贼的身份就被锁定了，是一个叫作段云鹏的飞贼。

段云鹏，师从燕子李三李景华。他习过武，当过兵，在部队里一度当上了上尉教官。之后机缘巧合拜了一代飞贼为师，从此将自己的飞檐走壁功夫和偷盗手艺结合，很快就成了平津地区最有名的飞贼。

确定了作案者后，直木明就督促地方警察，搜索这段云鹏的行踪。有两三次据说都确定了段云鹏的落脚点，最后还是扑了空。接着，就听说这段云鹏察觉到风声太紧，暂时离开了北平。当时战事也吃紧，这刑案课的事放在大时代里都是小事，不足挂齿。窃案也就这样不了了之。

直木明却始终没能放下这个人与这件事，因为在他心里，大小脚案是一个始终放不下的结。之前那副官的话语虽然说得只是云山雾水，但展示出来的信息，却是当年被坂田恒一击杀的服部大佐，对大小脚案的真相还另有揭示。这些他所知晓的信息，又都记载在冈村宁次住所里被盗走的那本日记本里。也就是说，如若找到那本日记本，就能洞悉某些直木明或许并不知晓的真相。

可人抓不着……

再说，就算抓着了，那不值钱的日记本，或许也被飞贼段云鹏随手扔了。眼巴巴这么一条线索，摸不下去，也让直木明郁闷不已。直到那年年尾，土肥原贤二来到北平。这老特务头子心思缜密，谨小慎微，专程要直木明去一趟他的办公室，询问冈村宁次住所失窃案的细节。

　　而直木明走进土肥原贤二在北平的办公室的这天，这位微胖的特务头子刚升为大将不久。只不过，一贯低调的他，并没有其他陆军将军的嚣张跋扈。见到直木明后，土肥甚至还迎了上来亲切握手，说："之前和你在电话里聊过很多次，对你这位南波老师的爱徒仰慕已久。今日一见，果然风采奕奕。"

　　这直木明便也连忙客套，说了几句"久仰土肥将军"的客套话。实际上直木明这一米六不到的个子，穿着最小号的军装也松松垮垮的身材，呈现出来的奕奕风采，也就那么回事。至于土肥本人也不高，矮胖型，两人如果搁在戏台上，一胖一瘦，像俩说相声的甚于像俩军人。

　　两人便各自坐下，土肥原贤二细细问了冈村宁次住所失窃案的情况。直木明提前做好了功课，回答得详细周全。到一席话语说完，直木明就略自信地总结道："将军大可放心，这段云鹏只不过是一唯利是图的窃贼而已。在这种市井之徒心里，没有家国情怀。他之所以选择偷盗冈村将军的寓所，完全是为了财物。"

　　"希望如此吧！"土肥原贤二点了点头，"据我所知，军统局对于这种能够飞檐走壁的江湖人士，也颇感兴趣。虽然目前看来，这段云鹏还不是军统的人，所窃走的物件也都只是普通财物。但你我多留个心，始终是好的。"实际上，土肥原贤二所担心的事，在之后日本战败后，还真发生了。这个飞檐走壁的叫作段云鹏的飞贼，于1946年被捕，押回北平后，他任凭严刑拷打，也不肯招供同案犯的下落。军统一个叫作江洪涛的小头目，就看中了段云鹏的不凡身手和江湖义气，再一查段云鹏的过往，之前还是个上尉教官。于是，这个叫江洪涛的军统特务将段云鹏的资料上报给了军统北平站的马汉三。马汉三一看，立马亲自将段云鹏招入麾下。之后，段云鹏更是成了军统局里，深得毛人凤喜爱的一名爱将。

这些，也都是后话，此处不细说道。

直木明听了土肥的话后，沉默几秒，小声说道："将军，被盗的除了财物以外，还有一个日记本。而这日记本曾经的主人，是服部……是服部川八大佐。"

"嗯，这个我知道。"土肥点头，"你之前提交上来的案卷我都仔细看了。服部川八的日记本里记载的都是些他个人的事情，没有牵扯到机密事务。不过……"他眼珠一转，"直木君，你之后在这北平城里，始终还是不要懈怠。一旦有这日记本的线索，也敬请紧抓不放。毕竟……毕竟这日记本里有些细节，还是事关服部川八，也事关我们大日本皇军颜面的。"

直木明尝试性地问道："将军您说的，是不是大小脚案的某些细节？"

土肥愣了一下，接着嘴角上扬："大小脚案，早就告一段落，画上句号了。你所知的真相，就是我们所公认的真相。对外人，大小脚案的真凶是那名中国教师。在我们内部，都知道是坂田恒一这家伙太过疯狂。唉，一想想也挺可惜的，坂田恒一当年刚踏上中国战区，遭遇赤鬼岭事件。他背着那一包敌军的头颅一瘸一拐走进奉天城时，我正是奉天城的市长，亲自接见了他。当时，坂田恒一还只是个半大孩子，因为受了巨大惊吓，又杀死了七八个大活人，状态非常差。被人带着走进司令部时，他手脚一直在发抖，开口说话磕磕巴巴，自己的母语都说不清楚了。如若不是因为他背回来的一大包人头，我甚至都会怀疑他所说的一切是不是真实发生过的。也是因为他的卓越表现，我亲自将他放到了宪兵部里。宪兵部里需要这种冷血且坚毅的士兵，坂田恒一不负众望，在之后的军旅生涯中，成长为一位优秀的大日本帝国军人。嗨，想不到的是，多年后却因为承受不住冤屈，选择了以下犯上斩杀服部大佐。"

土肥的话里，似乎露出了某些漏洞。直木明心念一动，再次小心翼翼问道："阁下说我所知的真相，是我们公认的真相。难道，在这公认的真相背后，还有隐情吗？"

土肥就咧嘴笑了："嗯，直木君，看来，和你们做刑事侦查的人打交道，说话还真的要慎之又慎。"他耸了下肩，"你我都是军人，并不需要去深挖各种真相，不是吗？如若……如若这场战争结束后，你我也都还安逸地活在这世间。到那时，你我作为朋友，在某个居酒屋里，再给你聊聊这大小脚案的真相吧。而现在……"土肥正色，"直木少佐，我希望你能恪尽职守，不要把自己的精力消耗在并不需要你关注的事情上。"

直木明连忙站直，点头道："在下遵命。"

土肥原贤二，侵华日军甲级战犯，主持情报工作，是继青木宣纯和坂西利八郎之后，在中国从事间谍活动的第三代特务头子。他毕业于日本陆军士官学校和陆军大学，与阎锡山、陈乐山等人是同学，1913 年来到中国，开始了他长达三十余年的间谍工作。

战后，他被定罪犯下侵略战争罪和战争阴谋罪，于 1948 年 12 月 23 日被执行了死刑。

所以，他和直木明约定的战后告知真相，并没能如愿以偿。

八十出头的直木明将这一段过往悉数讲完后，再去看一旁同样年迈的杨锁一时，发现杨锁一眯着眼，头还在往下缓缓下坠。到坠得差不多了，杨锁一又突然抽风一般，身子猛地绷直，头也抬起了……

嗯，这是在打盹。

日本老汉直木明就有点生气，伸手晃中国老汉杨锁一，扯着嗓门说："我刚才说的，你都听了没？"

杨锁一睁眼，一瞅跟前的直木明，又连忙瞪眼，也扯着嗓门说："废话，我自然是听了。"

直木明又问："那你说说你的看法吧。"

几十年前用着坂田恒一身份的杨锁一，在当年就对这大小脚案没啥兴趣，现在半截身子埋到土里了，再要他说个看法，本也是勉强。可面前的小日本穷其一生来深挖这起命案，杨锁一不说点什么，似乎也不好。

于是，他瘪了瘪嘴，说了句："要我说看法……嗯……"

他沉默了一会儿，是在整理语言。

"狗咬狗，一嘴毛。"他斜眼看着直木明，如此说道。

第十一章
表彰大会特约嘉宾

1

这 1993 年的公安部里，觉得需要树立一些警队榜样出来，便筹划弄了一个表彰大会，年初就发了函，要各省省厅整理卷宗，将辖下具备代表性的刑侦大案资料提交上来，然后从中选出十个最有时代气息的典型案例，汇总成册，说是要出版一本叫作《金色盾牌》的纪实小说，让人民群众知晓人民警察的威武风采。

甘肃省公安厅接了这个任务就为了难，要知道甘肃地大人少，不像南方城市那边，一个个大案的剧情拉扯出来都跟香港警匪片似的。正犯愁，那月亮湾的"12·28"案告破了。省厅的同志就想，提交这个呗。便开始整理资料，一整理起来，发现真的挺有故事性的，标题还成了《甘晋两地刑侦精英齐携手，深入戈壁勇擒凶徒》。这资料给提交上去，部里面就觉得这案子太有新时代风貌了。表彰大会还邀请了很多媒体，说是要树立一些警队英模形象。于是，破获"12·28"

案的甘肃公安毛军同志和王卫旗同志，以及山西苏门县的公安李文浩同志和臧雪帆同志，都上了那表彰大会的名单。可案子是甘肃的案子，甘肃省厅负责通知的，就通知了自己省里的毛军和王卫旗。到日子差不多了，毛军和王卫旗收拾好，还都理了发，坐着火车到北京报到时，部里的同志就问："你们这案子里，另外那俩人咋没来呢？"

王卫旗就说："没了啊，这案子当时就咱俩人啊？"

部里的同志就说："不是还有山西的俩同志吗？"

毛军说："那咱就不知道了，我们那边就通知了咱俩。"

部里的同志连忙打电话问询，才知道压根儿没人通知山西的李文浩和臧所长。这表彰大会就在第二天下午，要上台戴大红花的人居然还不知道。于是，部里的同志直接跳过山西省厅，打电话给了苏门县，通知李文浩、臧雪帆两人，火速赶到北京来接受表彰。

县公安局的人接到电话时，已经是中午十一点多了，连忙汇报给局里领导。张局听了就咧嘴乐，说："放这两个小子去了一趟甘肃，居然还弄了个表彰回来。"于是，叫了李文浩和臧所长上来把这事给说了，还抓起桌上的三菱吉普的钥匙扔给他俩，说："赶紧吧，现在就开车过去，几个小时就到，晚上还可以和你们在甘肃认识的那两个兄弟喝顿酒。"

李文浩和臧所长也都乐了，接过钥匙就往楼下走，要去北京。可走到院里，猛想起，第二天就是小钟那家"春风来"夜总会开业，作为老哥哥，临时有事不出席这仪式，似乎也不太好。于是，他俩一合计，便开车往那怡红园宾馆去了，要给小钟当面说一声。

可没想到的是，这小钟一听说是甘肃那案子要上表彰大会，居然比李文浩和臧所长还要激动。他搓着手，说："这……这可是我也参与破获的大案啊，还是全国性的表彰大会。不行，我得跟着去。"

老臧便说："你小子疯了吧，明天就是你那'春风来'夜总会开业仪式。"

小钟说："事要分上下。在我眼里什么是自己应该要干的事，什么是自己可干可不干的事，都是有着分寸的。不行，你俩等我十分钟。"说完，他便转身往宾馆楼上跑，楼上他那用来写诗和办公的办公室里，他媳妇张文丽以及他的两个合伙人杨伟人、罗东都在。

也不知道他是怎么给人说的，反正李文浩和臧所长在楼下还真只等了十分钟，就见他胳肢窝里夹着个黑皮包下来了，拉开车门，往车上跳。

臧所长探头往楼上看："弟媳妇这次可不要把我俩埋怨死。"

小钟说："嗨，女人，眼光就那么三尺远。"

李文浩便笑了："那是，要不怎么坐天下的都是我们男人呢？"

小钟也笑了："也不全是，唐朝还有个武则天呢！"

臧所长又说："慈禧应该也算。"

于是，"春风来"夜总会开业这天，本该在这苏门县狠狠风光一把的诗人儒商钟老板，为了他的那些大案要案，去了北京。参加开业仪式的一干人等听说了这事后，都摇头，说："嗨，不得力。这些文人啊，都太不得力。"

之后十几年，人们说起苏门县的娱乐业大亨，也都只提一嘴丽姐，也就是小钟他媳妇张文丽，没几个人说钟老板如何能耐。就算有人说起，也都是说："那写诗搞文学的，都养不活自己，得靠媳妇能耐才行。"

出苏门的路，还是十年前仁人走过的路。到上了省道，才是新修的公路，宽敞。李文浩便把车窗都打开，任由那5月还有点凉的风吹进来。之前几趟出门，都是有案子要去办。这次不同，是去北京接受表彰，心情自然是极好的。当然，小钟没机会上台接受表彰，对他而言，就是跟着俩老大哥出去耍。实际上，十年前上北京，以及两月前上甘肃，他嘴上说是跟着去办案，说到底，也都是去耍。只是不能说穿罢了。

一路上，这三个中年老男人胡诌海吹了一路，时间过得也快。下午五点不到，就到了部里指定的那个招待所。车开进院子停好，又去一楼接待处给部里的同志登记报到。部里的同志见他们多带了一个人，也没多问，以为是带的同事，说只能安排两个房。一个单间，一个双标。李文浩就问有没有三人房，说我们仁是多年的好战友，睡一个房好聊天。

接待处的人便安排了一个三人房给他们，还说之前先到的甘肃的同志给留了话，要你们这山西的同志到了后，去对面的快活林饭店碰面，一起吃晚饭。小钟就笑着说："应该就是那毛同志和王同志。"又说，"他们没在这招待所住吗？"

接待的同志就说："他俩昨天就来了，今天去北京城里逛逛，一大早就出去了。"

李文浩仨人收拾了一下，便往那对面的快活林饭店去。走到饭店门口，居然正好碰见在外面玩了一天回来的毛军和王卫旗。五个人便都哈哈大笑，还都互相握了手，这是首都待着的人都有的礼节。因为到得早，店里还没人，五个人要了个包间，点了菜，还要了酒，说之前在月亮湾仓促，这次要痛痛快快喝一场。

菜还没上，五个人就先端着酒走了一个。也都是老刑侦，没啥其他事聊，李文浩便直接问起了那月亮湾逮住的"12·28"案犯罪嫌疑人目前到了哪个环节。王卫旗扭头，看毛军，因为他这两个月还是待在车站派出所，没挪窝，平日里也没怎么关心这事。

毛军点了根烟，说："这案子快，目前过了预审，已经送检了，估计国庆前就能毙掉。"

臧所长就啧啧称赞："现在这办案流程真是越来越快了。"

李文浩便说："这案子不一样，特大那种，自然快。"末了，他又寻思了一下，问，"那个段什么的，玩得还挺新鲜，脑子里是咋想的，为啥非得将那些受害人拉到戈壁滩里杀掉？没过细问问吗？"

毛军就笑了，说："这小子你别看着愣头愣脑，还是读了一点书的，懂日文和俄文，做外贸赚了不少钱。但凡这些有钱人啊，玩的就和一般人不一样。对了，好像他还说，这套手法，不是他自己琢磨出来的……"

正说到这里，打那包房外面就传来人嚷嚷声："那甘肃和山西来的人在吗？"

小钟正坐门口，听到这话，便探头往外面瞅，见是一穿着警服的高大老头，正在冲店里的服务员说话。小钟忙说："你要找的是我们这屋人吧？"

老警察便循声过来。他个子高，快两米，进门要低头那种。进了门便问："你们就是抓段全胜的那几个刑警吧？"

几人点头。又看到这老警察身上的警服没有徽章，李文浩便问："您老是？"

老警察笑了，自己从旁边抽了条椅子过来坐下，也不客套，扭头喊外面的服务员加碗筷和酒杯。末了，他耸了耸肩："我姓邓，叫邓狄，之前刑侦六处的，退下来了。"

其他人可都没听说过这人，但李文浩不一样，他看那些个内部杂志看得多，时常在笔记本上记笔记。一听这老警察的名字，连忙站了起来："您老，您老就是神探邓狄？"

老警察笑："啥神探啊，别听那些后生们瞎扯。一代新人换旧人，新的侦查技术日益先进，我们这些靠死脑筋的，和你们这些新人压根儿没法比的。"

其他几人见李文浩瞪大眼，便也连忙客套起来。李文浩就要给大

198

家说这老警察的光辉事迹，可还没张嘴，那邓狄就挥手，说："少来，少来。嗨，我今晚寻过来啊，就是想听你们说说这'12·28'案里被抓的段全胜。"

毛军就愣了，说："就一强奸杀人犯啊……哦，邓老，您是想拿这种典型案例做研究吧？"

邓狄摇头："我一退二线的老头子，一辈子都是盯着这些破事，到老了闲下来，还研究啥案例啊！我就是……"他又笑了，"实不相瞒，我就是好奇，这段云鹏的后代，没有去干飞檐走壁的活计，咋去强奸杀人了。"

屋里的都听不明白了，王卫旗就问："怎么又出来一个段云鹏。邓老，你这越说，我们越是迷糊了。"

邓狄瘪了瘪嘴："嗨，四十年前，我在老北京城里，逮过你们抓的这个段全胜的爹。你们别看这段全胜是个杀女人的禽兽。他那老爹段云鹏，当年可是个厉害角色，是那燕子李三的徒弟，混江湖时绰号'赛狸猫'。后来这家伙加入军统局，干起了特务，手里可是沾了不少地下党员的鲜血。新中国成立后，这小子升了官，上校组长，负责的就是我们京津一带的情报工作。当时啊，公安部对这段云鹏可是上心了，要求我们北京市公安局收集线索，一旦发现，立即抓捕。段云鹏这家伙胆也大，策划的那些个破事，不能随便给你们说，真要说了，怕惊掉你们下巴。所幸部里的同志们每次都发现得及时，没有让这家伙得逞。1954年9月，特务头子段云鹏又拿着港澳通行证，冒充港商潜回来搞破坏。人刚到广州，我们公安部的人就把他给铐了。我记得当时广州空军还专门派了架飞机，将他押回天津，之后再带回北京，关在草岚子看守所。逮了这段云鹏，一路摸下去，捣毁了四个潜伏组、四个联络点，一共抓了一百四十多个特务。在当年，可是我们公安部打下的一个非常漂亮的大胜仗。"

"后来呢？"坐邓狄旁边的小钟听得入神，急急忙忙问道。

"后来毙了啊。"邓狄答道。

"哦。"毛军点头道，"邓老，你说我们抓的这'12·28'杀人案的段全胜，和这段云鹏有什么关系来着？"

"父子啊！"邓狄翻白眼，"我刚才不是说过了吗？"

毛军："可我记得段全胜今年刚四十，你说抓段云鹏是在 1954 年。难不成，这家伙还是遗腹子？"

坐一旁的小钟就打趣道："也可能是这特务头子的媳妇在外面有人，说不定……"说完这话，他自己咧嘴乐。可屋里的人都没笑，他便也自觉这话有点不合时宜，连忙收了笑。

邓狄自然没搭理小钟，他坐那里摇头："段云鹏是 5 月潜伏回来被抓的，那段全胜是年初生的。"

"你们那年代的侦查人员确实厉害，过了四十年，都还记得这么准确。"李文浩伸出大拇指比画。

邓狄哈哈大笑："那是因为审这段云鹏时，他小子自己说的。他啊，一辈子没有子嗣，在这北京城里却有个相好的，在他那次被抓之

200

前潜伏过来搞破坏时，给他怀上了孩子。开始他自己也不知道，互相之间没个联系方式。后来那女人找人带话过去，段云鹏就乐了。当时公安部盯他盯得紧，按理这小子不该回来的。可他惦记着儿子，所以才冒充港商，想回来看看刚出生的儿子。之后，我们审这段云鹏时，一直没有突破。他小子是绿林出身，给他一根烟，能和我们聊些家常。但只要涉及潜伏特务的事，就闭口不提。当时，我们甚至还答应留他一条命，他也只是冷笑不语。审他的王秋风王老爷子后来就琢磨出了一个法子……"

"你说的王秋风是京城名提王秋风？"这次轮到李文浩插话了。

"嗯，就是他。"邓狄点头，"老爷子就想，既然这段云鹏豁出命也要回来看他刚出生的儿子，那我们就从他这儿子入手，来撬开他小子的嘴。果然，在给他聊起他这儿子后，段云鹏脸色变了。接着，王老爷子就直接给他开了条件，说给他那相好的安排个进工厂的工作，给他儿子上好户口，里面也不夹带上生父是国民党特务这号事，让他那儿子有个好出身等等。段云鹏说，给他一晚上时间想想。到第二天，他又提出想要见见他的儿子。王老爷子早料到了他会提出这要求，早早安排了人接他女人和孩子在外面候着。段云鹏抱了抱那儿子，亲自给取了名，叫段全胜。我们还以为他会磨磨叽叽给他女人说上半小时话，没想到他就见了那么五分钟，便要人家抱着孩子走，说没啥意思了，有啥都留到下辈子吧。然后，他把自己那些破事全部给撂了……嗨，也难怪他没有指望活命。他干特务那些年的那些事，够枪毙十回

201

了，活不下来的。"

　　说完这些，邓狄就从桌上摸了根烟，叼上："所以啊，我对段云鹏这个叫作段全胜的儿子，印象特别深刻。前些天，部里通知我回来，说英模大会上，要我给你们这几个臭小子挂奖牌。我寻思着自己总得看看你们值不值得收获这表彰奖章吧，便坐在部里把你们这案子的卷宗看了下。嘿，没想到就看到了段全胜这名字，出生年月也是1954年，和段云鹏那儿子吻合。接着我就去打听了一下，这小子正是段云鹏的儿子。所以啊，我就好了奇，他爹爹虽然说是个特务头子，可也勉强算是那年代里的一个枭雄，搁在绿林里响当当的好汉。生个儿子出来，怎么就是个强奸杀人的连环杀人犯了呢？"

　　毛军见邓狄叼着烟，忙掏出火柴来，要给他点烟。邓狄摆手，说："戒了，叼着是个习惯。"毛军就收了火柴，说："审这段全胜啊，我是一场没落下。这家伙聪明，也活泛，脑子好使。所以我们私底下说，可能也是因为他脑子太好使了，才追求些和我们正常人不一样的刺激。不过呢，他也说了，说他之所以变成一个变态杀人犯，都得怪他家有个手抄本，上面写着一些臭不要脸的话。他妈妈是东北人，在伪满国干过翻译，所以打小就教他日本话。也是因为家里没人管，他在家翻箱倒柜，就找出一本不知道什么人写的手抄本，上面都是日本话。段全胜说，那手抄本上，用日本话描绘着一个男性将女人绑到没有人烟的海边，然后一边奸污人家，一边勒死人家的剧情细节。这个段全胜裤裆里那玩意儿就靠这本手抄本上的日本文字养肥的，所以，他就始终念挂着这档子事。到他手里有点钱了，玩的女人多了，觉得没意思了，暗地里就寻思要试试这刺激事儿。这一试啊，就收不了手，上瘾。所以才会走到最后毁灭的地步。"

"也就是说，他是从你说的那本手抄本上学来的杀人手法？"臧所长问道。

毛军点了点头。

臧所长去看李文浩："还是你能耐，早两月就猜出了这小子是模仿杀人。"

李文浩微笑："这不是猜，是分析判断。"

众人没明白他俩这对话的意思，看他俩。李文浩沉默不语，像个不显露本领的老侠。臧所长就说："当时抓了段全胜，李局就猜出了这家伙属于模仿杀人。"

李文浩再次纠正道："分析判断，是分析判断。"

这晚，大伙儿酒也都喝得挺开心。几个不同地区不同年龄段的刑侦人员聚到一起，聊的虽然都是关于刑侦的事，却又因为年代与地域的不同，各自说道的琐碎，有对方未曾经历过的新鲜劲。喝到最后，舌头都打了卷，聊不下去了。李文浩就主动去结了账，毕竟他是这几个人里唯一一个局长，虽然是副的，还是个县公安局，副科级别，但总算个鸡头而非凤尾。然后，就是各自该回家的回家，该回招待所的回招待所。来自山西的这仨老兄弟，进屋就各自睡了，呼噜声一个比一个大，三重奏。也有人喝了酒后不睡觉，喜欢胡乱说话的，甘肃的王卫旗就是这号。回到房间，他靠在床头，开始絮叨自己的过去。平日里，他从不说自己那些年的荣耀与挫败，就算毛军想听，也撬不开他的话匣子。今天倒好，毛军醉眼蒙眬，想睡觉。王卫旗不让他睡，非要说自己那些破事。

他说："当年那两个虎背熊腰的杀人犯是自个儿喝醉酒了，倒在街角睡着，才被我瞎猫逮着死耗子碰上，捆了，借了个板车拖回局里。都是运气，不是本事，换个同志也一样……"

他又说："啥徒手神探？我就一捡死耗子神探……啊呸，神探个啥？我自己的事净琢磨不透……"

他又说："我叫王卫旗，我弟叫王卫帜，我妈生老三发现又是个小子，我爹就想不出名字了，叫王卫星，啥尿名字，膈应人不是……"

他还说："待在车站派出所也好，每个人都去破大案要案了，那地方上的破事谁管？总归要有人管，我管就是了，挺好……"

末了，他说："我扇刘县长的小舅子一个大嘴巴子那事，其实当时我是清醒的，没喝醉。那小子不是个好鸟，仗着他姐夫是县长，欺负了不少姑娘。我就是看不下去，想揍他。不止我想揍他，局里很多兄弟都想揍他。我只是代表，代表大家揍了。我们是警察，警察要维护正义。正义不敢扇坏人大嘴巴子，那老百姓要我们这些警察干吗呢？"

说到这里，他去看旁边躺着的毛军，发现毛军已经睡了，嘴巴微微张开，往外流着口水。

王卫旗笑了，说："还指导员呢！流口水指导员。"

次日上午，表彰大会上，李文浩、臧所长、王卫旗、毛军穿着笔挺的警服，排着队上台。已经退居二线的邓狄上台，给他们颁奖。末了，五个人站成一排，拍照合影。

五个人抬起右手，冲着全场的人敬礼。下面坐着的小钟激动坏了，一双手拍得通红。

同时，几百公里外的苏门县"春风来"夜总会开业典礼上，杨伟人和罗东的双手也拍得通红。一干领导来宾们剪彩贺喜，鞭炮声响彻全县。已经退休的陶县长上台致辞，这次他没有拿秘书给他写的演讲稿，微微笑着说道："改革春风吹满地，神州大地大变样。今天，春风吹到苏门县，'春风来'夜总会开业，意味着我们苏门县人民富了，有闲钱了，能接受新时代的文艺文化了，好！很好！我还听说啊，承包了这舞厅改建成'春风来'夜总会的老板是个诗人，难怪这名取得这么好。之前汽车站那边的车站派出所承包给私人，换个名，叫啥怡红园，跟个旧社会的青楼似的。我看啊，他们得请我们春风来的诗人老板专门过去帮取个名才行。"

站他旁边的秘书小声在他耳边说了句："那怡红园也是他们开的。"

陶县长面不改色，微微一笑："都很好！都很好啊！"

大伙都有点尴尬，但还是拼了命地鼓掌。只有站在后排的杨锁一

205

老汉在翻白眼："好个屁！"他身旁的直木明老汉听不太明白陶县长那地方口音的普通话，冲杨锁一问："什么好？"

杨锁一耳背，听不见，伸长脖子看到自己的孙子杨伟人上台了，和陶县长站一起合影。老汉又笑了："也挺好，是我的儿孙，干大事的料儿。"

没错，是杨锁一的儿孙，自然和杨锁一一样，是干大事的料儿。

第十二章

大事

1 /

压力，有两层释义，物理的，与精神上的。

从心理学角度来说，压力是心理压力源和心理压力反应共同构成的一种认知和行为体验过程。通俗地说，压力就是一个人觉得自己无法应对环境要求时所产生的负面感受和消极信念。

坂田恒一……也就是杨锁一，他有着巨大的压力。

同样，守在青岛火车站里伪装成乞丐的服部川八，在那八个月里，也有着巨大的压力。

每个人，都有化解压力的办法……有些办法是能够为人所知的，有些办法却是肮脏，无法见光的。

1938 年，服部川八回到特高课的那天，也就是杨锁一再次见到他当日的战友方明景的那天。

中华武师会的释明镜压根儿就没有想到再次见到杨锁一，会是在七年以后的青岛火车站。七年前，他们在一个叫赤鬼岭的地方分别，他看着杨锁一背着鼓鼓的一包人头，在雪地中深一脚浅一脚地往前，赴那生死未卜的未来。嗯，那时候，他还不叫释明镜，释明镜是后来他在河南跟了师父才改的名。而他的俗家名字，叫方明景，东北讲武团的方明景，抗联的方明景，赤鬼岭上未亡的那四个人中的另一个学生兵方明景。

那一晚，他和中华武师会的另外几位师傅走出火车，就被穿着军装的日军军官给拦住了。那有着鹰钩鼻的家伙侃侃而谈，说的话语其实并没有令释明镜心有所动。因为那一晚他早就从其他渠道听说了日军已经开始关注他们这支民间的反日组织，被盯上是正常。而让他激动不已的是，他看到了杨锁一，看到了七年前在赤鬼岭上分别的杨锁一。杨锁一穿着一套日军军官的军装，挂着佩剑，双手背在身后，板着脸，俨然一副侵略者的凶残模样。但……他们有眼神的交流，哪怕那眼神只是电光火石的一刹那，就足以替代了千言万语，瞬间心照不宣，又都心潮澎湃。

他与另外几个武师退回火车车厢。紧接着，释明镜小声说了句："我在青岛留几天。"说完便朝着前面车厢飞奔而去。他一边奔跑，一边将外套脱下，塞进背包，并拿出一顶毡帽戴上。最后，他赶在前面一节车厢的门没关上之前，闪身出了门，并快速和出站的人群汇到一起，压低帽檐，往外走去。

他曾经是个军人，尽管只是学生兵，但沈阳沦陷后，他跟着抗联的叔伯们在野外学到了不少本领。他也一度是个武僧，师父教给他的并不止博弈的手段，还有一些急速追踪的技能。夜色中，他在那辆往前行驶的吉普车后放肆奔跑，心里默默祈祷这段距离不要太远，因为他无法保证自己能跟得上。所幸，那吉普车的目的地距离火车站并不远。他远远地，看到曾经的战友——此刻穿着日军军装的杨锁一下车了。

释明镜在黑暗中蛰伏着，等到吉普车开走了，等到周遭的小楼的灯尽数灭了，等到夜色将这片区域完全淹没。他快步往前，灵活地翻过了围墙，到那扇门前。他敲门了。

门很快被打开了，是杨锁一。

释明镜快速进入屋里，杨锁一锁门，他一言不发，朝着里屋走去，释明镜跟上。杨锁一掀开里屋的一块地毯，下面是一个有铁环的木板。他将木板拉开，木板下是木楼梯。两人快步下楼，下面是一个五十平方米左右的地下室。

杨锁一用火柴点亮了地下室里的一盏煤油灯……

两人对视，释明镜笑了，杨锁一也笑了。接着，他俩都跨步往前，然后狠狠地搂抱住对方，并用力捶打着对方的后背。

七年了，七年前沈阳沦陷的日子里，唇上只有绒毛的两个学生兵，心里装满的是忐忑与惶恐。他们并无准备，仓促间成了保家卫国的战士。此去经年，应是属于少年郎的良辰好景，皆是虚设。走过的，

211

路过的，是朝朝暮暮惦记着日寇占领家园的好男儿们，在那峥嵘岁月中，宛如螳臂当车般的坚毅步履。他们各自成长，一个成了安插在日军情报机构里的少佐军官，一个当了中华武师会的副会长。所以说，英雄与乱世，彼此促成。又说，如若没有乱世，谁愿意成为英雄，顾着小家，享了人间烟火多好。怎奈何，身逢乱世，国难之下，小家难全，安逸是一个奢侈的愿望。

那晚，俩人聊了很多。释明镜将自己这几年里跟跄着行进的经过一一说给了杨锁一听，那经历中有高潮，有低谷，有激昂，有顿挫……皆是好儿郎在国家危难岁月里，闪耀微光用以照亮时代的壮举。听者杨锁一微笑着，眼中竟然是向往。然后释明镜要杨锁一说说他这七年的潜伏经历，杨锁一嘴巴张了张，最终语塞。他沉默了许久，有点抱歉般摇头："好像，我这几年比不上你。一想想，并没有什么好说的，也好像并没有为我们国家与民族做出什么像样的贡献。"

释明镜连忙安慰他："那怎么可能呢？你成功走入日军特务机关，少佐军衔了，延安那边一定给了你更加艰难的任务与指示，只不过你不方便给我说道而已。"

杨锁一耸肩："去年接到的指示只有八个字——继续潜伏，择机而动。"他顿了顿，"我是斩首者，可惜的是到目前为止，也没有我看得上眼的目标出现。"说完这话，服部川八那鹰钩鼻居然在杨锁一的脑海中一晃而过——大佐军衔的高级情报人员，号称帝国之鬼的大特务头子。

"哦。"释明镜似懂非懂地点头，他突然间觉得面前的这个他所一度熟悉，但又分开了七年的好战友，并没有像当年那样意气风发了。所替代的，是内敛，近乎沉闷的内敛。就好像一潭死水，没有丝毫波纹。可这死水又只是外人所见的表象，那内里蕴含着的汹涌波涛，别人不知，他释明镜又怎会不知呢？

想到这些，释明镜抬手去拍杨锁一的肩膀，说："各自岗位不一样，或许哪天，你一鸣惊人呢！"

杨锁一却低头了。释明镜并不知道，这个七年里，杨锁一每日都戴着面具示人，无法放肆，自我被深深收纳。一个二十出头的年轻人，驾驭着不应该是他这个年龄要驾驭的沉稳，且这分沉稳不是缓慢过渡而来，始于赤鬼岭上的那个夜晚。七年里，两千多个日夜，他谨小慎微，不能怠慢松懈。他就是一把强有力的弓弩，拉紧了，拉紧了，等待放矢。可，那肩膀酸了，手臂木了，弓弦上千钧万钧，何处是靶心，从未有人告知他。

许久，杨锁一抬头了。他苦笑，对释明镜说："我累了，这些年里的每一个夜晚，我都无法睡个好觉，闭上眼睛都是赤鬼岭上的一幕幕，那几位叔伯兄弟的头颅便在我脑海中回荡。每每我想要放弃，他们便会顷刻来到，他们那紧闭着的眼睛都会睁开，宛如他们还活着的模样。接着他们会质问我，用他们的生命换回来的这场潜伏，你这臭小子岂可以随意放弃呢？"

杨锁一叹气："明景，你无法感受得到的。压力，是一个能够将人完全摧毁的虚无的敌人，如同藤蔓来临，经年累月，它缓缓生长，交织缠绕，在这里……"杨锁一指着自己胸口，"堆积着，聚拢着，撕扯着……我找不到办法化解，也无法化解。我……我……"

他再次沉默，许久后，他说："我不知所措。"

2

服部川八今天心情很好。他早早地去了刑案课那边，坐门口等直木明。远远的，他看到矮个儿的直木明朝自己走来，服部笑了，站起来。

直木明忙领着他进了自己的办公室，给他汇报前一晚在坂田恒一家里的一无所获。服部微笑着听完。其实，这一结果，也在他的意料之中。因为昨晚的火车站之行，让他见识到了坂田的一丝不苟，那么，直木明昨晚的行动自然是不会有任何收获的。不过，他还是假装沉思了很久后，慢悠悠地说道："中国有个叫作老子的哲学家说'过刚者易折，善柔者不败'。而我们所见到的坂田少佐，就属于过度刚者。那么，他积压的压力，就一定需要释放，而最好的释放手段，便是摆脱人性的束缚，从事兽性的施虐。"

直木明点了下头，但紧接着又摇头："服部大佐，我昨天给你说起的七年前的大阪案所逃脱的少年军人，目前还不能百分百确认就是坂田君。我想，大阪的电报应该很快就到了，到那时候，我们再将犯罪嫌疑人进行锁定，会好很多。"

"好吧！我也同意。"服部川八微笑着点头，他抬手看了下腕表，估摸着时间也差不多了，来自海滩的报案人，现在应该已经在惊慌失措地把他的所见告知警察。相信很快，就会有人将发现通告过来。

果然，十几分钟后，有青岛本地的警察来到刑案课。他们又发现了一具裸体的女尸，在那海滩的岩石上趴着。她的头颅与躯干，就剩下颈椎相连，将之切断的，是细细的铁丝。很显然，这是连环杀人犯大小脚的再一次作恶。服部继续微笑着，他歪着头，看着自己导演的一切如期上映着。然后，他欣然接受了直木明的邀请，跟随着他去往犯罪现场。

没有人知道……前一晚的他，其实就已经来过这片海滩。而那一个多小时里的他，压根儿就不是这个道貌岸然的模样。

服部川八在维也纳求学期间，与心理学泰斗级人物弗洛伊德就焦虑与压力，进行过很多次讨论。最终，他最为认可的一个概念，便是人们在面对挫折和焦虑时，会启动一种机制，通过对现实的歪曲来维持个体的心理平衡。这一机制，便是自我防御机制。

自我防御机制有两个特点：首先，它是在无意识水平中进行的，具备自欺性质，是一种潜意识层的心理自卫。另一种自我防御机制，便具有了伪装或者歪曲事实的特点，其作用在于保护自我，让自己不会因为焦虑而导致疾病甚至崩溃。这第二种机制，在防止心理疾病上有积极的作用，但没有道德上的定义。也就是说，单纯在心理治疗的层面来进行诠释的话，在能够维持好个人心智的前提下，防御机制驱使个人逾越道德甚至法律的鸿沟做出的行为，都是积极且行之有效的。

　　所以说，在服部川八说服直木明的诸多话语中，其中的一种可能性是具备足够的理论依据的——每日里一丝不苟的坂田恒一少佐，势必要为自己的自律肩负压力。那么，这些压力积攒着，又势必要以某种方式去释放。至于如何释放，这点便是服部川八非常感兴趣的。当然，这些又不过是他想要直木明产生兴趣并为之行动的驱动力，在他自己而言，并不关心这个在之后很长一段时间里，会与自己并肩作战的坂田恒一释放压力的方式究竟如何。他所关心的是，究竟是什么样的过往，令一个二十七岁的青年军官，会自律到如此苛刻的程度。军部的一些资料里记载，很多类似坂田的青年军官，都有在战时对中国人的施虐行为，这就可以理解为他们的压力宣泄的过程。可坂田恒一，却不太一样……

　　他太自律了，自律到令服部川八有点不敢相信这种人会真实存在。所以，这也是他为什么要引导着刑案课的这个傻子课长，将目光一步步锁定到坂田身上的原因。服部相信，巨大的冤屈，一定会令这个严谨的少佐军官暴跳如雷。而只要他失控，那么，服部就有把握走入他的内心深处一探究竟。

　　说实话，服部还挺喜欢坂田恒一这个人的。如若他能将坂田内心的某些阴暗窥探出来的话，那他一定会好好和对方合作，将青岛周围的中国情报人员清洗个干净。

在凶案现场待了一个多小时后，服部再次见到了坂田恒一。坂田依旧着装整齐，拿着一个牛皮纸信封大踏步走向自己和直木明。接下来的剧情，也都照着服部川八想要的方向行进着，那多年前在大阪犯下杀戮并成功逃脱的凶手浮出了水面，居然还真是坂田恒一。服部窃喜，得以继续敲打直木明，让一切都朝着自己计划的结果靠拢。

很快，替罪羊也被拎了出来，案件对于普通市民来说宣告结束。另一方面，刑案课的结案报告里，也写上了"此报告将在五日后被销毁"的字样。上级知晓了真正的犯罪嫌疑人有很大可能是坂田恒一后，也没做出任何指示，还默许了刑案课的处理方式。实际上，这世上只有一个人知道真正的凶手是谁，也只有一个人明白坂田恒一被扣上了一个巨大的黑锅。

但……统统不重要，重要的是，也只有这个人知道，大小脚案已经结束，恶魔不会再次出现在这个人世间了。

因为……因为凶手大小脚压根儿就不是有着一双一大一小的脚，那不过是为了让办案人员走进迷阵，特意穿上的一大一小两只鞋子罢了。

而有着若干双大小不一鞋子的人，叫作服部川八。这，也就是为什么他会知道凶手绝对不是坂田，也只有他可以肯定，并没有落网的真凶大小脚，永远不会再次出现。

只不过，他没有想到的是，他所静候的气急败坏的坂田恒一最终约他单独见面时，所呈现出来的会是平静且放松的状态。而也就在坂田恒一对自己砍下致命一刀的刹那，他看到了长期板着脸且一丝不苟的对方，脸上出现了令他惊恐万分的诡异微笑。

至此，日军情报机构的王牌特工，号称帝国之鬼的服部川八，殁于1938年的青岛。将之杀死的人，也并不是外界所以为的以下犯上的日军军官，而是七年前带着七颗抗联军人的头走进沈阳城的那名东北讲武堂少年。

他的名字，叫作杨锁一。

他，是一名斩首者。

第十三章

释明镜

1

　　李文浩仁人那晚又喝了酒。平日里喝酒，总不敢放肆，怕地方上出个什么破事，自己又要火急火燎去操心，喝得不清醒了会耽误事。可这晚山高皇帝远，要伺候的苏门百姓在几百里之外。

　　和他们一起喝大的，还是甘肃的两位以及神探邓狄老头。王卫旗和毛军要伺候的甘肃百姓在千里之外。只有邓狄管的是北京城，但他退休了，不关他事。

　　几人倒也没喝醉，就是喝得时间长，聊的事也越来越广阔，世界格局都分析得比较通透后，邓狄突然猛地拍了下自己的后脑勺，说："嘿，我还一直忘了个事。小李你们仁是山西苏门县过来的人，我有个老同事上山前，要我留意打听下他的一位故人，正是你们苏门县的人。"

　　臧所长那会儿舌头有点打不了转，说："你的老同事也是公安吗？不是……他不是公安的话，我们不帮忙……公安只帮公安。公安帮群众，会违反纪律。"他这是有点醉，说出的话开始乱。

邓狄说："自然是公安，不但是公安，还是个特牛的公安。"

李文浩说："要打听什么人啊？"

邓狄开始翻白眼，做思考状："姓杨，叫杨啥来着？三个字？"

坐在一旁也喝得没了上下的王卫旗就在笑："还神探呢？人家一个名字都给忘了。"

邓狄也不恼，继续在那里想，想了一气，说："你们不是明天还不走吗？要不，你们跟我上山去问下他，正好我自己也有好些日子没见过老方了，怪想他的。"

王卫旗又插嘴："谁说我们不走？再不走我媳妇马小云要骂我了……我媳妇这个人啊，啥都好，就是嘴碎，一念叨起来就……"说到这里，毛军连忙打断了王卫旗要汇报的这家里的一摊子破事，忙说："老邓啊，我和王所长明天上午就回甘肃了，还得上班不是。你说的这山啊，就你们几个去得了。"

毛军只是个县公安局指导员，随口一说就是惦记着还要回去上班。这李文浩是县公安局副局长，虽然只是个科级，可好歹也是公安系统里一基层领导，在这关键口自然是不能让甘肃的同志给比下去的。于是，他也连忙说："老邓啊，不是我们不愿意陪你上山，实在是县里警务繁忙，我又是个局长……"

臧所长插嘴道："副局长，你别弄乱。"

李文浩纠正："对，我是个副局长，要赶着回去工作。"

邓狄说："那我也不勉强。我只是想着你们离得近，自己又开了车，带你们上这山上好风好景转转，也不枉来这么一趟。"

本来坐在墙角歪着头似睡非睡的小钟突然睁开了眼："什么山啊？高不高？景色真的很好吗？"

邓狄说："伏虎山，没啥名，挨着北京，属河北境了。那山上有个庙，庙里挺多和尚的，我那老大哥，就是在那庙里做和尚。"

臧所长就来劲了："你刚才不是说那老大哥是老警察吗？怎么变成和尚了？这不符合逻辑。"

邓狄说："人家是退了休后皈依的。"

王卫旗又嘀咕了："警察和尚……居然北京城里还有警察和尚……"

李文浩说："下次有机会再去吧！"

小钟不乐意了，他这趟出来本来就是想好好耍耍，结果跑到这北京看了一场表彰大会，把手掌拍红拍肿。于是他说："李局，我们回山西经过河北，去看一下也不耽误事。再说，也是帮老邓的忙啊！"

李文浩做为难状，等臧所长也发表一两句话语，他就方便松口那种。没想到平日里稳重的臧所长这会儿半斤白酒下肚后，没了平日里的深思熟虑，反倒直愣愣地说了一句："张局不是给我们批了四天假吗？你赶着回去收衣服吗？"

李文浩有点难堪，正要反驳，坐对面的王卫旗说："还要自己收衣服？啥嘛！我们家都是我媳妇马小云收。收衣服局长……呵呵，我一个所长都不收。"

这场面就越发尴尬了。所幸邓狄在场，将手里的酒杯一举："成，就这么说定了，明天一大早我就过来，我们上李局的三菱吉普，先送甘肃的同志去火车站，然后去河北伏虎山，在山上耍耍。然后你们就直接回山西，我不用你们送回来，我得在山上陪老方好好地聊几天。"

李文浩便也笑了，说："那好吧，我们就陪老邓上山。不过说好了，你可不能皈依啊，否则下次过来没人陪我们喝酒了。"

王卫旗嘀咕道："还喝酒呢？和尚怎么能喝酒？和尚警察自然也不能喝酒。"

众人大笑，碰杯干杯。

次日一大早，老邓就过来了，坐在招待所楼下等。众人起床下楼，由着老邓安排，喝了豆汁啃了油条，又送王卫旗和毛军去了火车站，余下四人，出北京城往河北去。到了河北境内，老邓又不认得路，四人拿着地图研究了一气，最终寻了个当地人，给了五块钱，让那人坐车上指引，到了伏虎山。

伏虎山名字大气，可模样挺一般，搁在南方可以吹牛说是座高山，搁在北方，就只能算个丘陵。四人将车停在山下，只用了一个多小时就上到山顶。路上小钟还在嘀咕，说这风景一般，没有老邓说得那么美好。到了山顶，他就不这么说了。因为这伏虎山山顶平坦，那庙虽然不大，名字都没一个，但也古色古香，有着韵味。加上伏虎山另一边是峭壁，视线便好，引得小钟又想吟诗，被藏所长制止，怕他那不合时宜的诗句，惊扰了这庙宇的清静。

邓狄就领着他们三个进了庙，说要找老方。接待的和尚问："是哪个老方？做斋饭的老方还是财务那边的老方？"

邓狄说："应该都不是，老方不会做饭，算账也不咋样。"说完就开始比画老方的模样，还说了老方的俗名，叫方大志。

和尚说："俗名在我们这儿不能算数，出了家，俗名都烟消云散，从此没人记得。"

邓狄说："可我就记得他叫方大志。"

和尚是方外之人，不屑得与邓狄抬扛，皱眉想了想："你说的这年纪的老者，我们庙里只有一个……哦不，只有一位，那就是我们的住持释师父。要不你等等，我进去问问，看释师父认不认识你们要寻的这尘世中的方大志。"

邓狄忙道谢，看那和尚进去了。没过多久，他就引着一个穿灰色补丁衣裤的老和尚出来了，那老和尚步履矫健，神采奕奕，还留着长胡须，有着修行人应该有的模样。

小和尚说："你们要找的方大志还真是我们的住持释师父。"

老和尚也笑了，冲邓狄点头。邓狄去拍他肩膀，说："不错啊，老方，你真的是搁在哪里都是潜龙。退休出家，就混成住持了。"

老和尚忙说："别乱说话，这是修行地，不能胡乱用词。再说，我年轻时本也是少林寺弟子，名字都是当年老方丈亲自给取的。到退

225

休后皈依回来，对于我来说，只是回了个圆满，重新用回我在佛祖面前的名字罢了。"

"那你做和尚的名字叫啥？"邓狄想了想又追问了一句，"我记得你说你年轻的时候，在东北讲武堂上学那会儿，还有一个名字。那时候莫非就是用的你做和尚时的名字？"

老和尚微微一笑："在东北时，我用的是父母取的名字，叫方明景。东北沦陷后跟了师父，就用了师父取的名字，叫释明镜。直到新中国成立，被安排进了公安部后，用师父给的名字不太好，就改了方大志。所以说，退休后皈依我佛，用回释明镜这个名字才是自然。"

邓狄点头："原来如此。"

是的，此刻四人来到伏虎山，见到的这老和尚，正是1931年在东北讲武团里与杨锁一同窗的学生兵方明景，之后中华武师会里的武师释明镜。

邓狄又给释明镜师父介绍身后的三位中年男人，也说了他们是苏门县的人，你要找的人可以委托他们去帮手。老和尚倒也不急，笑着招手，要他们跟着进了寺庙后院的一间禅房，唤众人在一张矮桌子前坐下，然后亲手沏茶。北方人喝茶不比南方人讲究，每人一大茶缸。小钟闻了闻这茶挺香，尝一口却感觉没有茶叶味，正要发问，见另外三人也都喝了，脸色皆是淡然。他便觉得自己也老大不小了，需得和大家一样，变成沉稳，便没作声。

李文浩就发问了："老同志，您要找的人是什么个情况，您给我们说说，我们这趟回去了留意下，只要是在我们苏门县，要找到并不是很费劲的事。"

释明镜师父说："我要寻找的人，是我几十年前的一位故交，真正的人中龙凤。可惜这几十年断了联系，也不知道他现在还活着没。"

邓狄插嘴道："吓！能被你方大志说是人中龙凤，那来头不小啊！说说，他是个如何的人中龙凤？"

释明镜点了点头："时代已经变了，当日暗流涌动下的风云变幻，在今时今日本也该汇总成为传奇故事，说给你们这些后辈人听听。我这位姓杨的好兄弟啊，在青史中注定不会留名，但他改写的，或许是正史中诸多本该有的转折。我到现在都记得，当年我和他都只是十几岁的毛头小子，他背着七个人头，在雪地里去往奉天城执行潜伏行动时的背影。那天之后的七年里，用他自己的话说，每一分每一秒都是绷紧的弓弦。世间也没了杨锁一，杨锁一的人生被封印……"

端着茶缸的小钟打断了释明镜的话："停，大师，你刚才说的这个人名，就是你要我们在苏门县寻访的那个人吗？杨锁一？哪三个字，你给确认下。"

释明镜："木易杨，门锁的锁，一二三的一。"

小钟又问："是不是一个大高个，腰背跟标枪一样笔直？"

释明镜说："是。"

小钟再问："他耳朵是不是有点背，听不清人说话，自个儿说话声跟打雷似的？"

释明镜说："这我就不知道了，我都有三四十年没见过他了。"

小钟点头："你说的这人应该就在我那里！"话一说完，他似乎才想起自己此刻石破天惊的话语，并没有配上比较好的肢体语言，便补了一下猛拍大腿的动作。这一下拍得猛，忘了另一只手端着的热茶，那刚烧开的茶水溅出来，洒到他腿上，又烫得他"哎哟"叫唤。

众人大笑。释明镜师父又问："他也和我一样，已经是一个八十多岁的老汉啊，你别给弄错了。"

小钟："错不了，十有八九就是他。而且老头儿脾气还特别古怪，走起路来风风火火，年轻时应该是条好汉。"说到这里，他又扭头冲李文浩和臧所长道，"你们记得那杨伟人吧？我们从甘肃领回来的俩盲流中个子高一点的那个。"见他俩点头，小钟又说，"他爷爷就是杨锁一。"

释明镜眼睛亮了，想要最后确认："是不是长得浓眉大眼，胡子比我还多？"

小钟摇头："那倒看不出，就一精瘦老头，也没留胡子，眉毛也稀稀拉拉没剩下几根。不过……"他想了想，"不过他应该懂日语，前几天好像还有一个日本老头儿过来找过他，好像说是在青岛的旧相识。"

释明镜一下站了起来，那白胡子也跟着晃动："没错了，一定是他。他当年就是潜伏在青岛出的事。嘿，跑到山西来找他的日本老头儿又是啥人物？新中国都成立几十年了，难不成还能任由他们小日本过来寻仇不成？"他又咬了下下嘴唇，"不行，我得跟你们一起下山，去山西见一下他……"

站在旁边的一个中年和尚连忙欠身过来："师父，您要去也得明天去，今儿个下午我们不是还有一场佛事？"

释明镜摇头："不行，我等不得了，佛事由你们张罗就可以了。"

中年和尚说："那些施主可是指定要你帮手诵经啊。师父，你之前不是教导我们，皈依了佛门，那尘世中的事就都应该做了了断，断了舍离才对。怎么到今天，你自己一下变得跟换了个人似的。"

释明镜笑了："断了舍离是必须要的，可……可人生一世几十年，到了我这个年纪，站在路尽头了，想要见个曾经一同出生入死的故人，佛祖也会谅解的。"

"唉！"他想想又站了起来，"看你们各位吧！我们这小庙虽然不大，但也干净整洁，住一晚能让人心地清净，琢磨明白凡尘世俗中的曲折是非。如若你们急着走，我就收拾下跟你们下山去看看我的杨锁一兄弟。如若能留，那就在我这里好好感受一晚佛家的能量，或许也能令你们收获一些感悟。"

小钟连忙点头："留吧！就住一晚。"

臧所长便笑了，冲李文浩说："没外人，咱也没必要装。四天假，明天回去也不耽误事。"

李文浩也笑了："那就等老师父一晚吧。只不过有个事我琢磨不

229

明白，老师父你说的这杨锁一的孙子，也就是我们之前在甘肃接回来的那个叫杨伟人的家伙，是个不折不扣的乡下农民。按理说，这龙生龙，凤生凤，老鼠生娃会打洞。您这么一位老公安、老禅师也竖着大拇指的传奇人物，为啥会在新中国成立后做回草根，有的儿孙也都只是没见过世面的人呢？"

释明镜叹了口气："唉，这事就说来话长了。当年我和他一起干了一件惊天动地的大事之后，便和他一起去了延安。因为他的身份特殊，所以外界并没有人知晓他有过的成就。当时上级考虑，要将他委以重任。可没曾想到的是，到了延安后的他，本应该放松下来，抛却伪装，好好享受下平静的生活。上面甚至还考虑，要给他介绍对象成个家。可他倒好，没了之前那七年里承受的巨大潜伏压力后，变得跟换了个人似的，酗酒，闹事，最后还和自己同志干了一架，掏出枪来要开枪那种。我们是纪律部队，就算他是个功臣，该奖的得奖，该罚的还是得罚。于是，他被关了禁闭。"

释明镜说到这里浅抿了一口手中的茶，扭头看窗外的天，摇了摇头："他进禁闭室时我不在延安，第四天才回来。我当时去首长那儿吵了几句，要领他出来，结果自然是被首长给训得抬不起头。接着，我便去禁闭室看他……唉，几十年过去了，他当时在禁闭室里那模样，至今都记忆犹新。"释明镜顿了顿，"你们见过困兽吗？"

众人摇头。

释明镜说："我见过。那一年在东三省的山林子里，我们的夹子夹了一头狼。也不知道夹了多久了，到我们发现它的时候，它已经瘦得能看见胸骨了。见我们过去了，它努力站起来，冲我们龇牙，可我们看到它的毛发明显没有了光泽，四条腿在微微打战。是的，禁闭室里的杨锁一，给我的感觉就是那条被夹住了的狼。它习惯了在弱肉强食的丛林法则中，以凶悍残暴的模样示人。到最终，他回归到没有了危机的生活中后，反倒无从适应，不知道应该如何做回一个普通人了。"

小钟点头："你说的还确实是这么回事。我听杨伟人说过，他这个爷爷啊，在这人世间基本上没朋友。不是村里的人不屑和他相处，是他自己不屑和人亲近，逮着谁都跟仇人似的，连自家亲人也是三天两头斗嘴那种。"

释明镜叹气："我也是到了这花甲之年，身处世俗之外后，才渐渐明白——人啊，冥冥中都有天意。我这个杨锁一兄弟，就是那覆雨翻云手选中之人。当日我们在东北一个叫赤鬼岭的地方所经历的，搁现在看来，如同戏文一般。谁能想得到，世上居然能够有模样那么相似的两个人呢？唉……细节我也不想和你们细说，天选之人，杨锁一就是天选之人啊。"说到这里，释明镜收了声，转身又去接水烧水。

众人听得一知半解，但收获了一个结论，那便是他说的杨锁一老汉，也就是杨伟人他爷爷，是那峥嵘岁月中的一位英雄人物。

站在一旁的中年和尚听得一头雾水。他自顾自地嘀咕，诵了一句经文："凡所有相，皆是虚妄。一切有为法，如梦幻泡影，如露亦如

231

电，应作如是观。"这是《金刚经》里的句子，说的是万物中生灭变化，存在只是一个个过程片段，阐述的是佛法中的一个"空"字。

同样坐在这间禅房里的小钟向来以文人自居，此刻听中年和尚诵了"之乎者也"，便也想显山露水。于是，他也叹了口气，说："有道是苦海无边，回头是岸，放下屠刀，立地成佛。"

他这又是瞎引经据典了，一时间，大家都不知道怎么接话了……

李文浩便开口了："释师父，您也别说半截留半截。这杨锁一为什么没有跟你们在一起的缘由，你还是没说道啊。"

释明镜这时已经将水壶接满水，重新放回到旁边的炉火上。他回过头来，耸了耸肩。这个本是俗家人喜欢做的动作，被他这一位披着僧衣的老和尚演绎出来，似乎又具备了深意。

"后来……后来也没啥，他出了禁闭室，就离开了延安。有人说他回了东北，也有人说他去了南方，始终没有个确定。我和他虽然一同出生入死过，但很是惭愧，并不知晓他是否还有家人。他性子孤僻，也走得匆忙。我自己在不久后也跟着部队满中国转。1949 年后落户在北京又改了姓名，就算是他要寻我，也如同大海捞针，无甚可能。只不过，我在刚退休那会儿去了一次沈阳，托沈阳的公安同志找当年东北讲武团的档案，看能不能寻访到他的老家户籍。直到前年，沈阳的同志终于辗转找到了他的籍贯，上面记载着他是山西苏门人，只不过年幼时就随着他父亲到了沈阳。这，也就是我为什么要邓狄帮我留意苏门是否有杨锁一这个人的缘由。"

说完这些话，释明镜长叹一声："他是英雄，只不过，英雄注定是孤独终老的。"

小钟小声道："那也未必，人家还有儿有孙，孙子还跟我在一起做生意呢！不比你当了老和尚，没有子女。"

释明镜笑了："施主你这话说得就有点武断了，我出家前，也成了家有儿女。只不过，我退休后才离开尘世而已。"

众人哈哈大笑。

于是，几人在这伏虎山上住了一宿。所以说，世事无常，皆有天意。六十三年前，那赤鬼岭上乳臭未干的两个少年人，在之后十四年的中日战争中，一度也顶天立地。到彼此人生即将末了，终于有幸见上一面了，却又机缘巧合，还得相距一个日夜……

从此，生死两不见。

第十四章

一个有着阳光的早晨

1 /

这苏门县城里，来自日本的老头直木明，寻到了几十年前在青岛的故人，却发现记忆中那威武霸气的坂田少佐，居然是一个潜伏的中国军人。加上进一步了解到，当年他所以为的大小脚连环杀人犯，另有其人，心里搁了几十年的疑云，至此变得更是迷乱错综。于是，在苏门的这两日里，本就睡眠少的他，更是频繁失眠。加上年迈体衰，身体本就重病缠身，勉强跟随在杨锁一老汉身后看了个让他觉得莫名其妙的夜总会剪彩仪式后，当天下午就痛快拉血，进了苏门县人民医院。

随他一起来的，还有他的儿子、随行翻译，以及那叫作何大伟的陨石贩子。三人便都跟到了医院，一同照看这日本老头。杨锁一看完剪彩本就要回他独居的山上，见直木明进了医院，便也没回去，板着脸跟到了医院。他一辈子下来没有朋友，这直木明虽然曾经是日军军官，但并没有参与侵略杀戮，再加上他当年曾经请杨锁一吃过一顿酒，这在杨锁一这么一个恩怨分明的人心里，始终是有过好的。所以，那一宿，杨锁一坐在直木明的病房外，一声不吭，像个放哨的士兵。到第二天早上，直木明的儿子从病房里走出来，看到杨锁一还在，挺感动，便用日语说："老先生还是回去休息吧。"说完这话，他便后悔，想着对方应该听不懂，说了等于白说。没想到对面坐着的老汉也用日语回了一句："我不困。"

末了，他还用日语问了句："你父亲死了没？"声音特别大，整层楼的人都听得见。

直木明的儿子听了自然生气，没回他，径直朝走廊另一头的厕所走去。

杨锁一讨了个没趣，便走到病房的窗户边朝里面看了一眼，见直木明一脸死灰，半死不活地躺在病床上。直木明个子本就矮，加上人老了会缩，所以这会儿躺那里跟个孩童似的，让人看着感觉很是凄凉。这杨锁一老汉喜怒本就不形于色，实则内心也悲切，毕竟自己和屋里的直木明一样，年纪已经到了，终要归于尘土。性子再刚，也刚不过生老病死。

于是，老汉叹了口气，扭头朝医院外走去。

他路过一个早餐摊，买了两根油条，边走边嚼。他行进的道路前方，是初上的红日，暖暖的却有点刺眼，令他眼睛无法完全睁开。又或者因为阳光刺眼的原因，他觉得自己那本已经干涸了若干年的泪腺里，居然开始湿润。年岁使然，纵湿，也溢不出眼泪来。溢出来又如何呢？年轮在曾经棱角分明的脸上，刻画了若干深深的刻度，是密布的皱纹。那微微渗出的热泪，又被这些皱纹吸收，如同干涸的荒地里，一场小雨来到，过后看不出端倪。

他继续大步向前，本已沉寂多年的豪迈情怀，在这个日出时候，似乎再次来到。他一度顶天立地过，为这神州大地赴汤蹈火，不惜肝脑涂地。奈何那时年少，一路走去，承受了诸多黑暗，在那暗影中生活太久，变得无法直视阳光。

于是他选择了归于平静，任由铅华尽逝，也未对人说起过自己一度于深邃夜空中，作为繁星中的一员，闪耀过的耀眼光芒。

1939年4月10日，是他离开苏区的日子。他愿意为这个国家去死，但心理上出现了问题却是事实。那时候，人们对于抑郁症这个西方的舶来名词并没有太多认知，于是乎，苏区并没有同志意识到，这位在日军里潜伏了七年的军人，心理上已经出现了巨大的问题。如若换了年代，一定会有专业的心理医生辅导他走出这个低谷。很遗憾，当时的中国一穷二白，一切的一切，都只能顺其自然。

杨锁一离开了延安，辗转去了当时满洲国都奉天。只不过他并没有进城，而是去了一个叫赤鬼岭的地方。他想要凭借记忆，找到当时埋葬战友们的地方。可他用了三天时间，也没有收获。因为，他最后一次离开赤鬼岭的时候下着大雪，大雪将整个世界包裹。于是乎，他记忆中的故地，视界中不过是一片苍茫，没有在七年后依旧清晰的印记能够让他快速寻访。

他一无所获。

接着，他又去了奉天城外父亲的坟墓前磕头。他父亲叫杨怀仁，在杨锁一只有一岁的时候，带着他从山西苏门来到东北。杨锁一刚进东北讲武堂不久，杨怀仁就病死了，临死前，手指着东边，嘴巴张开，似乎想说些什么，最终啥都没说出来就咽了气。所以，杨锁一一直有个疑问，那就是他父亲指向东边到底是什么用意。后来琢磨着，或许是杨怀仁到临死那会儿迷糊了，想要指着西边，西边有他的故乡山西，他想要落叶归根。

只不过，杨锁一并没有来得及将父亲的尸骨带回山西，因为日本人侵略东三省太过突然。而他舍弃自己的身份，走入坂田恒一的人生的选择也太过仓促，由不得他思考彷徨。所以，多年后，到一切看起来有了完结后，他离开苏区，径直来到父亲的坟墓前，磕头后用铁锹将父亲的尸骨挖了出来，用棉布包好。

他走回了山西，走回了苏门。他依稀记得父亲说过老家是一个叫葫芦瓢的村庄，寻访过来，果然有人认识他父亲杨怀仁。紧接着，更多的人开始给杨锁一说起杨怀仁在人世间曾经经历过的事，他终于发现，他那看起来平凡普通的老父，其实也有过一段不为人知的过往。他不由自主地深挖，想要令这个活在别人描述中的父亲变得越发立体。终于，他知晓了一段发生在更为久远的年代里，不为人知的故事。在那个故事里，不止有他父亲杨怀仁，也不止有尚且年幼的他——杨锁一，还有……还有他从未听他父亲提起过的母亲，以及他的一个双胞胎弟弟杨恒一。

知晓这个故事的那一天，苏门县下着鹅毛大雪。杨锁一回到村里老杨家的亲戚们给自己的那间破房子里，拉了张椅子，靠着大门坐着。他看漫天飞雪，将眼前世界包裹。一度，他有了一种错觉，仿佛时光往回，到了1931年的冬天；空间也转换，是大雪封山的赤鬼岭。在那数年前的赤鬼岭上，一个叫作杨锁一的他，与一个本应该叫杨恒一的坂田恒一，终于相遇。只不过，他们都没有直视过对方。又或者，有过直视，也都没有印象。他们朝着对方拉动枪栓扣动扳机，争着死生权利。最终，叫作坂田恒一的日军士兵死了，实际上也是一个叫作杨恒一的少年人死了。接着，一个叫杨锁一的中国士兵，拿着这个本该叫杨恒一的日军士兵的士兵证，走进了坂田恒一的人生……

杨锁一双手掩面，号啕大哭起来。

一切，始于多年前的太原城……

2

1911年10月，曾任江苏布政使的陆钟琦调任山西巡抚。他携家人及一干下属于10月6日抵达太原。四天之后，武昌起义爆发。十一天后，长沙、西安宣布独立。到10月29日晨，之后叱咤风云的人物——阎锡山率起义新军冲入巡抚衙门，质问陆钟琦是否跟随参与起义。陆钟琦断然拒绝。阎锡山下令士兵开枪，将陆钟琦击毙。紧接着，新军士兵冲入内室。这一日，巡抚衙门里没能逃出者，皆被击毙。

和陆钟琦一起遇害的长子陆光熙，与阎锡山在日本留学时还是军校同学。这个清晨也未能幸免。陆家后人逃出者从此远离政治。

而跟随陆家后人逃出的，还有一位叫作杨怀仁的年轻人。杨怀仁祖籍山西苏门县，年幼时跟随伯父去了日本，机缘巧合结识了陆钟琦的长子陆光熙，并成为非常要好的朋友。之后，陆光熙回国，杨怀仁也跟随而来。到 1911 年 10 月，他也随着陆钟琦一家人入了山西，来到太原。本以为终于衣锦还乡，落叶归根了，寻思着要带他在日本的妻子坂田菜菜子以及尚在襁褓的双胞胎儿子，择日回到苏门祖坟前祭拜。怎知局势突变，二十几日里，陆家遭遇血案，杨怀仁携家人跟随陆家人逃出，一夜之间，仓皇狼狈。

因为忌惮新军斩草除根，杨怀仁一家人告别陆家人后，选择来到了东北，毕竟在当时东北日本人比较多，杨怀仁在日本生活多年，妻子又是日本籍，出了关自然要比待在当时纷乱的关内要好。奈何局势始终动荡，杨怀仁与菜菜子商量，觉得还是得回日本。可当时着急赶回日本的人也不少，一票难求。最终，菜菜子带着双胞胎儿子中的弟弟杨恒一上了船。而杨怀仁留在了沈阳，等局势稳定之后，再寻赴日的路径。

这等候的日子也不能闲着，于是，杨怀仁就在附近一家日本商行里找了一个算账的工作。他精通日语，和商行的老板也比较聊得来。

待风平浪静后，商行老板便劝说他不要太过着急去日本，毕竟现在日本国内也弥漫着仇中的浪潮。杨怀仁一想也是，便给菜菜子写信，要她将次子杨恒一暂时改名跟随母亲姓，唤作坂田恒一。夫妻俩一海相隔，各自带好儿子，等到日后局势稳定了，再行相聚。

一切看起来安排得颇为妥当，奈何天有不测风云。在杨锁一十七岁入东北讲武堂那年，杨怀仁突患重病，从病发到断气就一天一夜，走得仓促，没有任何话语留下。唯指着东方，双眼含泪，却又说不出所以然。当时杨锁一以为父亲临死糊涂了，想要指向老家山西，指错了方向而已。到后来才知道，他指向的其实是一海之隔的岛国日本。杨怀仁也始终没有给杨锁一说道过往，没提过他的母亲尚在，还有个双胞胎弟弟。他本想等杨锁一长大成人了再说，怎知自己突然暴毙。

至此，只能说是一个发生在大时代里小人物的家庭悲欢离合故事罢了。杨锁一与弟弟杨恒一天各一方，也都不知晓对方的存在。又或者，改姓坂田的恒一有知晓，甚至在他来到东北时，母亲坂田菜菜子还有交代，要他寻访父亲与哥哥。可是呢？

这个叫坂田恒一的新兵进入东北不久，就被派往奉天。在奉天城外的赤鬼岭，发生了令军方颇为震惊的赤鬼岭事件。一支抗联的队伍伏击了日军新兵，三十二名日军悉数阵亡。唯独一名叫作坂田恒一的年轻人被对方生擒，在遭遇割去双脚大脚趾后，坂田恒一趁夜晚对方看管不严，凭一己之力，将对方剩下的七个人全部杀死，并割下了对方头颅，用布包着，再徒步几十里，走回了奉天城。

时任奉天市市长的土肥原贤二亲自给这名受了刺激后变得极其沉默的年轻士兵授勋，并将他调入宪兵部，有意栽培。坂田恒一也不负众望，最终成为一名颇受军方高层赏识的日军军官。土肥原贤二不止一次跟人夸奖坂田恒一，说大日本帝国的军人就应该是坂田恒一的模样，沉默、隐忍、坚强、果断。在土肥眼里，坂田恒一具备军人应有的一切优良品质。这，也是为什么在之后土肥会将坂田恒一调去特高课位于青岛的总部，并安排他协助特工之神，号称"帝国之鬼"的服部川八的缘由。

至于之后发生的坂田恒一"下犯上"斩杀服部川八事件，令土肥原贤二大为惋惜。在他看来，情报机构里的两员爱将，却因为发生在青岛的一起刑事案件而双双陨落。服部川八毙命，坂田恒一逃亡失踪，从此再无音讯。

过往事，皆为过往，无法改变。只不过，经历了过往事的人，在时代车轮中却需继往向前。如若杨锁一并不曾知晓父辈杨怀仁的故事，或许也就少了许多困扰。时间能将一切抚平，自然也能将杨锁一于那七年间弄得褶皱了的心思熨烫齐整。他本来计划送父亲尸骨回到苏门后，再四处走走，最终还要回到延安。谁知在苏门县遇到一位曾经去奉天造访过杨怀仁的叔伯后，知晓了一切……于是乎，一夜之间，他觉得罪孽深重，无法赎罪与忏悔。

杨锁一从此消沉。他于葫芦瓢村归于平凡，娶妻生子。他性子古怪孤僻，不喜与人交往，脾气也暴躁，得罪了不少人。到他儿子出生不久，他就进了山远离人群，每月送下打猎的收获给妻儿，就匆匆走了，仿佛害怕人世间有多余的人见他。

时光荏苒，光阴似箭，曾经的少年英雄，最终也没了铅华，蜕变成这 1994 年里的夏日清晨，手里拿着两根油条边走边吃的干瘦老汉。杨锁一前半生沧海桑田过，从未与人说道，也没人知晓。本以为就这样了，在那深山里默默死去，不给人间众生丝毫惊扰，亦无须波纹……

"我不该下来这一趟的。"老汉自言自语，又淡淡一笑。他抬头，见身前正升起的红日光芒万丈，令人感觉温暖。奈何自己已经迟暮，死亡指日可待。

他又咬了一口手里的油条："我还是适合在山上待着等死。"他如此说着，加快脚步，往那住着的宾馆走去。他觉得多一分多一秒都不能待着了，尘世不能触碰，一旦触碰，过往便会呼之欲出，令他不知所措。

杨锁一火急火燎赶回怡红园宾馆。杨伟人和罗东都在夜总会那边，没人留意他。他简单收拾了一下东西，便要不辞而别。临要走了，老汉又寻思着，得给自己那儿媳说一声。虽然儿媳比自己小了二十几岁，可也是个老太婆了。她一个人带大了老汉的孙子杨伟人，算是个贤良的后辈。

于是，杨锁一就去敲那老太婆的房门。老寡妇开门，见是公公，便要公公进屋里坐。杨锁一与这儿媳都是老者，但始终还是男女有别，所以杨锁一没进去，只是站门边，说了自己现在就要回山上去。

老寡妇愣一下，她知晓自己这公公的性格，是个说一不二的古怪老头，便也没挽留，转身从身后拿出一个眼镜盒，说："这是你孙儿给你买的老花眼镜。"

杨锁一老汉便又吹胡子瞪眼，说："我不屑戴这玩意儿。"

老寡妇说："戴不戴随你，反正你得拿走，也是你孙儿的心意。"

杨锁一一想也是，便接过。这时，他突然想起之前杨伟人给他的那个小本子，便问老寡妇："杨伟人是不是有一个小小的笔记本，上面写着一些日本字的。"

老寡妇说："有，和他从甘肃带回来的那块破石头放在一起。"说完便折返回屋里，找出了那小本子，递给杨锁一。

老汉接过小本，犹豫了一会儿，然后将孙子给自己买的眼镜拿了出来，笨手笨脚戴上。一瞬间，世界果然亮了不少，尤其是身前的儿媳，脸上的褶子都变得条理清晰。

老汉将那小本子翻开，看那上面的文字。这不看不要紧，一看老汉就变了脸色。他将手里的行李往屋里一扔，随口叮嘱了一句："我一会儿再回来。"

他大踏步下楼，在这怡红园一楼的沙发上，将那小本子看了有十几分钟。然后，他起身出门，往县人民医院去。他步子大且快，可似乎他自己并不满意，继而，老汉发足狂奔起来。这清晨的风在他两侧掠过，令他好像回到了多年前身处青岛的时日里。

他很兴奋，因为一个巨大的疑团，在几十年后的今天被意外解开。尽管在几十年前，他对这个疑团的真相并不是很感兴趣，但之后这几十年里，始终是一个结。再加上这两日与直木明的再次相遇，知晓了同样迟暮的直木明于这人世间的最后时日，只是想解开这个谜团。而此时此刻，真相居然是……

他跑过街道，穿过小巷……路边众人看了，说："这怕是个疯了的老头，跑这么快，也不怕一口气没接上断了气。"说者无心，但或许被那天公听到了，把这话当了真。

杨锁一，殁于1994年，享年八十三岁。八十三岁的他穿过了半个县城，最后冲进县人民医院，推开了直木明病房的门，看到了面无血色正在吃人喂食的白粥的日本老汉直木明。他声如洪钟，腰背笔直，宛如天上降下来头顶着天脚踏着地的天神，手里还高高举着那本小本子，说："大小脚居然是这个龟孙！"话音一落，他身子往下一沉，旁边的何大伟想去搀扶，没扶住。到再从地上抱起，老汉已气若游丝……

他不是坂田恒一，从来都不是。

他叫杨锁一，杨是木易杨，锁是门锁的锁，一是一二三四的一。

是的，他叫杨锁一。

杨锁一，东北讲武团的杨锁一。

东北抗联的杨锁一。

顶着天立着地的杨锁一。

而那面如死灰的直木明，接过身边人递过来的那个笔记本，翻开了第一页，那上面写着……

今天是1938年3月12日，我来到中国青岛潜伏的第十二天。今晚，我做了一件我自己也觉得不可思议的事情。按理说，此刻的我应该万分愧疚，万分自责。可奇怪的是，我并没有，相反，此刻的我很兴奋，也很激动。将那个陌生的中国女人按在海滩边勒死的分分秒秒，或许就是我此生经历的最为高潮的时光……

直木明颤抖起来，这段文字后面，有一个署名。这个署名他在五十多年前见过，是他本人的字迹无疑。

这个署名是……服部川八。

第十五章

服部川八的压力

1 /

服部川八的前半生，可以说是一帆风顺。他出身名门，且是独子，打小就接受了非常好的教育，接触的也都是外人一辈子可能都无法接触到的日本巅峰时期的精英人士。他从陆军学校毕业后，便被情报机构选中，送去欧洲学习。之后，他又以学者的身份，留在欧洲，跟随著名的心理学家弗洛伊德学习心理学，并用他那精湛的特工本领，结合从心理学泰斗那里习得的心理知识，成了日本在欧洲最为顶级的情报人员。

1938年，他接到指示，返回亚洲。当时的国际局势，一会儿一个样。实际上他抵达青岛的时候，日军高层尚不能确定这个伪市政府能不能维持下去。但这些，对于一个类似于服部川八一样的高级情报人员来说，并不是他所关心的。他是一个军人，他不喜欢研究政治。相比较而言，他更喜欢钻研心理学与情报学，因为这两门学科，能令他感觉自己是一个能够左右身边人与事的神。

他说服了土肥原贤二，给自己争取了八个月的时间，潜伏在鱼龙混杂的青岛火车站，以一个乞丐的身份来观察中国各行各业与各地来往青岛的普通人。每日里，他蓬头垢面地坐在火车站角落晒太阳，看似无聊，实际上，他在记录，记录着他即将深耕的这个国家的一切一切……

最初，他觉得自己能够将这八个月充实且逍遥地过完，甚至他还想着短暂远离尔虞我诈的情报人员生活后，能够收获到诸多平静与坦然。

可最终他发现自己错了，他太过高估自己作为一个普通人的人性极限。作为乞丐，他必须卑微，必须懦弱。他必须在驱赶他的警察的警棍下哀号奔跑，必须在路人的白眼冷眼中苦苦乞讨。其实，他可以接受自己因为没有乞讨到食物而忍受饥饿，这是他作为一个精英特务应该具备的基本素质。可他受不了始终站在金字塔上方鸟瞰众人的人生突然间进入谷底，被平日里自己完全不放在眼里的人唾弃喝骂，甚至吐上浓痰。

他一直以为自己能够接受这一切的。况且，他还精通心理学，对人性研究得足够深入。可最终，潜伏在火车站的第十二天，他那并非一朝一夕堆积再到令他无法释怀的怒火，在深夜一个醉酒的舞女对他的辱骂声中，终于爆发了。

那是一个穿着旗袍的高挑女人，身上有着浓烈的廉价香水的味道。服部川八也不知道这么晚了，她为何会孤身来到火车站附近游荡。或许她是刚送走今晚陪着的客人，又或者她回家的路确实要经过车站，谁知道呢？服部川八其实并不在意，人家不屑于看他，实际上他也并不屑看对方。他只想蜷缩在墙角，美美睡一觉罢了。

可这时，那女人突然间失心疯了一般，从路边朝着服部川八躺着的角落快步跑了过来。她单手捂嘴，兴许是并没有看见角落里窝着的服部。等到她看到时，已经忍不住"哇"的一声张开了嘴，那股子酸臭的呕吐物喷了出来。也是因为临要吐出来的时候，她看到了地上有人，所以扭了一下头，呕吐物并没有全数淋到躺着的服部身上。

其实，服部开始这次任务，就已经做好了迎接各种会超出并颠覆他过往所有生活习惯的准备。甚至可以说，就算这名醉酒的女子真将污垢吐到了他身上，然后冲他说声抱歉，他也终会一笑了之。可是，这名女人并没有道歉，相反，她在吐了后，冲服部川八骂了一句："好死不死，死在这角落里，想要吓死老娘吗？"

服部被彻底激怒了。只不过，他并不是那种喜怒形于色的人。以往，他能将因为生活、工作的不顺所带来的负面情绪进行自我化解，可此时此刻的他，却无法做到了。尽管如此，他也没有从地上怒发冲冠一跃而起，相反，他低头了。因为他不希望自己的愤怒被人看到，这在他而言，是不可原谅的。

对方并没有因此而转身离开。她又打了个嗝，那股子酸臭味令服部眉头皱得更紧了。紧接着，女人抬起脚，将服部川八身前的破碗用力一踢，那个破陶瓷碗与地面碰撞，发出刺耳的声音。

"呸！"女人吐了一口口水到服部身上，"臭要饭的。"她边骂骂咧咧边转身，朝着火车站对面的马路走去。

低着头的服部在那一瞬间反而突然豁达了。他品尝压抑与羞辱，无的放矢。他挤压着巨大的压力与负面情绪，没法释怀。此时此刻，面前的这个女子似乎在努力给自己营造一个令人生厌的人设。这人设中的点点滴滴，都能够成为服部川八说服自己进行放肆报复的绝佳理由。

服部笑了。他微微抬头，看那女人的背影，正往深夜的暗影中走。路上有行人，但并不多，每个人脚步都匆匆忙忙，谁愿意在这乱世中的夜晚管这座城市中发生的纷扰是非呢？于是，服部坐起了，他跟前摆着三只鞋子，都是他从火车站的垃圾桶里捡回来的。此刻的他并没有故意挑选，只是胡乱套上了其中的两只。也就是因为这两只鞋大小不一，在之后成了这名深夜中作恶的凶徒最为典型的特征。

几个小时后，那海滩边走出一个人影。他歪着头，双手往下垂着，就算双脚在迈动也并没有晃动手臂。因为他很兴奋，享受着手臂在之前缓缓用力收获到的受害女人的声声哀号。也是这声声哀号，宛如来自天堂的琴弦演奏出的天籁音，又宛如来自地狱的恶犬的碎碎咆哮。

每个人都会抑郁。最初，抑郁只是一种情绪。抑郁情绪与抑郁症最大的区别就在于，抑郁情绪是有诱因的，而抑郁症是病理性的。两者之间其实也存在桥梁，那桥梁就是抑郁情绪如若无法被化解，那么久而久之，就有可能演变成抑郁症。心理学学者也只是普通人，也和普通人一样会受到抑郁情绪的困扰。所以很多心理咨询师会有心理督导，督导就是化解心理师内心负能量的那个人。

遗憾的是，1938年的服部川八，并没有心理督导。半生风光的他，以为自己能够做到风林火山中的不动如山，就如同他的祖辈在德川家康时代那样。他告诉自己，作为一个观察者，大半年的冷眼看世人的机会是多么可贵啊。而且，他以一个卑微的乞丐身份——没有人会在意在乞丐眼里自己所展现出来的阴暗抑或荣光，窥探到的，皆是众生真实内心世界的反映。

我们每个人最大的问题，其实都还是无法自知。我们必须接受我们都有体能的极限，不可能突破。同样，对于抗压能力、羞耻心等情绪上的问题，实际上也都有极限。服部川八，一名资深的情报工作者，一位优秀的心理学学者，在他看来，凭借自己掌握的对于人性的了解程度，能够令自己就算凝视深渊，也不会变成恶龙。怎奈何，这么一个人，心态也会崩溃，内心深处的心魔也会腾空升起，狰狞来到……这，并不是他最初能够预见到的。

连环杀人犯在犯罪后会有一段时间的满足感。有的人会倒头大睡，有的人会持续兴奋，还有人会感觉重生。服部川八就是最后这种。他们在激动之后，会有强烈的内疚、懊悔以及恐惧。服部川八，所恐惧担忧的并不是恶行带来的后果，而是自己的心智是否会变态崩溃，无法成就他自己想要的完美人设。只不过很快，他就说服了自己，用他自圆其说的逻辑，告诉自己那只是一次冲动罢了。接着，他继续潜伏，承受的精神压力再次累积。然后，他和所有连环杀人犯一样，再次回到游离阶段。要知道，他们都不可能只是满足于回味以及幻想。事实上，谋杀令他们的心理压力更大，状态更不稳定，导致更频繁也更加残忍的再次犯罪。

到最后，他已彻底放弃了挣扎和压制，大小脚连环杀人犯在1938年的青岛肆无忌惮……这一切的一切，包括他的作恶手法细节、心路历程，都被他记录在他随身带的一个很小的日记本上。服部觉得，作为一个心理学学者，自己其实也是一个非常值得研究的个案。他的记录，在若干年后，或许也能成为犯罪心理学中的一个经典案例，尽管只是个反面教材。

只不过，令他没有想到的是，多年后，已经离世的他的这个小日记本，会成为他的好友冈村宁次的收藏品，又一度被飞贼段云鹏盗走，最终落到了一个叫作段全胜的孩童手里。服部川八自以为的以自己真实经历为原型的珍贵文字资料，最终成了段全胜青春期最为喜爱的性启蒙读物。也是因为这个日记本，多年后成年的段全胜，走上了模仿杀人的歧路。

2

终究归于平静，也终于接受了内心深处的恶魔以另一种方式存在的他，安躺在火车站角落里仰望那一轮暖日时的眼神，再次安详。这种安详，如同鸦片，能令人舒服，收获一种他自己定义的平衡。回到特高课的日子逐渐临近，之后要接触的一些人与事的档案，也被其他的情报人员送到了服部川八手里。也是在这些情报里，服部知道了中华武师会，知道了释明镜等这些有可能危害到日军对青岛长久控制的危险分子。同时，他也得到了之后要一起共事的、土肥原贤二认为非常优秀且值得服部川八长期培养的日军内部精英分子的资料。

其中，最被推崇的，便是曾经在七年前赤鬼岭事件中脱颖而出，在宪兵部工作多年，然后调到特高课青岛松机构，负责筹备工作的少佐军官坂田恒一。

坂田恒一，一个档案中优秀到如同勾画出来的精英青年军官。他在离开本土抵达满洲伊始，就凭借过人的顽强意志以及优秀的单兵作战能力，击杀了一支中国抗联武装小队。之后，他沉稳冷静，以雷厉风行与铁面无私的办事能力，深受土肥原贤二器重。此次调他来青岛，是希望他在成为服部川八的副手后，能够逐渐成长为一名优秀的高级情报人员。

不过，这份看起来没有丝毫毛病的个人履历到了服部川八手里，却有了一个非常大的问题，那就是在服部看来，这个叫作坂田恒一的军官，太过优秀，优秀到没有丝毫问题，这反倒是令服部川八最为疑惑的问题。于是，服部要求特高课提供更多的关于坂田恒一的资料，最终知悉，这个不苟言笑的青年军官并没有朋友，也没有恋人。他每天早出晚归，如同一台机器一般，行使着作为一名帝国军人要做的巨细事务。他的任劳任怨似乎超出了极限，在宪兵部进行内部肃反工作时，对战友极为凶残，映射出的是内心深处似乎蛰伏着狰狞巨兽。

极度冷血——这是服部川八在看完坂田所有档案后给予的定义。这个定义里的冷血，不单纯只是对别人，对他自己也同样冷血。因为坂田甚至连正常的青年男性应该有的生理需求都没有，更别说对于异性陪伴左右的情感需求了。为此，服部川八还要求特高课的人确定了一下坂田恒一在赤鬼岭事件中，生殖功能是否也受到伤害。答案是坂田恒一除了双脚大脚趾被割掉以外，没有其他伤。

一切的一切，让服部川八对坂田这个人更感兴趣了。如若，他没有经历这半年在青岛火车站的潜伏工作，那么，他对于人的自律与自我控制能力，是有着过高的估计的。同样地，他对自己的自律与自我控制，也是有着绝对的自信的。可是，连一个具备心理学专业知识的自律如服部的人，都没能够在极度压抑的环境里管住自己的心魔，那么，这个叫作坂田恒一的青年军官，又是如何令自己活得像个苦行僧一般呢？

又或者，他是否也有一种外人所不知晓的方式，化解着内心深处堆积的压力，如同……如同服部川八在若干个深夜所做的释放心魔的卑劣手段呢？

服部开始憧憬着与坂田共事了。他在揣测坂田的内心世界，那里布满压抑，却又有压抑到极限时猛然释放的快感。服部想要知晓这种释放的手段，如同吸食毒品者想象着更为高级的毒品所带来的巅峰体验。

到那天，他终于上车了，副驾驶上便是这位代表着日军精英典范的青年军官坂田恒一。他瘦高精壮，有着青紫色的络腮胡子，说明他雄性激素分泌旺盛。他话不多，寡言并不是因为他心思太深，而是不屑于说些在他看来没有意义的话语。他表情很少，始终都是一张扑克脸，令面对者心生畏惧。

服部川八抑制不住内心的狂喜，因为这是一个令他非常感兴趣的值得研究的人格案例。接着，他用他与一般人相处时的方式尝试与坂田恒一相处，却发现在坂田的世界里，无论你是上司抑或下级，甚至路人，所得到的态度居然都是一样的。

他越发欣喜起来。

刑案课的直木明也是土肥原贤二发给他的优秀军官名单中的一员。相比较而言，直木明就显得比较单纯，属于那种在自己的领域里沉迷的典范。服部川八喜欢和这种人打交道，简单纯粹，方便利用。于是，他利用直木明对于大小脚案的执念，引导直木明去调查坂田恒一。没想到的是，紧接着的一个意外收获，竟然是坂田恒一在本土就有过非常恶劣的强奸杀人案底。那么也就是说，坂田恒一骨子里，实际上潜伏着一个与服部川八一样的狰狞恶魔，这恶魔平日里不会出现，只会在夜深人静时欣然来到，进而释放他的凶残本性。

服部川八欣喜若狂，尽管他还不知道坂田在不为人知的阴暗角落里，是用了谁人的血肉成就自己的解压，所以才无人知晓他的本来面目。时局动荡，某个苦命的人于世间消失，本就轻描淡写，更何况是一个缜密如坂田一般的凶残家伙。于是乎，接下来的一切，在服部看来都是一场游戏。未来，会是他与坂田恒一在某个血色的舞台上共舞的快乐场景。游戏之外，直木明会给大小脚案——也就是服部川八曾经的罪恶画上句号。

服部川八享受着一切朝着他想要的圆满推进的过程。他也在静候，静候坂田恒一板着他那张扑克脸走进自己的办公室。然后，他是否会愤怒？是否会失态？是否会在自己面前露出他的真实嘴脸？

服部川八很期待……他实际上更为迫切的期待，是在坂田的极度愤怒下，知悉对方的罪恶后，俩人从此狼狈结盟的未来。

最终，他等到了。

那天凌晨，他走进维持会大门时，就看到了坂田恒一那辆吉普车。有点奇怪，车没有开进院子，反倒停在门口。或许，坂田只是进来处理点琐事，立刻就要离开吧。服部川八如此想着。

接着，他看到了车里驾驶位上坐着的人，并不是平时跟随坂田出入的那个叫作芥尾次郎的士兵。服部川八回到维持会才三天，不熟悉的面孔很多。所以，对于此刻车上坐着的那帽檐压得有点低的士兵并没印象。尽管如此，他还是多瞟了一眼，对方并没有留意到自己，反倒将脸扭到了一边，似乎在和什么人打招呼。

也就是这个侧面，令服部川八感觉似曾相识。应该见过，具体在哪里、在何时，反倒没个印象。他没有深究，迈步往里走去。他军靴上新钉的铁掌与地上的麻石板碰撞，发出咔咔的声音，令他兴奋。离开了乞丐的人设回归精英军官的这几天里，他有着一种之前没有过的强烈虚荣，这一虚荣促使他在这些日子里放肆张扬。在他看来，也是之前有所求未能得到满足所带来的空虚，需要快速被填满。

他走进特高课。坐在门口的副官连忙站起来冲他敬礼，并告诉他："坂田少佐找你。"

服部点头："要他来我办公室。"

副官说："他现在就在你办公室里坐着。"

服部愣了一下，然后意识到在这个新筹建的松机构里，坂田恒一曾经是最高长官，下属们应该还没有适应过来。于是，他也没有指责，只是微微点头，然后说了句："下不为例。"

副官似乎一下没想明白，但很快他就回过神来，连忙冲服部川八点头："是！"

服部川八没理他。他朝自己办公室走去，一步、一步……那铁掌与地板碰撞发出的咔咔声，好似挂钟摆动的声响，预演着他在世间成就的传奇，也倒数着即将被他毁灭的对手的生命最后时刻。

他推开了门，往里迈步，反手关门，再转身，看屋里。

他没看到他以为会看到的坂田恒一愤怒的眼神。相反，坂田恒一压根儿就没有望向他。坂田坐在服部的办公台对面的靠背椅上，双脚搭在桌上。他那长长的佩剑被摘下来立在一旁，刀已出鞘，拉出了半截，银色的刀刃闪着银光。

服部只是个精通心理学的情报人员，并不是未卜先知的预言家。他并不知道自己将面对的是什么，也完全无法将屋里的坂田的真实身份定义到他认知世界以外，从而知晓屋里的坂田恒一压根儿就是战场上的生死敌人。于是，他不过快速通过所见，来确定对手此时此刻心中所想。

坂田在生气⋯⋯服部川八笑了，微笑是他的假面，此刻再次浮现。

"坂田君，有什么重要的事情，是需要这么早就和我商议的？"他用中文对坂田说道。

"没什么，就只是等你。"坂田恒一的声音依旧生硬，生硬得让人揣测不到他此时此刻究竟是何种情绪。

服部川八点头，朝里走去。他本来想坐到沙发上去，沙发摆放在坂田恒一此刻坐着的位置的侧面。这样，他就不用和坂田面对面，因为面对面坐着，从心理学角度来讲，会让对方产生敌对的错觉。可紧接着他又改变了想法，觉得自己需要坐到坂田的对面。只有直面，才能直击坂田内心深处最为阴暗的角落。如若这是一场交锋，那强者不会选择退缩。又或者说这是一次驯化，那主人更加不能对被驯化者表现出懦弱。

服部川八坐到了自己的办公桌前，选择了直视坂田望向自己的目光。坂田仍旧是那张扑克一般的脸，没有表情，铁青的胡子与棱角分明的脸又透着一股杀气，具备让人心智防线瓦解的破坏力。服部是军人无疑，但长久以来，他给自己也定义为学者，而不是纯粹的军人。于是，他在与面前这冷酷的目光交会后，内心深处很不争气地滋生起一丝害怕来。

为了缓解这种害怕，他需要改变这番对视。同时，他又不能显露出自己的怯弱。最终，他选择了嘴角更大幅度地往上翘起，是一个将一切都看成游戏般轻描淡写的服部川八。他将头歪了歪，还瘪了瘪嘴，然后说："坂田君找我，总也要有个事由吧？"

坐在他对面的坂田恒一点了下头，然后将搁在桌上的双腿放下："其实我并不喜欢人们叫我坂田君。"他说这话的时候，那一贯生硬的中文，似乎变得柔弱了很多。又或者说，变得更为标准，像一名土生土长的中国人的说话语调。

服部说："我知道，你希望我叫你坂田少佐。毕竟，你我都是大日本帝国的军人，用军衔称呼彼此，显得更为正式，也更能体现对对方的尊重。"

坂田恒一摇头，他开始去拿那柄放在桌子旁的东洋刀，然后平举胸前，缓缓抽开。他的腔调变得更为中国化，甚至带了一点东北的口音。伴随着他接下来的话语，那长刀也被从刀鞘里移出，刀身与刀鞘摩擦，发出低沉且悦耳的声音。

"我喜欢别人叫我杨锁一……"刀鞘被他的左手甩出，刀身在他右手的挥舞下，闪耀出一道银色的光。光是美好的，能够照亮黑暗的角落。刀刃与刀尖处是光汇聚的地方，耀眼且绚烂，朝着逐渐变了脸色的服部川八挥舞而去。

服部川八想要站起，想要朝外狂奔。可是，那一瞬间他猛然发现，他作为学者的身份高于他作为军人的身份。所以，他并没有真正的军人那般矫健的身手，更没有在突然间面对猝不及防的攻击时，应该展现出来的灵敏应对。他嘴巴张开，想要呼救，可声带位置的凉意，令他想要的哀号并没有来到这世上。接着，他能感觉到自己的头颅在空中翻滚，世界旋转起来，中心是站立不动的有着青紫色胡须的男人，像一位顶天立地的神。男人在继续说话，声音并不大，但很清晰，能够传递到已经离开了身体的服部的意识中。

"我是杨锁一。"

"东北讲武团的杨锁一。"

"东北抗联的杨锁一。"

"顶着天立着地的杨锁一。"

服部川八的头颅重重地掉到地上，眼帘也垂下。那弹指的一瞬间，一息尚存的他突然意识到之前在维持会门口那名坐在坂田车上的士兵，确实是见过的。只不过并不是在维持会里见过，而是在……而是在两天前的青岛火车站。

那个人叫释明镜，中华武师会的释明镜。

第十六章

杨锁一的葬礼

1 /

在伏虎山上过了一夜后，次日开车回苏门的路上，释明镜给大伙儿讲了个故事，是一个发生在半个世纪之前的事。那故事里，有一个叫作杨锁一的汉子，虽生于平凡，最终也归于平凡，但他的人生轨迹中，有过一段无比高光的时刻。那光太过耀眼，世人皆无法洞悉其究竟是如何燃烧的，又有几分绚丽，正如我们永远无法知晓太阳中心的火焰是什么模样。遗憾的是，这高光，对于他自己来说，却是黑暗，伸手不见五指的极度压抑着的黑暗。

释明镜说得慢，但从他娓娓道来伊始，车厢里的人就听得入了迷，无人打断，更无人插嘴。那多年前沈阳城外漫天的飞雪似乎在车外飘荡开，一个曾经年少的杨锁一缓步走来。故事在继续，那少年走得坎坷，也走得艰难。最终释明镜说道完了，那少年的背影也消失在天地之间。他是微尘，沉没于弱水，成为芸芸众生中的一员。

李文浩和臧所长都只是见过杨伟人，也听小钟说了这杨伟人的爷爷现在来到苏门县城，住进了怡红园宾馆。小钟却是见过老汉，按理说这么一个不苟言笑的瘦高老头，不会给人留下太多印象。但这老汉耳背，底气足嗓门大，随便与人搭个话就惊天动地，小钟就记得真切。此刻，更是让小钟得了个话柄，自我感觉老和尚警察说道的故事只是杨锁一传奇人生的上半程，到他接话再说道开来，就是故事的下半程。这，自然令小钟莫名兴奋起来，给大家描绘了一气杨锁一的容貌气质，却又三两句就讲完了，不够精彩。他又想了想，一拍大腿，说："对了，我们出发前一天，好像还有人从北京过来找他们爷孙，好像……对了，有小日本。"

他这话前一日也提过，此刻再说起无异于沸油里洒进一滴水，顷刻让车厢里的众人激动起来。之前时间里，都跟随着释明镜的话，融入了几十年前那大时代里，尚没能拔出。此刻，发生在自己身边的正被大伙书写的历史里，曾经敌对阵营的小日本，居然追到了自己的年代，那还得了！

开车的是臧所长，皱着眉开始了思考。副驾驶上坐着的李文浩挥舞着拳头："都几十年过去了，他们还不依不饶吗？这是大水冲了龙王庙……"说得激动，却又觉得这歇后语用得不对，连忙改口，"这是太岁头上动土，找抽吧！"

老刑警邓狄也很愤怒，不过还是想问个仔细，望着小钟："对方来了多少人，为首的是个什么人？"

日本人来的那天，小钟忙，压根儿就没见过，只是后来听罗东说了一嘴。可这一会儿也不能显得自己遇事不明察秋毫，是个无能的废物。于是，他皱眉想了一气："来了好几个人吧？目前还不敢造次吧，都在我那宾馆里住着。"

　　臧所长没说话，把油门往下踩，一路开到了时速一百公里，朝着苏门县风驰电掣。

　　释明镜经历过真正的大风大浪大时代，自然不和这些晚辈一般猴急。再说他还身处方外，众生在他眼里都是施主罢了。他微微笑了笑，扭头望车窗外，没说话。都什么时代了，日本人还来寻几十年前的仇，不大可能。不过，也是这么几十年过去了，尘归尘土归土，恩怨是非皆云烟，又是谁，还拘泥于前尘？又是如何的执念，令其远渡重洋，来访这老年杨锁一呢？

　　他们一行人，中午十一点半回到了苏门县。先寻到宾馆，宾馆里的人说杨伟人他们都去了医院。于是他们又将车开到医院，在门口遇到了小钟媳妇张文丽。张文丽说："我不能和你们废话，给杨伟人留了点钱了，我得赶去新店里。"

　　她说的新店自然是那刚开业的夜总会。众人并不在乎，包括小钟也不在乎，他眼里都是大事，做生意是小事。

　　几人急急忙忙进了医院，看到杨伟人和他那寡妇老娘站在走廊尽头的手术室前抹眼泪。罗东也在，穿着一套肥大的西装在抽烟。小钟便冲罗东招手，要他出走廊。大家站外面说话方便，不想惊扰了杨伟

269

人他们。

罗东迈着外八字过来了。他最近感觉迈上了人生巅峰，便买了一盒头油，给自己梳了个大背头，就是录像带《英雄本色》里那种。加上人也高大，看上去有模有样。没料到这几天闷热，雨水下不下来，蚊蝇就多。他的头油招蚊子，这一路过来，头顶的蚊蝇萦绕，就像西方人说的天使头上挂着的大环。

到外面，小钟连忙问："什么情况？是杨伟人他爷爷出事了吗？"

罗东说："嗨！本以为是那小日本要嗝屁，想不到先要嗝屁的是杨家老汉。"说到这里，他抬手朝着头上的蚊蝇挥舞了几下，令那天使光环没有了形状。

小钟便骂他："问你啥你就答啥，别说得不清不楚。"

罗东有点委屈："我不是说了吗？是杨家老汉要嗝屁了。"接着，他就说到今早的事，说是杨家老汉到了宾馆收拾东西说要回乡下，可不知道受了什么刺激，突然又发足狂奔朝着医院赶。到了医院，老汉惊天动地地吼了一嗓子，据说吼得楼上一个肾结石的抱着那玩意儿在尿尿，吓得一抖，把结石给震碎了。然后，老汉就倒下了，有出来的气，没有进去的气。所幸这一倒，正好倒在医院。医生说他这年纪如果倒在外面，应该直接就没了。

杨伟人听说了，便拉上涂着头油的罗东赶了过来。医生又把这邀功的话给杨伟人说了，说："老头是脑溢血，得亏是倒在医院，倒在外面，应该直接就没了。"

杨伟人就问："那现在人怎么样？听你这么说，能救回来吧？"

那医生说："倒在外面直接没了，倒在医院里，应该还能活几个小时。"

杨伟人便骂娘，说："那有什么区别呢？"

医生说："这怎么没区别呢？最起码，还能见见他心里念着的人啊！"

杨伟人说："他心里压根儿就没念过谁，他就一糟老头……"说到这里，杨伟人没忍住，眼泪就下来了。回忆里，这脾气古怪的老头和自己并没有太多相处。只不过，每月月底，他都会送些山上的东西下来，放门口。也不进屋，放下就走，几十年里皆如此。小时候的杨伟人趴在窗户那儿看，每每只看到那背影，瘦削挺拔，步子矫健，仿佛是个从不会疲倦的行者。

杨伟人蹲到了地上，双手掩面。站在他身旁的罗东没经历过这种架势，有点手足无措。末了，他冲医生瞪眼，说："总不能看着死吧，总也要想想办法不是？"

那医生愣了一下，又见罗东的模样，知道是个讲不清楚道理的莽汉，便唯唯诺诺，急忙走开。罗东便也蹲到地上，安慰杨伟人，说："老汉也这个年纪了，死了就死了，反正活得也够本了，差不多就行了。"顿顿又说，"早死早投胎不是？十八年后又是一条老汉……啊呸，应该是又是一条好汉。"

按理说，这老汉弥留之际，可以安排见见亲人。可那医生被罗东抢白一顿，便说："既然人家亲属都说了要抢救，就给抢救吧！"

旁边有人就说："不会到时候没钱缴费吧？"

另一个护士说："不会。假如我没记错的话，老汉的孙子是新开业的那夜总会的老板，前天剪彩的时候，看到他也站在前排，应该有钱得很。"

医生说："话也不能这么说，我们是行医的，不能盯人钱包。家属要求，我们尽量吧。"

于是，老汉就给推进了抢救室，实际上也没别的法子抢救，毕竟当时的医疗设备也就那么回事。老汉也一大把年纪了，不可能大费周章。实际上，就只是给他插了氧气，派人盯着，看能不能喘过来。

最终，在李文浩等人抵达后没多久，医生就出来了，喊话："杨锁一的亲人在吗？"

杨伟人站起来说："我是。"和他一起站起来的，是穿着僧衣的释明镜。

医生说："进去看看吧，老汉脑袋瓜里的血管爆了，撑了这么久没断气，已经是奇迹了，救不过来。"

杨伟人便要搀扶他老娘进去。寡妇抹眼泪，说："不进去了，看着人走难受，你自己进去吧。"

杨伟人往里走，释明镜就要跟上。医生问："哪儿来的和尚，是家属吗？"

杨伟人摇头，可身后的小钟连忙说："是死者的故人，多年前的好兄弟。"

医生就不乐意了，说："还没断气呢，这么着急叫人家死者吗？"

杨伟人便没作声，任由释明镜跟着他往里走。临到手术室门口，释明镜又看到旁边的座椅上坐着俩人，其中一个面色苍白的矮个子老汉，年纪应该和自己相仿，也急急忙忙站起来，想要跟着往前。

医生就又问："这日本老头也是亲人吗？"

杨伟人没好眼色，说："不是。"说完就领着老和尚进去了。

这最后一面，也没有啥好记载的。杨伟人说了啥，释明镜说了啥，皆没有了意义，反正就剩一口气的杨锁一有没有听见也无从考究。没一会儿，他那一腔子气就散了。他父辈年轻时候东渡日本娶了个叫坂田菜菜子的老婆，生了一对双胞胎儿子。为兄的是这个早晨脑溢血死了的杨锁一，为弟的是1931年赤鬼岭上挨了子弹的坂田恒一。故事像书里的传奇，来来去去也有百年，还是归了尘土。小人物于大时代里，本就属微尘，有记载的，没记载的，于当事人来说，又有何意义呢？

站在外面的李文浩和臧所长就皱了眉头，总觉得吧，这死了的是个英雄，尽管是没几个人知晓他那段峥嵘过去的英雄。为英雄做点什么，总是有必要的吧。

两人便出了医院，毕竟他俩不是家属。大老远跟过来的老和尚，有退休警察邓狄可以帮手看着，不用他俩操心。两人商量了几句，就分了两头走。李文浩去了局里，进张局办公室，把这事说了。老和尚给他描绘的那段过往，到他说出来又给加了点油醋，生动了不少。张局到地方干警察前，也在部队待了不少年头，听了这事也忍不住激动，便问李文浩："那我们可以帮手做点什么？"说完又觉得不对，"也不好怎么帮吧？总不可能让我们局里出点人去灵堂守着。"

李文浩说："那倒没必要，就是……就是……就是看您能不能给县里领导说下，也给老头正个名，让他的后辈能长个脸。"

张局摇头："有点难。毕竟照你这么说，他一直就没在哪个部队里挂过编制。就算挂过，他一声不吭离开了部队，那也算是个逃兵，不好说道。另外，人口普查了这么多次了，他的户籍里面应该就一地道农民吧。总不可能人没了，凭空给农民挂一个战斗英雄的称号出来，百姓们不会说咱这是瞎胡闹吗？"

李文浩想想也是，便抽闷烟。末了，又说："总也要弄个称号吧？县里不能弄，我们局里就不能给弄吗？"

张局为了难："那你说，我们局里怎么弄？给发个奖章，写个'优秀市民'……"说到这儿，他自己愣了一下，然后一拍大腿，"你还别说，我们确实有这个权力。县公安局的表彰锦旗是用来鼓励市民对我们工作的配合的，献给你说的这老汉，也不会有人来深究合不合适。"

李文浩说："他是个农民，不是市民。要不，锦旗写上'优秀农民'。"

张局说："你就瞎胡闹，没'优秀农民'这种名号。"说完这话，他便打电话，内线接上后勤那边的同志，给落实一下这事。

另外一头，臧所长有个叔父老臧头，在县武装部上班，是个领导。叔父和臧所长这侄子挺合得来，一老一少经常喝酒，喝大了时不时把辈分弄乱称兄道弟那种。臧所长进他办公室时，老臧头在办公室里搞接待，是纪检会的老钟想让他新入伍的儿子能送去广东当兵，以后复员能待在沿海城市自然是好的。这对老臧头来说自然不是难事，但还是要做一个为难的样子。见臧所长进来了，也就不想装了，对老钟说："那好吧，我就尽力给你安排好，谁让我和你是这么多年的老友呢！"

老钟道谢，出了门。老臧头就问臧所长，来武装部有啥事？臧所长就把这事给说了，他嘴拙，好好的一段英雄事迹，给他说出来挺平淡，没啥跌宕起伏。老臧头听了并没有多激动，不过，毕竟是自己亲侄子的事，这侄子没求自己办过什么事，仅有这么一次，总不能辜负。于是，老臧头就详细询问这死了的杨锁一当时是跟哪个首长，又是和哪支部队的哪个人共过事。臧所长答不上来，一张黑脸憋红了，便拿起电话，给人民医院打电话，说要找刚才脑溢血死了的人的家属。电话那头说："找家属怎么打我们医院来了？我们医院天天给叫家属的话，还有什么时间看病救人？"

臧所长就凶人家，说："我是公安局的，要你叫你就赶紧叫。"末了又说，"你就一守电话机的，看哪门子病？救哪门子人？"

那头就连忙道歉，说去叫人。过了一会儿，叫回来的人接电话，是北京口音，问话筒这头是谁，还说杨家人在忙，他可以传个话。

臧所长说："死者亲友里有个老和尚，你给他说一声臧所长找他，要他赶到县武装部老臧头的办公室来。"

那头应了。

接电话的是那何大伟，站那闲着，所以过来帮手接个电话。完事他就回去把这事说了，释明镜就由邓狄领着，一路问武装部在哪儿，寻了过来。又由楼下的同志领着进到老臧头的办公室。老臧头也是部队出身，寻思着对方虽然是个老和尚，可也是战友，便连忙冲释明镜敬礼。释明镜没回礼，单手放胸前说："阿弥陀佛，我已经到方外了，不方便回礼，希望战友施主见谅。"

老臧头也没计较，认真问询那死去的杨锁一，究竟应该算在哪方面的队伍。可释明镜也苦恼，因为还真不知道杨锁一该算在哪支部队。再说了，抗战那几年，我们自己的队伍编制有点乱。到解放战争时期，又各种整编，包括释明镜自己，都跟了好几个番号的部队。最后，释明镜就说："实在不行，你就给我最后复员的那支队伍联系下，看能不能把杨锁一放到我那部队里去。"

老臧头也为难，这事并不是说不好办，就是程序麻烦，最好是释明镜有个老首长之类的，能够给点个头，然后给下面的师部团部甚至营部提一嘴就可以了。问题是释明镜自己也八十多岁了，他跟过的老首长，就算健在，也口齿不清脑子没那么灵光了。老臧头便把这话给说了，让释明镜想想还有什么人，能够在部队里把这事给对接一下。

释明镜坐那儿就不吱声了，想了很久。到想得郁闷了，还找邓狄要了根烟抽。最后，他说了个部队的番号，要老臧头尝试联系一下那支部队的一个副师长，说那副师长以前是他下面的兵，一起出生入死过。

臧所长就欣然了，说："一定是你曾经救过人家的命吧？"

释明镜摇头，说："是他救过我的命。"

众人也都笑了，老臧头就开始翻内部通讯录，打了过去。那边说有这个老师长，不过也退了，现在天天在家属院练太极拳。然后又给了老师长家的电话，再打过去，还真给联系上了。释明镜就接电话，把这事给对方说了，对方说："没啥问题，明天早上就可以安排，把这么位打过小日本的英雄战友接回部队，刻不容缓。"

放下电话，众人舒了口气，都觉得吧，也算是给杨锁一做了点事。杨锁一已经死了，这世上没有杨锁一这人了。可到最后，他这名字总要遗留下来。他是为共和国出过力的神州好儿郎，不是个普通的偏执古怪的农村老汉。

杨锁一的灵堂设在了县武装部外，小钟亲自给操办，弄得有声有色。杨伟人和寡妇老娘披麻戴孝，跪在灵堂门口。这苏门县的规矩，灵堂得摆两天，免得让祭拜的人赶过来，没能见上死者最后一面。第一天，灵堂没人来，有点冷清。李文浩看着心里不是滋味，就跑回局里，给局里的同志通了个气，说："咱天天看电影电视，里面那些被人瞎编的英雄，都能让我们热泪盈眶。到今时今日，一个真正的英雄死了，这么冷清，也忒不像话了吧？"

局里的同志也都觉得李副局长说得有理，便都携着家人孩子，过来磕头，还给儿女们说这死去的老者曾经的故事，算是一次思想教育。小县城不大，说的人多了，传得也忒快，加油添醋，故事就越来越传奇，导致来凭吊的人也越来越多。到第二天下午，武装部门口这条街上都挤满了人，还有些压根儿就没听人说清楚这事的，也站在街头双眼含泪，举起大拇指说："杨锁一真是个老英雄啊。"

武装部里的人也受了感染，加上释明镜的老下属那边把杨锁一给添进了队伍，也是名正言顺的部队老同志了。于是，武装部就送了个金色的门牌来，上面写着"光荣之家"，下面落款是苏门县武装部退役军人事务股。

杨伟人这两天也听释明镜说了爷爷杨锁一当年的事，此刻收到这块金色门牌，热泪盈眶。他说："这么多年，总觉得有一种要去干大事的冲动，好像是骨子里不甘于平凡似的。到现在才知道，这股子冲动，其实是血脉里遗留下来的。"

站旁边的是何大伟，他这几天也陪那日本老头留在这里，这会儿就吱声了："所以说龙生龙，凤生凤，老鼠生娃会打洞。"说完这话，他又继续压低声，对杨伟人说，"嘿，明天这灵堂一撤，你就赶紧拿那块在月亮湾捡回来的绿色石头给我仔细看下，弄不好真是一块陨石呢。"

杨伟人点头，他把这牌子递给寡妇老娘，寡妇老娘拿着掂了掂分量，又抬头看了下灵堂前头挂着的那个"优秀市民"的锦旗，说："还是公安局送的这锦旗看着有排面。"

罗东也探头看了看那门牌，暗地里寻思，老寡妇说得对。

小钟这两天一直陪着杨伟人在灵堂里待着，也有点乏了。他抬腿往外走，松松筋骨。外面还是时不时有人进来给英雄送别，并不清净。小钟不抽烟，此刻却找人要了根烟点上，有模有样叼着往马路对面走。走出去，发现街角有两个老汉坐一棵大树下下棋。小钟晃过去，一看，是个残局，两老汉都在仔细琢磨。

小钟便站那儿，继续抽烟，看接下来他们怎么破对方的局。看了有十分钟，烟都抽完了，也没见两老汉动弹，都还在思考。小钟便想：这世间啊，藏龙卧虎，每一个老者或许都有着轰轰烈烈的过往，肉身里憋着的是俱往矣的智慧与胆识，且都沉得住气，懂人生每一步，需深思熟虑，方能成就大事。之前看杨伟人的爷爷，也没觉得是个多厉害的人物，没曾想到，人家老汉一度叱咤风云，是个顶天立地的英雄。

正想到这儿，那俩老头中的一个突然抬头了，对另外一老头问道："是轮到你下了吗？"

另外那个老头也抬头，脑汁用得太多所以看起来愁眉苦脸，眉头拧得跟个麻花似的："我也想不起，应该是你吧？"

小钟哭笑不得，扭头又往杨锁一的灵堂走去。

完稿于 2020 年 11 月 25 日

279

出 品 人：许　永
出版统筹：海　云
责任编辑：许宗华
特邀编辑：王佩佩
装帧设计：海　云
印制总监：蒋　波
发行总监：田峰峥

发　　行：北京创美汇品图书有限公司
发行热线：010-59799930
投稿信箱：cmsdbj@163.com

官方微博　　　微信公众号